Der Sturm
des
Jahrhunderts

STEPHEN

KING

Der Sturm des Jahrhunderts

Originaldrehbuch

Aus dem Amerikanischen
von Peter Robert

WILHELM HEYNE VERLAG
MÜNCHEN

Die Originalausgabe erschien 1999 unter dem Titel »The Storm of the Century« bei Pocket Books, New York

Umwelthinweis:
Dieses Buch wurde auf chlor- und säurefreiem Papier gedruckt.

5. Auflage

Satz: Leingärtner, Nabburg
Druck und Bindung: Wiener Verlag, Himberg
Printed in Austria

ISBN 3-453-15793-1

Einführung

In den meisten Fällen – sagen wir, drei bis vier von fünf – weiß ich, wo ich gewesen bin, wenn mir die Idee für eine bestimmte Geschichte gekommen ist, und welche Kombination von (normalerweise profanen) Ereignissen den Anstoß dazu gegeben hat. So entstand *Es* beispielsweise, als ich eine Holzbrücke überquerte; ich lauschte dem hohlen, dumpfen Dröhnen meiner Stiefelabsätze und dachte an das Märchen von den drei Ziegenböcken und dem Troll unter der Brücke. Bei *Cujo* war es eine reale Begegnung mit einem übellaunigen Bernhardiner. *Friedhof der Kuscheltiere* verdankte sich dem Kummer meiner Tochter, als ihre geliebte Katze, Smucky, auf dem Highway in der Nähe unseres Hauses überfahren wurde.

Manchmal jedoch kann ich mich einfach nicht entsinnen, wie ich zu einem bestimmten Roman oder einer bestimmten Geschichte gekommen bin. In diesen Fällen scheint der Keim der Geschichte eher ein Bild als eine Idee zu sein, ein geistiger Schnappschuß, der so mächtig ist, daß er schließlich Figuren und Ereignisse herbeiruft, wie eine Ultraschallpfeife angeblich jeden Hund in der Nachbarschaft ruft. Dies sind – zumindest für mich – die wahren kreativen Geheimnisse: Geschichten, die eigentlich keine Vorgeschichte haben, sondern ganz von selbst kommen. *The Green Mile* begann mit einem Bild von einem riesigen Schwarzen, der in seiner Gefängniszelle steht und einen Kalfakter auf sich zukommen sieht, der Süßigkeiten und Zigaretten von einem alten Metallkarren mit einem quietschenden Rad verkauft. *Der Sturm des Jahrhunderts* fing ebenfalls mit einem Gefängnisbild an: dem eines Mannes (diesmal eines Weißen), der in seiner Zelle auf der Pritsche sitzt, die Beine hochgezogen, die Arme auf den Knien, und dessen Augen *nicht blinzeln*. Er war kein sanfter oder guter Mensch, als der sich John Coffey in *The Green Mile* erweist; er war ein außerordentlich böser Mensch. Vielleicht sogar überhaupt kein Mensch. Jedesmal, wenn er wieder vor meinem geistigen Auge auftauchte –

während ich fuhr, während ich bei der Augenuntersuchung darauf wartete, daß meine Pupillen geweitet wurden, oder am schlimmsten, wenn ich nachts im Dunkeln wach lag –, sah er ein bißchen bedrohlicher aus. Er hockte immer noch auf seiner Pritsche und rührte sich nicht, aber er war ein bißchen bedrohlicher. Ein bißchen weniger menschlich und ein bißchen mehr wie ... nun, wie das, was unter der Oberfläche lag.

Allmählich begann sich die Geschichte weiterzuspinnen – ausgehend von diesem Mann ... oder was immer er war. Der Mann saß auf einer Pritsche. Die Pritsche stand in einer Zelle. Die Zelle befand sich im hinteren Teil des Kaufmannsladens auf Little Tall Island, das für mich manchmal »Dolores Clabornes Insel« ist. Warum im hinteren Teil des Kaufmannsladens? Weil eine so kleine Gemeinde wie die von Little Tall keine Polizeiwache brauchen würde, sondern nur einen Teilzeit-Constable, der sich um den üblichen häßlichen Kleinkram kümmert – zum Beispiel um einen randalierenden Betrunkenen oder einen übellaunigen Fischer, der schon mal mit den Fäusten auf seine Frau losgeht. Wer würde dieser Constable sein? Na klar, Mike Anderson, der Besitzer und Leiter von Andersons Laden. Ein ziemlich netter Kerl, der gut mit den Betrunkenen und den übellaunigen Fischern umgehen kann ... aber angenommen, es käme etwas *wirklich* Schlimmes daher? Vielleicht etwas so Schlimmes wie der bösartige Dämon, der in *Der Exorzist* in Regan gefahren war? Etwas, das einfach in Mike Andersons selbstgebauter Zelle sitzen, herausschauen und warten würde ...

Worauf?

Na, auf den Sturm natürlich. Den Sturm des Jahrhunderts. Einen so heftigen Sturm, daß er Little Tall Island vom Festland abschneiden und völlig auf sich selbst zurückwerfen würde. Schnee ist schön; Schnee ist tödlich; Schnee ist auch ein Schleier wie derjenige, mit dessen Hilfe der Zauberer seine Taschenspielertricks verbirgt. Auf diesem von der Welt abgeschnittenen, vom Schnee verborgenen Eiland konnte mein Schreckgespenst in der Gefängniszelle (inzwischen hatte es für mich bereits den Namen, den es angegeben hatte, Andre Linoge) großen Schaden anrichten. Und was vielleicht am schlimmsten war, ohne diese Pritsche je zu verlassen, auf der es mit hochgezogenen Beinen und den Armen auf den Knien hockte.

So weit war ich mit meinen Gedanken im Oktober oder November 1996; ein böser Mensch (oder vielleicht ein Monster, das vorgab, ein Mensch zu sein) in einer Gefängniszelle, ein Sturm, noch heftiger als jener, der Mitte der siebziger Jahre den Nordost-Korridor vollständig lahmgelegt hatte, eine auf sich selbst zurückgeworfene Gemeinde. Die Aussicht, eine komplette Gemeinde erschaffen zu müssen, entmutigte mich zwar (so etwas hatte ich in zwei Romanen gemacht, in *Brennen muß Salem* und *In einer kleinen Stadt*, und es ist eine ungeheure Herausforderung), aber die Möglichkeiten waren verlockend. Ich wußte außerdem, daß ich den Punkt erreicht hatte, wo ich losschreiben oder die Sache aufgeben mußte. Vollständigere Ideen – die meisten, mit anderen Worten – halten ziemlich lange vor, aber eine Geschichte, die von einem einzigen Bild ausgeht und hauptsächlich als Potential existiert, scheint eine viel verderblichere Ware zu sein.

In meinen Augen war die Gefahr ziemlich groß, daß *Der Sturm des Jahrhunderts* unter seinem eigenen Gewicht zusammenbrechen würde, aber im Dezember 1996 begann ich trotzdem zu schreiben. Den letzten Anstoß lieferte die Erkenntnis, daß ich ein paar interessante und provokative Dinge über das Wesen von Gemeinschaften sagen konnte, wenn ich meine Geschichte auf Little Tall Island ansiedelte, denn keine Gemeinschaft in Amerika ist derart verschworen wie die Inselgemeinden an der Küste von Maine. Die Menschen auf diesen Inseln sind nicht nur durch die Lage, die Tradition, gemeinsame Interessen, gemeinsame religiöse Praktiken und die schwierige und manchmal gefährliche Arbeit miteinander verbunden, sondern auch durch Blutsbande, und unter den Sippen gibt es einen engen Zusammenhalt; die Bevölkerung der meisten Inseln besteht aus einem halben Dutzend alter Familien, die sich bei den Cousins und Cousinen, den Neffen und Nichten sowie den angeheirateten Verwandten wie Patchwork-Quilts überlappen[1]. Wenn

1 Im östlichen Maine findet das Abschlußturnier der Basketballteams am Ende der Saison im Bangor Auditorium statt, und dann kommt das normale Leben praktisch vollständig zum Erliegen, weil die Menschen in der ganzen Region sich die Radioübertragungen anhören. In einem Jahr, als die Jonesport-Beals-Frauenmannschaft am D-Klassen-Turnier (kleine Schulen) teilnahm, nannten die Rundfunkreporter alle fünf Startspielerinnen beim Vornamen. Es ging auch nicht anders, weil alle Mädchen entweder Schwestern oder Cousinen waren. Jede einzelne war eine Beals.

man ein Tourist ist (oder einer der »summah people«), sind sie freundlich zu einem, aber man darf nicht erwarten, daß man einen tiefen Einblick in ihr Leben bekommt. Man kann sechzig Jahre lang regelmäßig in sein Häuschen auf der Landspitze mit Blick auf die Meerenge kommen und bleibt trotzdem ein Außenseiter. Weil das Leben auf den Inseln anders ist.

Ich schreibe über Kleinstädte, weil ich aus einer Kleinstadt komme (aber nicht von einer *Insel*, wie ich sofort hinzufügen muß; wenn ich über Little Tall schreibe, dann als Außenstehender), und die meisten meiner Kleinstadtgeschichten – über Jerusalem's Lot, Castle Rock oder Little Tall Island – haben Mark Twain (»Der Mann, der Hadleyburg korrumpierte«) und Nathaniel Hawthorne (»Young Goodman Brown«) einiges zu verdanken. Doch in ihrem Kern stand immer ein bestimmtes, niemals überprüftes Postulat, wie mir schien, nämlich daß ein bösartiger Eingriff von außen die Gemeinschaft stets zerstören wird, weil er die einzelnen Person auseinandertreibt und in Feinde verwandelt. Aber das war eher meine Erfahrung als Leser denn als Mitglied einer solchen Gemeinschaft; als letzteres habe ich erlebt, daß man in den Städten enger zusammenrückt, wenn eine Katastrophe eintritt[2].

Dennoch bleibt die Frage: Ist dieses Zusammenrücken immer im Interesse des Gemeinwohls? Wird einem bei der Vorstellung von »Gemeinschaft« stets warm ums Herz, oder erstarrt einem dabei gelegentlich auch das Blut in den Adern? Als ich so weit war, stellte ich mir vor, wie Mike Andersons Frau ihren Mann umarmte und ihm gleichzeitig ins Ohr flüsterte: »Sorg dafür, daß er [Linoge] einen Unfall hat.« Mann, da überlief es mich wirklich kalt! Und ich wußte, daß ich zumindest versuchen mußte, die Geschichte zu schreiben.

Blieb die Frage, in welcher Form. Ich mache mir darüber eigentlich nie Gedanken – ebensowenig wie über die Frage der Erzählperspektive. Die Erzählperspektive einer Geschichte (für gewöhlich die dritte, manchmal auch die erste Person Singular) ergibt sich immer von selbst. Das gilt auch für die Form, die eine Idee annimmt. Ich schreibe sehr gern Romane, aber auch Kurzgeschichten, Drehbücher und hin und wieder mal ein Gedicht.

2 Bei dem Eissturm im Januar 1998 zum Beispiel, als manche Gemeinden zwei Wochen und länger keinen Strom hatten.

Die Idee diktiert immer die Form. Man kann aus einem Roman keine Kurzgeschichte machen und aus einer Kurzgeschichte kein Gedicht, und wenn eine Kurzgeschichte beschließt, daß sie lieber ein Roman werden will, dann kann man sie nicht aufhalten (außer wenn man sie umbringen will, natürlich).

Wenn ich den *Sturm des Jahrhunderts* schrieb, dann, so dachte ich, würde es wohl ein Roman werden. Aber als ich mich an die Arbeit machte, beharrte die Idee darauf, daß sie ein Film sei. Jedes Bild der Geschichte schien eher ein Filmbild als ein Buchbild zu sein: die gelben Handschuhe des Killers, Davey Hopewells blutbefleckter Basketball, die Kinder, die mit Mr. Linoge fliegen, Molly Andersons ins Ohr ihres Mannes geflüstertes »Sorg dafür, daß er einen Unfall hat«, und vor allem Linoge in der Zelle, der mit hochgezogenen Beinen und herabhängenden Armen das Ganze orchestriert.

Für einen Kinofilm würde die Sache zu lang sein, aber ich glaubte, daß es da einen Ausweg gab. Im Lauf der Jahre hatte ich eine hervorragende Arbeitsbeziehung mit ABC entwickelt, indem ich ihnen Material (und manchmal Drehbücher) für ein halbes Dutzend sogenannter Mini-Serien geliefert hatte, die recht gute Quoten erzielten. Nun setzte ich mich mit Mark Carliner (der die neue Version von *The Shining* produzierte) und Maura Dunbar (meiner kreativen Kontaktperson bei ABC seit Anfang der neunziger Jahre) in Verbindung und fragte sie, ob einer von ihnen vielleicht an einem *richtigen* Roman fürs Fernsehen interessiert wäre, einem, der für sich selbst stand und nicht auf einem bereits existierenden Roman basierte?

Beide sagten fast ohne Zögern ja, und als ich mit den drei zweistündigen Scripts fertig war, die im Anschluß folgen, trat das Projekt in die Produktionsvorbereitungsphase ein und wurde dann ohne jedes kreative Hickhack und ohne irgendwelche spleenigen Managerallüren abgedreht. Es ist ja modern, aufs Fernsehen zu scheißen, wenn man ein Intellektueller ist (und um Gottes willen, bloß nicht zugeben, daß man *Frasier* sieht, geschweige denn *Jerry Springer*), aber ich habe Drehbücher sowohl fürs Fernsehen als auch für den Film verfaßt, und ich schließe mich dem Spruch an, daß die Fernsehleute in Hollywood Filme und die Filmleute Lunch-Reservierungen machen wollen. Das hat nichts mit sauren Trauben zu tun; der Film war im großen und ganzen recht gut zu mir (vergessen wir einfach mal solche Filme wie *Nachtschicht* und *Der Werwolf von Tarker Mills*). Aber beim Fernsehen lassen sie einen arbeiten … und wenn man einigen Erfolg mit Mehrteilern vorzuweisen hat, dann darf man auch schon mal ein bißchen ausschweifend werden. Und ich werde gern ausschweifend. Das ist eine schöne Sache. ABC hat für dieses Projekt dreiunddreißig Millionen Dollar auf der Grundlage von drei ersten Drehbuchfassungen bewilligt, an denen nicht viel geändert worden ist. Das war ebenfalls eine schöne Sache.

Ich habe den *Sturm des Jahrhunderts* genauso geschrieben, wie ich einen Roman schreiben würde, mit einer Liste der Figuren, aber ohne weitere Notizen, mit festen Arbeitszeiten von drei bis vier Stunden pro Tag, und wenn meine Frau und ich unsere regelmäßigen Expeditionen unternahmen, um uns die Auswärtsspiele des Frauen-Basketballteams von Maine in Boston, New York und Philadelphia anzusehen, nahm ich mein Powerbook mit und arbeitete in den Hotelzimmern. Der einzige echte Unterschied war, daß ich ein Drehbuchprogramm namens Final Draft benutzte und nicht Word 6, mit dem ich normale Prosa schreibe (und ab und zu stürzte das verdammte Programm ab, und der Bildschirm fror ein – das neue Final Draft ist glücklicherweise fehlerfrei). Und ich würde behaupten, das, was im Anschluß folgt (und was Sie auf Ihrem Bildschirm sehen werden, falls Sie sich den *Sturm* anschauen, wenn er ausgestrahlt wird), ist eigentlich gar kein »TV-Drama« oder eine »Mini-Serie«. Es ist ein regelrechter Roman, der nur in einem anderen Medium vorliegt.

Die Arbeit war nicht ganz unproblematisch. Der größte Nachteil beim Schreiben fürs Network-TV ist die Frage der Zensur (ABC ist das einzige große Network, das immer noch eine richtige Abteilung Standards and Practices hat; die lesen Drehbücher und sagen einem, was man *in den Wohnzimmern Amerikas auf gar keinen Fall zeigen kann*). Bei der Entwicklung von *The Stand* (die Weltbevölkerung erstickt an ihrem eigenen Rotz) und *The Shining* (talentierter, aber eindeutig gestörter junger Schriftsteller erschlägt seine Frau beinahe mit einem Krocketschläger und versucht dann, seinen Sohn mit demselben Gerät totzuprügeln) hatte ich heftig mit diesem Problem zu kämpfen, und das war bei weitem der schlimmste Teil der Arbeit, das kreative Äquivalent des chinesischen Füßebindens.

Zu meinem Glück (die selbsternannten Wächter über Amerikas Moral sind wahrscheinlich erheblich weniger glücklich darüber) hat das Network-Fernsehen sein Akzeptanzspektrum seit den Tagen erheblich erweitert, als die Produzenten der *Dick van Dyke Show* kein Doppelbett im Elternschlafzimmer zeigen durften (lieber Gott, was, wenn die amerikanische Jugend in Phantasien zu schwelgen begänne, daß Dick und Mary nachts dort lägen und *sich ihre Beine berührten*?). In den letzten zehn Jahren waren die Veränderungen sogar noch radikaler. Das ist zu einem guten Teil eine Reaktion auf die Kabelfernsehrevolution, aber auch das Ergebnis des allgemeinen Zuschauerschwunds, besonders in der begehrten Gruppe der Achtzehn- bis Fünfundzwanzigjährigen.

Man hat mich gefragt, warum ich mich überhaupt mit dem Network-Fernsehen abgebe, wo es doch Kabelsender wie Home Box Office und Showtime gibt, wo die Zensurfrage praktisch keine Rolle spielt. Dafür gibt es zwei Gründe. Der erste ist, daß trotz der positiven Reaktionen auf solche Kabel-Eigenproduktionen wie *Oz* und *The Real World* das potentielle Kabelpublikum immer noch ziemlich klein ist. Eine Mini-Serie bei HBO zu machen, wäre das gleiche, als würde man einen großen Roman bei einem kleinen Verlag herausbringen. Ich habe überhaupt nichts gegen Kleinverlage oder das Kabelfernsehen, aber wenn ich lange Zeit hart arbeite, möchte ich schon gern versuchen, das größtmögliche Publikum zu erreichen. Ein Teil dieses Publikums entscheidet sich zwar vielleicht dafür, am Donnerstagabend umzuschalten und sich *Emergency Room* anzusehen, aber dieses Risiko muß man nun mal eingehen. Wenn ich meine Arbeit mache und die Leute sehen wollen, was dabei rauskommt, müssen sie *ER* aufzeichnen und bei mir bleiben. »Spannend wird's erst, wenn du 'n bißchen Konkurrenz hast«, wie meine Mutter immer gesagt hat.

Der zweite Grund, für ein großes Network zu arbeiten, besteht darin, daß so ein bißchen Füßebinden manchmal ganz gut ist. Wenn man weiß, daß die Geschichte, die man sich da ausdenkt, von Leuten angesehen wird, die nach Leichen mit offenen Augen (einem Ding der Unmöglichkeit im Network-TV), Kindern, die schmutzige Worte in den Mund nehmen (ebenfalls ein Ding der Unmöglichkeit), oder großen Mengen vergossenen Bluts (ein *absolutes* Ding der Unmöglichkeit) Ausschau halten, beginnt man, über andere Möglichkeiten nachzudenken, sein Anliegen rüberzubringen. Im Horror- und im Suspense-Genre übersetzt sich Faulheit fast immer in ein drastisches, plumpes Bild: den geplatzten Augapfel, den aufgeschlitzten Hals, den verwesenden Zombie. Wenn der Fernsehzensor einem diese simplen Angstmacher wegnimmt, muß man sich andere Wege ausdenken, die zum selben Ziel führen. Der Filmemacher wird subversiv, und manchmal wird er sogar elegant, so wie Val (*Katzenmenschen)* Lewtons Filme oftmals elegant sind.

Das Obige klingt wahrscheinlich wie eine Rechtfertigung, aber es ist keine. Schließlich habe ich selbst mal gesagt, ich wolle meinem Publikum schreckliche Angst einjagen, und wenn das nicht gehe, wolle ich es schockieren, und wenn auch das nicht gehe, solle es sich wenigstens ekeln. Scheiß drauf, habe ich gesagt, ich bin nicht stolz. Das Network-Fernsehen hat mir sozusagen diese letzte Rückzugsposition genommen.

Es gibt einige drastische Momente im *Sturm des Jahrhunderts* – Lloyd Wishman mit dem Beil und Peter Godsoe mit seinem Seil sind nur zwei Beispiele –, aber wir mußten für jeden kämpfen, und einige (beispielsweise jener, wo die fünfjährige Pippa ihrer Mutter das Gesicht zerkratzt und schreit »Laß mich los, du Miststück!«) sind immer noch Gegenstand heftiger Diskussionen. Momentan bin ich bei Standards and Practices nicht gerade übermäßig beliebt – ich rufe dauernd an, jammere herum und drohe ihnen, daß ich's meinem großen Bruder sagen werde, wenn sie nicht aufhören, mich zu ärgern (in diesem Fall spielt meistens Bob Iger, der Oberboß von ABC, die Rolle meines großen Bruders). Mit Standards and Practices auf dieser Ebene zu arbeiten, ist in Ordnung, glaube ich. Wenn ich wirklich gut mit ihnen auskäme, würde ich mir wie ein Verräter vorkommen. Wenn Sie wissen wollen, wer am Ende die meisten Kämpfe gewonnen hat, vergleichen Sie das Originaldrehbuch (das Sie in Händen halten) mit dem fertigen dreiteiligen Fernsehfilm (der gerade geschnitten wird, während ich dies schreibe).

Und denken Sie bitte daran, daß nicht alle Änderungen zwischen Originaldrehbuch und fertigem Film dem Ziel dienen, Standards and Practices zufriedenzustellen. Mit denen kann man diskutieren; die Zeiteinteilung im Fernsehen dagegen ist über jede Diskussion erhaben. Jeder fertige Teil muß einundneunzig Minuten lang sein – plus minus ein paar Sekunden –

und sich in sieben »Akte« aufteilen, damit all jene wunderbaren Werbespots dazwischenpassen, die die Rechnungen bezahlen. Es gibt Tricks, mit denen man sich innerhalb dieses Zeitrahmens ein wenig zusätzliche Zeit verschaffen kann – einer davon ist eine Art elektronische Komprimierung, die ich nicht verstehe –, aber im wesentlichen schnitzt man an seinem Stock, bis er ins Loch paßt. Es geht einem auf den Sack, ist aber keine Katastrophe; nicht schlimmer, als – sagen wir – bei der Arbeit eine Schuluniform oder eine Krawatte tragen zu müssen.

Bei *The Stand* und *The Shining* war der Kampf mit den willkürlichen Regeln des Network-Fernsehens oft ärgerlich und manchmal entmutigend (und ich erschauere bei dem Gedanken, was die Produzenten von *Es* durchgemacht haben müssen – einer strengen Standards-and-Practices-Regel zufolge dürfen Fernsehfilme nämlich nicht auf der Prämisse aufgebaut sein, daß sich Kinder in Lebensgefahr befinden oder gar sterben), aber diese beiden Mehrteiler basierten auf Romanen, die ohne Rücksicht auf die Anstandsregeln des Network-Fernsehens geschrieben worden waren. Und so sollten Romane natürlich auch geschrieben werden. Wenn man mich fragt, ob ich beim Schreiben der Bücher an die Verfilmung denke, finde ich das immer ein bißchen ärgerlich ... und sogar beleidigend. Es ist nicht ganz dasselbe, als würde man ein Mädchen fragen: »Machst du's eigentlich auch für Geld?«, obwohl ich früher dieser Meinung war; das Unerfreuliche daran ist, daß einem Berechnung unterstellt wird. Diese Art von geschäftlichem Buchhalterdenken hat beim Schreiben von Geschichten nichts verloren. Beim Schreiben von Geschichten geht es ausschließlich ums Schreiben von Geschichten. Das Geschäftliche und das Buchhalterdenken kommen danach, und beides überläßt man am besten Leuten, die sich damit auskennen.

Diese Einstellung habe ich mir zugelegt, während ich am *Sturm des Jahrhunderts* arbeitete. Ich schrieb ihn als Fernsehdrehbuch, weil die Geschichte so geschrieben werden *wollte*, glaubte aber eigentlich nicht daran, daß er jemals ins Fernsehen kommen würde. Im Dezember 1996 kannte ich mich im Filmgeschäft gut genug aus, um zu wissen, daß mein Drehbuch einen Special-effects-Alptraum enthalten würde – den gewaltigsten Schneesturm, den man jemals in einem Fernsehfilm zu inszenieren versucht hatte. Außerdem erschuf ich ein enormes Figurenarsenal –

nur: Sobald das Schreiben beendet ist und die eigentliche *Filmproduktion* beginnt, werden die Figuren des Schriftstellers zu den Sprechrollen des Besetzungschefs. Ich machte trotzdem mit dem Drehbuch weiter, weil man eben kein Budget aufstellt, während man noch das Buch schreibt. Um das Budget kümmern sich andere Leute. Außerdem, wenn das Drehbuch gut genug ist, findet die Liebe schon einen Weg. Das tut sie immer.[3] Und da der *Sturm* als TV-Mini-Serie *geschrieben* war, stellte ich fest, daß ich die Grenzen erweitern konnte, ohne sie zu durchbrechen. Ich glaube, es ist die furchterregendste Geschichte, die ich jemals für einen Film geschrieben habe, und in den meisten Fällen konnte ich die Angstmacher einbauen, ohne Standards and Practices Anlaß zu allzu großem Genörgel zu bieten.[4]

Ich habe dreimal mit dem Regisseur Mick Garris zusammengearbeitet – zuerst bei dem Kinofilm *Schlafwandler*, dann bei den Mini-Serien *The Stand* und *The Shining*. Manchmal sage ich im Scherz, wir seien in Gefahr, die Billy Wilder und I. A. L. Diamond des Horror-Genres zu werden. Er war meine erste Wahl als Regisseur für den *Sturm des Jahrhunderts*, weil ich ihn mag, ihn respektiere und weiß, was er kann. Mick hatte jedoch anderes zu tun (alles wäre viel einfacher auf der Welt, wenn die Leute einfach alles stehen- und liegenließen und angerannt kämen,

---

3 Und ich dachte, was soll's, wenn der *Sturm* nie gedreht wird, weil die Kosten einfach zu hoch wären, dann mache ich doch noch ein Buch draus. Ich fand den Gedanken ganz amüsant, mein eigenes, nicht produziertes Drehbuch zu einem Roman umzuarbeiten.

4 Letztlich konnten S&P nur noch an einigem ziemlich belanglosen Kram herumnörgeln. Im ersten Teil sagt Hatch zum Beispiel, das heraufziehende schlechte Wetter werde wohl »one mother of a storm« sein. S&P bestand darauf, daß dieser Satz geändert werden müßte, vielleicht weil sie glaubten, ich hätte damit hinterlistig »one motherfucker of a storm« implizieren wollen, um so die Moral der Amerikaner noch mehr zu verderben, weitere Schießereien auf Schulhöfen auszulösen usw. Ich tätigte sofort eins meiner Jammertelefonate und wies darauf hin, daß die Redewendung »the mother of all …« von Saddam Hussein stamme und seither allgemein gebräuchlich geworden sei. Nach einiger Überlegung ließen Standards and Practices den Satz zu und bestanden nur darauf, daß »der Dialogtext nicht anstößig gesprochen werden« dürfe. Aber nie und nimmer! Anstößige Dialoge gibt's beim Network-Fernsehen ausschließlich in Serien wie *Hinterm Mond gleich links* oder *Dharma & Greg.*

wenn ich sie brauche), und so machten Mark Carliner und ich uns auf die Suche nach einem Regisseur.

Ungefähr um diese Zeit hatte ich mir in dem Videoverleih unten an der Straße, in der ich wohne, einen nur für die Videoauswertung gedrehten Film mit dem Titel *The Twilight Man* geholt. Ich hatte noch nie von dem Film gehört, aber er sah aus, als hätte er Atmosphäre, und der stets zuverlässige Dean Stockwell spielte eine der Hauptrollen. Mit anderen Worten, es schien der perfekte Zeitvertreib für einen Dienstagabend zu sein. Ich nahm auch noch *Rambo* mit, ein bewährtes Werk, falls *The Twilight Man* sich als Schuß in den Ofen erweisen sollte, aber *Rambo* kam an disem Abend nicht mehr aus seiner Schachtel. *Twilight Man* war ein Low-Budget-Film (ursprünglich für das Starz-Kabel-Network produziert, wie ich später herausfand), aber trotzdem ein echt flottes Teil. Tim Matheson spielte ebenfalls eine Hauptrolle, und er strahlte einiges von dem aus, was ich gern bei Mike Anderson aus dem *Sturm* sehen wollte: Güte und Anstand, ja … aber mit einem Hauch latenter Gewalt, die sich wie eine Ader aus Eisen durch seinen Charakter zog. Noch besser, Dean Stockwell spielte einen wunderbar schrulligen Schurken: einen leisen, höflichen Südstaatler, der seine Computerkenntnisse nutzte, um das Leben eines Fremden zu zerstören … nur, weil der Fremde ihn gebeten hatte, seine Zigarre auszumachen!

Das Licht war düster und stimmungsvoll, die Computer-Gimmicks waren clever ausgeführt, das Tempo wurde geschickt gehalten, und die Schauspieler agierten auf sehr hohem Niveau. Ich ließ den Abspann noch mal durchlaufen und merkte mir den Namen des Regisseurs: Craig R. Baxley. Ich kannte ihn von zwei anderen Sachen: einem guten Kabel-TV-Film über Brigham Young, in dem Charlton Heston den Young spielte, und einem nicht so guten SF-Film, *Dark Angel*, mit Dolph Lundgren. (Das Erinnernswerteste an dem Film war der letzte Satz des Protagonisten zu dem Cyborg: »Du gehst in Stücken.«)

Ich sprach mit Mark Carliner, der sich *The Twilight Man* ansah. Der Film gefiel ihm, und er fand heraus, daß Baxley frei war. Ich ließ noch einen eigenen Anruf folgen und schickte Craig das dreihundert Seiten dicke *Sturm*-Skript. Craig rief zurück, aufgeregt und voller Ideen. Seine Ideen gefielen mir, und seine Begeisterung gefiel mir auch; am meisten gefiel mir, daß der gewaltige Umfang des Projekts ihn überhaupt nicht zu jucken schien.

Wir drei trafen uns im Februar 1997 in Portland, Maine, aßen im Restaurant meiner Tochter und brachten die Sache weitgehend unter Dach und Fach.

Craig Baxley ist ein hochgewachsener, breitschultriger, gutaussehender Mann mit einem Faible für Hawaiihemden, der wahrscheinlich ein paar Jahre älter ist, als er aussieht (auf den ersten Blick würde man ihn für um die vierzig halten, aber sein erster Spielfilm war *Action Jackson* mit Carl Weathers, also muß er älter sein). Er hat die Gelassenheit eines kalifornischen Surfers (»kein Problem, Mann«), der er früher auch war (außerdem hat er als Stuntman in Hollywood gearbeitet), und sein Humor ist trockener als ein Fremdenlegionärsstreifen mit Errol Flynn. Sein Sinn für Understatement und der Humor Marke *Ach was, ich verarsch dich bloß ein bißchen* verstellen manchmal den Blick auf den echten Craig Baxley, der konzentriert, engagiert, phantasievoll und eine Spur autoritär ist (zeigen Sie mir einen Regisseur, der nicht zumindest eine Spur von Stalin an sich hat, und ich zeige Ihnen einen schlechten Regisseur). Als *Der Sturm des Jahrhunderts* im Februar 1998 seinen langen Marsch antrat, hat mich an Craigs Mustern am meisten beeindruckt, wo er »Cut!« rief. Anfangs ist es beunruhigend, aber dann merkt man, daß er etwas tut, wozu nur die visuell begabtesten Regisseure fähig sind: in der Kamera zu schneiden. Während ich dies schreibe, habe ich die ersten »outputs« – Sequenzen geschnittenen Materials auf Video – gesehen, und dank Craigs Regie scheint sich der Film beinahe von selbst zu montieren. Es ist immer ein Risiko, sich zu früh aus dem Fenster zu hängen (man denke nur an die alte Schlagzeile »DEWEY SCHLÄGT TRUMAN«), aber auf der Grundlage der ersten Resultate würde ich sagen, was Sie gleich lesen werden, hat eine unheimliche Ähnlichkeit mit dem, was Sie sehen werden, wenn ABC den *Sturm des Jahrhunderts* ausstrahlt. Ich drücke noch immer kräftig die Daumen, aber ich denke, es wird was. Ich denke, es könnte sogar außergewöhnlich gut werden. Ich hoffe es, aber man bleibt am besten realistisch. Die Produktion der meisten Filme, einschließlich derjenigen, die fürs Fernsehen gedreht werden, kostet ungeheuer viel Arbeit, aber nur sehr wenige sind außergewöhnlich gut; in Anbetracht der Anzahl der Beteiligten ist es in meinen Augen schon erstaulich, daß überhaupt einer was wird. Trotzdem, für meine Hoffnungen kann man mich ja nicht erschießen, nicht wahr?

Das Drehbuch für den *Sturm* schrieb ich vom Dezember 1996 bis zum Februar 1997. Im März 1997 saßen Mark, Craig und ich im Restaurant meiner Tochter Naomi (das jetzt leider geschlossen ist; sie studiert Theologie) beim Essen. Im Juni sah ich mir Skizzen von Andre Linoges Stock mit dem Wolfskopf an, und am 1. Juli sah ich mir Storyboards an, gezeichnete Szenenabläufe. Sehen Sie, was ich meine, wenn ich sage, daß Fernsehleute Filme machen wollen und keine Lunch-Reservierungen?

Die Außenaufnahmen wurden in Southwest Harbor, Maine, und in San Francisco gedreht. Außerdem in Kanada, ungefähr dreißig Kilometer nördlich von Toronto, wo die Main Street von Little Tall Island in einer stillgelegten Zuckerraffinerie nachgebaut worden war. Für ein oder zwei Monate wurde diese Fabrik in der Stadt Oshawa eines der größten Tonstudios der Welt. Die Schneedekoration der Studio-Hauptstraße von Little Tall durchlief drei sorgfältig ausgetüftelte Phasen, von ein paar Zentimetern Schnee bis zu einer Schneedecke, welche die Straße vollständig unter sich begrub[5]. Als eine Reisegruppe aus Southwest Harbor, die per Bus unterwegs war, das Studio in Oshawa besuchte, verschlug es den Leuten sichtlich den Atem, als sie durch die hohen Metalltore der stillgelegten Fabrik hereingeführt wurden und sahen, was dahinter lag. Es muß so gewesen sein, als wären sie plötzlich wieder nach Hause gebeamt worden. Es gibt Tage, da hat das Filmemachen so viel Glamour wie das Zusammenschrauben der Karussells auf einem ländlichen Rummelplatz … aber es gibt auch Tage, da ist der Zauber so stark, daß er einen blendet. Der Tag, an dem die Leute aus Southwest Harbor uns am Set besuchten, war so ein Tag.

Die Dreharbeiten begannen Ende Februar 1998, an einem Schneetag im östlichen Maine. Sie endeten ungefähr achtzig Drehtage später in San Francisco. Während ich dies schreibe (Mitte Juli), haben der Schnitt und die Montage – die sogenannte Postproduktion – gerade begonnen. Optische Effekte und CGI-(computer graphic imaging-)Tricks werden Schicht um Schicht

---

5 Unser Schnee bestand aus Kartoffelflocken und Plastikschnipseln, die von riesigen Ventilatoren durch die Gegend geblasen wurden. Der Effekt ist nicht perfekt … aber der beste, den ich in meiner Zeit beim Film je gesehen habe. Es *sollte* jedenfalls gut aussehen, verdammt noch mal: Der Schnee hat insgesamt zwei Millionen Dollar gekostet.

eingebaut. Ich sehe mir Filmmaterial mit vorläufiger Filmmusik an (viele Tracks sind aus Frank Darabonts Film *Die Verurteilten* übernommen), und das tut auch der Komponist Gary Chang, der die eigentliche Filmmusik für den Dreiteiler schreiben wird. Mark Carliner kämpft mit ABC um die Sendetermine – höchstwahrscheinlich wird der *Sturm* im Februar 1999 laufen, einem der Monate, in denen genaue Zuschauerquoten ermittelt und deshalb die meisten Blockbuster gestartet werden –, und ich sehe mir das geschnittene Material mit einer Zufriedenheit an, die bei mir sehr selten ist.

Das Drehbuch, das nun folgt, ist eine vollwertige Geschichte, nur mit Anweisungen dazwischen – wir nennen sie »Szenen«, »Blenden« und »Inserts« –, die dem Regisseur zeigen, wo er das Ganze in Stücke schneiden muß ... denn wenn man nicht Alfred Hitchcock ist und *Ein Cocktail für eine Leiche* dreht, sind Filme immer Flickwerk. Zwischen März und Juni dieses Jahres hat Craig Baxley das Drehbuch verfilmt, wie Drehbücher normalerweise verfilmt werden – nicht in der richtigen Reihenfolge, oftmals mit müden Schauspielern, die mitten in der Nacht arbeiten mußten, und immer unter Druck –, und am Ende hatte er dann eine Schachtel voller Schnipsel namens »Muster«. Wenn ich mich an meinem jetzigen Sitzplatz umdrehe, sehe ich meinen eigenen Satz dieser Muster vor mir – ungefähr sechzig Kassetten in roten Papphülsen. Aber das Merkwürdige ist: Diese Muster wieder so zusammenzufügen, daß daraus der fertige Film entsteht, ist etwas ganz anders, als ein Puzzle zusammenzusetzen. Es sollte eigentlich ähnlich funktionieren, aber das tut es nicht ... denn wie die meisten Bücher sind auch die meisten Filme etwas Lebendiges mit einem Atem und einem Herzschlag. Normalerweise kommt beim Zusammensetzen etwas heraus, das weniger ist als die Summe der Teile. In seltenen und wunderbaren Fällen kommt etwas dabei heraus, das mehr ist. Diesmal könnte es mehr sein. Ich hoffe es jedenfalls.

Ein letzter Punkt: Was ist mit den Leuten, die behaupten, Spielfilme (insbesondere Fernsehfilme) seien im Verhältnis zu Büchern ein minderwertiges Medium, eine Art Wegwerfprodukt, wie ein Kleenex? Nun, das stimmt nicht mehr so ganz, nicht wahr? Dank der netten Leute von Pocket Books liegt das Drehbuch nun vor, und man kann es jederzeit zur Hand nehmen und einen Blick hineinwerfen, wenn man will. Und der Film selbst wird irgendwann auf Video oder Videodisc erhältlich sein, vermute ich, so wie viele Hardcover-Bücher irgendwann als Taschenbücher erhältlich sind. Sie werden ihn kaufen oder ausleihen können, wann (und falls) Sie wollen. Und wie bei einem Buch können Sie dann zurückblättern, um etwas nachzusehen, was Ihnen vielleicht entgangen ist, oder um etwas auszukosten, was Ihnen besonders gefallen hat; statt Ihrer Finger werden Sie die Rücklauftaste an Ihrer Fernbedienung benutzen, das ist alles. (Und wenn Sie einer dieser schrecklichen Menschen sind, die immer schon vorher wissen wollen, wie es ausgeht, gibt es ja den Schnellvorlauf oder die Suchfunktion, nehme ich an ... obwohl ich Sie warne – der Teufel wird Sie holen, wenn Sie das tun.)

Ich will nicht darüber diskutieren, ob ein Roman fürs Fernsehen einem Roman in Buchform ebenbürtig ist; ich sage nur, wenn man mal von den Ablenkungen absieht (den Werbespots für Tampax, den Werbespots für Ford-PKWs und -LKWs, den Lokalnachrichten und so weiter), dann halte ich es für möglich. Und ich möchte Sie daran erinnern, daß der Mann, den die meisten Literaturstudenten für den größten englischen Schriftsteller halten, in einem mündlichen und einem visuellen Medium gearbeitet hat und nicht (oder jedenfalls nicht in erster Linie) im Medium des gedruckten Buchs. Ich will mich nicht mit Shakespeare vergleichen – das wäre grotesk –, aber ich halte es absolut für möglich, daß er ebenso fürs Kino oder fürs Fernsehen arbeiten wie Off-Broadway-Stücke schreiben würde, wenn er heute lebte. Möglicherweise würde er sogar bei Standards and Practices anrufen und sie davon zu überzeugen versuchen, daß die Gewalt im fünften Akt von *Julius Caesar* notwendig ist ... und vor allem auch geschmackvoll ausgeführt.

Neben den Leuten bei Pocket Books, die es übernommen haben, dieses Projekt zu veröffentlichen, möchte ich Chuck Verrill danken, der den Vertrag ausgehandelt und als Verbindungsmann zwischen Pocket Books und ABC-TV fungiert hat. Bei ABC möchte ich Bob Iger danken, der solch erstaunliches Vertrauen in mich gesetzt hat; außerdem Maura Dunbar, Judd Parkin und Mark Pedowitz. Ebenso den Leuten bei Standards and Practices, die eigentlich gar nicht so schlimm sind (tatsächlich finde ich, man muß der Fairneß halber sagen, daß sie hier »one mother of a job« gemacht haben.)

Dank gebührt Craig Baxley, der eins der größten Filmprojekte übernommen hat, die jemals fürs Network-Fernsehen realisiert worden sind; und Mark Carliner und Tom Brodek, die das Ganze auf die Beine gestellt haben. Es ist toll, Mark im Team zu haben, der für *Wallace* so ziemlich alle vorhandenen Fernsehpreise abgeräumt hat. Ich möchte auch meiner Frau Tabby danken, die mich all die Jahre hindurch so großartig unterstützt hat. Da sie selbst Schriftstellerin ist, hat sie ziemlich viel Verständnis für den Unsinn, den ich mache.

– Stephen King
Bangor, Maine 04401
18. Juli 1998

Erster Teil
Linoge

1. Akt

AUFBLENDE ZU:

1. MAIN STREET, LITTLE TALL ISLAND – SPÄTER NACHMITTAG

Schnee fliegt am Kameraobjektiv vorbei, zuerst so schnell und so dicht, daß wir überhaupt nichts sehen können. Der Wind heult schrill. Die Kamera fährt vorwärts, und wir sehen ein blinkendes orangefarbenes Licht. Es ist das Blinklicht Ecke Main Street und Atlantic Street – die einzige innerstädtische Kreuzung auf Little Tall. Das Blinklicht tanzt wild im Wind. Beide Straßen sind verlassen. Kein Wunder: Dies ist ein ausgewachsener Blizzard. Wir sehen ein paar trübe Lichter in den Häusern, aber nirgends eine Menschenseele. Die Schneeverwehungen reichen fast bis zu den Schaufenstern der Geschäfte hinauf.

MIKE ANDERSON spricht mit einem *leichten* Akzent, der ihn als Einwohner von Maine ausweist.

MIKE ANDERSON
(off)

Ich heiße Michael Anderson, und man würde mich nicht gerade als Wissenschaftler bezeichnen. Ein großer Philosoph bin ich auch nicht, aber eins weiß ich: Für das, was man haben will, muß man bezahlen. Und zwar meistens eine Menge. Manchmal sogar alles, was man hat. Ich dachte, das hätte ich vor neun Jahren bei dem Unwetter gelernt, das die Leute hier in der Gegend den Sturm des Jahrhunderts nennen.

Das Blinklicht erlischt, ebenso wie all die anderen tapferen kleinen Lichter, die wir in dem Unwetter gesehen haben. Jetzt gibt es nur noch den Wind und das Schneegestöber.

MIKE

Ich habe mich geirrt. Das war damals nur die erste Lektion. Die letzte habe ich erst vorige Woche gelernt.

ÜBERBLENDUNG ZU:

2. AUSSEN: WALDGEBIET IN MAINE, AUS DER LUFT (HUBSCHRAUBER) – TAG

Es ist die kalte Jahreszeit – alle Bäume außer den Tannen sind kahl, die Zweige recken sich wie Finger zum weißen Himmel empor. Auf dem Erdboden liegt Schnee, aber nur an einigen Stellen, wie Bündel schmutziger Wäsche. Das Land gleitet unter uns dahin; der Wald wird hin und wieder von einer gewundenen zweispurigen Straße oder einer kleinen New-England-Stadt unterbrochen.

MIKE

(off)

Ich habe mein ganzes Leben in Maine verbracht ... aber in gewissem Sinn hab ich nie dort gelebt. Ich glaube, jeder, der von dort kommt, wo ich herkomme, würde dasselbe sagen.

Auf einmal stoßen wir auf die Meeresküste, das Land ist zu Ende, und was er uns erzählt, ergibt vielleicht einen Sinn. Der Wald ist plötzlich verschwunden; wir erhaschen einen Blick auf graublaues Wasser, das schäumend gegen Felsen und Landspitzen anbrandet ... und dann ist nur noch Wasser unter uns, bis zur

ÜBERBLENDUNG ZU:

3. AUSSEN: LITTLE TALL ISLAND (HUBSCHRAUBER – TAG)

Im Hafen herrscht reges Treiben; die Hummerfischer machen ihre Boote fest oder bringen sie ins Bootshaus. Die kleineren

Boote werden auf dem Schiffslandeplatz der Stadt mit Geländewagen aus dem Wasser geholt und heraufgezogen. Auf dem Pier bringen Jungen und junge Männer Hummerkörbe in das lange, verwitterte Gebäude mit der Aufschrift GODSOE FISH & LOBSTER an der Seite. Man hört Gelächter und aufgeregte Stimmen; ein paar Flaschen mit etwas Warmem darin werden herumgereicht. Der Sturm kommt. Es ist immer aufregend, wenn der Sturm kommt.

In der Nähe von Godsoe's steht eine schmucke kleine Wache der freiwilligen Feuerwehr, knapp groß genug für zwei Löschwagen. LLOYD WISHMAN und FERD ANDREWS sind gerade draußen und waschen einen davon.

Die Atlantic Street führt vom Hafen aus bergauf in die Stadt. Die Anhöhe ist von hübschen kleinen Häusern gesäumt, wie sie für New England typisch sind. Von einer bewaldeten Landspitze südlich des Hafens führt eine baufällige Treppe im Zickzack zum Wasser hinunter. Am Strand im Norden stehen die Häuser der Reichen. An der nördlichsten Spitze des Landes steht ein gedrungener, vielleicht zwölf Meter hoher weißer Leuchtturm. Das automatische Leuchtfeuer dreht sich fortwährend; sein fahler Schein ist auch bei Tag zu sehen. Auf der Spitze des Leuchtturms befindet sich eine lange Rundfunkantenne.

MIKE

(weiter aus dem Off)

Die Leute aus Little Tall zahlen ihre Steuern in Augusta, wie andere Leute auch, wir haben entweder einen Hummer oder einen Seetaucher auf unseren Nummernschildern, wie andere Leute auch, und wir feuern die Mannschaften der Universität von Maine an, vor allem das Basketballteam der Frauen, wie andere Leute auch …

Auf dem Fischerboot *Escape* stopft SONNY BRAUTIGAN Netze in eine Luke, die er anschließend verschalkt. Nicht weit von ihm entfernt vertäut ALEX HABER die *Escape* mit ein paar besonders starken Seilen.

JOHNNY HARRIMAN
(off)
Doppelt genäht hält besser, Sonny – der Wetterfrosch sagt, es geht bald los.

JOHNNY kommt ums Steuerhaus herum, den Blick zum Himmel gerichtet. SONNY dreht sich zu ihm um.

SONNY BRAUTIGAN
Ist doch jeden Winter dasselbe, Big John. Sie kommen angepfiffen und verpfeifen sich wieder. Der nächste Juli kommt bestimmt.

SONNY rüttelt prüfend an der Luke, setzt den Fuß auf die Reling und sieht ALEX zu, bis dieser fertig ist. Hinter ihnen gesellt sich LUCIEN FOURNIER ZU JOHNNY. LUCIEN geht zur Bünn und klappt den Deckel auf, und während er in den mit Wasser gefüllten Kasten schaut, sagt

ALEX HABER
Trotzdem … sie sagen, der hier wird was Besonderes sein.

LUCIEN holt einen Hummer heraus und hält ihn hoch.

LUCIEN FOURNIER
Den 'ast du vergessen, Sonny.

SONNY BRAUTIGAN
Einer für 'n Topf – das bringt Glück.

LUCIEN FOURNIER
(zum Hummer)
Da kommt der Sturm des Jahr'underts, *mon frère* – sagt das Radio.
(klopft an die Schale)
Gut, daß du 'ast deine Mantel an, hein?

Er wirft Bob, den Hummer, wieder in die Bünn zurück – KLATSCH! Die vier Männer gehen von Bord, und die Kamera folgt ihnen.

MIKE

(weiter aus dem Off)

Aber wir sind nicht wie die anderen Leute. Das Leben auf den Inseln ist anders. Wir ziehen am selben Strang, wenn es nötig ist.

SONNY, JOHNNY, ALEX und LUCIEN sind jetzt auf der Rampe; vielleicht haben sie ein paar Sachen vom Schiff dabei.

SONNY BRAUTIGAN

Wir werden's überleben.

JOHNNY HARRIMAN

Ayuh. Wie immer.

LUCIEN FOURNIER

Wer aufs Meer geht, darf die Wellen nicht fürchten.

ALEX HABER

Was weiß so 'n Franzmann wie du schon?

LUCIEN schlägt spielerisch nach ihm. Sie lachen alle und gehen weiter. Wir beobachten, wie SONNY, LUCIEN, ALEX und JOHNNY Godsoe's betreten. Die Kamera fährt die Atlantic Street hinauf auf das Blinklicht zu, das wir vorhin schon gesehen haben. Dann schwenkt sie während der Fahrt nach rechts und zeigt ein paar Ladenfronten und den lebhaften Verkehr auf der Straße.

MIKE

(weiter aus dem Off)

Und wir können ein Geheimnis bewahren, wenn es nötig ist. 1989 haben wir das jedenfalls getan.

(Pause)

Und die Leute, die hier leben, bewahren es immer noch.

Wir gelangen zu Andersons Laden. Es herrscht ein eiliges Kommen und Gehen. Drei Frauen verlassen das Geschäft: ANGELA CARVER, MRS. KINGSBURY und ROBERTA COIGN.

MIKE

(weiter aus dem Off)

Ich weiß das.

ROBERTA COIGN

So, ich hab mein Dosenfutter. Soll er ruhig kommen.

MRS. KINGSBURY

Ich bete nur, daß der Strom nicht ausfällt. Ich kann nicht auf einem Holzofen kochen. Auf dem verdammten Ding würde mir sogar Wasser anbrennen. Ein schwerer Sturm ist nur für eines gut …

ANGELA

Ayuh, und mein Jack weiß, was das ist.

Die anderen beiden schauen sie überrascht an, dann kichern sie wie kleine Mädchen und gehen zu ihren Wagen.

MIKE

(weiter aus dem Off)

Ich halte mich auf dem laufenden.

3A. AUSSEN: DIE SEITE EINES FEUERWEHRWAGENS

Eine Hand poliert den glänzenden grünen Lack mit einem Lappen und wird dann weggezogen. LLOYD WISHMAN betrachtet zufrieden sein eigenes Gesicht.

FERD ANDREWS

(off)

Im Radio sagen sie, es wird irre viel Schnee geben.

LLOYD dreht sich um, und die Kamera schwenkt zur Seite und zeigt uns FERD, der in der Tür lehnt. Seine Finger stecken in den Schäften eines halben Dutzends Stiefel, die er paarweise unter Haken zu stellen beginnt, an denen Regenjacken und Helme hängen.

FERD ANDREWS

Wenn wir Probleme kriegen... kriegen wir Probleme.

LLOYD grinst den jüngeren Mann an und poliert dann weiter den Wagen.

LLOYD

Immer mit der Ruhe, Ferd. Ist doch bloß 'ne Mütze Schnee. Probleme kommen nicht übers Wasser rüber. Deshalb leben wir doch hier draußen, oder?

FERD ist sich da nicht so sicher. Er geht zur Tür, schaut nach oben und sieht

4. AUSSEN: AUFZIEHENDE STURMWOLKEN – TAG

Wir bleiben einen Moment auf den Wolken und schwenken dann nach unten auf ein schmuckes weißes Haus im New-England-Stil. Dieses Haus steht ungefähr auf halber Höhe des Hügels, den die Atlantic Street hinaufführt – das heißt, zwischen dem Hafen und dem Stadtzentrum. Ein Palisadenzaun umgibt einen winterlich toten Rasen (aber es liegt überhaupt kein Schnee, nicht hier draußen auf der Insel), und eine offenstehende Gartenpforte gewährt jedermann, der vom Bürgersteig zu den steilen Verandastufen und der Haustür gehen möchte, Zugang zu einem betonierten Gehweg. Neben der Gartenpforte steht ein Briefkasten, der durch eine lustige Bemalung und diverse Accessoires in eine rosafarbene Kuh verwandelt wird. An dem Briefkasten steht der Name CLARENDON.

MIKE

(off)

Der erste Mensch auf Little Tall, der Andre Linoge gesehen hat, war Martha Clarendon.

Ganz vorn im Bild erscheint jetzt ein zähnefletschender silberner Wolf. Es ist der Knauf eines Stocks.

5 AUSSEN: LINOGE, VON HINTEN – TAG

Auf dem Bürgersteig steht ein hochgewachsener Mann mit dem Rücken zu uns vor MARTHA CLARENDONS offener Gartenpforte. Er trägt Jeans, Stiefel, eine Seemannsjacke und eine schwarze, über die Ohren gezogene Strickmütze. Und Handschuhe – aus gelbem Leder, so grell wie ein höhnisches Grinsen. Eine Hand umfaßt den Knauf seines Stocks, der unterhalb des silbernen Wolfs aus schwarzem Walnußholz besteht. LINOGE hat den Kopf zwischen die massigen Schultern gezogen; es ist eine nachdenkliche Haltung, die auch etwas Brütendes hat.

Er hebt den Stock, tippt erst an eine Seite der Gartenpforte und dann, nach einer kurzen Pause, an die andere. Es wirkt wie ein Ritual.

MIKE

(weiter aus dem Off)

Er war der letzte Mensch, den sie jemals sah.

LINOGE setzt sich in Bewegung, geht langsam den betonierten Weg entlang zu den Verandastufen und schwingt seinen Stock dabei lässig hin und her. Er pfeift ein Kinderlied: »Bin ein kleines Teekännchen.«

6. INNEN: MARTHA CLARENDONS WOHNZIMMER

In dem Zimmer herrscht eine gepflegte Unordnung, wie sie nur bei sehr gewissenhaften Menschen anzutreffen ist, die ihr ganzes Leben an einem einzigen Ort verbracht haben. Die Möbel sind alt und hübsch, aber nicht richtig antik. An den Wänden hängen überall Bilder, die größtenteils aus den zwanziger Jahren stammen. Auf dem Notenständer eines Klaviers steht ein aufgeschlagenes, vergilbendes Notenheft. In dem bequemsten Sessel (vielleicht dem einzigen bequemen Sessel) im Zimmer sitzt MARTHA CLARENDON, eine Dame von vielleicht achtzig Jahren. Sie hat weiße Haare, eine entzückende Frisur aus dem Kosmetiksalon, und trägt ein adrettes Schürzenkleid. Auf dem Tisch neben ihr stehen eine Tasse Tee und ein Teller mit Plätzchen. Auf der anderen Seite steht ein Laufstuhl, aus dem hinten Fahrradgriffe und vorne ein Tragetablett ragen.

Der einzige moderne Gegenstand in dem Zimmer ist der große Farbfernseher mit einem Receiver oben drauf. MARTHA hat den Wetterkanal eingestellt, schaut mit lebhaftem Interesse auf den Bildschirm und nippt dabei wie ein Vögelchen an ihrem Tee. Auf dem Bildschirm ist eine hübsche WETTERFEE zu sehen. Hinter der WETTERFEE prangt eine Karte mit zwei großen roten Ts in der Mitte zweier großer Sturmtiefs. Eines davon liegt über Pennsylvania, das andere direkt vor der Küste von New York. Die WETTERFEE beginnt mit dem Sturm im Westen.

WETTERFEE

Das ist der Sturm, der auf seinem Weg über die Großen Ebenen und den mittleren Westen so viel Unheil angerichtet – und fünfzehn Tote hinterlassen hat. Bei der Überquerung der Großen Seen hat er nun wieder seine ganze ursprüngliche Kraft gesammelt und ist sogar noch stärker geworden, und hier sehen Sie seinen weiteren Verlauf …

Ein Pfeil erscheint in leuchtendem Gelb (die gleiche Farbe wie LINOGES Handschuhe) und zeigt einen zukünftigen Kurs, der den Sturm direkt über New York, Vermont, New Hampshire und Maine hinwegführen wird.

WETTERFEE

(fährt fort)

… in seiner ganzen Pracht. Und jetzt schauen Sie dorthin, da kommt es nämlich knüppeldick.

Sie richtet ihre Aufmerksamkeit auf den Sturm an der Küste.

WETTERFEE

(fährt fort)

Das ist ein sehr untypischer Sturm, fast schon ein winterlicher Hurrikan – ein Kaventsmann von der Sorte, die 1976 den größten Teil der Ostküste lahmgelegt und Boston *zugeschüttet* hat. Seitdem haben wir keinen ähnlich starken Sturm mehr erlebt … bis jetzt. Wird er uns verschonen und draußen auf dem Meer bleiben, wie es diese Stürme manchmal tun? Unser Computer verneint das leider. Die Staaten östlich der Großen Indianergewässer geraten also aus einer Richtung unter Beschuß ...

Sie tippt auf den ersten Sturm.

WETTERFEE

(fährt fort)

... die mittlere Atlantikküste aus einer anderen ...

Sie wendet sich wieder dem Sturm an der Küste zu.

WETTERFEE

(fährt fort)

... und wenn sich nichts ändert, gewinnt das nördliche New England heute nacht den großen Katastrophenpreis. Schauen Sie sich ... das ... an.

Ein zweiter knallgelber Sturmpfeil erscheint, der von dem Sturmfleck vor New York aus mit einem leichten Linksdrall nach Norden verläuft. Dieser Pfeil trifft in der Gegend von Cape Cod auf Land und bewegt sich dann die Küste hinauf, wo er den ersten Sturmpfeil kreuzt. An dieser Stelle hat ein Computergenie des Weather Network mit zuviel freier Zeit einen knallroten Klecks hinzugefügt, der wie ein Explosionssymbol in einer Nachrichtensendung aussieht.

WETTERFEE

(fährt fort)

Wenn keins der beiden Tiefs abschwenkt, werden sie über dem Bundesstaat Maine aufeinanderprallen und miteinander verschmelzen. Das sind schlechte Neuigkeiten für unsere Freunde im Yankeeland, aber es kommt noch schlimmer: Sie könnten einander nämlich zeitweilig aufheben.

MARTHA

(nippt an ihrem Tee)

Du meine Güte.

WETTERFEE

Und das Resultat? Ein absolut einmaliges Supertief, das sich mindestens vierundzwanzig Stunden, vielleicht aber sogar achtundvierzig Stunden lang über der Küste und dem Landesinneren von Maine halten wird. Es bringt Winde in Orkanstärke sowie phänomenale Schneemengen mit, die beide zusammen zu einem Schneetreiben führen, wie man es normalerweise nur in der arktischen Tundra sieht. Dazu kommen regionale Stromausfälle.

MARTHA

Du *meine* Güte!

WETTERFEE

Niemand will seinen Zuschauern Angst einjagen, ich am allerwenigsten, aber die Einwohner im Gebiet von New England, besonders an der Küste von Maine und auf den vorgelagerten Inseln, sollten diese Situation sehr ernst nehmen. In diesem Winter hat es bei Ihnen da oben bisher so gut wie keinen Schnee gegeben, aber in den nächsten zwei oder drei Tagen werden Sie eine Ladung abkriegen, die für den ganzen Winter reicht

Wir hören die TÜRGLOCKE.

MARTHA schaut in diese Richtung, dann wieder zum Fernseher. Sie würde gern sitzenbleiben und weiterhin der WETTERFEE zusehen, stellt aber trotzdem die Teetasse ab, zieht ihren Laufstuhl zu sich herüber und quält sich auf die Beine.

WETTERFEE

Manchmal greifen wir zu leichtfertig zu dem Wort vom »Sturm des Jahrhunderts«, aber wenn diese beiden Tiefdruckgebiete aufeinandertreffen – und das werden sie, davon sind wir mittlerweile überzeugt –, wird es nicht übertrieben sein, glauben Sie mir. Judd Parkin wird Ihnen gleich im Anschluß erklären, wie Sie sich auf das Unwetter vorbereiten können – kein Grund zur Panik, nur praktische Hinweise. Aber vorher noch etwas anderes.

Während ein Werbespot läuft – für einen Katastrophen-Videofilm namens *Gottes Strafen* –, kämpft MARTHA sich durchs Wohnzimmer in Richtung Diele; sie umklammert die Fahrradgriffe ihres Laufstuhls und stapft schwerfällig dahin.

MARTHA

Wenn sie einem erzählen, das Ende der Welt ist nahe, wollen sie Müsli verkaufen. Wenn sie sagen, es besteht kein Grund zur Panik, dann ist es wirklich ernst.

Wir hören die TÜRGLOCKE.

MARTHA

Ja, ja, ich komme ja schon!

7. INNEN: DIE DIELE VON MARTHAS HAUS – TAG

Martha hält sich am Laufstuhl fest und durchquert mühsam die Diele. An den Wänden hängen idyllische Fotos und Zeichnungen von Little Tall, wie es Anfang des 20. Jahrhunderts ausgesehen hat. Am Ende des Korridors befindet sich eine geschlossene Tür mit einem anmutigen Glasoval in der oberen Hälfte. Dieses ist von einem hauchdünnen Vorhang bedeckt, wahrscheinlich damit die Sonne den Teppich nicht ausbleicht. Auf dem hauchdünnen Stoff sieht man die Silhouette von LINOGES Kopf und Schultern.

MARTHA

(keucht ein bißchen)

Moment ... bin gleich da ... ich hab mir letzten Sommer die Hüfte gebrochen, und ich bin immer noch so langsam wie kalter Sirup ...

Und die WETTERFEE fährt fort:

WETTERFEE

(weiter aus dem Off)

Im Januar 1987 haben die Einwohner von Maine und den Küstenprovinzen schon einmal einen gewaltigen Sturm über sich ergehen lassen müssen, aber dabei gab es gefrierenden Regen. Diesmal wird es eine völlig andere Geschichte sein. Sparen Sie sich jeden Gedanken ans Schneeschaufeln, bevor die Pflüge vorbeigekommen sind.

Sie erreicht die Tür, blickt neugierig auf den Schattenriß des Männerkopfes auf dem dünnen Vorhang und macht dann auf. Draußen steht LINOGE. Sein Gesicht ist so hübsch wie das einer griechischen Statue, und irgendwie sieht er auch wie eine Statue aus. Seine Augen sind geschlossen. Seine Hände sind über dem Wolfskopf am oberen Ende seines Stocks verschränkt.

WETTERFEE

(weiter aus dem Off)

Wie schon gesagt, und ich wiederhole es noch einmal: Es besteht kein Grund zur Panik; das ist nicht das erste und auch nicht das letzte Mal, daß die Menschen im Norden von New England einen heftigen Sturm erleben. Aber die schiere Größe dieser aufeinander zusteuernden Tiefdruckgebiete hat selbst altgedienten Wetterfröschen ein bißchen die Sprache verschlagen.

MARTHA ist natürlich verwirrt von dem unerwarteten Auftauchen dieses Fremden, aber beunruhigt ist sie eigentlich nicht. Sie befinden sich hier schließlich auf der Insel, und da passieren keine schlimmen Dinge. Außer natürlich, daß es hin und wieder mal einen Sturm gibt. Dazu kommt, daß ihr der Mann fremd ist, und Fremde auf der Insel sind selten, sobald der kurze Sommer vorbei ist.

MARTHA

Was kann ich für Sie tun?

LINOGE

(mit geschlossenen Augen)

Kind der Lust, Staub sollst du sein, Kind der Sünde, komm herein.

MARTHA

Wie bitte?

Er öffnet die Augen ... nur daß er gar keine Augen hat. Die Höhlen sind voller Schwärze. Seine Lippen ziehen sich von riesigen, schiefen Zähnen zurück – sie sehen wie die Zähne eines von einem Kind gemalten Monsters aus.

WETTERFEE

(weiter aus dem Off)

Das sind wahre *Monster* von Tiefdruckgebieten. Und kommen sie wirklich auf uns zu? Ja, ich fürchte, so ist es.

MARTHAS fasziniertes Interesse weicht blankem Entsetzen. Sie öffnet den Mund, um zu schreien, und taumelt zurück, wobei sie die Griffe des Laufstuhls losläßt. Sie wird stürzen.

LINOGE hebt seinen Stock, der zähnefletschende Wolfskopf zeigt nach vorn. Er packt den Laufstuhl, der zwischen ihm und der alten Frau steht, und wirft ihn hinter sich zur Tür hinaus, so daß er auf der Veranda in der Nähe der Treppe landet.

8. INNEN: DIELE, MIT MARTHA

Sie stürzt schwer zu Boden und schreit, hebt die Hände, blickt auf zu:

9. INNEN: LINOGE, MARTHAS PERSPEKTIVE

Ein zähnefletschendes Monster, kaum menschlich, mit erhobenem Stock. Hinter ihm sehen wir die Veranda und den weißen Himmel, der das heraufziehende Unwetter ankündigt.

10. INNEN: MARTHA, AUF DEM BODEN

MARTHA

Bitte tun Sie mir nichts!

11. INNEN: MARTHAS WOHNZIMMER

Auf dem Fernsehschirm sehen wir nun JUDD PARKIN vor einem Tisch stehen. Darauf liegen: eine Taschenlampe; Batterien; Kerzen; Streichhölzer; Fertigmahlzeiten; Stapel warmer Kleidung; ein Kofferradio; ein Handy; andere Vorräte. Neben ihm steht die WETTERFEE und schaut drein, als sei sie ganz hingerissen von diesen Gegenständen.

JUDD

Aber ein Sturm muß nicht unbedingt eine Katastrophe sein, Maura, und eine Katastrophe nicht unbedingt eine Tragödie. Wenn wir mit dieser Einstellung an die Sache herangehen, können wir unseren Zuschauern in New England ein paar Tips geben, glaube ich, die ihnen helfen werden, sich auf einen allem Anschein nach ziemlich außergewöhnlichen Wettermacher vorzubereiten.

WETTERFEE

Was haben Sie da, Judd?

JUDD

Nun, zunächst einmal warme Kleidung. Das steht an erster Stelle. Und Sie sollten sich fragen: »Wie sieht's mit meinen Batterien aus? Habe ich genug für ein Kofferradio? Und vielleicht auch noch für einen kleinen Fernseher?« Und wenn Sie einen Generator besitzen, dann sollten Sie Ihre Benzinvorräte – oder Ihr Dieselöl oder Propangas – vorher prüfen, nicht hinterher. Wenn Sie warten, bis es zu spät ist...

Unterdessen entfernt sich die Kamera beständig vom Fernseher, als verlöre sie das Interesse. Sie wird zur Diele zurückgezogen. Während der Dialog allmählich in den Hintergrund tritt, hören wir immer deutlicher weitaus unangenehmere Geräusche: das stetige dumpfe Klatschen von Linoges Stock. Endlich hört es auf. Eine kurze Stille tritt ein, dann erklingen Schritte, begleitet von einem merkwürdigen, schleifenden Geräusch, fast so, als würde jemand einen Stuhl oder einen Hocker langsam über einen Holzfußboden ziehen.

JUDD

(weiter aus dem Off)

... dann ist es wirklich zu spät.

LINOGE erscheint im Durchgang. Seine Augen sind nicht normal – ein kühles und irgendwie beunruhigendes Blau –, aber in ihnen ist auch nicht mehr diese gräßliche schwarze Leere, die MARTHA gesehen hat. Seine Wangen, die Stirn und der Nasenrücken sind mit feinen Blutstropfen übersät. Er kommt ganz nah an die Kamera heran, so daß wir ihn in extremer Großaufnahme sehen; sein Blick ist auf etwas Bestimmtes gerichtet. Ein Ausdruck von Interesse tritt auf sein Gesicht, so daß seine Miene ein wenig wärmer wird.

WETTERFEE

(off)

Danke, Judd. Weise Worte, die unsere Zuschauer in New England wahrscheinlich nicht zum ersten Mal hören, aber wenn es um Stürme von solchem Ausmaß geht, können manche Dinge nicht oft genug wiederholt werden.

12. INNEN: DAS WOHNZIMMER ÜBER LINOGES SCHULTER HINWEG

Es ist das Fernsehgerät, das er anschaut.

WETTERFEE

Gleich nach der Werbepause sehen Sie Ihre lokale Wettervorhersage.

Sie wird von einem Werbespot für *Gottes Strafen 2* abgelöst – sämtliche Vulkanausbrüche, Brände und Erdbeben, die man für 19,95 Dollar nur verlangen kann. LINOGE, der uns wieder das Gesicht zuwendet, geht langsam zu MARTHAS Sessel hinüber. Das schleifende Geräusch ertönt von neuem, und als er sich dem Sessel nähert und seine untere Körperhälfte ins Bild kommt, sehen wir, daß es von der Spitze seines Stocks erzeugt wird. Sie hinterläßt eine dünne Blutspur auf dem Teppich. Weiteres Blut sickert durch die Finger der um den Wolfskopf geklammerten

Faust. Hauptsächlich damit hat er auf MARTHA eingeschlagen, mit diesem Wolfskopf, und auf dessen Anblick können wir jetzt wahrscheinlich gut verzichten.

LINOGE bleibt stehen und schaut auf den Fernseher hinunter. Auf dem Bildschirm geht gerade ein Wald in Flammen auf.

LINOGE

(singt)

»Bin ein kleines Teekännchen, dick und bunt... Mein Henkel ist eckig, mein Schnabel ist rund.«

Er nimmt in MARTHAS Sessel Platz. Ergreift mit einer blutbesudelten Hand ihre Teetasse, wobei er den Henkel verschmiert. Trinkt. Nimmt dann mit der blutigen Hand ein Plätzchen und schlingt es hinunter.

LINOGE lehnt sich zurück und sieht JUDD und MAURA zu, die im Wetterkanal über die bevorstehende Katastrophe plaudern.

13. AUSSEN: MIKE ANDERSONS LADEN – TAG

Dies ist ein altmodischer Kaufmannsladen mit einer langen Veranda vor der Tür. Wenn es Sommer wäre, stünden hier draußen etliche Schaukelstühle nebeneinander, in denen eine Menge alter Männer säßen. Nun jedoch steht dort eine Reihe von Schneeschleudern und Schneeschaufeln, die mit einem hübschen handgemalten Schild versehen sind: SUPERSTURM-SONDERANGEBOT! REDEN WIR ÜBER DIE PREISE!

Die Treppe wird von zwei Hummerkörben flankiert, und von der Unterseite des Verandadaches hängen weitere Körbe herunter. Vielleicht sehen wir auch ein kurioses Sortiment von Gerätschaften für die Muschelzucht und die Muschelernte. Neben der Tür steht eine Gliederpuppe mit Überschuhen, gelber Regenjacke, Glotzaugen an Sprungfedern und einer Kappe mit einem Propeller (der sich jetzt nicht dreht) auf dem Kopf. Jemand hat ihr ein Kissen unter die Jacke gestopft, so daß sie nun einen ziemlich ausgeprägten Spitzbauch hat. In der einen Plastikhand hält sie einen blauen Wimpel der Universität von Maine, in der anderen eine Bierdose. Um den Hals der Puppe hängt ein Schild: DIE ECHTE »ROBBIE BEALS«-HANSWURST – NUAH HIAH BEI MIAH.

In den Schaufenstern sind Schilder mit Sonderangeboten für Fisch und Fleischwaren, andere werben für den Videoverleih (»DREI ALTE SCHINKEN – 1 DOLLAR!«) oder weisen auf Essenseinladungen von Mitgliedern der Kirchengemeinde und eine Blutspendeaktion der freiwilligen Feuerwehr hin. Das größte Schild hängt an der Tür. Darauf steht: UNWETTER-NOTSTAND IN DEN NÄCHSTEN 3 TAGEN MÖGLICH! SIGNAL »SCHUTZ SUCHEN«: 2 X KURZ, 1 X LANG. Über den Schaufenstern sind Sturmschutz-Rolläden aus Holzlatten angebracht, die jetzt hochgezogen sind. Auf einem hübschen, altmodischen Schild über der Tür steht in goldenen Lettern auf schwarzem Grund: ANDERSON'S MARKET – INSELPOSTAMT – CONSTABLE'S OFFICE.

Mehrere Frauen gehen hinein, zwei weitere – OCTAVIA GODSOE und JOANNA STANHOPE – kommen heraus. TAVIA (um die Fünfundvierzig) und JOANNA (Ende Vierzig oder Anfang Fünfzig) haben volle Einkaufstüten in den Armen und plaudern angeregt miteinander. TAVIA wirft einen Blick auf die ROBBIE-BEALS-Puppe und stößt JOANNA mit dem Ellbogen an. Sie gehen beide lachend die Treppe hinunter.

14. INNEN: ANDERSONS'S MARKET – TAG

Dies ist ein sehr gut ausgestatteter Gemischtwarenladen und in vieler Hinsicht eine charmante Neuauflage der Tante-Emma-Läden der fünfziger Jahre. Der Fußboden besteht aus Holz und knarrt behaglich unter den Schuhen. Kugellampen hängen an Ketten von einer mit Blech verkleideten Decke. Aber es gibt auch Attribute der modernen Zeit; zwei neue Registrierkassen mit digitalen Strichcodelesern daneben, ein Funkempfänger auf einem Bord hinter dem Kassentresen, eine Wand voller Leihvideos und Überwachungskameras hoch oben in den Ecken.

Im hinteren Teil ist ein Kühlraum für Fleisch, der fast die ganze Länge des Ladens einnimmt. Unter einem konvexen Spiegel links davon ist eine Tür mit der schlichten Aufschrift CONSTABLE'S OFFICE.

In dem Laden herrscht reger Betrieb. Jeder deckt sich für den heraufziehenden Sturm ein.

15. INNEN: FLEISCHTHEKE

MIKE ANDERSON kommt durch die Tür herein, die zum Kühlraum führt (sie ist ebenfalls im hinteren Teil des Ladens, gegenüber von der Tür zum Büro des Inselpolizisten). Er ist ein gutaussehender Mann von etwa fünfunddreißig Jahren. Im Moment sieht er allerdings auch reichlich gestreßt aus … obwohl das kleine Lächeln nie ganz aus seinen Augen und seinen Mundwinkeln verschwindet. Dieser Mann liebt das Leben, liebt es sogar sehr und findet meistens etwas darin, was ihn amüsiert.

Im Augenblick trägt er weiße Metzgerkleidung und schiebt einen Einkaufswagen voller abgepackter Fleischwaren vor sich her. Drei Frauen und ein Mann kommen beinahe sofort von verschiedenen Seiten auf ihn zu. Der Mann – rotes Sportsakko und schwarzes Hemd mit Umlegekragen – erreicht ihn als erster.

REVEREND BOB RIGGINS

Vergessen Sie das Festessen Mittwoch nächster Woche nicht, Michael – ich werde jeden verfügbaren Diakon brauchen.

MIKE

Ich werde kommen … das heißt, wenn wir die nächsten drei Tage überstehen.

REV. RIGGINS

Das tun wir ganz bestimmt; Gott nimmt sich seiner Schäfchen an.

Er zieht ab. Hinter ihm steht ein niedliches kleines Mäuschen namens JILL ROBICHAUX, und ihr Gottvertrauen ist offensichtlich nicht so stark ausgeprägt. Sie beginnt, die Packungen aus dem Wagen zu nehmen und die Etiketten zu lesen, bevor er auch nur anfangen kann, sie in der Auslage der Fleischtheke zu verteilen.

JILL

Sind da Schweinekoteletts dabei, Michael? Ich hab fest damit gerechnet, daß Sie noch Schweinekoteletts haben.

Er gibt ihr eine in Folie eingewickelte Packung. JILL sieht sie sich eingehend an und legt sie dann in ihren übervollen Einkaufswagen. Die beiden anderen Frauen, CARLA BRIGHT und LINDA ST. PIERRE, gehen bereits die anderen Fleischpackungen durch. CARLA sieht sich etwas an, ist kurz davor, es zu nehmen, legt es dann aber wieder in eine der Schalen in der Auslage zurück.

CARLA

Das durchgedrehte Fleisch ist zu teuer! Haben Sie keine guten alten Hamburger, Michael Anderson?

MIKE

Doch ...

Sie reißt ihm die Packung, die er hochhält, aus der Hand, bevor er zu Ende sprechen kann.

MIKE

(fährt fort)

... hier.

Noch mehr Leute kommen dazu und raffen die Packungen genauso schnell an sich, wie er sie aus seinem Wagen umladen kann. MIKE läßt sich das einen Moment lang gefallen, dann beschließt er, seinen Polizistenhut aufzusetzen. Versucht es zumindest.

MIKE

Hört zu, Leute. Es ist ein Sturm, nicht mehr. Wir haben vorher schon viele überstanden und werden nachher auch noch viele überstehen. Also, würdet ihr euch jetzt bitte beruhigen und aufhören, euch wie Leute vom Festland zu benehmen?

Das bringt sie ein bißchen zur Vernunft. Sie treten zurück, und MIKE fängt wieder an, das Fleisch zu verteilen.

LINDA

Spielen Sie nicht den Klugscheißer, Michael Anderson.

Sie spricht es nach Art der Inselbewohner aus – »Kluchscheißah«. Und wenn CARLA »teuer« sagt, klingt es wie »teuah«.

MIKE

(lächelt)

Nein, Mrs. St. Pierre. Das tue ich nicht.

Hinter ihm kommt ALTON »HATCH« HATCHER mit einem zweiten Einkaufswagen voll mit abgepacktem Fleisch aus dem Kühlraum. HATCH ist um die dreißig, korpulent und freundlich. Er ist MIKES zweiter Mann im Laden wie auch bei der Polizei. Er trägt ebenfalls weiße Metzgerkleidung und dazu noch einen weißen Schutzhelm mit dem Aufdruck A. HATCHER.

CAT

(über den Lautsprecher im Laden)

Mike! Hey, Mike! Telefon für dich!

16. INNEN: KASSENTRESEN, MIT KATRINA »CAT« WITHERS

Sie ist ungefähr neunzehn und sehr hübsch. Sie sitzt an einer der Registrierkassen, ignoriert im Moment jedoch die Schlange der Kunden und Kundinnen; in einer Hand hält sie das an die Lautsprecheranlange des Ladens angeschlossene Mikrophon, in der anderen den Hörer des Telefons, das an der Wand neben dem CB-Funkgerät hängt.

CAT

Deine Frau. Sie sagt, sie hat da ein kleines Problem in ihrem Kindergarten.

17. INNEN: WIEDER MIKE, HATCH, KUNDEN AN DER FLEISCHTHEKE

Die Kunden schauen interessiert drein und sind fürs erste abgelenkt. Das Leben auf der Insel ist wie eine Seifenoper, bei der man alle Figuren kennt.

MIKE

Braucht sie mich dringend?

18. INNEN: WIEDER DER KASSENTRESEN, MIT CAT

CAT

Na, das will ich doch annehmen. Immerhin hat sie dich geheiratet.

Grinsen und leises Gelächter von seiten der Kundschaft. Im Sprachgebrauch der Inseln war das »ein Guter«. Ein Mann von etwa vierzig grinst MIKE an.

KIRK FREEMAN

Sehen Sie lieber nach, was da los ist, Mike.

19. INNEN: WIEDER MIKE UND HATCH AN DER FLEISCHTHEKE

MIKE

Kannst du hier mal einen Moment übernehmen?

HATCH

Leihst du mir deine Peitsche und deine Trillerpfeife?

MIKE lacht, klopft ihm auf den Helm und eilt nach vorn, um zu sehen, was seine Frau will.

20. INNEN: AM KASSENTRESEN

MIKE kommt herbei und nimmt CAT den Hörer ab. Er spricht mit seiner Frau, ohne auf das interessiert zuschauende Publikum zu achten.

MIKE

Hallo, Molly, was gibt's?

MOLLY

(Telefonstimme)

Ich hab hier ein kleines Problem – kannst du herkommen?

MIKE läßt den Blick durch den Laden schweifen. Der ist voller Kunden, die rasch noch einkaufen wollen, bevor der Sturm losbricht.

MIKE

Ich hab selber ein paar kleine Probleme, Schatz. Was ist denn?

21. INNEN: GROSSAUFNAHME VON PIPPA HATCHER

PIPPA ist ungefähr drei Jahre alt. Im Moment schreit sie wie am Spieß, und ihr verängstigtes Gesicht füllt den ganzen Bildschirm. Es ist mit roten Streifen und Flecken übersät. Vielleicht glauben wir zunächst, daß es sich um Blut handelt.

Die Kamera fährt zurück, und wir sehen, worin das Problem besteht. Auf halber Höhe einer Treppe hat PIPPA den Kopf zwischen zwei Geländerpfosten durchgesteckt. Jetzt kriegt sie ihn nicht mehr heraus. Sie hält aber trotzdem ein Stück Marmeladenbrot umklammert, und wir sehen, daß es sich bei dem »Blut« in Wirklichkeit um Erdbeermarmelade handelt.

Unter ihr, am Fuß der Treppe, steht eine Gruppe von sieben ernst dreinschauenden kleinen Kindern im Alter von drei bis fünf Jahren. Einer der Vierjährigen ist RALPH ANDERSON, der Sohn von MIKE und MOLLY. Wir bemerken es vielleicht nicht sofort (im Augenblick gilt unser Interesse eher PIPPAS Notlage), aber RALPHIE hat ein Muttermal auf dem Nasenrücken. Es entstellt ihn zwar nicht, aber es ist doch vorhanden; es sieht aus wie ein winziger Sattel.

RALPHIE

Pippa, kann ich dein Brot haben, wenn du's nicht ißt?

PIPPA

(kreischt)

NEI-I-I-N!

Sie fängt an, den Kopf ruckartig nach hinten zu reißen, um sich zu befreien, hält ihr Brot dabei aber weiterhin fest. Es verschwindet jetzt in ihrer dicken kleinen Faust, und man könnte meinen, sie würde Erdbeermarmelade ausschwitzen.

22. INNEN: DIELE UND TREPPENHAUS IM HAUS DER ANDERSONS

Hier steht das Telefon, auf einem Dielentischchen auf halbem Wege zwischen der Treppe und der Haustür. MOLLY ANDERSON, MIKES Frau, hält den Hörer in der Hand. Sie ist um die dreißig, hübsch, und schwankt im Augenblick zwischen Belustigung und Angst.

MOLLY

Pippa, nicht, Schatz ... halt still ...

MIKE

(Telefonstimme)

Pippa? Was ist mit Pippa?

23. INNEN: HINTER DER FLEISCHTHEKE, MIT HATCH

Sein Kopf fährt abrupt hoch.

LINDA ST. PIERRE

Ist was mit *Pippa*?

HATCH kommt um die Theke herum.

24. INNEN: WIEDER DIE DIELE, MIT MOLLY

MOLLY

Nicht so laut! Das letzte, was ich will, ist, daß Alton Hatcher mir auf die Pelle rückt.

25. INNEN: WIEDER DER MARKET

HATCH, der immer noch seinen Helm auf dem Kopf hat, kommt mit Volldampf Gang Nummer 3 herunter. Das Lächeln und die gute Laune sind vollständig aus seinem Gesicht verschwunden. Er ist die Aufmerksamkeit in Person, ein Vater von vorne bis hinten und von Kopf bis Fuß.

MIKE

Zu spät, Baby. Was ist los?

26. INNEN: DIE DIELE, MIT MOLLY

Sie schließt die Augen und stöhnt.

MOLLY

Pippa hat sich den Kopf im Geländer eingeklemmt. Es ist nicht schlimm – glaube ich jedenfalls –, aber ein schwerer Sturm und ein durchgedrehter Vater, alles an einem Tag – das ist einfach zuviel für mich. Wenn Hatch kommt, will ich dich auch hier haben.

Sie legt auf und geht wieder zur Treppe.

MOLLY

Pippa ... Schatz ... nicht so ziehen. Du tust dir an den Ohren weh.

27. INNEN: DER KASSENTRESEN, MIT MIKE, HATCH, KUNDEN UND KUNDINNEN

Mike betrachtet nachdenklich den Hörer und hängt dann ein. Währenddessen zwängt HATCH sich mit besorgter Miene zwischen den Kunden und Kundinnen durch.

HATCH

Pippa! Was ist mit Pippa?

MIKE

Hat eine leichte Klemmitis, wie ich höre. Warum schauen wir nicht mal rasch nach ihr?

28. AUSSEN: MAIN STREET, VOR DEM LADEN

Hier kann man im schrägen Winkel zum Bordstein parken. Das Auto in der günstigsten Parkbucht vor dem Laden ist ein waldgrüner Geländewagen mit der Aufschrift ISLAND SERVICES an den Türen und einer Blinklichtleiste der Polizei auf dem Dach.

MIKE und HATCH kommen aus dem Laden und springen die Stufen hinunter. Während sie näher kommen:

HATCH

Wie aufgeregt hat sie sich denn angehört, Mike?

MIKE

Molly? Null komma fünf auf einer Skala von eins bis zehn. Mach dir keine Sorgen.

Eine Windbö trifft sie und läßt sie beinahe zurücktaumeln. Sie schauen zum Meer. Wir können es nicht sehen, aber wir hören das laute Rauschen der starken Brandung.

HATCH

Das wird ein ganz übler Scheiß-Sturm werden, was?

MIKE antwortet nicht. Es ist nicht nötig. Sie steigen in den »ISLAND SERVICES«-Wagen und fahren los.

29. AUSSEN: DIE PUPPE AUF DER VERANDA DES LADENS

Eine weitere Windbö. Die hängenden Hummerfallen klackern aneinander… und der Propeller auf »Robbie Beals« Kopf beginnt sich langsam zu drehen.

30. INNEN: DAS TREPPENHAUS DER ANDERSONS

PIPPAS Kopf steckt immer noch zwischen den Pfosten, aber MOLLY sitzt jetzt neben ihr auf der Treppe und hat sie einigermaßen beruhigt. Die KINDER sind nach wie vor um sie versammelt und beobachten sie. MOLLY streicht PIPPA mit einer Hand übers Haar. In der anderen hält sie PIPPAS Marmeladenbrot.

MOLLY

Alles in Ordnung, Pippa. Mike und dein Daddy werden gleich hier sein. Mike holt dich da raus.

PIPPA

Wie denn?

MOLLY

Keine Ahnung. Manchmal ist er ein richtiger Zauberer.

PIPPA

Ich hab Hunger.

Molly steckt den Arm durch die Pfosten und manövriert das Brot an PIPPAS Mund. PIPPA ißt. Die anderen KINDER schauen fasziniert zu. Einer, ein Junge von fünf Jahren, ist JILL ROBICHAUX' Sohn.

HARRY ROBICHAUX

Darf ich sie füttern, Missus Anderson? Ich hab mal einen Affen gefüttert, auf dem Jahrmarkt in Bangor.

Die anderen Kinder lachen. PIPPA findet das nicht lustig.

PIPPA

Ich bin kein Affe, Harry! Ich bin ein *Kind*, kein Affe!

DON BEALS

Schaut her, ich bin ein Affe!

Er fängt an, am Fuß der Treppe herumzuhüpfen, kratzt sich unter den Armen und benimmt sich so albern, wie es nur ein Vierjähriger kann. Sofort fangen die anderen an, ihn nachzuahmen.

PIPPA

Ich bin kein Affe.

Und sie beginnt zu weinen. MOLLY streicht ihr über die Haare, kann sie diesmal aber nicht mit Worten trösten. Sich den Kopf zwischen Geländerpfosten einzuklemmen, ist schlimm; als Affe bezeichnet zu werden, ist noch schlimmer.

MOLLY

Hört auf damit, Kinder! Hört sofort auf! Das ist nicht nett, und es macht Pippa traurig!

Die meisten von ihnen hören auf, aber DON BEALS, ein kleiner Lümmel von reinstem Wasser, hüpft weiter herum und kratzt sich.

MOLLY

Hör auf, Don. Das ist gemein.

RALPHIE

Meine Mom sagt, das ist gemein.

Er versucht, DON festzuhalten. DON schüttelt ihn ab.

DON BEALS

Ich bin ein Affe!

DON legt sich mit seiner Affennummer doppelt ins Zeug, nur um RALPHIE zu ärgern... und RALPHIES Mutter natürlich. Die Tür zur Diele geht auf. MIKE und HATCH kommen herein. HATCH sieht sofort, was los ist, und reagiert mit einer Mischung aus Angst und Erleichterung.

PIPPA

Daddieee!

Sie fängt wieder an, den Kopf ruckartig nach hinten zu reißen, um sich zu befreien.

HATCH

Pippa! Halt still! Willst du dir die Ohren abreißen?

RALPHIE

(läuft zu MIKE)

Daddy! Pippa hat sich den Kopf eingeklemmt, und Don hört nicht auf, ein Affe zu sein!

RALPHIE springt seinem Vater in die Arme. HATCH geht zu seiner kleinen Tochter hinauf, die von der unglaublichen mädchenfressenden Treppe gefangen worden ist, und kniet sich neben sie. MOLLY schaut über PIPPAS Rücken hinweg zu ihrem Mann und übermittelt ihm mit den Augen eine Botschaft: Bitte bring das wieder in Ordnung!

Ein niedliches kleines Mädchen mit blonden Zöpfen zieht an der Tasche von MIKES weißer Fleischerhose. Der größte Teil ihrer Erdbeermarmelade klebt vorn an ihrer Bluse.

SALLY GODSOE

Mr. Anderson? Ich hab aufgehört, ein Affe zu sein. Gleich, als sie's gesagt hat.

SALLY zeigt auf MOLLY. MIKE macht sich sanft von ihr los. SALLY, die ebenfalls vier Jahre alt ist, steckt prompt den Daumen in den Mund.

MIKE

Das ist brav, Sally. Ralphie, ich muß dich jetzt absetzen.

Er setzt RALPHIE ab. Der wird sofort von DON BEALS geschubst.

RALPHIE

Au, hey! Warum hast du das gemacht?

DON BEALS

Weil du gepetzt hast!

MIKE nimmt DON BEALS hoch und hebt ihn bis auf Augenhöhe. DON, der kleine Dummkopf, fürchtet sich nicht im geringsten.

DON BEALS

Ich hab keine Angst vor dir! Mein Vater ist der Bürgermeister! Der bezahlt dein Gehalt!

Er streckt die Zunge heraus und macht direkt vor MIKES Gesicht mit den Lippen ein Furzgeräusch. MIKE läßt sich kein bißchen aus der Ruhe bringen.

MIKE

Wer andere schubst, wird selbst geschubst, Donnie Beals. Das solltest du dir merken, weil es nämlich eine Tatsache dieses traurigen Lebens ist. Wer andere schubst, wird selbst geschubst.

DON versteht nicht, was er meint, reagiert aber auf seinen Ton. Irgendwann wird er zwar wieder Sperenzchen machen, aber fürs erste ist er in seine Schranken gewiesen. MIKE setzt DON ab und tritt neben die Treppe. Hinter ihm sehen wir eine halb offene Tür mit der Aufschrift KLEINE LEUTE. In dem Zimmer hinter der Tür stehen kleine Tische und Stühle. Fröhliche, bunte Mobiles hängen von der Decke. Es ist Mollys Kindergartenraum.

HATCH drückt auf den Scheitel seiner Tochter. Das bringt überhaupt nichts, und sie gerät gleich wieder in Panik, weil sie denkt, daß sie bis in alle Ewigkeit eingeklemmt sein wird.

HATCH

Warum hast du das denn gemacht, Schätzchen?

PIPPA

Heidi St. Pierre hat gesagt, ich würd mich nicht trauen.

MIKE legt die Hände über die von HATCH und schiebt HATCH beiseite. HATCH sieht MIKE hoffnungsvoll an.

31. INNEN: DIE KINDER AM FUSS DER TREPPE

HEIDI ST. PIERRE, die fünfjährige Tochter von LINDA ST. PIERRE, ist ein Rotschopf mit einer dicken Brille.

HEIDI

Hab ich nicht.

PIPPA

Hast du doch!

HEIDI ST. PIERRE

Gelogen, gelogen, auf die Nase geflogen!

MOLLY

Hört auf, alle beide.

PIPPA

(zu MIKE)

Er ist ganz leicht durchgegangen, aber jetzt krieg ich ihn nicht mehr raus. Ich glaube, auf dieser Seite ist mein Kopf größer.

MIKE

Ja, stimmt … aber ich werd ihn kleiner machen. Weißt du, wie?

PIPPA

(fasziniert)

Nein … wie denn?

MIKE

Ich drücke einfach auf den Kleiner-Knopf. Wenn ich das tue, wird dein Kopf kleiner, und du kannst ihn wieder rausziehen. Genauso leicht, wie du ihn reingesteckt hast. Verstehst du, Pippa?

Er spricht langsam und in beruhigendem Ton. Es hat fast etwas Hypnotisches.

HATCH

Was für –

MOLLY

Pst!

MIKE

Bist du soweit, daß ich auf den Knopf drücken kann?

PIPPA

Ja.

MIKE hebt die Hand und drückt mit der Fingerspitze auf PIPPAS Nasenspitze.

MIKE

Piep! Jetzt geht's los. Kleiner! Schnell, Pippa, bevor er wieder größer wird!

PIPPA zieht den Kopf mühelos zwischen den Pfosten heraus. Die Kinder klatschen und jubeln. DON BEALS hüpft wie ein Affe herum. Einer der anderen Jungs, FRANK BRIGHT, hüpft auch ein bißchen, sieht dann den empörten Blick, den RALPHIE ihm zuwirft, und hört damit auf.

HATCH greift sich seine Tochter und nimmt sie in die Arme. PIPPA umarmt ihn ebenfalls, ißt aber gleichzeitig ihr Marmeladenbrot. Ihre Angst ist in dem Moment gewichen, als MIKE angefangen hat, mit ihr zu sprechen. MOLLY lächelt MIKE dankbar an und streckt die Hand durch die Geländerpfosten, wo PIPPA eingeklemmt war. MIKE ergreift sie von seiner Seite und küßt überschwenglich jeden einzelnen Finger. Die Kinder kichern. Eins von ihnen, BUSTER CARVER (BUSTER, das letzte von Mollys Kindergartenkindern, ist ungefähr fünf), schlägt die Hand vor die Augen.

BUSTER

(stöhnend)

Fingerküssen! O nein!

MOLLY lacht und zieht die Hand zurück.

MOLLY

Dank dir. Ehrlich.

HATCH

Ja – danke, Boß.

MIKE

Nicht der Rede wert.

PIPPA

Dad, ist mein Kopf immer noch klein? Ich hab gemerkt, wie er klein geworden ist, als Mr. Anderson es gesagt hat. Ist er noch klein?

HATCH

Nein, Schatz. Er hat genau die richtige Größe.

MIKE geht zum Fuß der Treppe. MOLLY kommt zu ihm herunter. RALPHIE ist ebenfalls dort; MIKE hebt ihn hoch und küßt das rote Muttermal auf dem Nasenrücken des kleinen Jungen. MOLLY gibt MIKE einen Kuß auf die Wange.

MOLLY

Tut mir leid, wenn ich dich zu einem ungünstigen Zeitpunkt weggeholt habe. Ich hab ihren Kopf zwischen den Pfosten gesehen, und als ich ihn alleine nicht wieder rausgebracht habe, da hab ich einfach ... die Nerven verloren.

MIKE

Ist schon in Ordnung. Ich hab sowieso eine Pause gebraucht.

MOLLY

Ist die Hölle los im Laden?

HATCH

Kann man wohl sagen. Du weißt ja, wie es ist, wenn ein Sturm kommt... und das ist kein gewöhnlicher Sturm.

(zu Pippa)

Ich muß wieder zurück, süße Maus. Sei brav.

Don macht wieder ein Furzgeräusch.

MIKE

(leise)

Herrje, ich liebe Robbies Knaben.

MOLLY sagt nichts, verdreht aber zustimmend die Augen.

MIKE

Was meinst du, Hatch?

HATCH

Machen wir uns auf den Weg, solange wir noch können. Wenn sie recht haben, werden wir die nächsten drei Tage wohl alle zu Hause festsitzen.

(Pause)

Wie Pippa mit dem Kopf im Geländer.

Keiner von ihnen lacht. Es liegt zuviel Wahrheit in dem, was er sagt.

32. AUSSEN: DAS HAUS DER ANDERSONS AUF DER LOWER MAIN STREET – TAG

Der »ISLAND SERVICES«-Geländewagen parkt am Bordstein. Im Vordergrund, beim Bürgersteig, ist ein Schild mit der Aufschrift »KLEINE LEUTE«-KINDERGARTEN. Es hängt an einer Kette und schaukelt im Wind hin und her. Der Himmel ist grauer denn je. Das Meer, das man hier im Hintergrund sieht, ist voller grauer Schaumkronen.

Die Tür geht auf. MIKE und HATCH kommen heraus, ziehen ihre Hüte tief ins Gesicht, damit der Wind sie ihnen nicht vom Kopf reißt, und klappen die Jackenkragen hoch. Auf dem Weg zum Wagen bleibt MIKE stehen und schaut zum Himmel hinauf. Ja, da kommt er. Ein dicker Sturm. MIKES nervöses Gesicht zeigt, daß er das weiß. Oder zu wissen glaubt. Niemand weiß, wie dick *dieses* Baby sein wird.

Er steigt in den Wagen, setzt sich hinters Lenkrad und winkt MOLLY zu, die mit ihrem Pullover über den Schultern auf der Veranda steht. HATCH winkt ebenfalls. Sie winkt zurück. Der Geländewagen wendet und fährt zum Laden zurück.

33. INNEN: DER »ISLAND SERVICES«-WAGEN, MIT MIKE UND HATCH

HATCH

(ziemlich belustigt)

Der Kleiner-Knopf, hm?

MIKE

Jeder hat einen. Erzählst du's Melinda?

HATCH

Nein ... aber Pippa wird's tun. Hast du gemerkt, daß sie bei der ganzen Sache nie ihr Brot aus den Augen gelassen hat?

Die beiden Männer schauen sich grinsend an.

34. AUSSEN: ATLANTIC STREET – TAG

Ohne sich um das heraufziehende Unwetter und den immer stürmischeren Wind zu kümmern, kommt DAVEY HOPEWELL, ein Junge von vierzehn Jahren, mitten auf der Straße auf uns zu. Er trägt eine dicke Jacke und Handschuhe mit abgeschnittenen Fingerspitzen, die es ihm erleichtern, mit seinem Basketball zu spielen. Er kurvt von einer Seite zur anderen, dribbelt und führt dabei Selbstgespräche. Das heißt, er beschreibt seine Spielzüge wie ein Radiokommentator.

DAVEY

Davey Hopewell schaltet von der Verteidigung auf den Angriff um ... er umgeht die Preßverteidigung ... Stockton versucht, ihm den Ball abzunehmen, hat aber keine Chance ... Davey Hopewell ist am Freiwurfkreis ... die Zeit läuft ab ... Davey Hopewell ist die einzige Hoffnung der Celtics ... er spielt sich frei, täuscht an ... er ...

DAVEY HOPEWELL bricht ab. Er hält den Ball fest und schaut hinüber zu

35. AUSSEN: MARTHA CLARENDONS HAUS, DAVEYS PERSPEKTIVE

Die Tür steht trotz der Kälte offen, und der umgekippte Laufstuhl liegt neben der Verandatreppe, wo LINOGE ihn hingeworfen hat.

36. AUSSEN: WIEDER DAVEY

Er klemmt sich den Basketball unter den Arm und geht langsam zu MARTHAS Gartenpforte hinüber. Dort bleibt er einen Moment stehen, dann sieht er etwas Schwarzes an dem weißen Lack. Dort, wo LINOGE mit seinem Stock hingetippt hat, sind Brandstellen. DAVEY berührt eine davon mit ein paar bloßen Fingern (wir erinnern uns, daß die Fingerspitzen der Handschuhe abgeschnitten sind) und zuckt dann zurück.

DAVEY

Auuu!

Die schwarzen Stellen sind immer noch heiß. Aber er verliert das Interesse an ihnen, als er zu dem umgefallenen Laufstuhl und der offenen Tür schaut – diese Tür sollte nicht offen sein, nicht bei diesem Wetter. Er geht den Gehweg entlang und steigt die Treppe hinauf. Er bückt sich und schiebt den Laufstuhl beiseite.

WETTERFEE

(off)

Welche Rolle spielt der Treibhauseffekt bei solchen Stürmen? Tatsache ist, wir wissen es einfach nicht…

DAVEY

(ruft)

Mrs. Clarendon? Alles in Ordnung mit Ihnen?

37. INNEN: MARTHAS WOHNZIMMER, MIT LINOGE

Im Fernsehen geht es immer noch ums Wetter. Die Sturmgraphiken sind näher an den Punkt herangerückt, wo sie irgendwann zusammenstoßen werden. LINOGE sitzt in MARTHAS Sessel und hat seinen blutigen Stock quer über dem Schoß liegen. Seine Augen sind geschlossen. Sein Gesicht erweckt den Eindruck, als würde er meditieren.

WETTERFEE

Eines wissen wir jedoch: Der Jetstream hat eine für diese Jahreszeit sehr typische Form angenommen. Dabei ist der obere Strom allerdings noch stärker als üblich, was zum Teil für die enorme Gewalt dieses Sturms aus westlicher Richtung verantwortlich ist.

DAVEY

(ruft aus dem Off)

Mrs. Clarendon? Ich bin's, Davey! Davey Hopewell! Geht es Ihnen gut?

LINOGE schlägt die Augen auf. Sie sind wieder schwarz… aber jetzt ist das Schwarz von roten Blitzen durchzogen, die wie Flammenzungen aussehen. Er grinst und bleckt dabei seine scheußlichen Zähne. Die Kamera verweilt darauf, dann wird das Bild dunkel.

ABBLENDE

ENDE DES 1. AKTS

2. Akt

38. AUSSEN: DIE VERANDA VON MARTHAS HAUS

Durch die geöffnete Tür sehen wir DAVEY HOPEWELL, der langsam und mit wachsender Nervosität näher kommt. Er hat immer noch den Basketball unter dem Arm.

DAVEY

Mrs. Clarendon? Mrs. –

WETTERFEE

(off)

Große Fenster sollten abgeklebt werden, damit sie bei den starken Böen nicht beschädigt werden.

Er bleibt abrupt stehen, und seine Augen werden groß. Er sieht:

39. INNEN: DIE DIELE, DAVEYS PERSPEKTIVE

Aus dem Schatten ragen zwei Schuhe und der Saum des Kleides einer alten Frau.

WETTERFEE

(off)

Bei diesem Sturm können die Windböen Geschwindigkeiten erreichen …

40. AUSSEN: DIE VERANDA, MIT DAVEY

DAVEY, der seine Angst fürs erste vergessen hat – er glaubt, schon das Schlimmste zu wissen, daß sie in Ohnmacht gefallen ist, einen Herzinfarkt gehabt hat oder etwas dergleichen –, geht auf ein Knie und beugt sich vor, um sie zu untersuchen … dann erstarrt er. Sein Basketball rutscht ihm unterm Arm heraus und rollt über die Veranda, während Entsetzen in seine Augen tritt. Wir brauchen nicht zu sehen, was er sieht. Wir wissen es.

WETTERFEE

… die wir normalerweise mit Hurrikanen verbinden. Prüfen Sie die Luftklappen von Öfen und Kaminen! Das ist sehr wichtig …

DAVEY schnappt nach Luft und bekommt zunächst keinen Ton heraus. Wir sehen, wie es in ihm arbeitet. Er versucht zu schreien. Er berührt einen von MARTHAS Schuhen und gibt einen kleinen, keuchenden Laut von sich.

LINOGE

(off)

Vergiß die Proficlubs, Davey – du wirst selbst auf der High-School nie zu den ersten Fünf gehören. Du bist langsam, und du würdest nicht mal das Meer treffen.

DAVEY schaut in die halbdunkle Diele, und ihm wird klar, daß MARTHAS Mörder wahrscheinlich noch im Haus ist. Die Lähmung weicht von ihm. Er stößt einen schrillen Schrei aus, springt auf, dreht sich um und saust die Treppe hinunter. Auf der letzten Stufe stolpert er und fliegt der Länge nach auf den Gehweg.

LINOGE

(ruft ihm laut nach)

Außerdem bist du klein. Du bist ein *Zwerg*. Warum kommst du nicht rein, Davey? Ich tu dir einen Gefallen. Wird dir 'ne Menge Kummer ersparen.

DAVEY rappelt sich auf und flieht. Während er durch MARTHA CLARENDONS Gartenpforte und über den Bürgersteig auf die Straße flitzt, wirft er entsetzte Blicke zurück. Er rennt die Atlantic Street zum Hafen hinunter.

DAVEY

(schreit)

Hilfe! Missus Clarendon ist tot! Jemand hat sie umgebracht! Blut! Hilfe! O Gott, Hilfe!

41. INNEN: MARTHAS WOHNZIMMER, MIT LINOGE

Seine Augen sehen wieder normal aus ... wenn man dieses kalte, beunruhigende Blau normal nennen kann. Er hebt eine Hand und krümmt den Zeigefinger, als winke er jemanden zu sich heran.

WETTERFEE

Alles, was wir bisher gesagt haben, läßt sich am besten folgendermaßen zusammenfassen: Bereiten Sie sich auf das Schlimmste vor, denn das wird ein böser Sturm werden.

42. AUSSEN: MARTHAS VERANDA

In der Ferne hören wir immer noch DAVEY HOPEWELL um Hilfe rufen. Sein Basketball, der am Verandageländer liegengeblieben ist, rollt zuerst langsam, dann immer schneller über die Bodenbretter zur Haustür. Er springt über die Schwelle ins Haus.

43. INNEN: MARTHAS DIELE, BLICK ZUR VERANDA

Im Hintergrund liegt MARTHAS Leichnam, ein dunkler, unförmiger Schatten. DAVEYS Basketball hüpft daran vorbei und hinterläßt jedesmal, wenn er aufprallt, einen großen, dunklen Blutfleck auf dem Boden.

WETTERFEE

Noch ein Tip? Sorgen Sie dafür, daß Sie genug Rindfleisch-Mortadella von Smile-Boy im Haus haben. Wenn das Wetter so richtig eklig wird, wärmt Sie nichts so auf wie ...

44. INNEN: DAS WOHNZIMMER, MIT LINOGE

Der Ball rollt über den Boden und tanzt zwischen den Möbeln hindurch. Als er zu MARTHAS Sessel gelangt, in dem nun LINOGE sitzt, prallt er zweimal auf und gewinnt dabei an Höhe. Beim dritten Aufprallen landet er in LINOGES Schoß. LINOGE nimmt ihn in die Hand.

WETTERFEE

(mit dem Sandwich in der Hand)

... ein gutes altes gebratenes Mortadella-Sandwich! Besonders eins mit der Smile-Boy-Mortadella aus reinem Rindfleisch!

LINOGE

Er wirft...

Er schleudert den Ball mit übermenschlicher Kraft auf den Fernseher. Der Ball kracht mitten in den Bildschirm und schickt die WETTERFEE, ihr Sandwich und ihre beiden riesigen Sturmtiefs in die elektronische Hölle. Funken fliegen.

LINOGE

... und macht Punkte!

45. AUSSEN: ATLANTIC STREET, MIT DAVEY

Er rennt immer noch mitten auf der Straße und schreit so laut er kann.

DAVEY

Mrs. Clarendon! Jemand hat Mrs. Clarendon umgebracht! Überall ist Blut! Eins ihrer Augen ist ausgeschlagen! Es liegt auf ihrer Wange! O Gott, einer ihrer Augäpfel liegt auf ihrer Wange!

Leute kommen ans Fenster und öffnen die Haustür, um hinauszuschauen. Sie kennen DAVEY natürlich alle, aber bevor jemand auf die Straße treten, ihn festhalten und beruhigen kann, stellt sich ein großer Lincoln vor ihm quer wie ein Cop, der einem Temposünder den Weg abschneidet. An der Seite des Wagens steht »Island-Atlantic-Immobilien«. Ein wohlbeleibter Herr mit Anzug, Krawatte und Überzieher (höchstwahrscheinlich die einzige Geschäftskleidung auf Little Tall Island) steigt aus. Ob wir nun eine gewisse Ähnlichkeit mit der absurden Gummipuppe auf der Veranda des Ladens erkennen oder nicht: Dies ist ROBBIE BEALS, das hiesige hohe Tier, des unangenehmen DON

BEALS' noch unangenehmerer Vater. Er packt DAVEY jetzt an den Schultern seiner Jacke und schüttelt ihn heftig.

ROBBIE

Davey! Hör auf! Hör sofort damit auf!

DAVEY verstummt und bekommt sich allmählich wieder in den Griff.

ROBBIE

Was läufst du mitten auf der Atlantic Street herum und machst so ein Theater?

DAVEY

Jemand hat Mrs. Clarendon umgebracht.

ROBBIE

Unsinn. Wovon redest du?

DAVEY

Da ist überall Blut. Und ihr eines Auge ist ausgeschlagen. Es ... es liegt auf ihrer Wange.

DAVEY bricht in Tränen aus. Jetzt kommen auch andere Leute herbei und schauen den Mann und den Jungen an. ROBBIE läßt DAVEY langsam los. Irgend etwas geht hier vor, möglicherweise etwas Ernstes, und wenn das so ist, dann gibt es nur einen, der das überprüfen kann. Wir sehen diese Erkenntnis in ROBBIES Miene heraufdämmern.

Er schaut sich um, und sein Blick fällt auf eine Frau mittleren Alters, die sich eilig einen Pullover um die Schultern gelegt hat und noch eine Schüssel mit Kuchenteig in einer Hand hält.

ROBBIE

Mrs. Kingsbury. Kümmern Sie sich um ihn. Machen Sie ihm einen heißen Tee ...

(überlegt es sich anders)

Nein, geben Sie ihm einen kleinen Whiskey, wenn Sie welchen haben.

MRS. KINGSBURY

Rufen Sie Mike Anderson an?

ROBBIE macht ein verdrießliches Gesicht. Er und MIKE können sich nicht ausstehen.

ROBBIE

Erst, wenn ich selbst nachgesehen habe.

DAVEY

Seien Sie vorsichtig, Mr. Beals. Sie ist tot ... aber da ist jemand im Haus, glaube ich ...

ROBBIE sieht ihn ungeduldig an. Der Junge ist eindeutig hysterisch. Ein alter Mann mit dem kantigen Gesicht eines typischen Einwohners von New England tritt vor.

GEORGE KIRBY

Brauchen Sie Hilfe, Robbie Beals?

ROBBIE

Nicht nötig, George. Das schaffe ich schon.

Er steigt wieder in seinen Wagen. Da dieser zu groß ist, als daß ROBBIE auf der Straße wenden könnte, benutzt er dazu die Auffahrt eines Nachbarn.

DAVEY

Er sollte nicht allein da hinfahren.

Die Gruppe auf der Straße (die immer noch wächst) sieht ROBBIE besorgt nach, als dieser zum Haus von MRS. CLARENDON fährt.

MRS. KINGSBURY

Komm rein, Davey. Ein Kind kriegt von mir keinen Whiskey, aber ich kann den Teekessel aufsetzen.

Sie legt ihm den Arm um die Schultern und führt ihn zu ihrem Haus.

46. AUSSEN: MARTHA CLARENDONS HAUS

ROBBIES Lincoln hält am Randstein. ROBBIE steigt aus und betrachtet den Gehweg, den umgestürzten Laufstuhl, die offene Tür. Seine Miene deutet an, daß dies doch ein bißchen ernster sein könnte, als er anfangs gedacht hat. Aber er geht trotzdem zum Haus. Soll er die Sache etwa diesem Besserwisser MIKE ANDERSON überlassen? Kommt nicht in Frage!

47. AUSSEN: RATHAUS VON LITTLE TALL ISLAND – TAG

Dies ist ein weißes Holzgebäude im schlichten, typischen New-England-Stil, der Mittelpunkt des öffentlichen Lebens der Stadt. Davor ist eine kleine Kuppel mit einer ziemlich großen Glocke darunter – einer Glocke etwa von der Größe eines Apfelkorbs. Der »ISLAND SERVICES«-Geländewagen hält vor dem Rathaus auf einem Parkplatz mit der Aufschrift RESERVIERT FÜR GEMEINDEANGELEGENHEITEN.

48. INNEN: DER »ISLAND SERVICES«-WAGEN, MIT MIKE UND HATCH

HATCH hat sich eine Broschüre mit dem Titel *UNWETTERBEREITSCHAFT: Richtlinien des Staates Maine* besorgt. Er ist völlig darin vertieft.

MIKE

Willst du mit reinkommen?

HATCH

(ohne aufzublicken)

Nein. Schon gut.

Als MIKE die Tür öffnet, blickt HATCH doch auf … und bedenkt MIKE mit einem netten, offenen Lächeln.

HATCH

Danke, daß du dich um meine Kleine gekümmert hast, Boß.

MIKE

(erwidert das Lächeln)

War mir ein Vergnügen.

49. AUSSEN: BLICK AUF DEN »ISLAND SERVICES«-GELÄNDEWAGEN

MIKE steigt aus und zieht sich erneut den Hut in die Stirn, damit er nicht wegfliegt. Dabei wirft er noch einmal einen kurzen, abschätzenden Blick zum Himmel.

50. AUSSEN: MIKE, AUF DEM BÜRGERSTEIG

Er bleibt bei der Kuppel stehen. Jetzt, wo wir näher dran sind, können wir die Tafel vorne an der Kuppel lesen. Sie enthält eine Namensliste von Kriegsopfern: zehn aus dem Bürgerkrieg, einen aus dem spanisch-amerikanischen Krieg, jeweils zwei aus dem Ersten und Zweiten Weltkrieg sowie dem Koreakrieg und sechs aus Vietnam, dem Arme-Leute-Krieg. Unter den Namen entdecken wir jede Menge BEALS', GODSOES, HATCHERS und ROBICHAUX'. Über der Liste steht in großen Lettern: WENN WIR FÜR DIE LEBENDEN LÄUTEN, EHREN WIR DIE TOTEN.

MIKE streicht mit einem behandschuhten Zeigefinger über den Klöppel der Glocke. Ein leiser Ton erklingt. Dann geht er hinein.

51. INNEN: GEMEINDEVERWALTUNG VON LITTLE TALL ISLAND

Das übliche chaotische Sekretariat, beherrscht von einer Luftaufnahme der Insel an der Wand. Eine einzelne Frau schmeißt den ganzen Laden – die rundliche, hübsche URSULA GODSOE (ihr Namensschild steht neben den Eingangs-Ausgangs-Körben auf ihrem Schreibtisch). Durch eine Glaswand hinter ihr sehen wir die eigentliche Gemeindeversammlungshalle – viele Bänke mit geraden Rückenlehnen, die Ähnlichkeit mit puritanischen Kirchenbänke haben, und ein kahles Holzpult mit Mikrophon. Der Anblick erinnert eher an eine Kirche als an ein Rathaus. Im Moment ist niemand in der Halle.

An der Wand von URSULAS Büro fällt uns das gleiche Schild ins Auge, das wir an der Tür von MIKES Laden gesehen haben: UNWETTER-NOTSTAND IN DEN NÄCHSTEN 3 TAGEN MÖGLICH! SIGNAL »SCHUTZ SUCHEN«: 2 X KURZ, 1 X LANG. MIKE schlendert hin und sieht es sich an, während er auf URSULA wartet. Sie telefoniert gerade. Aus ihrem Ton spricht erzwungene Geduld.

URSULA

Nein, Betty, ich habe auch nicht mehr gehört als Sie ... wir kriegen hier alle dieselbe Wettervorhersage ... nein, nicht die Gedenkglocke, nicht bei dem Wind, mit dem wir rechnen ... es wird die Sirene sein, wenn es soweit kommt. Zweimal kurz und einmal lang, richtig ... Mike Anderson, natürlich ... wir bezahlen ihn schließlich dafür, daß er solche Entscheidungen trifft, nicht wahr, meine Liebe?

URSULA zwinkert MIKE unübersehbar zu und bedeutet ihm, daß sie gleich für ihn da sein wird. MIKE hebt die Hand und ahmt mit Fingern und Daumen einen plappernden Mund nach. URSULA grinst und nickt.

URSULA

Ja ... ich werde auch beten ... wir alle, natürlich. Danke für Ihren Anruf, Betty.

Sie legt auf und schließt einen Moment lang die Augen.

MIKE

Harter Tag?

URSULA

Betty Soames denkt anscheinend, wir hätten Zugang zu einem geheimen Wetterbericht.

MIKE

So eine Art *Akte-X*-Wetterbericht? Übernatürliches Wetter?

URSULA

Vermutlich.

MIKE tippt auf das UNWETTER-NOTSTAND-Plakat.

MIKE

Die meisten Leute in der Stadt haben das doch gesehen, oder?

URSULA

Wenn sie nicht blind sind, haben sie's gesehen. Sie müssen sich entspannen, Mike Anderson. Wie geht's der kleinen Pippa Hatcher?

MIKE

Wow, das ging aber schnell.

URSULA

Ayuh. Keine Geheimnisse auf der Insel.

MIKE

Es geht ihr gut. Sie hat sich den Kopf im Treppengeländer eingeklemmt. Ihr Dad ist draußen im Wagen und macht seine Hausaufgaben für den großen Sturm von '89.

URSULA

(lacht)

Na, das sieht der Tochter von Alton und Melinda Hatcher mal wieder absolut ähnlich.

(wird ernst)

Die Leute wissen, daß es diesmal schlimm wird, und wenn sie die Sirene hören, werden sie kommen. Machen Sie sich keine Sorgen deswegen. Also – Sie sind hier, um einen Blick in den Schutzraum zu werfen, nicht wahr?

MIKE

Dachte, das wäre vielleicht keine schlechte Idee.

URSULA

(steht auf)

Wir können dreihundert Leute drei Tage lang versorgen, oder hundertfünfzig eine Woche lang. Und wenn das stimmt, was ich im Radio höre, werden wir's wohl auch tun müssen. Na, kommen Sie, schauen wir ihn uns an.

Sie verlassen den Raum. URSULA geht voran.

52 INNEN: ROBBIE BEALS (GROSS)

Seine Miene ist entsetzt und ungläubig.

ROBBIE

O mein Gott.

WETTERFEE

(off)

Nun aber erst einmal genug von Wolken und Weltuntergang. Reden wir vom Sonnenschein!

Die Kamera fährt zurück, und wir sehen, daß er neben MARTHA in ihrer Diele kniet und das zwecklose Ritual vollführt, ihren Puls zu messen. Wir sehen ihr Handgelenk und den blutbefleckten Ärmel ihres Kleides, aber das ist alles. ROBBIE schaut sich ungläubig um. Im Hintergrund spricht die WETTERFEE weiter. LINOGE hat den Fernseher zerstört, aber sie ist trotzdem zu hören.

WETTERFEE

(off)

Wo haben wir heute in den Vereinigten Staaten das beste Wetter? Tja, keine Frage: auf der Großen Insel von Hawaii! Temperaturen zwischen fünfundzwanzig und achtundzwanzig Grad, und zur Abkühlung eine leichte Brise vom Meer. Und in Florida sieht es auch ganz erfreulich aus. Der Kälteeinbruch der letzten Woche ist vorbei. In Miami haben wir knapp fünfundzwanzig Grad, und wie steht's mit Sanibel Island und dem schönen Captiva? Wenn Sie dort unten sind, dann sammeln Sie jetzt gerade Muscheln, haben jede Menge Sonne, die Ihnen den Weg zeigt, und Temperaturen um die dreißig Grad.

ROBBIE

Ist da jemand?

Er steht auf. Zuerst fällt sein Blick auf die Wand, wo einige von MARTHAS hübschen alten Bildern jetzt mit feinen Blutstropfen gesprenkelt sind. Dann schaut er auf den Boden und sieht noch mehr Blut: die dünne Linie, die LINOGES Stock gezogen hat, und die großen, dunklen Flecken, die von DAVEYS hüpfendem Basketball stammen.

ROBBIE

Ist da jemand?

Er bleibt unentschlossen stehen, dann geht er durch die Diele zum Wohnzimmer.

53. SCHWARZ

Eine Reihe Neonlampen an der Decke flackert auf und erhellt den geräumigen Kellerraum des Rathauses. Dieser Raum wird normalerweise für Tanzveranstaltungen, Bingo-Abende und diverse Gemeindezwecke benutzt. Schilder an der mit Kiefernholz vertäfelten Wand erinnern Besucher an die Blutspendeaktion der freiwilligen Feuerwehr, die hier durchgeführt werden wird. Jetzt steht hier ein Feldbett neben dem anderen, jeweils mit einem kleinen Kissen am Kopfende und einer zusammengelegten Decke am Fußende. An der gegenüberliegenden Wand stapeln sich Kühlboxen und Mineralwasserkartons; dort steht auch ein großes Radio, dessen digitale Anzeige blinkt.

URSULA und MIKE stehen da und schauen sich alles an.

URSULA

Gut?

MIKE

Das wissen Sie doch.
(sie lächelt)
Wie steht's mit dem Vorratsschrank?

URSULA

Voll, wie Sie's haben wollten. Hauptsächlich Konzentrate – Wasser aufs Pulver schütten und dann runterwürgen –, aber verhungern wird niemand.

MIKE

Haben Sie das alles alleine gemacht?

URSULA

Ich und Tavia, Petes Schwester. Sie haben gesagt, wir sollen diskret sein. Niemanden beunruhigen.

MIKE

Ayuh, das habe ich gesagt. Wie viele Leute wissen denn, daß wir für den Dritten Weltkrieg ausgerüstet sind?

URSULA

(vollkommen gelassen)

Alle.

MIKE zuckt zusammen, wirkt aber nicht allzu überrascht.

MIKE

Keine Geheimnisse auf der Insel.

URSULA

(ein bißchen in der Defensive)

Ich hab nichts gesagt, Mike Anderson, und Tavia auch nicht. In erster Linie war es Robbie Beals, der geplaudert hat. Er ärgert sich ein Loch in den Bauch über die ganze Sache. Behauptet, Sie werfen das Geld der Stadt sinnlos zum Fenster raus.

MIKE

Tja ... wir werden sehen.

(Pause)

Eins sag ich Ihnen, sein Sohn gibt wirklich einen erstklassigen Affen ab.

URSULA

Was?

MIKE

Nicht so wichtig.

URSULA

Wollen Sie sich die Vorräte ansehen?

MIKE

Ich glaube, ich vertraue Ihnen. Gehen wir wieder rauf.

Sie streckt die Hand zum Lichtschalter aus und hält dann inne. Ihre Miene ist besorgt.

URSULA

Wie ernst ist es, Mike?

MIKE

Ich weiß es nicht. Ich hoffe, Robbie Beals kann mir bei der Wählerversammlung nächsten Monat in den Hintern treten, weil ich viel Lärm um nichts gemacht habe. Kommen Sie. Gehen wir.

URSULA drückt auf den Schalter, und der Raum wird dunkel.

54. INNEN: MARTHA CLARENDONS WOHNZIMMER

Wir schauen auf den Durchgang zur Diele. Der Fernseher ist lauter. Im Moment läuft gerade ein Werbespot für eine Anwaltskanzlei mit dem Spezialgebiet Schadensersatzansprüche. Sind Sie bei einem Unfall verletzt worden? Können Sie nicht arbeiten? Haben Sie den Verstand verloren?

FERNSEHANSAGER

(off)

Sie haben keine Hoffnung mehr. Vielleicht glauben Sie sogar, die ganze Welt sei gegen Sie. Aber die Anwaltskanzlei Macintosh and Redding steht Ihnen zur Seite und sorgt dafür, daß Sie vor Gericht den Sieg davontragen. Verschlimmern Sie Ihre üble Lage nicht noch mehr! Wenn das Leben Ihnen einen Beutel Zitronen gibt, können wir Ihnen helfen, Limonade zu machen! Zeigen Sie's den anderen, bevor diese es Ihnen zeigen! Wenn Sie bei einem Unfall verletzt worden sind, warten vielleicht Tausende, ja sogar Zehntausende Dollar auf Sie. Also zögern Sie nicht. Rufen Sie jetzt an. Nehmen Sie den Hörer ab und wählen Sie 1-800-1-ZEIGS-IHNEN. Noch mal: 1 ... 800 ...

ROBBIE erscheint im Durchgang. Seine Arroganz und Autorität sind verschwunden. Er sieht aus, als wäre ihm übel, und er wirkt zerknittert und völlig verängstigt.

55. INNEN: DAS WOHNZIMMER, ROBBIES PERSPEKTIVE

Der Fernseher ist zertrümmert und raucht ... aber der Ton des Werbespots plärrt trotzdem weiter.

FERNSEHANSAGER

(weiter aus dem Off)

Eins-ZEIGS-IHNEN. Holen Sie sich, was Ihnen zusteht. Haben Sie nicht schon genug durchgemacht?

Wir sehen den oberen Teil von LINOGES Kopf über der Rückenlehne des Sessels. Ein Schlürfen ertönt, als er einen Schluck Tee trinkt.

56. INNEN: DAS WOHNZIMMER, GRÖSSERER BILDAUSSCHNITT

Wir schauen ROBBIE nun größtenteils über die Schulter und sehen den kaputten Fernseher, dessen Ton jedoch noch läuft, sowie den oberen Teil von LINOGES Kopf.

ROBBIE

Wer sind Sie?

Der Fernseher verstummt. Draußen hören wir das Pfeifen des stärker werdenden Sturms. Langsam, ganz langsam hebt sich der zähnefletschende silberne Wolf über die Rückenlehne des Sessels, auf ROBBIE gerichtet wie eine unheilvolle Marionette. Seine Augen und seine Schnauze scheinen von Blut zu triefen. Er schaukelt langsam hin und her, wie ein Pendel.

LINOGE
(off)
Kind der Sünde, komm herein.

ROBBIE schreckt zurück, öffnet den Mund und schließt ihn wieder. Was sagt man zu einer solchen Bemerkung? Aber LINOGE ist noch nicht fertig.

LINOGE
(off)
Du warst bei einer Hure in Boston, als deine Mutter in Machias gestorben ist. Ma war in diesem verdreckten Pflegeheim, das letzten Herbst geschlossen wurde – wo sie Ratten in der Küche gefunden haben, stimmt's? Während sie erstickt ist, hat sie deinen Namen gerufen. Ist das nicht süß? Es geht doch nichts auf der Welt über die Liebe einer Mutter – höchstens ein ordentliches Stück gelber Schmelzkäse.

57. INNEN: ROBBIE

Er reagiert mit einem Schock. Wie würden wir reagieren, wenn ein unbekannter Killer, den wir nicht richtig sehen können, uns mit einem unserer finstersten Geheimnisse konfrontierte?

LINOGE
Aber das ist in Ordnung, Robbie.

Erneut ist Robbie schockiert – der Fremde kennt seinen Namen!

58. INNEN: MARTHAS SESSEL

LINOGE blickt verstohlen, beinahe schüchtern um die linke Seite des Sessels herum. Seine Augen sind mehr oder weniger normal, aber sein Gesicht ist fast ebenso blutverschmiert wie der Knauf seines schwarz-silbernen Knüppels.

LINOGE

Sie wartet in der Hölle auf dich. Und sie ist zur Kannibalin geworden. Wenn du dorthin kommst, wird sie dich bei lebendigem Leibe fressen. Immer und immer wieder. Denn das ist die Hölle – ein Ort, wo sich alles unaufhörlich wiederholt. Ich glaube, im tiefsten Innern wissen das die meisten von uns. Fang!

Er wirft DAVEYS Basketball.

59. INNEN: DURCHGANG ZUM WOHNZIMMER, MIT ROBBIE

Der Ball trifft ihn an der Brust und hinterläßt einen Blutfleck. ROBBIE hat genug. Er dreht sich um und flieht schreiend.

60. INNEN: MARTHAS WOHNZIMMER, BLICK AUF SESSEL UND FERNSEHER

Wieder einmal sehen wir nur den oberen Teil von LINOGES Kopf. Dann erscheint seine zur Faust geballte Hand. Sie hängt einen Moment lang in der Luft, dann schießt ein Finger hervor und richtet sich auf den Fernseher. Die WETTERFEE spricht sofort weiter.

WETTERFEE
(off)

Sehen wir uns einmal das Gebiet an, das von dem heraufziehenden Sturm höchstwahrscheinlich am stärksten betroffen sein wird.

LINOGE greift nach einem weiteren Plätzchen.

61. AUSSEN: VOR MARTHAS HAUS

ROBBIE kommt die Treppe heruntergeschossen und rennt zu seinem Wagen, so schnell ihn seine kurzen, dicken Beine tragen. Sein Gesicht ist eine Maske des Entsetzens und der Verwirrung.

62. INNEN: MARTHAS WOHNZIMMER, MIT DEM FERNSEHER

Die Kamera fährt langsam an die zertrümmerte Bildröhre und die rauchenden Innereien heran, während die WETTERFEE spricht.

WETTERFEE
(off)
Die Vorhersage lautet: Verwüstung heute nacht, morgen Tod und am Wochenende Armageddon. Dies könnte wahrhaftig das Ende des Lebens sein, wie wir es kennen.

63. INNEN: LINOGE

LINOGE
Kommt mir unwahrscheinlich vor ... aber man soll ja die Hoffnung nie aufgeben.

Er beißt noch einmal von seinem Plätzchen ab.

ABBLENDE

ENDE DES 2. AKTS

3. Akt

64. AUSSEN: ROBBIES LINCOLN, MIT ROBBIE – TAG

Er rüttelt wie wild an der Fahrertür. Ein Stück weiter unten auf der Straße beobachten ihn einige Einwohner neugierig.

GEORGE KIRBY

Alles in Ordnung da oben, Beals?

ROBBIE gibt dem alten Mann keine Antwort. Er bekommt die Wagentür auf und stürzt sich ins Auto. Unter dem Armaturenbrett hat er ein CB-Funkgerät, und jetzt reißt er das Mikro vom Haken. Er schaltet das Gerät ein, geht auf Kanal 19 und spricht. Währenddessen wirft er immer wieder schreckerfüllte Blicke zur offenen Tür des Hauses von MARTHA CLARENDON, voller Angst, daß MARTHAS Mörder dort auftauchen könnte.

ROBBIE

Hier ist Robbie Beals für Constable Anderson! Kommen, Anderson! Dies ist ein Notfall!

65. INNEN: ANDERSON'S MARKET – TAG

Der Laden ist so voll wie immer. CAT und TESS MARCHANT, eine mütterlich wirkende Frau von Mitte bis Ende Vierzig, haben die Kunden abgefertigt, so schnell sie konnten, aber jetzt erstarren alle, als das Funkgerät das aufgeregte Geplapper ausspuckt.

ROBBIE

(off)

Kommen, verdammt! Anderson! Wir haben hier einen Mord! Martha Clarendon ist erschlagen worden!

Bei diesen Worten geht ein entsetztes, ungläubiges Gemurmel durch die Schar der Kunden. Ihre Augen weiten sich.

ROBBIE

(off)

Der Kerl, der's getan hat, ist noch im Haus! Anderson! *Anderson!* Melden Sie sich gefälligst! Wenn Sie jemandem unerwünschte Ratschläge erteilen können, sind Sie doch auch immer zur Stelle. Wo sind Sie, wenn –

TESS MARCHANT nimmt das Mikrophon des Funkgeräts in die Hand, als würde sie träumen.

TESS

Robbie? Hier ist Tess Marchant. Mike ist nicht –

ROBBIE

(off)

Sie will ich nicht sprechen! Holen Sie mir Anderson an den Apparat! Ich kann nicht meinen Job machen und seinen auch noch!

CAT

(nimmt das Mikro)

Bei ihm zu Hause hat's einen Notfall gegeben. Alton ist mit ihm hingefahren. Es ging um seine kleine Toch-

Genau in diesem Augenblick kommen MIKE und HATCH zur Tür herein. CAT und TESS machen ein ungeheuer erleichtertes Gesicht. Ein leises Gemurmel geht durch die Menge. MIKE tritt ungefähr drei Schritte in den Raum, dann bleibt er stehen, weil er merkt, daß hier etwas äußerst Ungewöhnliches vor sich geht.

MIKE

Was ist? Was ist los?

Niemand im Laden will ihm antworten. Unterdessen quäkt das Funkgerät weiter.

ROBBIE

(off)

Was soll das heißen, ein Notfall zu Hause? *Hier* gibt's einen Notfall! Eine alte Frau ist ermordet worden! In Martha Clarendons Wohnzimmer sitzt ein Wahnsinniger! Ich will den Constable sprechen!

MIKE geht mit schnellen Schritten zum Tresen. CAT gibt ihm das Mikro, als wäre sie froh, es los zu sein.

MIKE

Wovon redet er? Wer ist ermordet worden?

TESS

Martha. Sagt er.

Weiteres, diesmal lauteres Gemurmel.

MIKE

(drückt die Sendetaste)

Hier bin ich, Robbie. Nur einen Augenblick –

ROBBIE

(off)

Nein, sofort, verdammt! Ich befinde mich hier vielleicht in einer lebensgefährlichen Situation!

MIKE ignoriert den Mann einen Moment lang, hält das Mikrophon an seine Brust und wendet sich an die rund zwei Dutzend Inselbewohner, die sich am Kopfende der Gänge zusammengeschart haben und ihn fassungslos anstarren. Seit fast siebzig Jahren ist auf dieser Insel kein Mord mehr geschehen ... außer wenn man Joe mitzählt, den Ehemann von Dolores Claiborne, aber das ist nie bewiesen worden.

MIKE

Ihr tretet jetzt bitte alle ein bißchen zurück, damit ich in Ruhe mit ihm sprechen kann. Ich bekomme sechstausend pro Jahr als Polizist, also laßt mich den Job machen, für den ihr mich bezahlt.

Sie weichen zurück, hören aber weiterhin zu; was könnten sie auch anderes tun? MIKE dreht ihnen währenddessen den Rücken zu, so daß er das Funkgerät und den Lotterielosespender vor Augen hat.

MIKE

Wo sind Sie, Robbie? Kommen.

66. INNEN: ROBBIE, IN SEINEM WAGEN

Hinter ihm sehen wir vielleicht ein Dutzend Einwohner auf der Straße stehen und zuschauen. Sie sind allmählich ein Stück näher gekommen, trauen sich aber nicht ganz heran. Die Tür zu MARTHAS Haus steht immer noch bedrohlich offen.

ROBBIE

Vor Martha Clarendons Haus in der Atlantic Street! Was haben Sie denn gedacht, wo ich bin, in Bar Harbor? Ich …

(ihm kommt eine großartige Idee)

Ich halte den Mann da drin in Schach! Jetzt machen Sie, daß Sie herkommen!

Er hängt das Mikro ein, dann tastet er im Handschuhfach herum. Unter dem Durcheinander von Karten, offiziellen Dokumenten und Hamburger-Packungen findet er eine kleine Pistole. Er steigt aus dem Wagen.

67. AUSSEN: ROBBIE

ROBBIE

(ruft der Schar von Leuten zu)

Bleibt, wo ihr seid!

Nachdem er auf diese Weise seine Autorität geltend gemacht hat, dreht ROBBIE sich zum Haus um und richtet seine Waffe auf die offene Tür. Er hat sein krötenartiges Selbstbewußtsein in bestimmtem Maße wiedergewonnen, hat aber nicht vor, noch einmal dort hineinzugehen. Der Mann da drin hat nicht nur MARTHA CLARENDON ermordet; er hat gewußt, wo ROBBIE war, als ROBBIES Mutter gestorben ist. Er hat ROBBIES Namen gekannt.

Ein paar heftige Windböen wehen ROBBIE die graumelierten Haare aus der Stirn … und die ersten paar Schneeflocken des Sturms des Jahrhunderts tanzen an seinem Gesicht vorbei.

68. INNEN: ANDERSON'S MARKET, MIT MIKE, HATCH UND ZUSCHAUERN

MIKE steht mit dem Mikro in der Hand da und versucht, sich darüber schlüssig zu werden, was er als nächstes tun soll. Als CAT WITHERS ihm das Mikro abnimmt und es wieder einhängt, trifft er eine Entscheidung.

MIKE
(ZU HATCH)
Laß uns noch mal losfahren, okay?

HATCH
Klar …

MIKE
Cat, du und Tess, ihr kümmert euch um den Laden.
(hebt die Stimme)
Und ihr bleibt alle hier und beendet eure Einkäufe, okay? Auf der Atlantic Street könnt ihr nichts tun, und was da drüben auch passiert ist, ihr werdet es noch früh genug erfahren.

Während er spricht, tritt er hinter die Registrierkasse. Er greift darunter.

69. INNEN: DAS BORD (GROSS)

Auf dem Bord liegen eine .38er und ein Paar Handschellen. MIKE nimmt beides an sich.

70. INNEN: BLICK AUF MIKE

Er steckt die Handschellen in eine Tasche seiner Jacke und die .38er in die andere. Das macht er so schnell und geschickt, daß es keiner der Kunden, die ihn anstarren, mitbekommt. CAT und TESS sehen es jedoch, und es macht ihnen die Realität der Situation bewußt: So verrückt es sein mag, es könnte einen gefährlichen Kriminellen auf Little Tall geben.

CAT

Soll ich eure Frauen anrufen?

MIKE

Auf keinen Fall.

Dann blickt er zu den aufmerksam zuschauenden Inselbewohnern hinüber. Wenn CAT es nicht tut, wird es einer von ihnen tun, sobald er (oder sie) ans nächste Telefon kommt.

MIKE

Oder doch; wäre vielleicht besser. Aber mach ihnen klar, daß wir die Situation unter Kontrolle haben.

71. AUSSEN: ANDERSON'S MARKET

MIKE und HATCH eilen die Treppe hinunter, und die Kamera folgt ihnen zum »ISLAND SERVICES«-Wagen. Die Schneeflocken tanzen immer noch im Wind, aber wir sehen, daß sie jetzt dichter fallen.

HATCH

Der Schnee ist früh dran.

MIKE hält mit einer Hand am Griff der Fahrertür inne. HATCH holt tief Luft und stößt sie aus.

MIKE

Ja, das stimmt. Fahren wir.

Sie steigen ein und fahren los. In der Zwischenzeit sind ein paar Leute auf die Veranda herausgekommen, die ihnen nun nachschauen.

72. AUSSEN: DIE ROBBIE-BEALS-PUPPE

Der Propeller dreht sich jetzt schnell.

73. AUSSEN: DER HAFEN DER STADT

Hohe Wellen krachen gegen die Verpfählung; Gischt fliegt durch die Luft. Die Leute, die hier arbeiten, sind ein gutes Stück damit vorangekommen, die Boote zu vertäuen und lose herumliegende Ausrüstung abzudecken. Wir konzentrieren uns auf GEORGE KIRBY (ein älterer Mann – um die sechzig), ALEX HABER (fünfunddreißig) und CAL FREESE (etwas über zwanzig). ALEX HABER zeigt nach Westen, zum Ende des Hafens und der Meerenge dahinter.

ALEX HABER

Schaut mal da drüben, das Festland.

74. AUSSEN: FESTLAND, BLICK VOM HAFEN

Das Festland ist ungefähr sechs Kilometer entfernt und sehr deutlich zu sehen – hauptsächlich graugrüner Wald.

75. AUSSEN: WIEDER DER HAFEN, MIT KIRBY, HABER UND FREESE

ALEX HABER

Wenn du da drüben nix mehr sehen kannst, wird's Zeit, daß du dir ein Dach über dem Kopf suchst, solange es noch geht. Und wenn du nicht mal mehr die Meerenge sehen kannst, verziehst du dich am besten ins Rathaus, ob du nun die Sirene gehört hast oder nicht.

CAL FREEZE
(ZU GEORGE)
Was meinst du, wie schlimm es wird, Onkel?

GEORGE KIRBY
Wird vielleicht der schlimmste Sturm, den wir je erlebt haben. Kommt, helft mir mit dem letzten Netz hier.
(Pause)
Ich frag mich bloß, ob Beals, dieser Trottel, auch nur die geringste Ahnung hat, was er da oben macht?

76. AUSSEN: ATLANTIC STREET, VOR MARTHAS HAUS

BEALS, der Trottel, steht vor seinem Lincoln, hat seine .38er auf die offene Tür von MARTHA CLARENDONS Haus gerichtet und spielt immer noch den braven Wachtposten. Der Schnee fällt jetzt dichter; er liegt wie Schuppen auf den Schultern seines Überziehers. ROBBIE steht schon eine ganze Weile hier.

Unten tritt die kleine Ansammlung von Zuschauern (MRS. KINGSBURY und DAVEY HOPEWELL sind wieder darunter) beiseite, um das »ISLAND SERVICES«-Auto durchzulassen. Es hält neben dem Lincoln. MIKE steigt auf der Fahrerseite aus, HATCH auf der Beifahrerseite.

HATCH
Soll ich die Flinte mitnehmen?

MIKE
Ist wahrscheinlich besser, wenn wir sie dabeihaben. Aber paß bloß auf, daß sie gesichert ist, Alton Hatcher.

HATCH beugt sich wieder in den Wagen, fummelt darin herum und kommt mit der Flinte wieder zum Vorschein, die normalerweise unter dem Armaturenbrett befestigt ist. HATCH überprüft ostentativ den Sicherungshebel, dann gehen sie zu ROBBIE hinüber. ROBBIE nimmt MIKE gegenüber die ganze Zeit eine aggressive, verächtliche Haltung ein. Die Vorgeschichte ihrer wechselseitigen Beziehung wird niemals vollständig ausgelotet werden, aber ihre Basis ist zweifellos ROBBIES Wunsch, die Zügel der Macht nicht aus den Händen zu geben.

ROBBIE

Wurde auch langsam Zeit.

MIKE

Legen Sie das Ding weg, Robbie.

ROBBIE

Kommt gar nicht in Frage, Constable Anderson. Machen Sie Ihre Arbeit, ich mache meine.

MIKE

Sie machen in Immobilien. Würden Sie die Kanone dann wenigstens senken, bitte?

(Pause)

Kommen Sie, Robbie – Sie zielen damit auf mich, und ich weiß, sie ist geladen.

ROBBIE läßt die .38er widerwillig sinken. HATCH schaut in der Zwischenzeit nervös zu der offenen Tür und dem umgefallenen Laufstuhl hinüber.

MIKE

Was ist passiert?

ROBBIE

Ich war gerade auf dem Weg zum Rathaus, da sah ich Davey Hopewell mitten auf der Straße entlangrennen.

(zeigt auf DAVEY)

Er hat gesagt, Martha Clarendon sei tot – ermordet. Ich habe ihm nicht geglaubt, aber es stimmt. Sie ist … fürchterlich zugerichtet.

MIKE

Sie haben gesagt, der Mörder ist noch drin.

ROBBIE

Er hat mit mir gesprochen.

HATCH

Und was hat er gesagt?

ROBBIE

(nervös, lügt)

Ich soll verschwinden. Ich glaube, er hat gesagt, ich soll machen, daß ich rauskomme, sonst bringt er mich auch um. Ich weiß es nicht. Und das scheint mir jetzt nicht gerade der richtige Zeitpunkt für ein Verhör.

MIKE

Wie sah er aus?

ROBBIE setzt zu einer Antwort an und hält dann verwirrt inne.

ROBBIE

Ich ... ich hab ihn gar nicht richtig gesehen.

Er hat ihn sogar ziemlich gut gesehen ... aber er erinnert sich nicht mehr daran.

MIKE

(zu HATCH)

Bleib rechts von mir. Halte den Lauf der Flinte nach unten und entsichere sie erst, wenn ich's dir sage.

(zu ROBBIE)

Sie bleiben bitte genau da stehen, wo Sie sind.

ROBBIE

Sie sind der Constable.

Er sieht zu, wie MIKE und HATCH auf die Gartenpforte zugehen, dann ruft er:

ROBBIE

Der Fernseher läuft. Der Ton ist voll aufgedreht. Wenn der Kerl da drin sich bewegt, werdet ihr ihn vielleicht nicht hören.

MIKE nickt, dann geht er mit HATCH zu seiner Rechten durch die Gartenpforte. Die Stadtbewohner sind ganz langsam noch ein Stück näher gekommen; wir sehen sie jetzt im Hintergrund. Der Schnee wirbelt im starken Wind um sie herum. Es sind noch nicht viele Flocken, aber sie fallen allmählich immer dichter.

77. AUSSEN: MIKE UND HATCH, VON DER VERANDA AUS

Sie kommen den Gehweg herauf. MIKE ist angespannt (hat sich aber in der Gewalt), HATCH hat Angst, versucht jedoch, sich nichts anmerken zu lassen.

HATCH

Selbst wenn da einer drin war, ist er inzwischen wahrscheinlich hinten raus verschwunden, meinst du nicht auch? Sie hat ja nur einen anderthalb Meter hohen Gartenzaun –

MIKE schüttelt den Kopf zum Zeichen, daß er es nicht weiß, dann legt er den Zeigefinger an die Lippen und gibt HATCH damit zu verstehen, daß er still sein soll. Sie bleiben am Fuß der Treppe stehen. MIKE holt Handschuhe aus seiner Jackentasche, schlüpft hinein und zieht dann seine Pistole. Er gibt HATCH ein Zeichen, daß er ebenfalls Handschuhe anziehen soll, und HATCH reicht ihm die Flinte, damit er dem Befehl Folge leisten kann. MIKE nutzt die Gelegenheit, um zu überprüfen, ob sie noch gesichert ist (sie ist es), dann gibt er sie HATCH zurück.

Sie steigen die Treppe hinauf und sehen sich den Laufstuhl an. Dann überqueren sie die Veranda. Sie sehen die Füße in den altmodischen Damenschuhen aus dem Schatten in der Diele ragen und wechseln einen entsetzten Blick. Sie gehen hinein.

78. INNEN: DIE DIELE VON MARTHAS HAUS

Vor ihnen plappert die WETTERFEE unaufhörlich weiter.

WETTERFEE

(off)

Es steht zu erwarten, daß sich das Wetter an der gesamten Küste von New England gegen Sonnenuntergang dramatisch verschlechtern wird – obwohl unsere Freunde im Osten heute leider keinen Sonnenuntergang sehen werden. An der Küste von New Hampshire und Massachusetts wird es wahrscheinlich orkanartige Winde geben, sowie *hurrikan*artige Windböen an der Küste von Maine und auf den vorgelagerten Inseln. Die Küstenerosion wird beträchtlich sein, und wenn es erst einmal zu schneien beginnt, wird die Schneemenge stark ansteigen, bis … nun, bis es vorbei ist. Zum gegenwärtigen Zeitpunkt ist es einfach unmöglich, etwas über die Gesamtmenge an Schnee zu sagen. Belassen wir es dabei, daß insgesamt ungeheuer viel Schnee fallen wird. Ein Meter? Wahrscheinlich. Anderthalb Meter? Selbst das ist denkbar. Bleiben Sie dran, wir halten Sie auf dem laufenden. Selbstverständlich unterbrechen wir das Programm, wenn die Wetterlage es erfordert.

Die beiden Männer ignorieren sie – sie haben aktuellere Probleme. Sie knien zu beiden Seiten der Toten nieder. MIKE ANDERSON wirkt grimmig – er ist schockiert, beherrscht sich aber. Konzentriert sich bereits auf die vor ihm liegende Aufgabe und die damit verbundenen Probleme. HATCH dagegen ist drauf und dran, die Kontrolle über sich zu verlieren. Mit bleichem Gesicht und Tränen in den Augen blickt er zu MIKE auf. Er spricht so leise, daß seine Stimme kaum zu hören ist.

HATCH

Mike … o mein Gott, Mike … *sie hat ja gar kein Gesicht mehr!* Sie …

MIKE streckt die Hand aus und legt HATCH einen behandschuhten Finger an die Lippen. Er macht eine Kopfbewegung zu dem Geräusch des plappernden Fernsehers. Jemand könnte zuhören. MIKE beugt sich über den Körper der Toten hinweg zu seinem zitternden Deputy.

MIKE

(sehr leise)

Alles in Ordnung mit dir? Wenn nicht, dann möchte ich, daß du mir die Zwölfer gibst und zu Robbie zurückgehst.

HATCH

(leise)

Alles in Ordnung.

MIKE

Wirklich?

HATCH nickt. MIKE mustert ihn eingehend, dann beschließt er, ihm zu glauben. Er steht auf. HATCH erhebt sich ebenfalls und schwankt dann ein bißchen. Er stützt sich mit einer Hand an der Wand ab, um das Gleichgewicht wiederzuerlangen, und verschmiert ein paar von den feinen Blutstropfen. Erstaunt und entsetzt betrachtet er seine behandschuhte Hand.

MIKE zeigt durch die Diele zum Wohnzimmerdurchgang – und zum Ton des Fernsehers. HATCH nimmt seinen ganzen Mut zusammen und nickt. Ganz langsam schleichen die beiden Männer durch die Diele. (Alles natürlich so gespielt, daß dabei maximale Spannung entsteht.)

Sie haben drei Viertel des Weges durch die Diele zurückgelegt, als der Ton des Fernsehers abrupt verstummt. HATCH streift mit der Schulter eins der Bilder an der Wand, und es fällt herunter. MIKE fängt es auf, bevor es auf dem Boden aufschlägt... hauptsächlich durch Glück und schnelle Reflexe. Er und HATCH wechseln einen angespannten Blick, dann gehen sie weiter.

79. INNEN: DER DURCHGANG ZWISCHEN DIELE UND WOHNZIMMER

Die beiden Männer treten in den Durchgang. Wenn man sie vom Wohnzimmer aus sieht – so wie wir –, dann ist HATCH links und MIKE rechts. Sie schauen in

80. INNEN: DAS WOHNZIMMER, MIKES UND HATCHS PERSPEKTIVE

Wir sehen den kaputten Fernseher und MARTHAS Ohrensessel. Über der Rückenlehne des Sessels sehen wir den oberen Teil von LINOGES Kopf. Er bewegt sich nicht. Es ist wahrscheinlich der Kopf eines Mannes, aber man kann unmöglich erkennen, ob der Kerl am Leben ist.

81. INNEN: WIEDER DURCHGANG ZUR DIELE, MIT MIKE UND HATCH

Sie wechseln einen Blick, und MIKE gibt HATCH mit einem Nicken das Zeichen, weiterzugehen. Die Kamera folgt ihnen, als sie sich dem Sessel ganz langsam von hinten nähern. Nachdem sie drei Schritte ins Zimmer getan haben, gibt MIKE HATCH mit einer Geste zu verstehen, daß er einen weiteren Bogen schlagen soll. HATCH tut es. MIKE tritt noch einen Schritt näher an den Sessel heran (wir sehen diesen jetzt ebenso wie die Männer), dann bleibt er stehen, als eine blutbesudelte Hand erscheint. Sie streckt sich zum Tisch neben dem Sessel aus und nimmt ein Plätzchen.

MIKE

(hebt seine Waffe)

Keine Bewegung!

Die Hand gehorcht – sie erstarrt in der Luft, mitsamt dem Plätzchen.

MIKE

Nehmen Sie die Hände hoch. Beide Hände, über den Sessel. Ich will sie sehen, und zwar so klar wie den jungen Tag. Zwei Waffen sind auf Sie gerichtet, und eine davon ist eine Schrotflinte.

LINOGE hebt die Hände. In der linken hält er immer noch das Plätzchen.

MIKE bedeutet HATCH, auf seiner Seite um den Sessel herumzugehen. Während HATCH das tut, geht MIKE rechts um den Sessel herum.

82. INNEN: MARTHAS WOHNZIMMER, BLICK AUF DEN SESSEL

LINOGE sitzt mit erhobenen Händen und gefaßter Miene da. Nirgends ist eine Waffe zu sehen, aber die Männer reagieren auf sein Gesicht und die Jacke, die beide blutbeschmiert sind. In deutlichem Gegensatz zu LINOGES ruhigem Benehmen sind MIKE und HATCH so angespannt wie Gitarrensaiten. Vielleicht sehen wir hier, wie es dazu kommen kann, daß Verdächtige manchmal aus Versehen erschossen werden.

MIKE

Hände zusammen.

LINOGE legt die Hände aneinander, Handgelenk an Handgelenk, Handrücken an Handrücken.

83. GESTRICHEN.

84. AUSSEN: VOR MARTHAS HAUS

Mehrere Einwohner kommen mit schnellen Schritten bis zum Kofferraum von ROBBIES Wagen, darunter eine ältere Frau namens ROBERTA COIGN.

ROBERTA COIGN

Was ist mit Martha passiert?

ROBBIE

(schrill, am Rande der Hysterie)

Bleibt zurück! Wir haben hier alles unter Kontrolle!

Er richtet seine Pistole wieder aufs Haus, und ich denke, wir fragen uns ernsthaft, was passieren könnte, falls und wenn MIKE und HATCH ihren Gefangenen herausbringen. ROBBIE ist so nervös, daß er jederzeit aus Versehen abdrücken könnte.

85. INNEN: DAS WOHNZIMMER VON MARTHAS HAUS

Handschellen in extremer Nahaufnahme.

MIKE

(off)

Erschieß ihn, wenn er sich bewegt.

Kamera fährt zurück, bis wir LINOGE, MIKE UND HATCH sehen.

LINOGE

(leise, freundlich und gefaßt)

Wenn er schießt, erwischt er uns beide. Die Flinte ist noch mit Rehposten geladen.

Beide Männer reagieren darauf. Nicht weil es stimmt, sondern weil es stimmen *könnte*. Zum Teufel, HATCH würde MIKE vielleicht sowieso durchlöchern; die beiden Männer stehen sehr nah beieinander.

LINOGE

Außerdem hat er sie noch nicht entsichert.

HATCH erkennt zu seinem Entsetzen, daß er wirklich vergessen hat, die Waffe zu entsichern. Während MIKE ungeschickt die Handschellen um LINOGES Handgelenke legt, fummelt HATCH ungeschickt am Sicherungsbügel herum. Dabei schwenkt die Mündung der Waffe weit von LINOGE weg. Uns muß klarwerden, daß LINOGE mit diesen beiden mutigen, aber mit der Situation überforderten Einheimischen jederzeit fertig werden könnte, wenn er wollte … daß er jedoch absichtlich nichts unternimmt.

Die Handschellen sind angelegt. MIKE tritt sehr erleichtert zurück. Er und HATCH wechseln einen ziemlich bösen Blick.

LINOGE

Aber ihr habt daran gedacht, Handschuhe anzuziehen. Das war gut.

Er fängt an, das Plätzchen zu essen, ohne auf seine blutbesudelte Hand zu achten.

MIKE

Aufstehen.

LINOGE steckt sich das letzte Stück Plätzchen in den Mund und steht gehorsam auf.

86. AUSSEN: MARTHA CLARENDONS VERANDA

Draußen vor der Veranda schneit es nun heftig; bei dem starken Wind fällt der Schnee wie in schrägen Strichen. Die Häuser auf der anderen Straßenseite sind nur undeutlich und wie durch einen Schleier zu erkennen.

MIKE und LINOGE kommen nebeneinander heraus. LINOGES Hände sind in Gürtelhöhe gefesselt, ein Anblick, den wir alle aus den Abendnachrichten kennen. HATCH geht hinter ihnen und hält die Schrotflinte schräg nach links vor dem Körper.

Auf der Straße haben sich jetzt ungefähr ein Dutzend Leute an der hinteren Stoßstange von ROBBIES Lincoln versammelt. Als die Männer herauskommen, duckt ROBBIE sich ein bißchen, und MIKE sieht, daß die kleine Pistole aus dem Handschuhfach des Mannes auf sie gerichtet ist.

MIKE

Runter mit dem Ding!

Mit etwas beschämter Miene läßt ROBBIE die Waffe sinken.

MIKE

Mach die Tür zu, Hatch.

HATCH

Ist das klug? Ich meine, sollten wir nicht alles nach Möglichkeit so lassen, wie es ist? Immerhin ist das ein Tatort, und alles –

MIKE

Wenn wir die Tür offenlassen, wird der Tatort unter knapp zwei Metern frischem Pulverschnee begraben werden. Jetzt mach die Tür zu!

HATCH versucht es. Einer von MARTHAS Schuhen ist im Weg. Er hockt sich hin, verzieht das Gesicht und schiebt ihren Fuß mit einer behandschuhten Hand weg. Dann steht er auf und schließt die Tür. Er sieht MIKE an. Dieser nickt.

MIKE

Wie heißen Sie, Mister?

LINOGE sieht ihn an. Es gibt eine Pause, und wir sind einen Augenblick lang nicht sicher, ob er antworten wird. Dann:

LINOGE

Andre Linoge.

MIKE

Okay, dann mal los, Andre Linoge. Gehen wir.

87. AUSSEN: LINOGE (GROSS)

Für einen ganz kurzen Moment ändern sich LINOGES Augen. Sie werden zu schwarzen Strudeln; die blauen Iris und das Weiße verschwinden. Dann wird alles wieder normal.

88. AUSSEN: WIEDER DIE VERANDA, MIT MIKE, HATCH UND LINOGE

MIKE blinzelt bei diesem Anblick wie jemand, der mit einem kurzen Schwindelanfall kämpft. HATCH hat es nicht gesehen, aber MIKE schon. LINOGE lächelt ihn an, als wollte er damit sagen: »Unser kleines Geheimnis.« Dann sehen wir, wie MIKES gesunder Menschenverstand sich wieder behauptet. MIKE gibt LINOGE einen Stoß.

MIKE

Na los. Bewegung.

Sie gehen die Treppe hinunter.

89. AUSSEN: AUF DEM BETONIERTEN WEG

Der Sturm bläst Schnee an ihnen vorbei, schlägt ihnen ins Gesicht, läßt sie zusammenzucken. HATCHS Hut fliegt davon. Als er ihm hilflos nachschaut, wirft LINOGE MIKE wieder diesen Blick zu, der besagt, daß sie ein Geheimnis haben. Diesmal kann MIKE es nicht so gut abschütteln … aber er zwingt LINOGE, weiterzugehen.

ABBLENDE

ENDE DES 3. AKTS

4. Akt

90. AUSSEN: DER LEUCHTTURM VON LITTLE TALL – SPÄTER NACHMITTAG

Das Schneetreiben ist so dicht, daß wir nur den Umriß des Leuchtturms ausmachen können ... und natürlich sein Leuchtfeuer, das bei jeder Drehung aufblitzt. Hohe Wellen schlagen an den Fels dieser Klippe. Der Wind heult.

91. AUSSEN: GODSOE FISH & LOBSTER – SPÄTER NACHMITTAG

Dieses lange Gebäude – teils Lagerhaus, teils Fischhandlung – steht weit draußen auf dem Pier. Wellen krachen gegen das Holz, und die hoch aufspritzende Gischt durchnäßt die Seitenwände und das Dach des Gebäudes. Vor unseren Augen reißt der Wind eine Tür aus dem Schloß. Sie beginnt, hin und her zu schlagen. In der Nähe wird eine Plane von dem darunterliegenden Boot losgerissen und wirbelt in den verschneiten Tag davon.

92. AUSSEN: DAS HAUS DER ANDERSONS – SPÄTER NACHMITTAG

Am Bordstein beim »KLEINE LEUTE«-Schild parkt ein Geländewagen. Die Scheibenwischer wedeln schnell hin und her, aber die Windschutzscheibe schneit trotzdem zu. Die Scheinwerfer schneiden zwei Kegel ins Schneegestöber. Das »KLEINE LEUTE«-Schild schaukelt an seiner Kette. Auf der Veranda übergibt MOLLY ANDERSON einen dick eingemummelten BUSTER CARVER und eine ebenso dick eingemummelte PIPPA HATCHER an ihre Mütter, ANGELA und MELINDA. Die Kamera fährt auf die Veranda zu. Alle drei Frauen müssen schreien, um sich bei dem heulenden Wind zu verständigen.

MELINDA

Geht es dir auch wirklich gut, Pip?

PIPPA

Ja. Don Beals hat meine Gefühle verletzt, aber es geht ihnen jetzt besser.

MOLLY

Tut mir leid, daß ich euch alle so früh kommen lassen mußte ...

ANGELA CARVER

Ist schon okay. Im Radio heißt es, sie behalten die größeren Kinder drüben in Machias, jedenfalls heute nacht ... die See in der Meerenge ist so kabbelig, daß sie sie nicht mit dem Wasserbus zurückschicken wollen.

MOLLY

Ist wahrscheinlich am besten so.

BUSTER

Mommy, mir ist kalt.

ANGELA CARVER

'türlich ist dir kalt – aber im Auto wird dir warm werden, Schätzchen.

(ZU MOLLY)

Sind noch welche da?

MOLLY

Buster und Pippa sind die letzten.

(ZU PIPPA)

Da hast du heute ein richtiges Abenteuer erlebt, was?

PIPPA

Ja. Mama, ich hab einen Kleiner-Knopf!

Sie drückt sich auf die Nase. Weder MELINDA noch ANGELA verstehen, was sie meint, aber sie lachen beide. Es ist niedlich, soviel ist klar.

ANGELA CARVER

Wir sehen uns Montag, wenn die Straßen frei sind. Mach winke-winke, Buster.

BUSTER winkt gehorsam. MOLLY winkt zurück, während die Mütter ihre kleinen Kinder die Treppe hinunter und in die zunehmende Wut des Sturms hinaus tragen. Dann geht sie wieder hinein.

93. INNEN: DIE DIELE DER ANDERSONS, MIT MOLLY UND RALPHIE

Etwa in der Mitte der Diele, beim Telefontischchen, hängt ein Spiegel an der Wand. RALPHIE hat sich einen Stuhl herangezogen und steht darauf, so daß er sich den roten Fleck auf seiner Nase ansehen kann. Es ist ein Muttermal, aber eigentlich eher süß als entstellend.

MOLLY bemerkt ihn kaum. Sie ist froh, wieder im Haus zu sein und nicht mehr draußen im Sturm, und noch froher darüber, daß ihre kleinen Schützlinge alle nach Hause verfrachtet worden sind. Sie schüttelt sich den Schnee aus den Haaren, zieht dann den Parka aus und hängt ihn auf. Sie schaut zur Treppe, zuckt bei der Erinnerung an PIPPAS Mißgeschick zusammen und prustet dann vor Lachen.

MOLLY
(zu sich selbst)
Der Kleiner-Knopf!

RALPHIE
(schaut immer noch in den Spiegel)
Mommy, warum muß ich das haben?

MOLLY geht zu ihm, legt ihm das Kinn auf die Schulter und schaut ihn im Spiegel an. Das ergibt ein ganz reizendes Mutter-und-Sohn-Porträt. Sie langt nach vorn und berührt voller Liebe den kleinen roten Fleck auf seiner Nase.

MOLLY
Dein Daddy sagt, das ist ein Feensattel – und das heißt, daß du ein Glückskind bist.

RALPHIE

Donnie Beals sagt, es ist ein Pickel.

MOLLY

Donnie Beals ist ein … Donnie Beals ist ein Spinner.

Sie schneidet kurz eine Grimasse. »Spinner« ist kaum das Wort, das sie benutzen würde, wenn sie die freie Wahl hätte.

RALPHIE

Ich mag's nicht. Selbst wenn es ein Feensattel ist.

MOLLY

Also, ich find's toll … aber wenn du älter bist und es dann immer noch nicht magst, fahren wir mit dir nach Bangor und lassen es wegoperieren. Heutzutage geht das. Okay?

RALPHIE

Wieviel älter muß ich denn sein?

MOLLY

Wie wär's mit … zehn?

RALPHIE

Das ist zu lange. Mit zehn ist man ja *alt*.

Das Telefon klingelt. MOLLY nimmt den Hörer ab.

MOLLY

Hallo?

94. INNEN: DER MARKET, MIT CAT WITHERS

Sie steht hinter dem Kassentresen am Telefon. TESS MARCHANT fertigt die Kunden inzwischen allein ab. Die Schlange ist immer noch ziemlich lang, obwohl sie jetzt, wo der Sturm allmählich stärker wird, ein bißchen kürzer geworden ist. Die Leute, die noch da sind, schwatzen aufgeregt über den Polizeieinsatz im Haus von MARTHA CLARENDON.

CAT

Da bist du ja. Ich versuche seit fast zehn Minuten, dich zu erreichen.

95. INNEN: DIE DIELE DER ANDERSONS, MIT MOLLY UND RALPHIE

(Im weiteren Verlauf dieses Gesprächs wird der Regisseur nach Belieben hin und her schneiden, aber wir sollten sehen, daß MOLLY nahezu unbewußt ihre Worte zensiert und nicht alle Fragen stellt, die sie gern stellen würde, weil kleine Kinder stets große Ohren haben.)

MOLLY

Ich war die meiste Zeit draußen auf der Veranda und hab die Kinder an ihre Eltern abgeliefert. Ich hab sie früh heimgeschickt. Was ist los, Katrina?

CAT

Tja … ich will dir ja keine Angst machen, aber wir haben gehört, daß es auf der Insel einen Mord gegeben hat. Die alte Martha Clarendon. Mike und Hatch sind rübergefahren.

MOLLY

Was?! Weißt du das genau?

CAT

Genau weiß ich im Moment gar nichts – das war hier den ganzen Tag über das reinste Irrenhaus –, nur daß sie rübergefahren sind und daß Mike mich gebeten hat, dich anzurufen und dir zu sagen, daß sie alles unter Kontrolle haben.

MOLLY

Stimmt das?

CAT

Woher soll ich das wissen? Ja, wahrscheinlich … jedenfalls wollte er, daß ich dich anrufe, bevor's jemand anders tut. Wenn du Melinda Hatcher siehst …

MOLLY

Die ist gerade mit Angie Carver weggefahren. Sie teilen sich den Wagen. In einer Viertelstunde kannst du sie zu Hause erreichen.

Draußen steigert sich das Heulen des Windes zu einem schrillen Pfeifen. MOLLY schaut in die Richtung, aus der das Geräusch kommt.

MOLLY

Gib ihr besser zwanzig Minuten.

CAT

Okay.

MOLLY

Kann es nicht sein, daß es ein ... ich weiß nicht, ein Scherz ist? Ein Streich?

CAT

Robbie Beals hat sie gerufen. Mit Humor hat der nichts am Hut, weißt du?

MOLLY

Ja. Weiß ich.

CAT

Er meinte, der Täter könnte noch da sein. Ich weiß nicht, ob es in Mikes Sinn ist, wenn ich dir das sage, aber ich dachte mir, du hättest ein Recht, es zu wissen.

MOLLY schließt einen Moment lang die Augen, als hätte sie Schmerzen. Wahrscheinlich hat sie wirklich welche.

CAT

Molly?

MOLLY

Ich komme in den Laden. Wenn Mike eher da ist als ich, dann sag ihm, er soll dableiben.

CAT

Ich weiß nicht, ob es ihm recht wäre, wenn …

MOLLY

Danke, Cat.

Sie legt auf, bevor CAT weitersprechen kann, und dreht sich zu RALPHIE um, der im Spiegel immer noch sein Muttermal untersucht. Er ist mit dem Gesicht so nah am Glas, daß er ganz bezaubernd schielt. Sie schenkt ihm ein breites Lächeln, das nur ein Vierjähriger für echt halten kann; ihre Augen sind von Sorge umwölkt.

MOLLY

Laß uns zum Laden rüberfahren und deinen Daddy besuchen, mein Großer … was meinst du?

RALPHIE

Daddy, juhu!

Er springt von seinem Stuhl, hält dann inne und sieht sie zweifelnd an.

RALPHIE

Was ist mit dem Sturm? Wir haben nur den Wagen. Der rutscht doch im Schnee.

MOLLY nimmt seine Jacke von der Stehgarderobe neben der Tür und zieht RALPHIE im Eiltempo an. Das breite, falsche Lächeln weicht nicht von ihrem Gesicht.

MOLLY

Hey, es sind ja nur ein paar hundert Meter. Und wir kommen mit Daddy im Geländewagen zurück, weil er den Laden bestimmt früh zumacht. Wie wär's? Hört sich das gut an?

RALPHIE

Jaa!

Sie zieht den Reißverschluß seiner Jacke hoch. Dabei sehen wir, daß sie sich schreckliche Sorgen macht.

96. AUSSEN: VOR MARTHA CLARENDONS HAUS

Der Sturm wird allmählich immer heftiger; mittlerweile fällt es den Leuten schon ziemlich schwer, sich gegen den vom Wind gepeitschten Schnee zu behaupten… aber kein einziger ist gegangen. ROBBIE BEALS hat sich zu MIKE und HATCH gesellt. Er hält die Waffe noch in der Hand, aber da der Gefangene Handschellen trägt, wirkt er ein bißchen ruhiger, und die Mündung der Pistole zeigt zu Boden.

MIKE hat die Hecktür des »ISLAND SERVICES«-Fahrzeugs aufgemacht. Es ist für den Transport streunender und kranker Tiere ausgerüstet. Der Boden besteht aus nacktem Stahl. Zwischen dem Laderaum und dem Rücksitz ist ein Drahtgitter. An der Wand ist ein Wasserbehälter aus Plastik mit einem Schlauch angebracht.

HATCH

Willst du ihn *da* reinstecken?

MIKE

Ja, wenn du nicht auf dem Rücksitz neben ihm sitzen und Babysitter spielen willst.

HATCH

(sieht das ein)

Rein da.

LINOGE steigt nicht ein, jedenfalls nicht sofort. Statt dessen wandert sein Blick zu ROBBIE. Dem gefällt das gar nicht.

LINOGE

Denk daran, was ich gesagt habe, Robbie: Die Hölle ist ein Ort, wo sich alles unaufhörlich wiederholt.

Er lächelt ROBBIE an. Ein intimes Lächeln, ähnlich demjenigen, das er MIKE zugeworfen hat. Dann steigt er hinten in den »ISLAND SERVICES«-Wagen.

ROBBIE

(nervös)

Er redet eine Menge Unsinn. Ich glaube, er ist verrückt.

LINOGE muß im Schneidersitz und mit eingezogenem Kopf Platz nehmen, aber das scheint ihn nicht im mindesten zu stören. Er lächelt immer noch, und seine gefesselten Hände liegen gefaltet in seinem Schoß, als MIKE die Tür zumacht.

MIKE

Woher kennt er Ihren Namen? Haben Sie ihm gesagt, wie Sie heißen?

ROBBIE

(senkt den Blick)

Keine Ahnung. Ich weiß nur, daß kein normaler Mensch Martha Clarendon würde umbringen wollen. Ich fahre mit Ihnen zum Laden. Helfe Ihnen, die Sache aufzuklären. Wir müssen uns mit der State Police in Verbindung setzen –

MIKE

Robbie, ich weiß, das geht Ihnen gegen den Strich, aber die Sache müssen Sie schon mir überlassen.

ROBBIE

(wird zornig)

Ich bin hier der Bürgermeister, falls Sie das vergessen haben. Ich habe die Pflicht –

MIKE

Die habe ich auch, und unsere jeweiligen Pflichten sind in der Gemeindesatzung präzise festgelegt. Im Moment braucht Ursula Sie im Rathaus erheblich dringender, als ich Sie auf der Wache brauche. Komm, Hatch.

MIKE wendet sich von dem wütenden Bürgermeister ab.

ROBBIE

Jetzt hören Sie mal zu –!

Er will ihnen hinterher laufen, während sie am »ISLAND SERVICES«-Wagen entlang nach vorn gehen, merkt dann aber, daß er sich vor einem Dutzend seiner Wähler würdelos benimmt. MRS. KINGSBURY steht ganz in der Nähe, den Arm um die Schultern des verängstigten DAVEY HOPEWELL gelegt. Hinter ihnen stehen ROBERTA COIGN und ihr MANN und beobachten ROBBIE mit Pokermienen, die ihre Verachtung nicht ganz verbergen können.

ROBBIE bleibt stehen. Er steckt seine Pistole in die Tasche seines Überziehers.

ROBBIE
(immer noch wütend)
Sie nehmen den Mund zu voll, Anderson!

MIKE beachtet ihn nicht. Er öffnet die Fahrertür des »ISLAND SERVICES«-Wagens. Als ROBBIE sieht, daß sie gleich wegfahren werden, schießt er den einzigen anderen Pfeil in seinem Köcher ab.

ROBBIE
Und nehmen Sie das Schild an der verdammten Puppe auf Ihrer Veranda ab! Das ist nicht komisch!

MRS. KINGSBURY legt eine Hand vor den Mund, um ein Kichern zu verbergen. ROBBIE sieht es nicht – wahrscheinlich zu ihrem Glück. Der Motor des »ISLAND SERVICES«-Wagens springt an, und die Scheinwerfer leuchten auf. Der Wagen fährt die Straße hinauf davon, in Richtung zum Market und dem Constable's Office darin.

ROBBIE steht mit eingefallenen Schultern und vor Wut kochend da, dann schaut er sich zu der Schar von Zuschauern auf der verschneiten Straße um.

ROBBIE
Was steht ihr hier rum? Geht nach Hause! Die Show ist vorbei!

Er geht steifbeinig zu seinem Lincoln zurück.

97. AUSSEN: LOWER MAIN STREET, IM SCHNEE

In dem heulenden Weiß tauchen Scheinwerfer auf, und schließlich nimmt ein Wagen hinter ihnen Gestalt an. Es ist ein kleiner, leichter, normaler Personenwagen. Er fährt langsam und rutscht hin und her; es liegen schon mindestens zehn Zentimeter Neuschnee auf der Straße.

98. INNEN: DER WAGEN, MIT MOLLY UND RALPHIE

Weiter vorn sehen wir auf der linken Seite Lichter im Schnee auftauchen, dazu die langgestreckte Veranda und die aufgehängten Hummerfallen.

RALPHIE

Da ist der Laden! Juhu!

MOLLY

Juhu ist das richtige Wort.

Sie biegt auf den Parkstreifen vor dem Laden ein. Jetzt, wo sie hier ist, erkennt MOLLY, daß es gefährlich war, herzufahren... aber wer hätte gedacht, daß es so schnell so viel Schnee geben würde? Sie schaltet den Motor aus und läßt sich für einen Moment nach vorn aufs Lenkrad sinken.

RALPHIE

Mom? Bist du okay?

MOLLY

Ja.

RALPHIE

Mach mich aus meinem Sitz los, ja? Ich will zu Daddy!

MOLLY

Na klar.

Sie öffnet die Tür.

99. AUSSEN: DER »ISLAND SERVICES«-WAGEN

Er biegt beim Blinklicht links ab und fährt durch den immer dichter fallenden Schnee zum Market.

100. INNEN: DER »ISLAND SERVICES«-WAGEN, MIT MIKE UND HATCH

HATCH

Was machen wir nun mit ihm, Mike?

MIKE

(mit unterdrückter Stimme)

Sprich leiser.

(HATCH macht ein schuldbewußtes Gesicht)

Wir werden die State Police in Machias anrufen müssen, da hat Robbie schon recht. Aber wie groß ist die Chance, daß sie ihn uns bei dem Wetter abnehmen können?

HATCH schaut skeptisch in das heftige Schneetreiben hinaus. Die Situation wird immer komplizierter, und HATCH ist kein sonderlich komplizierter Mensch. Sie unterhalten sich leise weiter, damit LINOGE sie nicht hören kann.

MIKE

Robbie hat gesagt, der Fernseher war an, und ich hab ihn gehört, als wir in der Diele waren. Du auch?

HATCH

Anfangs, ja. Das Wetter. Dann muß der Kerl ...

Seine Stimme erstirbt, als er sich erinnert.

HATCH

Der Apparat war hinüber. Völlig im Eimer. Und er hat ihn nicht kaputtgemacht, während wir in der Diele waren. Wenn man eine Bildröhre zertrümmert, gibt's einen Knall – *paff*! Das hätten wir gehört.

(MIKE nickt)

Es muß das Radio gewesen sein ...

Es ist beinahe eine Frage. MIKE antwortet nicht. Sie wissen beide, daß es nicht das Radio war.

101. INNEN: LINOGE, IM TRANSPORTABTEIL FÜR TIERE

Er lächelt. Wir sehen die Spitzen der Eckzähne in seinem Mund. LINOGE weiß, was sie wissen ... und obwohl sie leise sprechen, hört er, was sie sagen.

102. AUSSEN: BLICK AUF DEN MARKET IM SCHNEE – SPÄTER NACHMITTAG

Der »ISLAND SERVICES«-Geländewagen rollt im Schnee am Parkstreifen vorbei (der kleine Wagen, mit dem MOLLY und RALPHIE gekommen sind, ist schon von einer weißen Schicht überzogen) und biegt dann in eine Gasse ein, die am Laden entlang nach hinten führt.

103. AUSSEN: DIE GASSE, VOM ANDEREN ENDE

Der Geländewagen quält sich aus dem Schnee heraus auf uns zu. Die Scheinwerfer leuchten grell. Die Kamera fährt zurück, als er auf dem verschneiten Hof hinter dem Laden ankommt. An der Rückseite des Ladens ist eine Laderampe mit einem Schild, auf dem steht: NUR FÜR LIEFERANTEN – ZUGANG ZUM CONSTABLE'S OFFICE DURCH DEN LADEN. Der Geländewagen fährt auf den Hof und setzt an die Rampe zurück. Für solche Sachen ist die Rampe sehr praktisch – und MIKE und HATCH haben ja wirklich etwas abzuliefern.

Sie steigen aus und gehen zum Heck des Wagens. HATCH ist so nervös wie zuvor, aber MIKE hat seine Nerven unter Kontrolle. Als sie das Heck des Wagens erreichen:

MIKE

Entsichert?

HATCH schaut zuerst überrascht, dann schuldbewußt drein. Er legt den Sicherungsbügel der Schrotflinte um. MIKE, der seine eigene Waffe in der Hand hat, nickt zufrieden.

MIKE

Geh du nach oben.

Am Ende der Laderampe ist eine Treppe. HATCH steigt hinauf, bleibt dann stehen und hält die Flinte schräg nach links vor den Körper. MIKE entriegelt die Hecktür des Geländewagens und tritt dann zurück.

MIKE

Steigen Sie auf die Laderampe. Und kommen Sie meinem ... Partner nicht zu nahe.

MIKE fühlt sich ein bißchen unbehaglich, weil er wie eine Figur aus der Polizeiserie *Adam 12 – Einsatz in LA* klingt, aber unter den gegebenen Umständen ist »Partner« das richtige Wort.

LINOGE steigt aus, immer noch unbeholfen gebückt, aber mit anmutigen Bewegungen. Und um seine Mundwinkel spielt nach wie vor das leise Lächeln. HATCH tritt einen Schritt zurück, um ihm Platz zu machen. LINOGE trägt Handschellen, und sie sind bewaffnet, aber HATCH hat trotzdem Angst vor LINOGE.

LINOGE steht im Schneetreiben und scheint sich so wohl zu fühlen, als befände er sich in seinem eigenen Wohnzimmer. MIKE geht die Treppe zur Laderampe hinauf und kramt dabei in seiner Hosentasche. Er bringt einen Schlüsselbund zum Vorschein, sucht den Schlüssel für die Hintertür heraus und gibt ihn HATCH. MIKE hat seine Pistole ein wenig gesenkt, hält sie aber in LINOGES Richtung.

104. AUSSEN: HATCH, AN DER LIEFERANTENTÜR

Er bückt sich und steckt den Schlüssel ins Schloß.

105. AUSSEN: LINOGE (GROSS)

Er beobachtet HATCH sehr aufmerksam … und jetzt sehen wir ein Aufflackern von Schwärze in seinen Augen.

106. AUSSEN: MIKE (GROSS)

Er runzelt die Stirn. Hat er etwas gesehen? Es ging zu schnell, als daß er es mit Sicherheit sagen könnte.

107. AUSSEN: DIE TÜR AUF DER LADERAMPE

HATCH dreht den Schlüssel im Schloß. Ein lautes Knacken, und HATCH hat nur noch den Griff des Schlüssels in der Hand.

108. AUSSEN: WIEDER DIE LADERAMPE

HATCH

Oh, *Scheibenkleister*! Einfach abgebrochen! Muß an der Kälte liegen!

Er hämmert mit einer behandschuhten Hand an die Tür.

109. INNEN: DAS CONSTABLE'S OFFICE

Dieser Raum hat einmal zum Lager des Ladens gehört. Jetzt verfügt er über einen Schreibtisch, ein paar Aktenschränke, ein Fax, ein CB-Funkgerät und ein schwarzes Brett an der Wand. In der Ecke gibt es auch eine Gefängniszelle. Die Zelle sieht ziemlich solide aus, ist aber selbstgebaut – eine Art Do-it-yourself-Projekt. Es ist eine rein provisorische Einrichtung für Wochenendsäufer und Feierabendrandalierer.

Man hört ein Hämmern an der Tür.

HATCH

(off)

Hey! Ist jemand da? Hallo!

110. AUSSEN: WIEDER DIE LADERAMPE

MIKE

Vergiß es. Geh rum und mach von innen auf.

HATCH

Ich soll dich hier draußen mit ihm allein lassen?

MIKE

(bei dem sich der Streß bemerkbar macht)

Ja, falls du nicht zufällig Lois oder Superman in der Gasse rumhängen siehst.

HATCH

Wir könnten ihn doch mitnehmen –

MIKE

Durch den Laden? Wo die halbe Insel ihre Sturmeinkäufe macht? Ich glaub nicht. Geh schon.

HATCH wirft ihm einen skeptischen Blick zu und geht dann die Treppe wieder hinunter.

111. AUSSEN: VOR DEM MARKET

In dichterem Schneetreiben denn je kommt ROBBIE BEALS' Lincoln auf den Parkstreifen geschlittert, wobei er MOLLYS kleinen Wagen beinahe seitlich rammt. ROBBIE steigt aus und geht die Verandatreppe hinauf, als PETER GODSOE gerade aus dem Laden kommt. PETER ist ein robuster, gutaussehender Mann Anfang Vierzig, der Vater von SALLY, dem kleinen Mädchen mit der Marmelade auf der Bluse.

PETER GODSOE

Was ist passiert, Beals? Ist Martha wirklich tot?

ROBBIE

Ja, allerdings.

ROBBIE sieht die Puppe mit dem Schild um den Hals – DIE ECHTE »ROBBIE BEALS«-HANSWURST – NUAH HIAH BEI MIAH – und reißt das Schild mit einem wütenden Knurren ab. Er sieht es finster an. HATCH kommt gerade rechtzeitig von hinten herumgestapft, um das zu sehen und darauf zu reagieren. PETER GODSOE folgt ROBBIE wieder in den Laden, um zu sehen, was weiter geschieht. HATCH geht als dritter hinein.

112. INNEN: DER MARKET – NACHMITTAG

Im Laden ist Hochbetrieb; es wimmelt von Menschen. Unter ihnen sticht MOLLY ANDERSON hervor, die mit CAT spricht, sich aber in erster Linie Sorgen um MIKE macht. Wir sehen RALPHIE mitten in einem der Gänge, wo er sehnsüchtig die süßen Frühstücksflocken betrachtet.

MOLLY

(als HATCH hereinkommt)

Wo ist Mike? Geht es ihm gut?

HATCH

Ja. Er ist im Hinterhof, mit dem Gefangenen. Ich muß ihn bloß eben reinlassen.

Weitere Leute kommen auf ihn zu.

PETER GODSOE

Ist er von hier?

HATCH

Hab den Kerl noch nie im Leben gesehen.

Große Erleichterung. Andere versuchen, HATCHS Aufmerksamkeit auf sich zu lenken, und stellen Fragen, aber MOLLY gehört nicht zu ihnen – je eher HATCH seinen Auftrag erfüllt, desto eher hat sie ihren Mann wieder. HATCH kämpft sich durch den Mittelgang und bleibt kurz stehen, um RALPHIE die Haare zu zerzausen. RALPHIE schenkt ihm ein liebevolles Grinsen.

ROBBIE hat immer noch das Schild in der Hand und schlägt damit wütend gegen seinen Oberschenkel. MOLLY sieht es und zuckt ein bißchen zusammen.

113. AUSSEN: AUF DER LADERAMPE, MIT MIKE UND LINOGE

Sie stehen einander im Schneetreiben gegenüber. Eine Weile sagt keiner etwas. Dann:

LINOGE

Gebt mir, was ich will, und ich verschwinde.

MIKE

Und was wollen Sie?

LINOGE lächelt nur. Dieses Lächeln hat etwas höchst Unheimliches an sich – MIKE erschauert unwillkürlich.

114. INNEN: DAS CONSTABLE'S OFFICE, MIT HATCH

Er kommt geschäftig hereingeeilt und geht mit schnellen Schritten zur Lieferantentür. Er dreht den Knopf des Schließriegels und versucht, die Tür zu öffnen. Sie geht trotzdem nicht auf. Er drückt fest dagegen, dann noch fester. Kein Glück. Zuletzt wirft er sich mit der Schulter gegen die Tür. Nichts. Sie könnte ebensogut in Beton gegossen sein.

HATCH

Mike?

MIKE

(off)

Mach schon, beeil dich! Es ist eiskalt hier draußen!

HATCH

Sie geht nicht auf! Sie klemmt!

115. AUSSEN: WIEDER DIE LADERAMPE, MIT MIKE UND LINOGE

MIKE möchte am liebsten aus der Haut fahren – bei dieser Sache geht aber auch wirklich alles schief, es ist wie in einem alten »Dick und Doof«-Film. Auf LINOGES Gesicht liegt immer noch das leise Lächeln. Für ihn ist alles so, wie es sein soll.

MIKE

Hast du sie aufgeschlossen?

HATCH

(einigermaßen gekränkt)

Na logisch, Mike!

MIKE

Dann wirf dich dagegen! Wahrscheinlich ist Eis im Türrahmen.

116. INNEN: WIEDER DAS CONSTABLE'S OFFICE, MIT HATCH

ROBBIE steht hinter HATCH in der Tür und beobachtet das alles voller Verachtung. HATCH verdreht die Augen, weil er ganz genau weiß, daß die Tür nicht eingefroren ist; er hat sich bereits dagegengeworfen. Trotzdem verpaßt er der Tür noch ein paar heftige Stöße. ROBBIE durchquert den Raum und bleibt unterwegs stehen, um das Ulkschild auf MIKES Polizeischreibtisch zu legen. HATCH dreht sich überrascht zu ihm um. ROBBIE (der wirklich größer und schwerer ist) schiebt HATCH ziemlich unsanft beiseite.

ROBBIE

Lassen Sie mich mal.

Er wirft sich noch einige Male gegen die Tür, wobei der selbstsichere Ausdruck allmählich aus seinem Gesicht verschwindet.

HATCH sieht mit leiser, aber verständlicher Befriedigung zu. ROBBIE gibt auf und reibt sich die Schulter.

ROBBIE

Anderson! Sie müssen vorne rumkommen und ihn durch den Laden reinbringen.

117. AUSSEN: WIEDER DIE LADERAMPE, MIT MIKE UND LINOGE

Mike verdreht ärgerlich die Augen – BEALS ist im Constable's Office und mischt sich immer noch ein. Herrgott noch mal, es wird immer besser.

MIKE

Hatch!

HATCH

(off)

Ja!

MIKE

Komm her.

(mit Nachdruck)

Allein.

HATCH

(off)

Bin gleich da!

MIKE wendet seine Aufmerksamkeit wieder LINOGE zu.

MIKE

Es dauert noch ein bißchen. Bleiben Sie einfach stehen und bewegen Sie sich nicht.

LINOGE

Denken Sie daran, was ich gesagt habe, Mr. Anderson. Und wenn die Zeit kommt … unterhalten wir uns.

Er lächelt.

118. AUSSEN: MAIN STREET, LITTLE TALL ISLAND – SPÄTER NACHMITTAG

Die Häuser und Ladenfronten werden immer grauer und sehen allmählich wie Fata Morganas aus, während die Gewalt des Sturms zunimmt.

119. AUSSEN: WELLENBRECHER UND LEUCHTTURM

Riesige Wellen brechen sich an den Felsen. Gischt schießt in die Luft. Auf diesem Bild

BLENDEN WIR AB

ENDE DES 4. AKTS

5. Akt

120. AUSSEN: DER MARKET – SPÄTER NACHMITTAG

In dem immer schlechter werdenden Wetter, in dem man nun selbst zu Fuß nur noch mit großer Mühe vorankommt, treten MIKE, HATCH und LINOGE aus der Gasse und kämpfen sich zur Verandatreppe des Ladens vor. LINOGE muß vor MIKE und HATCH hergehen, und jetzt schaut er lächelnd nach oben.

121. AUSSEN: DACH DES MARKET

Hier sehen wir eine Satellitenschüssel und eine kleine Traube von Antennen für die diversen Funkgeräte im Laden. Die längste dieser Antennen bricht mit einem Knacken ab und rollt über die rückwärtige Dachschräge hinunter.

122. AUSSEN: FUSS DER VERANDATREPPE, MIT MIKE, HATCH UND LINOGE

HATCH
(zuckt zusammen)
Was war das?

MIKE
Eine Antenne, glaube ich. Ist jetzt nicht so wichtig. Geh weiter.

HATCH geht die Treppe hinauf und gibt LINOGE einen kräftigen Stoß.

123. AUSSEN: DAS RATHAUS

Wir hören das gleiche schwirrende Knacken.

124. INNEN: GEMEINDEVERWALTUNG, MIT URSULA

Sie sitzt an ihrem Funkgerät, das auf dem Tisch unter dem UNWETTER-NOTSTAND/SCHUTZ SUCHEN-Plakat steht. Aus dem Funkgerät kommt lautes atmosphärisches Rauschen.

URSULA

Kommen! Rodney, hören Sie mich? Kommen, Rodney!

Nichts. Nachdem sie noch einen Moment lang an dem Gerät herumgedreht hat, hängt URSULA das Mikro ein und sieht das nutzlose Gerät entnervt an.

125. INNEN: DER MARKET

HATCH kommt herein, mit einer Schneeschicht bedeckt. Die Kunden reagieren auf die Schrotflinte. Vorhin hat er sie unter dem Arm getragen und zu Boden gerichtet; jetzt lehnt er sie an seine Schulter, so daß der Lauf zur Decke zeigt, wie Steve McQueen in *Josh*. HATCH sieht die Kunden der Reihe nach an.

HATCH

Mike möchte, daß ihr alle zu beiden Seiten zurücktretet, okay? Niemand bleibt im zweiten Gang. Wir haben einen üblen Kerl bei uns, und wir können ihn nicht zur Hintertür reinbringen, wie wir's gern täten, also tretet bitte zurück. Macht uns ein bißchen Platz.

PETER GODSOE

Warum hat er sie umgebracht?

HATCH

Treten Sie bitte zurück, Pete, okay? Mike steht draußen im Schnee, und er hat inzwischen bestimmt schon ziemlich kalte Füße. Außerdem werden wir uns alle besser fühlen, wenn der Kerl hinter Schloß und Riegel ist. Tretet zurück, Leute, damit sie ungehindert durch den zweiten Gang gehen können.

Die Kunden treten in zwei Gruppen beiseite, so daß der mittlere Bereich des Ladens frei wird. PETER GODSOE und ROBBIE BEALS befinden sich in der einen Gruppe (der linken, wenn man zur Rückseite des Market schaut); MOLLY gehört zur anderen, sie steht bei CAT und TESS MARCHANT, die sich von der Registrierkasse entfernt haben.

HATCH sieht sich das an und kommt zu dem Schluß, daß es so gehen wird – es muß gehen. Er tritt zur Tür und macht sie auf. Er winkt.

126. AUSSEN: DIE VERANDA, MIT MIKE UND LINOGE

LINOGE geht voraus, die gefesselten Hände an der Taille. MIKE ist auf alles gefaßt ... oder vielmehr hofft er das zweifellos.

MIKE

Keine falsche Bewegung, Mr. Linoge. Tun Sie genau, was ich sage.

127. INNEN: DER MARKET, MIT HATCH

HATCH senkt die Schrotflinte, so daß er sie schräg vor dem Körper trägt, eine Hand am Lauf, die andere um den Abzug. LINOGE, mit Schnee bedeckt, die Augenbrauen weiß verkrustet, kommt herein. MIKE folgt dichtauf. Er hat seine Waffe jetzt erhoben und auf LINOGES Rücken gerichtet.

MIKE

Durch den zweiten Gang. Nirgends anders hin.

Aber MARTHAS Mörder bleibt einen Moment lang stehen und läßt den Blick über die beiden Gruppen erschrockener Inselbewohner schweifen. LINOGE ist wie ein Tiger, den man aus seinem Käfig gelassen hat. Der Dompteur ist da (zwei sogar, wenn man HATCH mitrechnet), aber wenn es um Tiger geht, bieten nur Gitterstäbe Sicherheit – viele starke und dicke Gitterstäbe. LINOGE sieht nicht wie ein Gefangener aus, und er benimmt sich auch nicht wie einer. Er starrt die Einwohner von Little Tall mit glänzenden Augen an. Die Leute erwidern den Blick furchtsam und zugleich fasziniert.

MIKE

(stößt ihn mit der Waffe an)

Na los. Gehen wir.

LINOGE setzt sich in Bewegung und bleibt dann stehen. Er sieht PETER an.

LINOGE

Peter Godsoe! Mein Lieblingsfischhändler Schulter an Schulter mit meinem Lieblingspolitiker!

PETER zuckt zusammen, als er mit seinem Namen angesprochen wird.

MIKE

(stößt LINOGE mit der Waffe)

Los jetzt. *Marsch!* Und zwar …

LINOGE

(ignoriert ihn)

Wie läuft das Fischgeschäft? Nicht so gut, wie? Zum Glück kannst du ja noch auf das Marihuanageschäft zurückgreifen. Wie viele Ballen hast du momentan hinten in deinem Lagerhaus? Zehn? Zwanzig? Vierzig?

PETER GODSOE reagiert heftig. Das hat gesessen. ROBBIE BEALS weicht von seinem Freund zurück, als hätte er Angst, sich bei ihm mit Grippe anzustecken. Und MIKE ist einen Moment lang zu schockiert, um LINOGE zum Schweigen zu bringen.

LINOGE

Sorg lieber dafür, daß alles gut verpackt ist, Pete – heute abend wird es eine höllische Sturmflut geben.

MIKE streckt die Hand aus und verpaßt LINOGE einen kräftigen Stoß gegen die Schulter. LINOGE stolpert vorwärts, hält jedoch mühelos das Gleichgewicht. Nun ist CAT WITHERS diejenige, auf die sich seine glänzenden Augen richten.

LINOGE

(als würde er eine alte Freundin begrüßen)

Cat *Withers*!

Sie zuckt zurück, als hätte man sie geschlagen. MOLLY legt ihr einen Arm um die Schultern und mustert LINOGE voller Furcht und Argwohn.

LINOGE

Du siehst gut aus … aber warum auch nicht? Heutzutage wird so was ja ambulant gemacht, da ist nichts mehr dabei.

CAT

(gequält)

Er soll aufhören, Mike!

MIKE gibt LINOGE erneut einen Stoß, aber diesmal weicht LINOGE nicht von der Stelle; er ist so unbeweglich wie … nun, so unbeweglich wie die lästige verklemmte Hintertür.

LINOGE

Bist nach Derry gefahren, um es machen zu lassen, stimmt's? Deiner Familie hast du wohl noch nichts davon erzählt … oder Billy? Nein? Also, ich würde dir raten, es zu tun. Unter Freunden ist so eine kleine Ausschabung doch heute ein Klacks.

CAT schlägt die Hände vors Gesicht und bricht in Tränen aus. Etliche Stadtbewohner schauen sie schockiert, erstaunt und entsetzt an. Einer macht ein völlig fassungsloses Gesicht. BILLY SOAMES, ungefähr dreiundzwanzig, trägt eine rote Schürze. Der Sohn von BETTY SOAMES ist der Gemüsemann und Hausmeister des Market. Er ist CATS fester Freund, und nun hört er zum ersten Mal etwas darüber, wie CAT ihrer beider Kind losgeworden ist.

MIKE legt LINOGE die Mündung der Waffe an den Hinterkopf und spannt den Hahn.

MIKE

Beweg dich, oder ich tu's für dich.

LINOGE geht in den mittleren Gang hinein. Er hat keine Angst vor der Waffe an seinem Kopf, er hat einfach nur erledigt, was es hier für ihn zu erledigen gab.

128. INNEN: AM KASSENTRESEN, MIT MOLLY UND CAT

CAT schluchzt hysterisch, und MOLLY hat sie in die Arme genommen. TESS MARCHANT teilt ihre Aufmerksamkeit zwischen dem schluchzenden Mädchen und dem ungläubigen BILLY SOAMES. Auf einmal fährt MOLLY hoch; ihr ist ein sehr wichtiger Gedanke gekommen.

MOLLY

Wo ist Ralphie?

129. INNEN: ZWEITER GANG, MIT LINOGE UND MIKE, HATCH IM HINTERGRUND

Als sie sich dem Ende des Ganges nähern, kommt RALPHIE mit einer Schachtel der süßen Frühstücksflocken in den Händen von der anderen Seite herein.

RALPHIE

Mom! Mommy! Kann ich die haben?

Ohne auch nur einen Sekundenbruchteil zu zögern, bückt sich LINOGE, hebt RALPHIE an den Schultern hoch und schwenkt ihn herum. Mit einem Mal ist MIKES Sohn zwischen LINOGE und MIKES Waffe. Das Kind ist eine Geisel. MIKE reagiert zuerst schockiert und dann mit einer entsetzlichen, verzweifelten Angst.

MIKE

Setz ihn ab! Oder –

LINOGE
(lächelnd; beinahe lachend)
Oder was?

130. INNEN: AM KASSENTRESEN, MIT MOLLY

Sie verliert jedes Interesse an CAT und läuft zum Kopfende des zweiten Ganges, damit sie sehen kann, was los ist. Einer der Inselbewohner, KIRK FREEMAN, will sie aufhalten.

MOLLY
Lassen Sie mich los, Kirk!

Sie versucht, sich mit einem kräftigen Ruck loszureißen, und er gibt nach. Als sie sieht, daß LINOGE ihren Sohn hat, schnappt sie laut nach Luft und schlägt die Hände vor den Mund.

Ohne die Augen von LINOGE zu nehmen, gibt MIKE ihr ein Zeichen, daß sie bleiben soll, wo sie ist. Hinter MOLLY beginnen sich die Kunden des Market zu versammeln; voller Spannung beobachten sie die Szene.

131. INNEN: ZWEITER GANG, MIT LINOGE UND RALPHIE (GROSS)

LINOGE legt seine Stirn an die von RALPHIE, so daß sich die beiden tief in die Augen schauen können. RALPHIE ist zu jung, um Angst zu haben. Er schaut mit einer Art von atemlosem Interesse in diesen glänzenden, lächelnden, interessierten Tigerblick.

LINOGE
Ich weiß, wer du bist.

RALPHIE
Wirklich?

LINOGE
Du bist Ralph Emerick Anderson. Und ich weiß noch etwas.

RALPHIE ist fasziniert. Er bemerkt nicht, daß HATCH eine Patrone in den Lauf der Flinte lädt, bemerkt nicht, daß sich der Laden in ein Pulverfaß verwandelt hat, dessen Zündschnur er ist. Er ist fasziniert, fast hypnotisiert von LINOGE.

RALPHIE

Was?

LINOGE gibt ihm einen schnellen, leichten Kuß auf den Nasenrücken.

LINOGE

Du hast einen Feensattel!

RALPHIE

(lächelt entzückt)

So nennt mein Daddy es auch immer!

LINOGE

(erwidert das Lächeln)

Na klar! Und da wir gerade von deinem Daddy sprechen –

Er setzt RALPHIE ab, beugt sich aber einen Moment lang so weit herunter, daß RALPHIE im Grunde immer noch seine Geisel ist. RALPHIE sieht die Handschellen.

RALPHIE

Warum hast du die um?

LINOGE

Weil ich es so will. Geh schon. Geh zu deinem Dad.

Er dreht RALPHIE um und gibt ihm einen leichten Klaps auf den Hintern. RALPHIE sieht seinen Vater, und ein Lächeln erhellt sein Gesicht. Bevor er mehr als ein oder zwei Schritte machen kann, packt MIKE den Jungen und zieht ihn in seine Arme. RALPHIE sieht die Pistole.

RALPHIE

Daddy, warum hast du –

MOLLY

Ralphie!

Sie rennt zu ihm, drängt sich an HATCH vorbei und reißt dabei ein paar Konservendosen zu Boden. Die Dosen rollen überallhin. Sie reißt MIKE ihren Sohn aus den Armen und drückt ihn ganz fest an sich. MIKE, der völlig durcheinander ist und weiche Knie hat (wem würde es anders gehen), richtet seine Aufmerksamkeit wieder auf den leise lächelnden LINOGE, der jetzt ungefähr neun Milliarden Chancen zur Flucht gehabt hat.

RALPHIE

Warum zielt Daddy mit der Pistole auf den Mann?

MIKE

Moll, schaff ihn hier raus.

MOLLY

Was hast du –

MIKE

Schaff ihn hier raus!

Sie zuckt bei der ungewohnten Lautstärke zusammen und weicht mit RALPHIE in den Armen zu den anderen Leuten zurück, die sich am Fußende des Ganges furchtsam zusammendrängen. Sie tritt auf eine Dose, und diese rollt unter ihr weg. Bevor sie stürzen kann, fängt KIRK FREEMAN sie ab und hält sie fest. RALPHIE, der über ihre Schulter hinweg seinen Daddy ansieht, gerät nun endlich in Aufregung.

RALPHIE

Erschieß ihn nicht, Daddy, er weiß das mit dem Feensattel.

MIKE

(mehr zu LINOGE als zu RALPHIE)

Ich werde ihn nicht erschießen. Nicht, wenn er dahin geht, wo er hingehen soll.

Er schaut zum Ende des Ganges. LINOGE nickt lächelnd, als wollte er sagen: »Natürlich, wenn Sie darauf bestehen«, und geht in diese Richtung, die Hände wieder vor dem Bauch. HATCH kommt zu MIKE.

HATCH

Was wollen wir –?

MIKE

Ihn einsperren! Was sonst?

Er ist erschrocken, beschämt, erleichtert ... alle erdenklichen Gefühle bewegen ihn. HATCH bekommt genug davon mit, um verlegen ein bißchen in den Hintergrund zurückzutreten, als MIKE LINOGE zum oberen Ende des Ganges führt.

132. INNEN: BLICK AUF DIE FLEISCHTHEKE UND DIE TÜR DES CONSTABLE'S OFFICE

Als LINOGE und MIKE das Kopfende des Ganges erreichen, wendet sich LINOGE nach links zum Constable's Office, als wüßte er, wo es ist. HATCH folgt ihnen. Und dann kommt BILLY SOAMES aus dem ersten Gang. Er ist zu wütend, um Angst zu haben, und bevor MIKE ihn daran hindern kann, packt er LINOGE und wirft ihn gegen die Fleischtheke.

BILLY SOAMES

Was weißt du über Katrina? Und woher weißt du es?

MIKE hat die Nase voll. Er packt BILLY an dessen Hemdrücken und schleudert ihn gegen das Regal mit Gewürzen und Fischsoßen. BILLY kracht voll dagegen und fliegt zu Boden.

MIKE

Bist du noch ganz bei Trost? Dieser Kerl ist ein Killer! Bleib weg von ihm! Und mir gehst du besser auch aus dem Weg, Billy Soames!

LINOGE

Und mach dich mal sauber.

Ganz kurz sehen wir wieder das seltsame, schwärzliche Wabern in seinen Augen.

133. INNEN: BILLY (GROSS)

Zuerst sitzt er nur da, wo er gelandet ist, und sieht LINOGE fragend an. Dann fließt Blut aus seiner Nase. Er spürt es, hebt die Hand, um den Strom zu stoppen, und blickt ungläubig auf das Blut auf seiner Handfläche.

CAT läuft durch den ersten Gang zu ihm und kniet sich neben ihn. Sie will ihm helfen; sie will etwas tun, ganz egal was, damit der schreckliche Ausdruck von Überraschung und verletztem Zorn in seinem Gesicht verschwindet. Aber BILLY will nichts von ihr wissen. Er stößt sie weg.

BILLY SOAMES

Laß mich in Ruhe!

Er kommt schwankend auf die Beine.

134. INNEN: AN DER FLEISCHTHEKE, GRÖSSERER BILDAUSSCHNITT

LINOGE

Bevor er zu selbstgerecht wird, Katrina, frag ihn, wie gut er Jenna Freeman kennt.

BILLY zuckt fassungslos zusammen.

135. INNEN: KIRK FREEMAN, IM ZWEITEN GANG

KIRK FREEMAN

Was wissen Sie von meiner Schwester?

136. INNEN: WIEDER FLEISCHTHEKE

LINOGE

Pferde sind nicht das einzige, was sie gern reitet, wenn's draußen schön warm ist. Stimmt's, Billy?

CAT sieht BILLY schmerzerfüllt an. Er wischt sich die blutende Nase mit dem Handrücken ab und weicht ihrem Blick aus. Sein selbstgerechter, verletzter Zorn ist einer Art verstohlener Heimlichtuerei gewichen. Seine Miene sagt: Ich will hier raus. MIKE schaut immer noch drein, als könnte er nicht glauben, wie weit die ganze Sache aus dem Ruder gelaufen ist.

MIKE

Geh weg von diesem Mann, Cat. Du auch, Billy.

CAT rührt sich nicht. Vielleicht hat sie MIKE gar nicht gehört. Tränen laufen ihr über die Wangen. HATCH schiebt sie mit einer Hand sanft von der Tür mit der Aufschrift »Constable's Office« weg. Versehentlich schiebt er sie in BILLYS Richtung, und sie weichen beide voneinander zurück.

HATCH

(freundlich)

Du mußt raus aus seiner Reichweite, Mädchen.

Diesmal stolpert sie an BILLY vorbei (der keine Anstalten macht, sie aufzuhalten) in den vorderen Teil des Ladens. MIKE tritt inzwischen vor und nimmt ein Paket Plastikbeutel – solche, in denen man Reste aufbewahrt – von einer Auslage. Dann drückt er LINOGE den Lauf der Waffe zwischen die Schulterblätter.

MIKE

Los. Bewegung.

137. INNEN: DAS CONSTABLE'S OFFICE

Der Wind ist sehr laut und furchteinflößend – er schrillt wie die Pfeife einer Dampflokomotive. Wir hören Schindeln klappern und Bretter knarren.

Die Tür geht auf. LINOGE kommt herein, gefolgt von MIKE und HATCH. LINOGE geht zu der Zelle und bleibt dann stehen, als eine besonders heftige Windbö das Gebäude trifft und erbeben läßt. Unter der Lieferantentür weht Schnee herein.

HATCH

Das Geräusch gefällt mir nicht.

MIKE

Gehen Sie weiter, Mr. Linoge.

Unterwegs legt MIKE die Schachtel mit den Plastiktüten auf den Schreibtisch und nimmt ein großes Kombinationsschloß zur Hand. Er holt den Schlüsselbund aus seiner Tasche, und sein Blick ruht eine Sekunde lang betrübt auf dem abgebrochenen Schlüssel zum Lieferanteneingang. Dann gibt er HATCH die Schlüssel und das Kombinationsschloß. Außerdem tauschen sie ihre Waffen; MIKE reicht HATCH die Pistole und nimmt die Flinte an sich. Als sie die Zelle erreichen:

MIKE

Hände hochheben und um zwei Stangen legen.

(LINOGE gehorcht)

Jetzt Beine auseinander.

(LINOGE gehorcht)

Weiter.

(LINOGE gehorcht)

Ich werde Sie abtasten, und wenn Sie sich bewegen, wird mein guter Freund Alton Hatcher uns allen eine Menge Ärger ersparen.

HATCH schluckt, richtet die Pistole jedoch auf LINOGE. MIKE legt die Schrotflinte weg.

MIKE

Zucken Sie nicht mal, Mr. Linoge. Sie hatten Ihre schmutzigen Finger an meinem Sohn, also wehe, Sie zucken auch nur.

MIKE greift in die Taschen von LINOGES Seemannsjacke und holt die gelben Handschuhe heraus. Sie sind mit MARTHAS Blut befleckt und verschmiert. MIKE verzieht angewidert das Gesicht und wirft sie auf den Schreibtisch. Er wühlt noch ein wenig in den Jackentaschen herum, findet jedoch nichts weiter. Er greift in die Vordertaschen von LINOGES Jeans und stülpt sie nach außen. Sie sind leer. Das gleiche bei den Gesäßtaschen. Nichts als ein paar Fusselbälle. Er nimmt LINOGE die Strickmütze ab und schaut hinein. Nichts. Er wirft sie zu den Handschuhen auf dem Schreibtisch.

MIKE

Wo ist Ihre Brieftasche?

(LINOGE reagiert nicht)

Wo ist Ihre Brieftasche, hm?

MIKE schlägt LINOGE zweimal auf die Schulter, beim ersten Mal halbwegs freundlich, beim zweiten Mal ziemlich hart. Immer noch keine Reaktion.

MIKE

Hm?

HATCH

(nervös)

Reg dich nicht auf, Mike.

MIKE

Der Kerl hatte seine Finger an meinem Sohn, ihre Gesichter haben sich berührt, und er hat meinen Sohn auf die *Nase* geküßt, also erzähl mir nicht, daß ich mich nicht aufregen soll. Wo ist Ihre Brieftasche, Sir?

MIKE gibt LINOGE einen heftigen Stoß. LINOGE kracht gegen die Gitterstäbe der Zelle, behält jedoch die Hände oben an den in Heimarbeit verschweißten Stangen und läßt die Beine gespreizt.

MIKE

Wo ist Ihre Brieftasche? Wo ist Ihre Kontokarte? Ihr Blutspendeausweis? Ihre Supermarkt-Discount-Karte? Durch welches Abwasserrohr sind Sie hierher gekrochen? Hm? Antworten Sie mir!

Seine ganze Frustration, Wut, Furcht und Erniedrigung sind im Begriff, aus ihm hervorzubrechen. Er packt LINOGE an den Haaren und rammt sein Gesicht gegen die Gitterstäbe.

MIKE

Wo ist Ihre Brieftasche?

HATCH

Mike –

MIKE rammt LINOGES Gesicht erneut gegen die Gitterstäbe. Er würde es noch einmal tun, aber HATCH streckt die Hand aus und packt ihn am Arm.

HATCH

Mike, hör auf!

MIKE hört auf, holt tief Luft und bekommt sich irgendwie wieder in den Griff. Draußen fegen Windböen ums Gebäude, und im Hintergrund hören wir leise das Rauschen brechender Wellen.

MIKE

(schwer atmend)

Ziehen Sie Ihre Stiefel aus.

LINOGE

Dazu muß ich die Stangen loslassen. Das sind Schnürstiefel.

MIKE kniet sich hin und nimmt die Flinte in die Hand. Er stützt den Schaft auf den Boden und pflanzt die Läufe genau in die Mitte von LINOGES Hosenboden.

MIKE

Wenn Sie sich bewegen, Sir, brauchen Sie sich nie wieder Sorgen um Ihre Verdauung zu machen.

HATCH schaut immer ängstlicher drein. Das ist eine Seite von MIKE, die ihm bisher verborgen geblieben ist (und auch gern hätte verborgen bleiben können). MIKE bindet LINOGE währenddessen die Stiefel auf und lockert die Schnürsenkel. Dann steht er auf, nimmt die Flinte und tritt zurück.

MIKE

Schleudern Sie sie von sich.

LINOGE schleudert die Stiefel von sich. MIKE nickt HATCH zu; dieser bückt sich (wobei er LINOGE nervös im Auge behält) und hebt sie auf. Er tastet sie innen ab und schüttelt sie dann.

HATCH

Nichts.

MIKE

Wirf sie zum Schreibtisch rüber.

HATCH gehorcht.

MIKE

Gehen Sie in die Zelle, Mr. Linoge. Bewegen Sie die Hände langsam und lassen Sie sie immer da, wo ich sie sehen kann.

LINOGE macht die Zellentür auf und schwenkt sie ein- oder zweimal hin und her, bevor er hineingeht. Die Tür quietscht und hängt nicht ganz richtig in den Angeln, als sie vollständig offen ist. LINOGE streicht mit einem Finger über ein paar der selbstfabrizierten Schweißnähte und lächelt.

MIKE

Glauben Sie, die hält Sie nicht auf? Und ob sie das tun wird.

Aber MIKE sieht nicht so aus, als wäre er sich da ganz sicher, und HATCH schaut sogar noch skeptischer drein. LINOGE betritt die Zelle, durchquert sie und setzt sich mit dem Gesicht zur Tür. Er zieht die Beine hoch, so daß die Fersen seiner bestrumpften Füße (weiße Tennissocken) auf dem Rand der Pritsche stehen und er uns zwischen den Knien hindurch ansieht. In dieser Haltung sehen wir ihn jetzt eine Weile. Seine Hände hängen schlaff herunter. Er hat ein ganz leises Lächeln im Gesicht. Wenn uns jemand auf diese Weise ansähe, würden wir wahrscheinlich weglaufen. Es ist der Blick eines Tigers im Käfig – sehr still und wachsam, aber voller unterdrückter Gewalt.

MIKE macht die Zellentür zu, und HATCH verschließt sie mit einem der Schlüssel am Ring. Danach rüttelt er an der Tür. Sie ist verschlossen, aber er und MIKE wechseln dennoch einen unbehaglichen Blick. Diese Tür ist so wacklig wie der letzte Zahn im Mund eines alten Mannes. Die Zelle ist für Leute wie SONNY BRAUTIGAN gedacht, der die häßliche Angewohnheit hat, sich zu betrinken und dann die Fenster im Haus seiner Ex-Frau mit Steinen einzuwerfen ... nicht für einen Fremden ohne Ausweis, der eine alte Witwe totgeprügelt hat.

MIKE geht zur Lieferantentür hinüber, sieht sich den Schließriegel an und probiert dann den Knopf. Die Tür geht problemlos auf und läßt einen eisigen Windhauch und ein paar tanzende Schneeflocken herein. HATCH fällt der Unterkiefer herunter.

HATCH

Mike, ich schwör dir, daß sie sich vorhin keinen Millimeter gerührt hat.

MIKE schließt die Tür, schaut sich um und sieht eine Kette auf einem Bord. Er nimmt sie herunter und führt sie durch eine ziemlich große Ringschraube an der Tür. Er sichert die Enden der Kette mit dem Vorhängeschloß und verstellt die Kombination.

Während er die letzten Handgriffe tut, kommt ROBBIE BEALS herein. Er geht zum Schreibtisch hinüber und greift nach einem der Handschuhe.

MIKE

Finger weg!

ROBBIE

(zieht die Hand zurück)

Hat er einen Ausweis dabei?

MIKE

Bitte gehn Sie raus.

ROBBIE hebt das Ulkschild auf und schüttelt es drohend vor MIKES Nase.

ROBBIE

Ich will Ihnen was sagen, Anderson: Ihr Humor ist ganz und gar –

HATCH, der der Puppe das Schild um den Hals gehängt hat, macht ein verlegenes Gesicht. Keiner der anderen Männer bemerkt es. MIKE reißt ROBBIE das verdammte Ding aus der Hand und wirft es in den Abfalleimer.

MIKE

Ich hab jetzt weder die Zeit noch die Geduld für so was. Raus jetzt, sonst helfe ich nach.

ROBBIE blickt ihn an und sieht, daß MIKE es absolut ernst meint. ROBBIE weicht zur Tür zurück.

ROBBIE

Bei der nächsten Wählerversammlung wird's vielleicht eine Änderung in der Exekutive von Little Tall geben.

MIKE

Die Wählerversammlung ist im März. Jetzt haben wir Februar. Und nun raus mit Ihnen, verdammt noch mal.

ROBBIE geht hinaus. MIKE und HATCH bleiben einen Moment stehen, wo sie sind, dann stößt MIKE mit einem langen Zischen die Luft aus. HATCH wirkt erleichtert.

MIKE

Ich finde, das hab ich ziemlich gut gemacht, was meinst du?

HATCH

Wie ein Diplomat.

MIKE holt noch einmal tief Luft, um sich zu beruhigen. Er öffnet die Schachtel mit den Plastikbeuteln. Während HATCH und er ihr Gespräch zu Ende führen, steckt er die blutigen Handschuhe in zwei Beutel und die Mütze in einen dritten.

MIKE

Ich muß rausgehen und –

HATCH

Du willst mich mit ihm allein lassen?

MIKE

Versuch, die State Police in Machias zu erreichen. Und komm nicht in seine Nähe.

HATCH

Ich würde sagen, darauf kannst du Gift nehmen.

138. INNEN: DER HINTERE TEIL DES MARKET, BEI DER FLEISCHTHEKE

Vielleicht zwei Dutzend Stadtbewohner verstopfen die Gänge und schauen erwartungsvoll und ängstlich zur Tür des Constable's Office. Auf einer Seite steht ROBBIE, dessen Miene so finster ist wie die mit Kohlenstaub abgedeckte Glut eines Hochofens. Inzwischen haben sich die anderen beiden Mitglieder seiner Familie zu ihm gesellt: seine Frau SANDRA und der reizende DON aus dem Kindergarten. In der vordersten Reihe der Stadtbewohner steht MOLLY mit RALPHIE auf den Armen. Als die Tür aufgeht und sie MIKE sieht, läuft sie zu ihm. Er legt ihr beruhigend einen Arm um die Schultern.

RALPHIE

Du hast ihm doch nichts getan, Daddy, oder?

MIKE

Nein, Schatz, ich hab ihn nur sicher untergebracht.

RALPHIE

Im Gefängnis? Hast du ihn ins Gefängnis gesperrt? Was hat er getan?

MIKE

Nicht jetzt, Ralph.

Er küßt den Feensattel auf RALPHIES Nase und wendet sich an die Versammelten.

MIKE

Peter! Peter Godsoe!

Die Leute schauen sich murmelnd um. Nach einer kurzen Pause drängt sich PETER GODSOE nach vorne durch. Er wirkt peinlich berührt und aufgebracht zugleich (aber auch ein bißchen ängstlich).

PETER GODSOE

Mike, wegen dem, was der Kerl gesagt hat – das ist der größte Schwachsinn, den –

MIKE

Mhm. Gehen Sie rein zu Hatch. Wir müssen den Kerl bewachen, und das werden wir immer zu zweit tun.

PETER GODSOE

(ungeheuer erleichtert)

Okay. Geht klar.

Er verschwindet im Constable's Office. MIKE, der immer noch MOLLY im Arm hält, wendet sich seinen Nachbarn zu.

MIKE

Ich glaube, ich muß den Laden zumachen, Leute.

(Gemurmel)

Ihr dürft alles mitnehmen, was ihr jetzt habt; ich verlasse mich darauf, daß ihr bezahlt, wenn der Sturm vorbei ist. Ich muß mich jetzt um einen Gefangenen kümmern.

Eine bekümmert dreinschauende Frau mittleren Alters, DELLA BISSONETTE, drängt sich nach vorn.

DELLA

Hat dieser Mann wirklich die arme alte Martha umgebracht?

Noch mehr Gemurmel – ängstlich und ungläubig. MOLLY sieht ihren Mann gespannt an. Ihrer Miene ist auch zu entnehmen, daß sie RALPHIE am liebsten vorübergehend ertauben lassen würde.

MIKE

Ihr werdet die ganze Geschichte bald erfahren, aber nicht jetzt. Bitte, Della – ihr alle – helft mir bei meinem Job. Schnappt euch eure Sachen und geht oder fahrt nach Hause, bevor der Sturm noch schlimmer wird. Ich möchte, daß ein paar von den Männern noch ein oder zwei Minuten dableiben. Kirk Freeman … Jack Carver … Sonny Brautigan … Billy Soames … Johnny Harriman … Robbie … das sollte fürs erste reichen.

Die Männer treten vor, während die anderen sich umdrehen und den Laden zu verlassen beginnen. ROBBIE wirkt so aufgeblasen wie eh und je. BILLY drückt sich ein Knäuel Papiertaschentücher an die Nase.

139. INNEN: DAS CONSTABLE'S OFFICE

HATCH sitzt am Schreibtisch und versucht Funkkontakt mit der State Police in Machias aufzunehmen. PETER schaut voller nervöser Faszination zur Zelle hinüber. LINOGE, der auf der Pritsche sitzt, erwidert den Blick zwischen seinen gespreizten Knien und schräggestellten Füßen hindurch.

HATCH

Machias, hier ist Alton Hatcher auf Little Tall. Wir haben hier einen polizeilichen Notfall. Hören Sie mich, Machias? Bitte kommen, wenn Sie mich hören.

Er läßt die Taste los. Nichts als atmosphärisches Rauschen.

HATCH

Machias, hier ist Alton Hatcher auf Kanal 19. Wenn Sie mich hören ...

PETER GODSOE

Die hören Sie nicht. Die Antenne auf eurem Dach ist weg.

HATCH seufzt. Er weiß es auch. Er dreht die Lautstärke herunter, und das atmosphärische Rauschen wird leiser.

PETER GODSOE

Probieren Sie's mit dem Telefon.

HATCH wirft ihm einen überraschten Blick zu, dann hebt er den Hörer ab. Er lauscht, drückt wahllos auf ein paar Tasten und legt dann wieder auf.

PETER GODSOE

Nein, hm? Tja, war nur ein Versuch.

PETER schaut wieder zu LINOGE, der ihn anstarrt. HATCH mustert PETER unterdessen mit einiger Faszination.

HATCH

Sie haben doch nicht wirklich eine Ladung Panama Red da draußen hinter Ihren Hummerfallen, oder?

PETER sieht ihn an ... und schweigt.

140. INNEN: DER HINTERE TEIL DES MARKET, MIT MOLLY, RALPHIE UND MIKE

Die Stadtbewohner haben sich in Bewegung gesetzt (bis auf die kleine Gruppe von Männern, die MIKE ausgewählt hat) und strömen allmählich in den vorderen Teil des Ladens und in die Außenwelt hinaus. Die Glocke über der Tür bimmelt in einem fort, während die Leute hinausgehen.

MOLLY

Alles in Ordnung mit dir?

MIKE

'türlich.

MOLLY

Wann kommst du nach Hause?

MIKE

Sobald ich kann. Nimm den Lieferwagen – im PKW kommst du keine dreihundert Meter weit. Ich hab noch nie gesehen, daß so schnell so viel Schnee gefallen ist. Ich nehme den »Island Services«-Wagen oder lasse mich von jemandem vorbeibringen, wenn das hier geregelt ist. Ich muß noch mal kurz zu Marthas Haus zurück, um es fest zu verschließen.

Es gibt tausend Fragen, die sie ihm gern stellen würde, aber nicht stellen kann. Kleine Kinder haben große Ohren. Sie küßt ihn auf den Mundwinkel und wendet sich zum Gehen.

141. INNEN: AN DER REGISTRIERKASSE, MIT CAT UND TESS MARCHANT

CAT schluchzt immer noch. TESS hält sie fest und wiegt sie sanft, aber wir können sehen, daß LINOGES Worte sie (TESS) ziemlich vom Stuhl gehauen haben. MOLLY wirft TESS einen fragenden Blick zu, während sie RALPHIE zur Tür trägt. TESS nickt, als wollte sie sagen, sie habe alles im Griff. MOLLY nickt zurück und geht hinaus.

142. AUSSEN: VOR DEM MARKET

MOLLY trägt RALPHIE behutsam die Treppe hinunter und geht in einen Schneesturm hinaus, in dem man mittlerweile die Hand nicht mehr vor Augen sieht. Sie kommt auf die Kamera zu und muß sich bei jedem Schritt in den Wind lehnen ... und dabei läuft sich dieses Baby gerade erst warm.

RALPHIE

(schreit, damit man ihn hört)

Die Insel wird doch nicht weggeblasen, oder?

MOLLY

Nein, natürlich nicht.

Aber sie sieht nicht so aus, als ob sie sich da ganz sicher wäre.

143. AUSSEN: DAS STADTZENTRUM, BLICK VON OBEN

Es schneit wie aus Eimern. Auf der Main Street und der Atlantic Street fahren noch ein paar Wagen, aber sie werden nicht mehr viel länger fahren. Little Tall Island ist praktisch von der Außenwelt abgeschnitten. Der Wind heult schrill; der Schnee bildet eine weiße Wand; und wir

BLENDEN AB

ENDE DES 5. AKTS

6. Akt

144. AUSSEN: DIE STADT, BLICK VON HOCH OBEN – SPÄTER NACHMITTAG

Auf dem gleichen Bild haben wir abgeblendet, aber jetzt ist es später – es ist nicht mehr viel Tageslicht übrig. Der Wind heult schrill.

145. AUSSEN: DAS WALDGEBIET SÜDLICH DER STADT – SPÄTER NACHMITTAG

Wir schauen durch die Schneise einer Überlandleitung auf den wildbewegten Ozean. Ein scharfes Knacken ertönt, und eine riesige alte Kiefer fällt auf die Stromleitungen. Sie werden in einem Funkenschauer niedergerissen.

146. AUSSEN: MAIN STREET – SPÄTER NACHMITTAG

In einer Wiederholung der ersten Szene erlöschen sämtliche Lichter, auch das Blinklicht an der Kreuzung.

147. INNEN: DAS CONSTABLE'S OFFICE, MIT HATCH UND PETER

Das Licht geht aus.

HATCH

Oh, verdammt!

PETER antwortet nicht. Sein Blick ruht auf der

148. INNEN: GEFÄNGNISZELLE, PETERS PERSPEKTIVE

LINOGE ist nur ein unförmiges, dunkles Etwas … bis auf seine Augen. Darin leuchtet ein unruhiges rotes Licht … wie in den Augen eines Wolfs.

149. INNEN: WIEDER HATCH UND PETER

HATCH kramt in der Schreibtischschublade. Als er gerade eine Taschenlampe zutage fördert, packt PETER ihn am Arm.

PETER GODSOE

Schauen Sie ihn an!

HATCH wirbelt erschrocken herum, um LINOGE anzusehen. Der Gefangene sitzt noch genauso da wie zuvor, aber nun leuchtet kein unheimliches Licht mehr in seinen Augen. HATCH schaltet die Taschenlampe ein und richtet den Strahl genau auf LINOGES Gesicht. LINOGE schaut gelassen zu ihnen herüber.

HATCH
(ZU PETER)

Was ist denn?

PETER GODSOE

Ich … nichts.

Er schaut wieder zu LINOGE hinüber, verblüfft und ein wenig ängstlich.

HATCH

Vielleicht haben Sie zu viel von dem Zeug geraucht, das Sie verkaufen.

PETER GODSOE
(in einer Mischung aus Scham und Zorn)

Halten Sie den Mund, Hatch. Reden Sie nicht über Dinge, von denen Sie nichts verstehen.

150. INNEN: DER KASSENTRESEN DES MARKET, MIT MIKE UND TESS MARCHANT

Anscheinend sind sie die einzigen, die jetzt noch da sind. Ohne die Innenbeleuchtung ist es ziemlich dunkel im Laden – die Fenster zur Straße sind groß, aber das Licht, das durch sie hereinfällt, schwindet allmählich. MIKE kommt hinter den Tresen und öffnet einen in die Wand eingebauten Kasten. Darin sind Sicherungen und ein großer Schalter. Den legt er um.

151. AUSSEN: HINTER DEM MARKET – SPÄT AM TAG

Links von der Laderampe steht ein kleiner Schuppen mit der Aufschrift GENERATOR. Darin läuft ein Motor an, und blauer Rauch, der sofort vom Wind weggerissen wird, quillt in dicken Wolken aus dem Schornstein.

152. INNEN: DAS CONSTABLE'S OFFICE

Das Licht geht wieder an. HATCH seufzt erleichtert auf.

HATCH

Hey … Pete.

Er will sich entschuldigen, und er möchte, daß PETER ihm ein bißchen dabei hilft, aber PETER ist nicht in der Stimmung dazu. Er geht weg und schaut auf das schwarze Brett an der Wand.

HATCH

Ich bin ein bißchen zu weit gegangen.

PETER

Ja, viel zu weit.

PETER dreht sich um und wirft LINOGE einen Blick zu. LINOGE erwidert seinen Blick mit einem leisen Lächeln.

PETER

Was glotzt du so?

LINOGE antwortet nicht, sondern sieht PETER nur weiterhin mit diesem leisen Lächeln an. Nervös dreht PETER sich wieder zum schwarzen Brett um. HATCH sieht PETER an und wünscht, er könnte seine dummdreiste Bemerkung zurücknehmen.

153. AUSSEN: DIE VERANDA DES LADENS, MIT MIKE UND TESS

TESS trägt einen Parka, Handschuhe und hohe Gummistiefel. Trotzdem schwankt sie im Wind hin und her, und MIKE muß sie stützen, bevor sie zum Schaufenster neben der Tür gehen. Unterhalb des Fensters sind auf beiden Seiten Handkurbeln. MIKE greift sich die eine, TESS geht zu der anderen. Sie kurbeln, während sie sich unterhalten (rufend, um bei dem Wind verstanden zu werden), und lassen die Sturmschutz-Rolläden aus Holzlatten über die Scheibe herunter.

MIKE

Kommst du klar? Sonst bringe ich dich eben –

TESS

Es ist die falsche Richtung! Und ich wohne nur sechs Häuser weiter … das weißt du doch ganz genau. Behandle mich nicht wie einen Säugling.

Er nickt und lächelt ihr zu. Sie gehen zum Fenster auf der anderen Seite der Tür und lassen den anderen Sturmschutz-Rolladen herunter.

TESS

Mike? Hast du eine Ahnung, warum er hergekommen ist, oder warum er Martha umgebracht hat?

MIKE

Nein. Geh schon nach Hause, Tess. Mach dir ein Feuer an. Ich schließe ab.

Als sie mit dem Rolladen fertig sind, gehen sie zur Treppe. Sie werden von einer weiteren Bö getroffen, und TESS zuckt zusammen und zieht ihre Kapuze enger um den Kopf.

TESS

Paßt gut auf ihn auf. Wir wollen nicht, daß er rauskommt und draußen rumschleicht, während das hier …

(hebt das Kinn in den Blizzard)

… im Gange ist.

MIKE

Keine Sorge.

Sie schaut ihn noch einen Moment an, und was sie sieht, beruhigt sie einigermaßen. Sie nickt und stapft die schneebedeckten Stufen hinunter, wobei sie sich am Geländer festhält. Jetzt, wo sie ihm den Rücken zukehrt, versucht MIKE nicht mehr zu verbergen, wie besorgt er in Wirklichkeit ist. Dann geht er wieder hinein und schließt die Tür. Er dreht das OFFEN-Schild um, so daß dort nun GESCHLOSSEN steht, und zieht die Jalousie herunter.

154. INNEN: DAS CONSTABLE'S OFFICE

MIKE kommt herein, stapft sich immer noch den Schnee von den Stiefeln und sieht sich um. PETER betrachtet nach wie vor den Wust von Bekanntmachungen am schwarzen Brett. MIKE geht zum schwarzen Brett hinüber und zieht ein Stück Papier aus seiner Gesäßtasche.

MIKE

Alles in Ordnung hier hinten?

HATCH

Einigermaßen, ja, aber ich kann die State Police in Machias nicht erreichen. Ich kann überhaupt niemand erreichen.

MIKE

Überrascht mich nicht weiter.

Er heftet den rasch hingeworfenen Dienstplan ans schwarze Brett, wo PETER ihn sofort zu studieren beginnt. MIKE geht zum Schreibtisch hinüber und zieht eine Schublade mit allem möglichen Krimskrams darin auf.

MIKE

(ZU HATCH)

Du und Peter bis acht, Kirk Freeman und Jack Carver von acht bis Mitternacht, Robbie Beals und Sonny Brautigan von Mitternacht bis vier, Billy Soames und Johnny Harriman von vier bis acht Uhr morgen früh. Danach sehen wir weiter.

MIKE findet einen kleinen Aktenkoffer und eine Polaroidkamera. Er nimmt sie heraus, schließt die Schublade, sieht die beiden Männer an und wartet auf ihre Kommentare. Er erntet nur ein verlegenes Schweigen.

MIKE

Seid ihr einverstanden?

HATCH

(zu munter)

Geht klar.

PETER

Ja, geht klar.

MIKE sieht sie genauer an und ahnt, woher der Wind weht. Er klappt den Koffer auf – wir erhaschen einen Blick auf diverse Gegenstände, die einem Kleinstadtpolizisten von Nutzen sein könnten (eine große Taschenlampe, Verbände, Erster-Hilfe-Kasten etc.). Er legt die Polaroid-Kamera hinein.

MIKE

Seid auf der Hut. Alle beide. Verstanden?

Keine Antwort. HATCH ist verlegen, PETER schmollt. MIKE schaut noch einmal zu LINOGE, der ihn mit diesem leisen Lächeln ansieht.

MIKE

Später werden wir das Gespräch führen, das Sie sich gewünscht haben, Sir.

Er schließt den Koffer und geht zur Tür. Eine gewaltige Windbö trifft das Gebäude und läßt es knarren. Im Hinterhof fällt etwas mit lautem Krachen um. HATCH zuckt zusammen.

HATCH

Was machen wir mit ihm, wenn Robbie und Ursula beschließen, Alarm zu geben und alle zusammenzuholen? Wir können ihn ja schlecht im Keller des Rathauses mit einer Decke und einem Teller Suppe in eine Ecke setzen.

MIKE

Keine Ahnung. Ich schätze, wir bleiben mit ihm hier.

PETER

Und werden weggeweht, wenn er weggeweht wird?

MIKE

Wollen Sie nach Hause, Pete?

PETER

Nein.

Mike nickt und geht hinaus.

155. AUSSEN: MARTHA CLARENDONS HAUS – EINBRUCH DER DUNKELHEIT

Der »ISLAND SERVICES«-Wagen kommt aus der zunehmenden Dunkelheit und fährt knirschend durch Schneewehen und über heruntergefallene Zweige auf der Straße. Er hält vor MARTHAS Gartenpforte. MIKE steigt mit dem kleinen Koffer aus und geht den Gehweg entlang. Der Sturm ist schlimmer denn je; die Windböen stoßen MIKE in alle Richtungen. Er kämpft sich die schneebedeckten Verandastufen hinauf.

156. AUSSEN: DIE VERANDA, MIT MIKE – EINBRUCH DER DUNKELHEIT

Er öffnet den Koffer und nimmt die Taschenlampe sowie die Polaroidkamera in ihrem Etui heraus. Er hängt sich die Kamera an ihrem Riemen um den Hals. Der Wind stöhnt. Äste schlagen gegen die Veranda. MIKE sieht sich ein bißchen nervös um, dann wendet er seine Aufmerksamkeit wieder dem Koffer zu. Er holt eine Rolle weißes Klebeband und einen Filzschreiber heraus. Nachdem er sich die (nunmehr eingeschaltete) Taschenlampe zwischen Brust und Arm geklemmt hat, reißt er ein Stück Klebeband ab und pappt es an MARTHAS Tür. Er zieht die Kappe des Filzschreibers ab, überlegt und schreibt dann in Druckbuchstaben: TATORT NICHT BETRETEN MICHAEL ANDERSON CONSTABLE. Dann hängt er sich die Klebebandrolle wie ein Armband ums Handgelenk und öffnet die Tür.

Er hebt MARTHAS Laufstuhl auf, packt die Griffe mit seinen behandschuhten Händen und stellt ihn in die Diele. Dann schließt er seinen Koffer, nimmt ihn in die Hand und geht selbst hinein.

157. INNEN: DIE DIELE – DUNKEL

MIKE steckt seine eingeschaltete Taschenlampe in seine Jackentasche. Der Lichtstrahl scheint nach oben an die Decke. MIKE selbst ist wenig mehr als eine sich bewegende Silhouette im Dunkeln, als er die Polaroid bereitmacht und ans Gesicht hebt.

BLITZ! und wir sehen

158. INNEN: MARTHA CLARENDON

Ihr zerschlagenes, blutiges Gesicht. Nur einen Moment lang. Dann verblaßt es. Dieses Bild und die folgenden haben die kontrastreiche Schärfe von Tatortfotos ... von Beweismaterial ... und genau das werden sie eines Tages in einem Gerichtssaal auch sein. Das hofft MIKE jedenfalls.

159. INNEN: DIE DIELE – DUNKEL

MIKE dreht sich um, steckt das erste Foto in seine Jackentasche und drückt dann erneut auf den Auslöser der Polaroid.

BLITZ! und wir sehen

160. INNEN: DIE BILDER AN DER DIELENWAND

Boote auf dem Meer. Der Hafen der Stadt im Jahre 1920. Alte Fords, die 1928 die Atlantic Street hinauftuckern. Mädchen bei einem Picknick am Leuchtturm. Die Bilder sind mit Blut gesprenkelt. An der Tapete zwischen ihnen sind dickere Blutspritzer. Das Bild verblaßt.

161. INNEN: DIE DIELE – DUNKEL

MIKE ANDERSONS Silhouette bückt sich ein bißchen.

BLITZ! und wir sehen

162. INNEN: MARTHAS LAUFSTUHL

Dunkle Blutflecken, wie Tropfen auf den Chromflächen. Das Bild verblaßt.

163. INNEN: DIE DIELE – DUNKEL

MIKE geht durch die Diele zum Wohnzimmer.

164. INNEN: DAS WOHNZIMMER – DUNKEL

Es ist ziemlich unheimlich hier drin; die Möbel sind nur schemenhafte Umrisse, und draußen heult der Wind. Zweige peitschen gegen das Haus, Bäume ächzen.

MIKE geht weiter. Der Strahl der Taschenlampe in seiner Jackentasche leuchtet noch immer nach oben. Versehentlich tritt er gegen etwas. Ein dunkles Ding rollt über den Boden, prallt von einem Bein von MARTHAS Sessel ab und verschwindet aus dem Bild. MIKE folgt ihm, nimmt die Taschenlampe aus der Tasche und leuchtet damit ins Kameraobjektiv – er sieht den Gegenstand, den er angestoßen hat, obwohl wir ihn von unserem Standort aus nicht sehen können. Er steckt die Taschenlampe wieder ein, hebt die Polaroid und beugt sich vor.

BLITZ! und

165. INNEN: DAVEYS BASKETBALL

Mit Blut befleckt und beschmiert. Sieht aus wie ein seltsamer Planet. Das Bild verblaßt.

166. INNEN: DAS WOHNZIMMER, MIT MIKE – DUNKEL

Er reißt ein Stück Klebeband ab, schreibt in Druckbuchstaben BEWEISSTÜCK darauf und klebt es an den Basketball. Dann geht er um den Sessel herum und richtet die Polaroid auf den Fernseher.

BLITZ! und

167. INNEN: DER FERNSEHER

Die Bildröhre, total zerschmettert. Die elektronischen Innereien des Apparats, sichtbar in dem schartigen Loch, das wie ein ausgeschlagenes Auge aussieht. Das Bild verblaßt.

168. INNEN: DAS WOHNZIMMER, MIT MIKE – DUNKEL

Er runzelt verwirrt die Stirn und denkt über den Fernseher nach. Er und HATCH haben das verdammte Ding *gehört*. Wirklich. Er geht vorsichtig darauf zu, dreht sich dann um und hebt die Polaroid.

BLITZ! und

169. INNEN: MARTHAS SESSEL

Nackt und blutbesudelt, so unheimlich wie ein Folterinstrument. Der Teller mit den Plätzchen und die blutbeschmierte Teetasse stehen noch auf dem Tisch daneben.

170. INNEN: WIEDER MIKE

Er möchte noch eine zweite Aufnahme davon haben. Er hebt die Polaroid und hält dann inne. Er schaut nach oben auf:

171. INNEN: ÜBER DEM DURCHGANG ZWISCHEN WOHNZIMMER UND DIELE

Dort oben über dem Bogen ist etwas auf die Tapete geschrieben. Wir können es sehen, aber es ist zu dunkel, als daß man es lesen könnte.

172. INNEN: WIEDER MIKE

Er hebt die Polaroid nach oben, zielt und –

BLITZ!

173. INNEN: ÜBER DEM DURCHGANG ZWISCHEN WOHNZIMMER UND DIELE

Es ist eine Botschaft, mit MARTHA CLARENDONS Blut geschrieben: GEBT MIR WAS ICH WILL UND ICH VERSCHWINDE. Darüber ist eine Zeichnung:

Vielleicht erkennen wir sie, vielleicht auch nicht. Das Bild verblaßt.

174. INNEN: WIEDER MIKE

Der Schreck sitzt ihm in den Knochen. Trotzdem ist er fest entschlossen, seine Aufgabe zu erfüllen. Er hebt die Polaroid, um das zweite Foto von dem Sessel zu knipsen.

BLITZ!

175. INNEN: MARTHAS SESSEL

Diesmal liegt LINOGES Stock quer über den Armlehnen des Sessels, und der blutbefleckte Wolfskopf schaut zähnefletschend in die Kamera. Wenn wir die Bedeutung der Zeichnung an der Wand vorhin nicht verstanden haben, dann verstehen wir sie jetzt.

176. INNEN: WIEDER MIKE

Die Kamera rutscht ihm aus den Händen; ohne den Riemen wäre sie zu Boden gefallen. Er ist verstört, was durchaus zu verstehen ist. Der Stock war vorhin noch nicht da. Eine Windbö fegt ums Haus – die stärkste bislang. Hinter MIKE birst das Fenster zur Straße, und die Scherben fliegen ins Zimmer. Schnee wirbelt herein, rotiert in gespenstischen Figuren. Die Gardinen bauschen sich wie Geisterarme.

MIKE ist erschrocken (und wir hoffentlich auch), erholt sich aber schnell wieder. Er zieht die Vorhänge vor das kaputte Fenster. Sie bauschen sich nach außen, aber er schiebt rasch einen Tisch hin und klemmt sie damit fest. Dann dreht er sich wieder zu MARTHAS Sessel um… und zu dem unerwarteten Stock. Er beugt sich vor und hebt dann die Polaroid.

BLITZ! und

177. INNEN: DER STOCK MIT DEM WOLFSKOPF (GROSS)

Der Wolfskopf starrt uns mit seinen blutigen Zähnen und Augen an wie ein Geisterwolf bei einem Blitzschlag, dann verblaßt er.

178. INNEN: WIEDER MIKE

Er bleibt einen Moment lang, wo er ist, und versucht, sich wieder in den Griff zu bekommen. Dann steckt er das letzte Bild ein, reißt ein weiteres Stück weißes Klebeband ab und markiert damit den Stock. Darauf schreibt er BEWEISSTÜCK und MÖGL. MORDWAFFE.

179. INNEN: MARTHAS ESSZIMMER – DUNKEL

MIKE kommt herein, nimmt den Tafelaufsatz aus Tannenzapfen und Kerzen vom Tisch und zieht dann die weiße Tischdecke herunter.

180. INNEN: DIE DIELE, MIT MIKE

Er kommt aus dem Eßzimmer und nähert sich dem dunklen Umriß von MARTHAS Leiche. Dabei fällt ihm etwas an der Wand neben der Tür auf. Er richtet den Strahl seiner Taschenlampe darauf. Es ist ein Schlüsselbord in Form eines Schlüssels. MIKE läßt den Lichtstrahl darüberwandern und findet den Satz Schlüssel, den er gesucht hat. Er nimmt ihn vom Haken.

181. INNEN: DIE SCHLÜSSEL AUF MIKES HANDFLÄCHE, ZWISCHENSCHNITT

Auf dem Anhänger steht in MARTHAS krakeliger Altfrauenhandschrift HAUSTÜR.

182. INNEN: WIEDER DIE DIELE, MIT MIKE

Er steckt die Schlüssel ein und stellt seinen Koffer und die Kamera einen Moment lang auf die Treppe.

MIKE

Es tut mir so leid, altes Mädchen.

Er deckt MARTHA mit der wallenden Tischdecke zu und hebt seine Sachen dann wieder auf. Er öffnet die Tür zur Veranda gerade weit genug, um hindurchzuschlüpfen, und geht in den heulenden Sturm hinaus. Die Nacht ist hereingebrochen.

183. AUSSEN: AUF DER VERANDA, MIT MIKE – NACHT

Er schließt die Tür mit MARTHAS Schlüssel ab. Rüttelt daran, um sicherzugehen, daß sie verschlossen ist. Dann geht er die Treppe hinunter und stapft auf dem Gehweg mühsam zum »ISLAND SERVICES«-Wagen zurück.

184. AUSSEN: EIN HAUS AUF DER UPPER MAIN STREET – NACHT

Wir können es in dem dichten Schneetreiben kaum sehen.

185. INNEN: DIE KÜCHE DER CARVERS, MIT JACK, ANGELA UND BUSTER

Hier gibt es keinen Generator. Die Küche wird von zwei Coleman-Gaslaternen erhellt, und in allen Ecken sind große Schatten. Die kleine Familie ißt belegte Brote und trinkt Limonade. Bei jeder Windbö und jedem Knarren des Hauses sieht ANGELA sich nervös um. JACK ist Hummerfischer und macht sich nicht so viele Sorgen wegen des Wetters (worüber soll man sich schon Sorgen machen, wenn man auf trockenem Land ist, heiliger Strohsack?). Er spielt mit BUSTER Flugzeug. Das Flugzeug ist ein Mortadella-Brot; BUSTERS offener Mund ist der Hangar. JACK fliegt immer wieder an (wobei er die entsprechenden Flugzeuggeräusche von sich gibt) und dreht dann jedesmal ab. BUSTER lacht herzlich. Daddy ist ja *so* ein Komiker.

Draußen ertönt ein reißendes, splitterndes Krachen. ANGELA packt JACK am Arm.

ANGELA

Was war das?

JACK CARVER

'n Baum. Hat sich angehört wie in Robichaux' Garten. Hoffentlich hat er nicht ihre Veranda getroffen.

Er fängt wieder an, Flugzeug zu spielen, und diesmal landet das Sandwich in BUSTERS Mund. BUSTER beißt ein Stück ab und kaut genußvoll.

ANGELA

Jack, mußt du wirklich wieder in den Laden zurück?

JACK

Ayuh.

BUSTER

Daddy bewacht den bösen Mann! Sorgt dafür, daß er nicht abhaut. In einem FLUUCHZEUCH!

JACK

Stimmt, mein Großer.

Jack läßt im Sturzflug einen weiteren Bissen in BUSTERS Mund verschwinden und zerzaust seinem Sohn die Haare, dann sieht er ANGELA ernst an.

JACK

Das ist eine üble Situation, Schatz. Da muß jeder sein Scherflein beitragen. Außerdem bin ich mit Kirk zusammen. Wir sind immer zu zweit.

BUSTER

Ich wär am liebsten mit Don Beals zusammen. Der kann toll einen Affen machen.

JACK

Ayuh. Hat er sich wahrscheinlich bei seinem Vater abgeguckt.

ANGIE lacht und legt die Hand vor den Mund. JACK lächelt sie an. BUSTER fängt an, Affengeräusche zu machen und sich unter den

Armen zu kratzen. Das typische Benehmen von Fünfjährigen am Abendbrottisch. Seine Eltern beachten ihn nicht weiter, gehen aber trotzdem liebevoll mit ihm um.

JACK

Wenn du die Sirene hörst, nimmst du Buster und fährst los. Zum Teufel, du kannst auch vorher schon fahren, wenn du nervös wirst – pack ein paar Sachen zusammen und nimm das Schneemobil.

ANGELA

Bist du sicher?

JACK

Ayuh. Tatsache ist, je eher ihr geht, desto bessere Betten werdet ihr kriegen. Es sind schon welche hingefahren. Ich hab die Scheinwerfer gesehen.

(reckt das Kinn zum Fenster)

Wenn meine Wache vorbei ist, seid ihr entweder hier oder dort – ganz egal. Ich finde euch schon.

Er lächelt ANGELA an. Sie lächelt beruhigt zurück. Der Wind heult schrill. Sie horchen, und ihr Lächeln erlischt. Wir hören das leise Rauschen brechender Wellen.

JACK

Der Rathauskeller ist für die nächsten achtundvierzig Stunden wahrscheinlich der sicherste Ort auf der Insel. Heute abend wird's eine mörderische Sturmflut geben, das kann ich dir sagen.

ANGELA

Warum mußte dieser Mann ausgerechnet heute kommen?

BUSTER

Was hat der böse Mann getan, Mommy?

Da haben wir's wieder – kleine Kinder und ihre großen Ohren. ANGELA beugt sich zu ihm und gibt ihm einen Kuß.

ANGELA

Den Mond gestohlen und den Wind gebracht. Wie wär's mit noch einem Sandwich, mein Großer?

BUSTER

Ja! Und Daddy kann's fliegen!

186. AUSSEN: GODSOE FISH & LOBSTER – DUNKEL

Die Wellen krachen höher denn je gegen den Kai.

187. AUSSEN: DER LEUCHTTURM – DUNKEL

Nur noch ein verschwommener Umriß im Sturm; jedesmal, wenn das Leuchtfeuer herumkommt, erleuchtet es eine Schneewüste.

188. AUSSEN: KREUZUNG VON MAIN STREET UND ATLANTIC STREET – DUNKEL

Der Wind reißt das dunkle Blinklicht ab, und es fliegt wie ein Jojo an seinem Seil so weit, bis sich das Kabel strafft, dann kracht es schließlich auf die verschneite Straße.

189. INNEN: DIE GEFÄNGNSZELLE IM CONSTABLE'S OFFICE, MIT LINOGE – DUNKEL

LINOGE sitzt da wie zuvor, die Füße hochgezogen, das hungrige Gesicht von den leicht gespreizten Knien umrahmt. Er ist aufmerksam und konzentriert, und auf seinem Gesicht liegt noch immer der Schatten eines Lächelns.

190. INNEN: BLICK INS CONSTABLE'S OFFICE, MIT HATCH UND PETER

HATCH hat ein Powerbook aufgeklappt, dessen Schimmer sein verzücktes Gesicht erhellt. Er läßt ein Kreuzworträtselprogramm laufen und geht völlig darin auf. Er beachtet PETER nicht, der unter dem schwarzen Brett sitzt und LINOGE mit schlaffen Zügen und großen Augen anstarrt. PETER ist hypnotisiert.

191. INNEN: LINOGE (GROSS)

Sein Lächeln wird breiter. Seine Augen verdunkeln sich, bis sie ganz schwarz sind, dann glimmt von neuem das rote Leuchten in ihnen auf.

192. INNEN: WIEDER HATCH UND PETER

Ohne den Blick von LINOGES Augen abzuwenden, langt PETER hinter sich und reißt eine alte rote Hochwasserwarnung des Fischereiministeriums vom Brett ab. Er dreht sie um. In der Hemdtasche hat er einen Kugelschreiber. Nun drückt er die Spitze heraus und setzt zum Schreiben an. Er schaut jedoch kein einziges Mal auf das hinunter, was er da tut; sein Blick hängt unverwandt an LINOGE.

HATCH

(ohne aufzublicken)

Sagen Sie mal, Pete – was meinen Sie, was das ist? »Jodler-Sitz.« Drei Buchstaben.

193. INNEN: LINOGE (GROSS)

Er lächelt. Sein Mund formt ein Wort, das wie ein Schlucken aussieht.

194. INNEN: WIEDER HATCH UND PETER

PETER

Alp.

HATCH

Natürlich.

(tippt es in die Kästchen)

Das ist ein tolles Programm. Sie können's später auch mal versuchen, wenn Sie wollen.

PETER

Klar.

Seine Stimme klingt ganz normal, aber er wendet den Blick nicht von LINOGE ab. Auch sein Kugelschreiber steht keine Sekunde still. Er wird nicht einmal langsamer.

195. INNEN: DIE RÜCKSEITE DES FISCHEREIFLUGBLATTS

Das Blatt ist von oben bis unten mit scharf gezackten Großbuchstaben vollgekritzelt: »GEBT MIR GEBT MIR GEBT MIR GEBT MIR WAS ICH WILL GEBT MIR WAS ICH WILL GEBT MIR WAS ICH WILL.« Die Worte sind von Zeichnungen umrahmt, die wie bizarre Verzierungen im Manuskript eines Mönchs aussehen. Es sind die gleichen Gebilde wie jenes, das wir über dem Durchgang zu MARTHAS Wohnzimmer erblickt haben. Stöcke.

196. INNEN: LINOGE (GROSS)

Grinsend. Schwarze Tieraugen mit brodelndem Rot darin. Wir können gerade eben die Spitzen seiner fangähnlichen Zähne sehen.

197. AUSSEN: DER WALD AUF DER LANDSPITZE VON LITTLE TALL – NACHT

Der Wind kreischt. Die Bäume neigen sich im Schneesturm, ihre Äste schlagen rasselnd gegeneinander.

198. AUSSEN: LITTLE TALL, VON HOCH OBEN – NACHT

Die Gebäude sind bereits von Schnee bedeckt; die beiden Straßen sind total zugeschneit. Nur noch ein paar Lichter sind zu sehen. Dies ist eine Stadt, die vollständig von der Außenwelt abgeschnitten ist. Wir bleiben auf diesem Bild bis zur

ABBLENDE

ENDE DES 6. AKTS

7. Akt

199. AUSSEN: DAS RATHAUS – NACHT

JACK CARVER hat recht gehabt – die Inselbewohner, die keinen Holzofen haben, mit dem sie heizen können, oder die im Einzugsbereich einer möglichen Sturmflut wohnen, kommen bereits, um Schutz zu suchen. Manche kommen in Geländewagen, andere mit Schneemobilen oder Snowcats. Wieder andere auf Schneeschuhen oder Skiern. Trotz des heulenden Windes können wir das heisere Stiergebrüll des Rathausgenerators hören.

Auf dem Bürgersteig kommen JONAS STANHOPE und seine Frau, JOANNA, auf uns zu. Sie sind keine Kinder mehr, machen aber beide einen gesunden, geradezu sportlichen Eindruck, wie die Schauspieler in Werbespots, die Nahrungsmittel für Leute in vorgerücktem Alter anpreisen. Sie tragen Schneeschuhe und haben beide eine Schleppleine in der Hand. Hinter ihnen ist ein Stuhl auf einem Kinderschlitten festgebunden, der damit zu einer Art Einpersonen-Pferdeschlitten wird. Auf diesem Stuhl sitzt CORA STANHOPE, JONAS' Mutter, eingemummelt in Decken und einen gewaltigen Pelzhut. Sie ist ungefähr achtzig und sieht so königlich aus wie Queen Victoria auf ihrem Thron.

JONAS

Geht's dir gut, Mom?

CORA

So gut wie den Blumen im Mai.

JONAS

Und wie steht's mit dir, Jo?

JOANNA

(ziemlich grimmig)

Ich schaff's schon.

Sie biegen auf den Parkplatz neben dem Rathaus ein. Dieser Platz füllt sich rasch mit diversen schneetauglichen Vehikeln.

Skier und Schneeschuhe sind paarweise aufrecht in die Schneewehe vor dem Gebäude gesteckt worden. Das Haus selbst ist dank seines großen Generators beleuchtet wie ein Ozeandampfer auf stürmischer See, eine Insel der Sicherheit und des relativen Komforts in einer bösen Nacht. Allerdings hat die *Titanic* wahrscheinlich genauso ausgesehen, bevor sie mit dem Eisberg zusammengestoßen ist.

Leute gehen auf die Treppe zu, plaudern und schwatzen nervös und aufgeregt miteinander. Wir haben eine ganze Menge Figuren eingeführt, und das zahlt sich nun ein wenig aus, weil wir alte Freunde wiedererkennen, die wir bereits unter den Zuschauern bei MARTHAS Haus und den Kunden im Laden gesehen haben.

Wir erblicken JILL und ANDY ROBICHAUX, die aus einem Geländewagen steigen. Während JILL die Gurte löst, die den fünfjährigen HARRY in seinem Kindersitz festhalten (HARRY ist eins von MOLLYS Kindergartenkindern), stapft ANDY beherzt zu den STANHOPES hinüber.

ANDY

Na, wie geht's der Familie Stanhope? Ganz schön stürmischer Abend, hm?

JONAS

Kann man wohl sagen. Uns geht's gut, Andy.

Aber JOANNA geht es keineswegs gut, selbst wenn sie noch weit von der Schwelle des Todes entfernt ist. Sie keucht heftig und nutzt die Pause, um sich vorzubeugen und die Hände auf die Beine ihrer Schneehose zu stemmen.

ANDY

Warten Sie, ich löse Sie ab, Joanna –

CORA

(Ihre kaiserliche Majestät)

Joanna geht es gut, Mr. Robichaux. Sie muß nur ein bißchen Atem schöpfen. Nicht wahr, Joanna?

JOANNA bedenkt ihre alte Schwiegermutter mit einem Lächeln, das besagt: »Ganz herzlichen Dank, und wie gern würde ich dir eine Parkuhr in deinen runzligen alten Hintern schieben.« ANDY sieht es.

ANDY

Jilly könnte ein bißchen Hilfe mit dem Kleinen brauchen, Jo. Wären Sie so nett? Ich mach das hier schon. Wirklich.

JOANNA

(sehr dankbar)

Na klar.

ANDY übernimmt JOANNAS Hälfte des Zuggeschirrs. Während JOANNA ZU JILL hinübergeht (CORA wirft ihrer Schwiegertocher einen Blick zu, der so eisig ist wie der Sturm – »Du gibst immer gleich auf«, sagt dieser Blick laut und deutlich), steigen DAVEY HOPEWELL, seine ELTERN und MRS. KINGSBURY aus einem großen alten Suburban.

JONAS

Na, Andy, was ist? Kann's losgehen?

ANDY

(gut gelaunt, Gott segne ihn)

Hauruck!

Sie ziehen die alte Dame wieder weiter zum Rathaus. CORA sitzt da, die messerscharfe New-England-Nase königlich erhoben. JILL und JOANNA gehen plaudernd hinterdrein; HARRY, der so dick eingepackt ist, daß er wie der Marshmallow Man aussieht, stapft an der Hand seiner Mutter neben ihr her.

200. INNEN: DIE GEMEINDEVERWALTUNG – NACHT

URSULA, TESS MARCHANT und TAVIA GODSOE nehmen die Ankömmlinge auf, indem sie ihnen Clipboards geben und sie darauf die Namen der Familienangehörigen eintragen lassen, die die Nacht im Untergeschoß des Rathauses verbringen wollen. Hinter den Frauen sind vier Männer, die wichtig aussehen, aber nicht viel tun. Es sind ROBBIE BEALS, der Bürgermeister, und die drei Stadträte: GEORGE KIRBY, BURT SOAMES und HENRY BRIGHT. HENRY ist der Mann von CARLA BRIGHT, und er hält momentan seinen Sohn, ein weiteres Kind aus dem Kindergarten, in den Armen. FRANK schläft tief und fest.

Wieder sehen wir unter den Hereinkommenden Gesichter, die wir kennen; eine Insel ist eine kleine Gemeinschaft. Es sind keine Kinder dabei, die über das Kindergartenalter hinaus sind; die sind alle auf der Festlandseite der Meerenge gestrandet.

URSULA

(reichlich gestreßt)

Tragt euch alle ein! Wir müssen wissen, wer hier ist, also tragt euch bitte ein, bevor ihr runtergeht!

Sie wirft den Männern, die im Grunde nur herumstehen und palavern, einen ungeduldigen Blick zu.

201. INNEN: BLICK AUF ROBBIE UND DIE STADTRÄTE

BURT SOAMES

Und, was hat er gesagt?

ROBBIE

Was *konnte* er schon sagen? Zum Teufel, jedermann nördlich der Casco Bay weiß doch, daß Peter Godsoe für jedes Pfund Hummer neun Pfund Marihuana unter die Leute bringt.

Er wirft einen Blick zu URSULA und TAVIA hinüber – letztere stöbert in einem Vorratsschrank nach Kissen, eine Arbeit, die ROBBIE höchstens dann verrichten würde, wenn man ihm ein Schießeisen ins Ohr stecken würde.

ROBBIE

Ich kann's ihm nicht verdenken – verdammt, schließlich muß er ja ein ganzes Haus voller Frauen versorgen, oder?

BURT SOAMES lacht in sich hinein. GEORGE KIRBY und HENRY BRIGHT wechseln einen skeptischeren Blick. Sie fühlen sich nicht ganz wohl bei diesem gehässigen Klatsch.

GEORGE KIRBY

Die Frage ist, Robbie, woher *weiß* der Kerl das?

ROBBIE verdreht die Augen, als wollte er sagen: »Blöde Frage.«

ROBBIE

Wahrscheinlich machen sie Geschäfte miteinander. Warum sollte wohl jemand eine harmlose alte Lady wie Martha Clarendon umbringen, wenn er nicht total bekifft ist? Sagen Sie mir das, George Kirby!

HENRY BRIGHT

Das erklärt aber nicht, woher er gewußt hat, daß Cat Withers zu einer Abtreibung in Derry war.

FRAUENSTIMME

Ursula! Sind noch mehr Decken da?

URSULA

Robbie Beals! Henry Bright! Was meint ihr, ob ihr Jungs wohl mal runtergehen und noch ein paar Decken aus dem hinteren Lagerraum holen könntet? Oder seid ihr noch nicht weit genug mit eurer Politisiererei?

ROBBIE und HENRY gehen hinüber, ROBBIE mit einem verächtlichen Grinsen, HENRY mit beschämter Miene, weil er nicht schon längst eine größere Hilfe gewesen ist.

ROBBIE

Was ist denn los, Ursula – kriegen wir mal wieder unsere Tage?

Sie wirft ihm einen Blick zu, in dem nichts als Verachtung liegt, und streicht sich Haare aus dem Gesicht.

TESS

Meinen Sie nicht, daß es an der Zeit wäre, Alarm zu geben und alle herzuholen, Robbie?

ROBBIE

Sieht so aus, als kämen schon genug von ganz allein. Und die anderen werden's schon heil überstehen. Das ist alles ein großer Quatsch, wenn ihr mich fragt. Glaubt ihr, unsere Großmütter und Großväter hätten sich bei Sturm alle im Rathaus versammelt wie eine Horde Höhlenmenschen, die sich vor Blitzen fürchten?

URSULA

Nein – sie sind in die Methodistenkirche gegangen. Ich hab ein Bild, das können Sie sich gern ansehen. Der Sturm von Siebenundzwanzig. Ich kann Ihnen Ihren Großvater darauf zeigen, wenn Sie wollen. Er sieht aus, als würde er einen Topf Suppe umrühren. Schön zu wissen, daß es in Ihrer Familie wenigstens einen Burschen gab, der mit anpacken konnte.

ROBBIE sieht aus, als wollte er etwas darauf erwidern, aber bevor er dazu kommt:

HENRY BRIGHT

Kommen Sie schon, Robbie.

HENRY, der noch immer sein schlafendes Kind in den Armen trägt, geht nach unten. GEORGE KIRBY folgt ihm. ROBBIE ist effektvoll zum Schweigen gebracht worden. GEORGE ist gut und gern zwanzig Jahre älter als er, und wenn er nicht darüber erhaben ist, Decken zu holen, wird ROBBIE wenigstens mitgehen und einen aktiven *Eindruck* machen müssen.

URSULA, TAVIA und TESS sehen einander an und verdrehen andeutungsweise die Augen, als die Männer verschwinden. Unterdessen kommen immer mehr Leute zu zweit und zu dritt herein, und draußen brüllt weiterhin der Sturm.

URSULA

Tragt euch ein, bevor ihr runtergeht, Leute! Bitte! Da ist genug Platz für alle, aber wir müssen wissen, wen wir hierhaben!

MOLLY ANDERSON kommt mit RALPHIE an der Hand herein und wischt sich Schnee aus den Haaren.

MOLLY

Ursula, haben Sie Mike gesehen?

URSULA

Nein, aber ich kriege das Funkgerät in seinem Wagen rein, wenn er sich meldet, glaube ich.

(zeigt auf das CB-Funkgerät)

Ansonsten ist es heute nacht ziemlich nutzlos. Ziehen Sie Ihren Mantel aus und packen Sie mit an.

MOLLY

Wie läuft's denn?

URSULA

Oh, wir amüsieren uns prima. Hi, Ralphie.

RALPHIE

Hi.

MOLLY kniet sich auf den nassen Boden und fängt an, RALPHIE aus seinem Schneeanzug zu pellen. Währenddessen kommen weitere Leute herein. Draußen wirbelt der Schnee, und der Wind heult.

202. AUSSEN: DIE FREIWILLIGE FEUERWEHR – NACHT

Der Feuerwehrwagen, der zu Anfang des Films gewaschen wurde, steht längst wieder in der Garage, aber jetzt öffnet sich die Seitentür der Feuerwache, und FERD ANDREWS kämpft sich nach draußen und zieht sich dabei die Kapuze seiner Jacke über. Er schaut bergab auf:

203. AUSSEN: GODSOE FISH & LOBSTER – NACHT

Die Flut hast fast ihren Höchststand erreicht. Das Festland ist vollständig hinter einem Vorhang aus Grau und Schwarz verschwunden. Durch die Meerenge rollen so große Wellen, daß sie aus einem Alptraum zu stammen scheinen. Sie spülen rhythmisch über das Ende des Kais und besprühen den langen Schuppen mit Gischt.

204. INNEN: GODSOE FISH & LOBSTER – NACHT

Wir sind in einem langen, hohen Lagerraum, in dem Hummerfallen, Kisten und Anglergerät aufgestapelt sind. Eine ganze Wand hängt voller Regenjacken, wasserdichter Kleidung und hoher Stiefel. Der Lärm des Sturms ist gedämpft, aber nur ein bißchen. Gischt sprüht an die Fenster.

Die Kamera fährt durch einen Gang zwischen Hummerfallen hindurch und dann an einem langen Becken mit Hummern vorbei. Sie schwenkt um das Ende des Beckens, und ein paar Ratten trippeln eilig außer Sicht. Hier, in einem staubigen kleinen Durchgang zwischen dem Becken und der Wand, ist ein länglicher, mit Decken verhüllter Gegenstand verstaut.

Der Wind heult schrill. Das Gebäude knarrt. Eine dicke Gischtwolke trifft eins der Fenster und zertrümmert es. Wind, Wasser und Schnee wirbeln herein. Der Wind reißt die Decke vom Ende des länglichen Gegenstands weg, und wir sehen aufgestapelte Marihuana-Ballen, alle fein säuberlich in Polyethylenfolien eingewickelt.

Die an der Decke hängenden Fallen schaukeln klappernd hin und her. Man hört ein weiteres Fenster bersten.

205. AUSSEN: DER MARKET VON LITTLE TALL

Wir hören das leise Tuckern des Generators, und ein paar Lichter leuchten tapfer. Das einzige Fahrzeug, das noch vor dem Laden steht, ist ein völlig eingeschneiter Pick-up mit der Aufschrift GODSOE FISH & LOBSTER an der Seite.

206. INNEN: KREUZWORTRÄTSEL AUF DEM POWERBOOK-BILDSCHIRM (GROSS)

Die meisten Kästchen sind ausgefüllt. HATCH fügt ein Wort hinzu.

207. INNEN: DAS CONSTABLE'S OFFICE – NACHT

HATCH streckt sich und steht dann auf. In der Zelle sitzt LINOGE wie zuvor mit dem Rücken an der Wand und schaut zwischen den Knien hindurch.

HATCH

Ich muß mal aufs Klo. Wollen Sie einen Kaffee oder was Kaltes zu trinken, Pete?

Zunächst reagiert PETE nicht. Das Blatt Papier, das er vom schwarzen Brett abgerissen hat, liegt auf seinem Schoß, aber umgedreht, so daß die bedruckte Seite mit der roten Hochwasserwarnung nach oben zeigt. PETERS Augen sind groß, sein Blick ist leer.

HATCH

Peter – Erde an Peter.

HATCH wedelt PETER mit der Hand vor dem Gesicht herum. PETER zwinkert, und in seinen Augen schimmert allmählich wieder Bewußtsein – oder etwas Ähnliches – auf. Er blickt zu HATCH hinauf.

PETER

Was?

HATCH

Ich hab Sie gerade gefragt, ob Sie eine Limonade oder einen Kaffee wollen.

PETER

Nein. Trotzdem danke.

HATCH

(geht zur Tür, dreht sich dann um)

Alles in Ordnung?

PETER

(nach einer kurzen Pause)

Ja. Bin den ganzen Tag damit beschäftigt gewesen, wegen dem Sturm alles dichtzumachen, und jetzt schlafe ich wohl schon fast mit offenen Augen. Tut mir leid.

HATCH

Na ja, halten Sie noch ein bißchen durch. Jack Carver und Kirk Freeman müßten in ungefähr zwanzig Minuten hier sein.

HATCH schnappt sich eine Zeitschrift, um auf dem Klo etwas zu lesen zu haben, und geht hinaus.

208. INNEN: LINOGE (GROSS)

Seine Augen werden dunkel. Er sieht PETER an. Seine Lippen bewegen sich lautlos.

209. INNEN: PETER (GROSS)

Sein Blick ist wieder völlig leer. Er ist hypnotisiert. Auf einmal fällt der Schatten von LINOGES Stock auf sein Gesicht. Peter blickt auf zu einem

210. INNEN: DECKENBALKEN, PETERS PERSPEKTIVE

Der Stock liegt quer über dem Balken. Der blutige Wolfskopf fletscht die Zähne.

211. INNEN: DAS CONSTABLE'S OFFICE – NACHT

PETER steht auf und durchquert langsam den Raum. Die Bekanntmachung, auf die er geschrieben hat, flattert ihm aus der Hand. Er geht direkt unter den Stock. LINOGE sitzt auf der Pritsche in der Zelle und beobachtet ihn; nur seine unheimlichen Augen bewegen sich. PETER bleibt vor einem Wandschrank stehen und öffnet ihn. In dem Schrank ist alles mögliche Werkzeug, darunter auch ein aufgeschossenes Tau. Das nimmt er heraus.

212. AUSSEN: GODSOE FISH & LOBSTER – NACHT

Eine gigantische Welle rollt aus der Meerenge heran, zerschmettert das Ende des Kais und beißt ein Stück von PETER GODSOES Gebäude ab. Trotz des Sturms hören wir das Krachen des Holzes.

213. AUSSEN: FERD ANDREWS, AN DER SEITENTÜR DER FEUERWACHE

FERD ANDREWS

O ... mein ... *Gott*!

(hebt die Stimme)

Lloyd! Lloyd, das mußt du dir ansehen!

214. INNEN: DIE GARAGE DER FEUERWACHE, MIT LLOYD WISHMAN – NACHT

Die beiden Feuerwehrwagen der Insel sind apfelgrün. Das Beifahrerfenster des einen steht ein Stück weit offen. Daran hängt der blutige Wolfskopf von LINOGES Stock. In der Nähe steht LLOYD; sein Blick ist so leer wie der von PETER GODSOE. In einer Hand hat er eine kleine Dose mit roter Farbe, in der anderen einen Pinsel. Er arbeitet mit der Sorgfalt eines Manet oder van Gogh.

FERD ANDREWS

(off)

Lloyd! Das Wasser holt Godsoes Laden! Es holt sich den ganzen *verdammten Kai!*

LLOYD WISHMAN beachtet ihn nicht. Er malt weiter.

215. INNEN: DAS CONSTABLE'S OFFICE, VON HOCH OBEN

Der Stock hängt nicht mehr über dem Balken, aber ein Seil wird hochgeworfen und fliegt über die Stelle, wo er eben noch war. Im Hintergrund sitzt LINOGE mit einem Raubtiergesicht in seiner Zelle. In seinen Augen strudelt es rot und schwarz.

216. AUSSEN: GODSOE FISH & LOBSTER – NACHT

Eine neue, riesige Welle kracht gegen den Kai der Stadt, reißt erheblich mehr davon weg und bringt ein kleines Boot zum Kentern, das jemand törichterweise dort angebunden hat. Darüber hinaus verleibt sie sich einen weiteren großen Happen des Lagerhauses ein.

217. INNEN: GODSOE FISH & LOBSTER – NACHT

Wir können durch ein ausgezacktes Loch am Ende des Gebäudes nach draußen schauen: der amputierte Kai und die wogenden Wellen der Meerenge. Jetzt rollt eine weitere große Welle auf die Kamera zu, überflutet die Reste des Piers und kracht in das Lagerhaus. Hummerfallen werden hochgehoben und weggeschwemmt. Das Hummerbecken wird umgeworfen, und Dutzende von Hummern erlangen ihre Freiheit wieder, eine plötzliche und unerwartete Umwandlung ihres Todesurteils. Und als die große Welle zurückweicht, treiben auch Marihuana-Ballen durch das Loch am Ende des Gebäudes nach draußen.

218. AUSSEN: VOR DER FEUERWACHE, MIT FERD ANDREWS

FERD ANDREWS

(schreit)

Komm lieber her, Lloyd, wenn du was sehen willst, was du nie wieder sehen wirst! Er ist hinüber! Er ist hinüber!

219. INNEN: DIE FEUERWACHE, MIT LLOYD WISHMAN

Zufälligerweise ist LLOYD ebenfalls hinüber. Als er mit dem Malen fertig ist, schwenkt die Kamera herum und zeigt uns, was in großen roten Versalien an der Seite des grünen Feuerwehrwagens steht. Über den goldenen Lettern – FREIWILLIGE FEUERWEHR VON LITTLE TALL ISLAND – prangt diese Botschaft: »GEBT MIR WAS ICH WILL UND ICH VERSCHWINDE.«

FERD ANDREWS

(off)

Komm schon raus, Lloyd! Die ganze Chose geht den Bach runter!

Ohne ihn zu beachten, stellt LLOYD die Farbdose auf das Trittbrett des Feuerwehrwagens und legt den Pinsel fein säuberlich quer darüber. Während er das tut, sehen wir, daß der Stock, der von dem halb offenen Fenster herabhing, fort ist… oder vielleicht war er auch gar nie da. Vielleicht war er nur in LLOYD WISHMANS Kopf.

LLOYD geht zur Seite des Feuerwehrwagens und öffnet eins der Werkzeugfächer. Er holt ein Feuerwehrbeil heraus.

220. INNEN: DAS CONSTABLE'S OFFICE – NACHT

PETER GODSOE steht mit leerem Blick auf einem Stuhl. Das Ende des Seils, das er über den Balken geworfen hat, ist zu einer Schlinge geformt, und die Schlinge liegt um seinen Hals. Seine »Hausaufgabe« hat er an sein Hemd geheftet: Das mit »GEBT MIR WAS ICH WILL« beschriftete und mit den Stockzeichnungen verzierte Blatt. Oben auf dem Blatt steht in besonders großen Buchstaben wie eine Überschrift: »GEBT MIR WAS ICH WILL UND ICH VERSCHWINDE.«

221. INNEN: LINOGE (GROSS)

Seine Lippen bewegen sich. Er intoniert etwas, aber man hört keinen Laut. Die Augen sind große schwarze Löcher, durchzogen von rotem Feuer.

222. INNEN: DIE FEUERWACHE – NACHT

LLOYD steht da, und die scharfe Klinge des Beils zeigt mitten in sein Gesicht. Er packt den Stiel ganz weit oben, wie jemand, der hinter dem Haus Anmachholz hacken will… oder sich das eigene Gesicht spalten möchte.

223. INNEN: LINOGE (GROSS)

Seine Lippen bewegen sich jetzt schneller. Die unheimlichen Augen sind größer. Die Hände sind vor seinem Leib zu Fäusten geballt.

224. AUSSEN: DIE WASSERSEITE DER FEUERWACHE, MIT FERD

In seiner Miene spiegeln sich Ehrfurcht und Entsetzen. Sein Mund steht offen.

FERD ANDREWS

Heiliger Strohsack!

225. AUSSEN: DER HAFEN, MIT DEN ÜBERRESTEN VON GODSOE'S

Eine riesige Welle – fast schon eine Flutwelle – kommt aus dem heulenden Schnee heraus auf den Hafen zu.

226. INNEN: DAS CONSTABLE'S OFFICE, MIT PETERS FÜSSEN

Sie stoßen den Stuhl mit einem lauten Klappern weg und beginnen dann zu zappeln.

227. AUSSEN: DIE HERANBRAUSENDE WELLE – NACHT

Sie läßt den Hafen und das Lagerhaus zwergenhaft klein erscheinen.

228. INNEN: DER MARKET, MIT HATCH

Er hört auf, sich Kaffee einzuschenken, und dreht sich zur Tür des Constable's Office um, eine Reaktion auf das Klappern des Stuhls.

HATCH

Peter?

229. INNEN: DAS BEIL (GROSS)

Es schwenkt aus dem Bild, und wir hören ein unangenehmes Geräusch – als ob jemand mit der flachen Hand auf Schlamm schlagen würde. *TSCHUMP!*

230. INNEN: GODSOE FISH & LOBSTER – NACHT

Wir schauen in die Meerenge hinaus – aber auf einmal wird der Blick von der heranbrausenden Welle ausgelöscht. Durch den abgebrochenen Stumpf des Lagerhauses ist nichts anderes mehr zu sehen als wogendes graues Wasser. Es kracht in Godsoe's hinein, und auf einmal ist die Kamera unter Wasser. Eine zerbrochene Hummerfalle, ein Ballen Marihuana und ein Hummer, dessen Scheren noch mit Klebeband gefesselt sind, schwimmen in Luftblasenstrudeln vorbei.

231. AUSSEN: DER KAI DER STADT – NACHT

Was übrigbleibt, ist überflutet und vollständig weggerissen. Die zurückflutende Welle nimmt einen Mischmasch von Booten, Seilen, Klampen, Bootsfendern aus Gummi und Godsoe's Schindeldach mit. Vielleicht sehen wir ein Stück von dem Schild – GODSOE FISH & LOBSTER –, bevor alles in dem brüllenden Schneesturm verschwindet.

232. INNEN: DAS RATHAUS, MIT URSULA, TAVIA, TESS U. A.

Das ganze hektische Treiben verstummt für einen Moment. Das Knistern und Rauschen des CB-Funkgeräts ist sehr laut. Alle haben sich zur Tür umgedreht.

RALPHIE

Mummy, was ist los?

MOLLY

Nichts, Schatz.

JONAS

Was in Gottes Namen war das?

CORA

Der Kai der Stadt. Das Meer hat ihn mitgenommen.

ROBBIE kommt die Treppe herauf, gefolgt von GEORGE, HENRY BRIGHT und BURT SOAMES. Von ROBBIES aufgeblasenem Gehabe und seiner Großspurigkeit ist nichts mehr übrig.

ROBBIE

Ursula. Geben Sie Alarm.

233. AUSSEN: VOR DER FEUERWACHE, MIT FERD

Er ist so aufgeregt und bestürzt wie ein Mensch, der gerade Satan hinter einem Baumstamm hat hervorlugen sehen. Er dreht sich um und läuft zur Tür der Feuerwache zurück.

234. INNEN: DAS CONSTABLE'S OFFICE, MIT BLICK AUF DIE TÜR

HATCH kommt mit einem Styroporbecher Kaffee in der Hand zur Tür herein.

HATCH

Pete? Alles in Ordnung? Ich hab gehört, wie –

Sein Gesicht füllt sich mit Schrecken und Entsetzen. Seine Augen schwenken nach oben, vermutlich zu dem Gesicht des Mannes, der sich an dem Balken erhängt hat. Der Kaffee fällt ihm aus der Hand, klatscht auf den Boden und bespritzt seine Stiefel.

235. INNEN: DIE FEUERWACHE, MIT FERD

FERD ANDREWS

Lloyd! Wo, zum Teufel, steckst du? Bist du eingeschlafen oder w –

Er geht um das hintere Ende des nächsten Feuerwehrwagens herum und bleibt dann stehen. Ein Paar Stiefel ragen hervor.

FERD

Lloyd? *Lloyd …?*

Langsam, ohne es wirklich zu wollen, geht er ganz um den Wagen herum, bis dorthin, wo er seinen Partner sehen kann. Einen Moment lang bleibt er stumm; er ist so schockiert, daß er keinen Ton herausbringt. Dann schreit FERD wie eine Frau.

236. INNEN: HATCH (GROSS)

Sein Gesicht ist in einem Ausdruck totalen Entsetzens erstarrt.

237. INNEN: DIE SEITE DES FEUERWEHRWAGENS

»GEBT MIR WAS ICH WILL UND ICH VERSCHWINDE«, aufgemalt in blutroten Großbuchstaben.

238. INNEN: DAS SCHILD UM PETER GODSOES HALS

»GEBT MIR WAS ICH WILL, GEBT MIR WAS ICH WILL, GEBT MIR WAS ICH WILL UND ICH VERSCHWINDE.« Dazu die unheimlichen kleinen, tanzenden Stöcke.

239. INNEN: DER BILDSCHIRM VON HATCHS POWERBOOK (GROSS)

Die Lösungen, die er eingetragen hat, sind verschwunden. Jetzt stehen in den Kästchen des Kreuzworträtsels nur noch die Worte »GEBT MIR WAS ICH WILL UND ICH VERSCHWINDE« – waagerecht, senkrecht, sich überall kreuzend. Und mitten in jedem schwarzen Kästchen ist ein kleines weißes Stock-Symbol.

240. INNEN: LINOGE (EXTREME GROSSAUFNAHME)

Er grinst. Man sieht die scharfen Spitzen seiner Zähne.

LANGSAME ÜBERBLENDUNG ZU:

241. AUSSEN: DAS STADTZENTRUM, VON HOCH OBEN – NACHT

Fast alles ist dunkel, bis auf das Rathaus. Und nun heult die Sirene los und läßt das Unwetter-Notstandssignal ertönen: zweimal kurz, einmal lang, Pause, dann wieder von vorn. Schutz suchen.

Das Bild von LINOGE bleibt stehen, liegt über der verschneiten Stadt und deutet vielleicht darauf hin, daß es keinen Schutz für die Bewohner von Little Tall Island geben wird … nicht heute nacht, möglicherweise nie wieder. Endlich wird LINOGES Bild ausgeblendet … und auch wir

BLENDEN AB

ENDE DES ERSTEN TEILS.

Zweiter Teil
Der Sturm des Jahrhunderts

1. Akt

[Wir beginnen mit einer Montage von Szenen aus dem ersten Teil. Sie endet mit dem letzten Bild: LINOGES raubgieriges Tigergesicht überlagert die Kreuzung im Stadtzentrum.]

1. AUSSEN: DAS STADTZENTRUM – NACHT

Die rasende Wut des Schneesturms nähert sich ihrem Höhepunkt; der Schnee fällt so schnell und in solchen Mengen, daß er den Häusern ein geisterhaftes Aussehen verleiht. An den Ladenfronten auf der Main Street häufen sich schon die ersten Schneewehen.

Als LINOGES Bild verblaßt, hören wir zunächst leise, dann sehr laut die Alarmsirene der Stadt, die immer wieder das Notstandssignal ertönen läßt – zweimal kurz, einmal lang.

Auf der Main Street sehen wir eine Reihe sich bewegender Scheinwerferlichter und hören das Geräusch von Motoren, als die Einwohner dem Ruf der Sirene folgen.

2. AUSSEN: BÜRGERSTEIG DER MAIN STREET, MIT FERD ANDREWS – NACHT

FERD rennt durch den Schnee in Richtung Rathaus, rutscht dabei manchmal aus, fällt hin und rappelt sich wieder auf. Er unternimmt keinen Versuch, den Schneewehen an den Gebäuden auszuweichen, sondern pflügt einfach mitten hindurch. Unterwegs trifft er auf eine Gruppe von fünf oder sechs Männern, die auf Skiern zum Rathaus unterwegs sind. Einer von ihnen ist BILL TOOMEY.

BILL TOOMEY

Hey, Ferd – wo brennt's denn?

Wegen Ferds Job (der Schriftzug FREIWILLIGE FEUERWEHR – LITTLE TALL prangt in großen Lettern hinten auf seinem Parka) brechen BILLS Freunde in brüllendes Gelächter aus – es ist nicht sonderlich schwierig, Inselbewohner zum Lachen zu bringen, wahrlich nicht, und diese Leute haben vermutlich wegen des Sturms eine kleine Stärkung zu sich genommen.

FERD beachtet sie nicht. Er steht einfach wieder auf und läuft weiter in Richtung Rathaus.

3. AUSSEN: MIKE ANDERSON'S LADEN – NACHT

Der Laden ist wegen des Sturms geschlossen und verrammelt. Der pfeifende Wind hat die Veranda bereits mit Schnee zugedeckt. Die Sturmschutz-Rolläden klappern in ihren Schienen. PETER GODSOES Pick-up und Mollys Pkw sind inzwischen nicht viel mehr als schneebedeckte Buckel, aber im Fall des Pick-ups macht das nichts; PETER wird kein Auto mehr brauchen.

4. INNEN: DAS CONSTABLE'S OFFICE – NACHT

HATCH steht noch genauso da wie am Ende des ersten Teils: Er starrt auf PETERS baumelnde Beine. In der Nähe liegt der umgekippte Stuhl, auf dem PETER gestanden hat, als er sich die Schlinge um den Hals gelegt hat.

5. INNEN: DER ZETTEL UM PETERS HALS (GROSS)

Er ist von oben bis unten vollgekritzelt: »GEBT MIR WAS ICH WILL«, immer wieder, kreuz und quer, dazwischen die tanzenden Stöcke. Darüber steht wie eine Überschrift der vollständige Satz, in geradezu schreiend großen Versalien: »GEBT MIR WAS ICH WILL UND ICH VERSCHWINDE.«

6. INNEN: WIEDER DAS CONSTABLE'S OFFICE

HATCH blickt von den baumelnden Beinen zu LINOGE, der in seiner Zelle sitzt – die bestrumpften Füße auf dem Rand der Pritsche, das leise Lächeln im Gesicht – und zwischen seinen gespreizten Knien hindurchschaut. LINOGES Augen sind wieder normal, aber er strahlt dennoch einen schrecklichen Hunger, eine schreckliche Raubgier aus. Er ist eingesperrt, ja, aber diese Zelle mit ihrem Holzboden und dem in Eigenbau zusammengeschweißten Gitter ist nichts weiter als eine Farce. HATCH kommt der Gedanke, daß *er* derjenige ist, der in Schwierigkeiten steckt, weil er mit diesem Tiger in menschlicher Gestalt zusammengepfercht ist. Wir können noch einen Schritt weitergehen: Die ganze Stadt steckt in Schwierigkeiten.

Angesichts des Toten am Strick und des stummen LINOGE, der ihn anstarrt, gehen HATCH allmählich die Nerven durch.

HATCH

Was glotzt du so?

(keine Antwort von LINOGE)

Hast du ihn irgendwie dazu gebracht? Diese Worte auf dem Zettel um seinen Hals zu schreiben und sich dann aufzuhängen? Ja?

LINOGE schweigt. Er sitzt nur da und sieht HATCH an. HATCH hat die Nase voll; er geht zur Tür. Er versucht, langsam zu gehen, hat sich jedoch nicht mehr genügend im Griff, um dieses Tempo beizubehalten. Er beginnt zu laufen ... und rennt dann einfach los. Er packt den Türknauf, dreht ihn, reißt die Tür auf ... und da ist eine Gestalt draußen an der Fleischtheke. Sie packt HATCH. HATCH schreit gellend auf.

7. INNEN: KELLER DES RATHAUSES, MIT PIPPA HATCHER (GROSS)

In einer Hand hält PIPPA einen Schwanz (in Wirklichkeit ein zusammengerolltes Taschentuch), aus dem eine Stecknadel ragt. Sie geht mit verbundenen Augen langsam zu einem mit Klebeband an der Wand befestigten Stück Papier hinüber, auf das MOLLY ANDERSON einen grinsenden Esel gemalt hat. Die anderen Kinder aus MOLLYS Kindergarten haben sich bis auf eins alle um PIPPA versammelt und rufen »Wärmer!« und »Kälter!«: RALPHIE, DON BEALS, HARRY ROBICHAUX, HEIDI ST. PIERRE, BUSTER CARVER und SALLY GODSOE (die ihren Vater verloren hat, es aber zum Glück noch nicht weiß). FRANK BRIGHT schläft in der Nähe auf einer Pritsche.

Hinter den Kindern sehen wir CAT WITHERS, MELINDA HATCHER und LINDA ST. PIERRE beim Bettenmachen. In der Nähe stehen GEORGE KIRBY, HENRY BRIGHT und ROBBIE BEALS mit Stapeln von Decken auf den Armen. ROBBIE sieht nicht so aus, als würde er sich dabei besonders wohl fühlen.

CARLA BRIGHT kommt zu MOLLY, die das fröhliche Treiben beaufsichtigt.

CARLA

Ist der Kindergarten jetzt auf abends verlegt?

MOLLY

Ach, das macht doch Spaß. Aber …

PIPPA schafft es, den Schwanz irgendwo in die Nähe des Eselhinterns zu pflanzen.

MOLLY

(fährt fort)

… wenn sie endlich alle eingeschlafen sind, spüre ich das nächste erreichbare alkoholische Getränk auf und zaubere es weg.

CARLA

Ich gieße ein.

DON BEALS

Ich will als nächster!

MOLLY

(ZU CARLA)

Abgemacht.

Sie nimmt PIPPA die Augenbinde ab und legt sie DON um.

8. INNEN: DAS RATHAUS, ERDGESCHOSS – NACHT

FERD ANDREWS kommt hereingeplatzt, mit wildem Blick und von Kopf bis Fuß mit Schnee bedeckt.

FERD

(aus vollem Halse)

Lloyd Wishman ist tot!

Der ganze hektische Betrieb kommt sofort zum Erliegen. Vierzig oder fünfzig Gesichter wenden sich FERD zu. In der Mitte dieser Gruppe steht URSULA GODSOE mit ihrem Clipboard.

9. INNEN: DER KELLER DES RATHAUSES

Die Kinder haben immer noch ihren Spaß – sie rufen DON BEALS »Wärmer!« und »Kälter!« zu, während dieser versucht, den Schwanz am Esel anzupinnen –, aber alle Erwachsenen haben sich bei FERDS Schrei in die Richtung gedreht, aus der er kam. ROBBIE BEALS läßt seinen Deckenstapel fallen und läuft die Treppe hinauf.

10. INNEN: DAS CONSTABLE'S OFFICE – NACHT

Hysterisch vor Angst, ringt HATCH mit der Gestalt, bis …

MIKE

Hör auf, Hatch! Ist ja gut, ist ja gut!

HATCH hält inne und blickt zu MIKE hoch. Sein Entsetzen verwandelt sich in Erleichterung. Er klammert sich an MIKE – fast hätte er dessen Gesicht mit Küssen bedeckt.

MIKE

Was ist denn –

Dann sieht MIKE, der nun nicht mehr durch einen Ringkampf mit seinem übergewichtigen Stellvertreter abgelenkt wird, was los ist. Ein erstaunter Ausdruck tritt auf sein Gesicht. Er geht langsam an HATCH vorbei zu dem hängenden Toten. Er betrachtet ihn … dann wandert sein Blick zu LINOGE. LINOGE lächelt ihn an.

11. INNEN: DAS RATHAUS, MIT FERD – NACHT

FERD

Lloyd Wishman hat Selbstmord begangen! Hat sich mit einem Beil das Gesicht gespalten! O Gott, es ist schrecklich! Alles ist voller Blut!

ROBBIE kommt aus dem Keller herauf. Seine Frau, SANDRA (ein unansehnliches kleines Ding), ist da und faßt ihn erfolglos an die Schulter, wahrscheinlich um Trost zu suchen. Er macht sich mit einem Ruck von ihr los, ohne sie auch nur anzusehen (so, wie er sie auch unter normalen Umständen behandelt), und geht zu FERD.

FERD

(brabbelt)

So was hab ich noch nie gesehen! Hat sich eigenhändig das Gehirn rausgehackt! Und er hat was an den neuen Wagen geschrieben, keine Ahnung, was das bedeuten soll –

ROBBIE

(packt ihn, schüttelt ihn)

Nimm dich zusammen, Ferd! Verdammt, reiß dich am Riemen!

FERD hört auf zu brabbeln. Es ist jetzt so still, daß man eine Stecknadel fallen hören könnte – abgesehen natürlich von dem unaufhörlichen Heulen des Sturms draußen. FERDS Augen füllen sich mit Tränen.

FERD

Warum sollte Lloyd sich den Schädel spalten, Robbie? Er wollte doch nächstes Frühjahr heiraten!

12. INNEN: DAS CONSTABLE'S OFFICE – NACHT

HATCH

(brabbelt ebenfalls)

Ich bin bloß mal kurz raus aufs Klo und frischen Kaffee holen, da war mit ihm noch alles in Ordnung. Aber *er* hat ihn dauernd angesehen … wie eine Schlange einen Vogel … er … er …

MIKE sieht LINOGE an. LINOGE erwidert den Blick.

MIKE

Was haben Sie mit ihm gemacht?

Keine Antwort. MIKE dreht sich zu HATCH um.

MIKE

Hilf mir, ihn abzunehmen.

HATCH

Mike … ich glaube, das kann ich nicht.

MIKE

Doch, kannst du.

HATCH wirft ihm einen flehentlichen Blick zu.

LINOGE

(sehr freundlich)

Lassen Sie mich raus, dann helfe *ich* Ihnen, Michael Anderson!

MIKE schaut zu ihm hinüber und sieht dann wieder HATCH an, der blaß und verschwitzt ist. Aber HATCH holt tief Luft und nickt.

HATCH

Okay …

13. AUSSEN: HINTER DEM LADEN – NACHT

Ein Schneemobil hält an der Laderampe, und zwei in dicke Schneeanzüge aus Nylon eingepackte Männer klettern heraus. Sie haben Gewehre über den Schultern hängen. Es sind KIRK FREEMAN und JACK CARVER, die nächste Wache. Sie gehen die Treppe hinauf.

14. INNEN: DAS CONSTABLE'S OFFICE

MIKE und HATCH haben PETER gerade zugedeckt – wir sehen GODSOES Fischerstiefel unter der Decke herausragen –, als jemand laut an die Hintertür klopft. HATCH schnappt nach Luft und springt zum Schreibtisch, wo die Pistole neben dem improvisierten Schild liegt, das die Männer von der Brust des Toten abgenommen haben. MIKE packt HATCH am Arm.

MIKE

Immer mit der Ruhe.

Er geht zur Tür und macht sie auf. KIRK und JACK kommen herein – ein paar Schneeflocken wirbeln um sie herum – und stampfen sich den Schnee von den Stiefeln.

KIRK FREEMAN

Auf die Minute genau, bei Gott, Sturm hin oder he–
(sieht die zugedeckte Leiche)
Was –! Mike, wer ist das?

JACK CARVER

(mit einem flauen Gefühl im Magen)
Peter Godsoe. Erkenn ich an den Stiefeln.

JACK dreht sich zu LINOGE um und sieht ihn an. KIRK folgt seinem Blick. Diese Männer sind nicht mit der Lage vertraut, begreifen aber trotzdem instinktiv, daß LINOGE etwas mit dem, was da passiert ist, zu tun hatte – sie spüren seine Macht.

In der Ecke knistert das CB-Funkgerät.

URSULA

(Stimme aus dem Funkgerät)

…ike… kommen, Mike An… ist etwas Schlimmes pass… Rathaus… Lloyd Wish… fall… Notfall…

Das letzte Wort ist endlich deutlich zu verstehen. MIKE und HATCH wechseln einen überraschten, besorgten Blick – was nun? MIKE geht zu dem Bord, auf dem das Funkgerät steht, und greift sich das Mikrophon.

MIKE

Ursula, wiederholen Sie! Wiederholen, bitte… und sprechen Sie langsam! Die Antenne auf dem Dach ist abgebrochen, und ich kann Sie kaum verstehen. Was ist das für ein Notfall?

Er läßt die Taste los. Eine gespannte Pause entsteht. HATCH langt an ihm vorbei und stellt das Gerät lauter. Atmosphärisches Rauschen, dann:

URSULA

(Stimme aus dem Funkgerät)

… oyd … shman… Ferd sagt… Robbie Beals… Henry Bright… haben… können… mich hören?

MIKE macht ein frustriertes Gesicht, dann hat er eine Idee.

MIKE

(zu HATCH)

Geh vorne raus und setz dich über das Funkgerät im »Island Services«-Wagen mit ihr in Verbindung. Komm zurück, sobald du weißt, was bei ihr los ist.

HATCH

Gut.

Er macht sich auf den Weg, dann schaut er mit skeptischer Miene zurück.

HATCH

Kommt ihr klar?

MIKE

Er ist ja eingesperrt, oder?

HATCH schaut skeptischer drein denn je, geht aber hinaus.

KIRK FREEMAN

Mike, haben Sie eine Ahnung, was hier abgeht?

MIKE hebt eine Hand, als wollte er sagen: »Nicht jetzt.« Er greift in seine Jackentasche und holt die Polaroidfotos heraus, die er in MARTHA CLARENDONS Haus aufgenommen hat. Er sieht sie durch, bis er die Aufnahme von der Wand über dem Durchgang findet. Die legt er in die Ecke des Zettels, den er und HATCH von PETER GODSOES Hals abgenommen haben. Der Text und die Schrift sind identisch – selbst der gemalte Stock über dem Eingang zu MARTHAS Wohnzimmer sieht genauso aus wie diejenigen, die auf dem Zettel tanzen.

JACK CARVER

Was ist hier los, in Gottes Namen?

MIKE will sich gerade aufrichten, als er etwas anderes sieht.

15. INNEN: DAS OFFENE POWERBOOK, MIKES PERSPEKTIVE

Das gesamte Schema von HATCHS Kreuzworträtsel ist mit Variationen von »GEBT MIR WAS ICH WILL UND ICH VERSCHWINDE« ausgefüllt, und in den schwarzen Feldern sind obendrein die kleinen Stock-Symbole.

16. INNEN: WIEDER DAS CONSTABLE'S OFFICE

MIKE

Weiß der Teufel.

17. INNEN: GEMEINDEVERWALTUNG, MIT URSULA – NACHT

Sie hält das Mikrophon des CB-Funkgeräts in der Hand und versucht unablässig, MIKE zu erreichen. Hinter ihr stehen mit nervösen Mienen eine Reihe Männer und Frauen, darunter SANDRA BEALS und CARLA BRIGHT.

URSULA

Mike, sind Sie da?

MOLLY, die ebenfalls verständlicherweise beunruhigt ist, drängt sich durch die Gruppe der Zuschauer.

MOLLY

Kommen Sie zu ihm durch?

URSULA

Der Wind hat die verdammten Antennen heruntergerissen! Hier bei uns... drüben bei ihm... höchstwahrscheinlich überall auf der Insel.

HATCH

(Stimme aus dem Funkgerät, knisternd und rauschend)

Ursula, hören Sie mich? Melden Sie sich.

URSULA

Ich bin hier! Ich höre Sie! Können Sie mich verstehen, Alton Hatcher?

HATCH

(Stimme aus dem Funkgerät)

Zwischendurch bricht es immer noch ab, aber es ist schon besser als vorher. Was ist los bei Ihnen?

URSULA

Ferd Andrews sagt, Lloyd Wishman hätte sich drüben in der Feuerwache umgebracht –

HATCH

(Stimme aus dem Funkgerät)

Was?

URSULA

... aber von so einem Selbstmord hab ich noch nie gehört... Ferd sagt, Lloyd hätte sich mit einem Beil den Schädel gespalten. Und jetzt sind Robbie Beals und Henry Bright hingefahren. Um es zu überprüfen, hat Robbie gesagt!

HATCH

(Stimme aus dem Funkgerät, knisternd und rauschend)

Und Sie haben sie gehen lassen?

CARLA nimmt URSULA das Mikro ab.

CARLA

Robbie war nicht aufzuhalten. Er hat meinen Mann praktisch schanghait. Und es könnte jemand dort sein! Wo ist Mike? Ich möchte mit Mike sprechen!

18. INNEN: DER »ISLAND SERVICES«-WAGEN, MIT HATCH

HATCH sitzt hinter dem Lenkrad, hält das Mikro in der Hand und überlegt. Die Ereignisse geraten außer Kontrolle, und HATCH weiß es. Endlich hebt er das Mikro wieder an den Mund.

HATCH

Ich rufe Sie vom Wagen aus – Mike ist im Laden. Mit dem Mann, der... Sie wissen schon, dem Gefangenen.

CARLA

(mit lautem Knistern und Rauschen)

Sie müssen ihn dahin schicken!

HATCH

Tja ... wir haben hier auch so unsere Probleme, wissen Sie, und ...

19. INNEN: GEMEINDEVERWALTUNG – NACHT

MOLLY nimmt CARLA das Mikrophon ab.

MOLLY

Ist mit Mike alles in Ordnung, Hatch? Kommen! Sag mir, was los ist.

20. INNEN: DER »ISLAND SERVICES«-WAGEN, MIT HATCH

Der arme Kerl sieht richtig erleichtert aus. Endlich einmal eine Frage, auf die er eine zufriedenstellende Antwort geben kann.

HATCH

Es geht ihm gut, Moll. Das ist ein lautes und deutliches Ja. Hör mal, ich muß Schluß machen. Ich gebe die Nachricht weiter. Hier ist Island Services.

Er läßt das Mikro mit einer zugleich bestürzten und erleichterten Miene sinken und hängt es dann ein. Er öffnet die Tür und steigt in den heulenden Sturm aus. MIKE hat den Geländewagen neben GODSOES Lieferwagen geparkt. Als HATCH nun aufblickt, sieht er LINOGES gespenstisches, grinsendes Gesicht, das ihn von dem schneeverklebten Fenster auf der Fahrerseite des Lieferwagens aus anstarrt. LINOGES Augen sind völlig schwarz.

HATCH schnappt nach Luft und taumelt zurück. Er schaut wieder zum Fenster des Lieferwagens. Nichts. Seine Phantasie muß ihm einen Streich gespielt haben. Er geht auf die Verandatreppe zu, dann dreht er sich abrupt um wie der »Fischer« in dem Spiel »Fischer, Fischer, wie tief ist das Wasser«, der eins der anderen Kinder dabei zu ertappen versucht, wie es sich bewegt. Er sieht nichts. Geht weiter.

21. INNEN: LINOGE (GROSS)

Er grinst. Er weiß ganz genau, was HATCH in GODSOES Lieferwagen gesehen hat.

22. AUSSEN: DIE FEUERWACHE – NACHT

Die Seitentür ist offen – FERD hat sich nicht die Mühe gemacht, sie zu schließen, als er beim Anblick der Leiche seines Partners geflohen ist –, und die Notbeleuchtung in der Garage wirft ihren Lichtschein auf den Schnee hinaus.

Ein Scheinwerferlicht taucht auf, begleitet vom wespenartigen Summen eines Snowcats. Das Snowcat hält an. ROBBIE steigt auf einer Seite aus, HENRY BRIGHT auf der anderen.

HENRY

Ich hab kein gutes Gefühl dabei, Robbie –

ROBBIE

Meinen Sie, wir können auf Anderson warten? In einer solchen Nacht? Jemand muß die Sache in die Hand nehmen, und wir sind zufällig diejenigen, die am Ort des Geschehens sind. Also kommen Sie schon!

ROBBIE geht mit großen Schritten durch die offene Seitentür hinein, und HENRY BRIGHT folgt ihm nach kurzem Zögern.

23. INNEN: DIE GARAGE DER FEUERWACHE

ROBBIE steht neben dem ersten Feuerwehrwagen. Er hat seine Kapuze nach hinten geschoben und wieder einmal den größten Teil seiner aufgeblasenen Autorität eingebüßt. In einer Hand hält er seine kleine Schußwaffe, und jetzt wedelt er mit dem zum Boden zeigenden Lauf. HENRY schaut hin, und die beiden Männer wechseln einen unbehaglichen Blick. FERD hat bei seiner Flucht blutige Fußspuren hinterlassen.

ROBBIE und HENRY zögern jetzt beide, aber wie ROBBIE gesagt hat, sie sind am Ort des Geschehens. Sie gehen um die Rückseite des Feuerwehrwagens herum.

24. INNEN: ROBBIE UND HENRY

Als sie um den Feuerwehrwagen herumkommen, weiten sich ihre Augen, und ihre Gesichter verzerren sich vor Abscheu. HENRY schlägt beide Hände vor den Mund, aber was heraus muß, muß heraus. Er bückt sich aus dem Bild, und wir hören, wie er sich erbricht. (Eine Art »Sound«, fast wie die Musik, nur lauter.)

ROBBIE sieht:

25. INNEN: DAS BLUTIGE BEIL, ROBBIES PERSPEKTIVE

Es liegt auf dem Boden, neben einem von LLOYD WISHMANS Stiefeln. Die Kamera fährt an der Seite des Feuerwehrwagens hinauf zu den blutroten Worten, die dort stehen: »GEBT MIR WAS ICH WILL UND ICH VERSCHWINDE.«

26. INNEN: ROBBIE BEALS (GROSS)

Weit aufgerissene Augen. Er ist allmählich über Furcht und Bestürzung hinaus und auf dem Weg in ein Land, in dem die Panik wohnt und wirklich schlechte Entscheidungen getroffen werden.

27. AUSSEN: BLICK AUF DIE ATLANTIC STREET – NACHT

Der Sturm heult. Wir hören ein lautes, reißendes Knacken, und ein Ast fällt auf die Straße und zerschmettert das schneebedeckte Dach eines parkenden Wagens. Das Wetter wird immer noch schlechter.

28. INNEN: DAS CONSTABLE'S OFFICE

JACK CARVER und KIRK FREEMAN mustern LINOGE fasziniert. MIKE steht noch am Schreibtisch und betrachtet das seltsame Kreuzworträtsel auf dem Powerbook. Er hat nach wie vor die Polaroidfotos in der Hand. Als JACK einen Schritt auf die Zelle zutritt, spricht MIKE, ohne aufzublicken.

MIKE

Gehen Sie nicht da rüber.

JACK bleibt sofort mit schuldbewußter Miene stehen. HATCH kommt durch den Laden herein; bei jedem Schnitt rieselt Schnee von ihm herunter.

HATCH

Ursula sagt, Lloyd Wishman liegt tot in der Feuerwache.

KIRK FREEMAN

Tot! Was ist mit Ferd?

HATCH

Der hat ihn gefunden. Er sagt, es war Selbstmord. Ich glaube, Ursula befürchtet, es könnte Mord sein. Mike … Robbie Beals ist mit Henry Bright hingefahren. Vermutlich, um die Sache zu überprüfen.

JACK CARVER hebt die Hände ans Gesicht. MIKE reagiert jedoch kaum. Er bleibt weiterhin gelassen, überlegt dabei allerdings in Windeseile.

MIKE

Sind die Straßen noch passierbar? Was meinst du?

HATCH

Mit dem Geländewagen? Ja. Wahrscheinlich bis Mitternacht. Danach …

HATCH zuckt die Achseln – wer weiß.

MIKE

Fahr mit Kirk zur Feuerwache rüber. Sucht Robbie und Henry. Haltet die Augen offen und seid vorsichtig. Schließt die Wache ab und bringt die beiden dann hierher.

(ein langer Blick zu LINOGE)

Wir können unseren neuen Freund hier solange im Auge behalten. Nicht wahr, Jack?

JACK

Weiß nich, ob das so 'ne gute Idee is –

MIKE

Vielleicht nicht, aber momentan ist es die *einzige* Idee. Tut mir leid, aber so ist es nun mal.

Keiner von ihnen sieht sonderlich glücklich aus, aber MIKE ist der Boß. HATCH und KIRK FREEMAN gehen hinaus und ziehen sich dabei die Reißverschlüsse ihrer Jacken zu. JACKS Blick ruht schon wieder auf LINOGE.

Als die Tür geschlossen ist, fängt MIKE erneut an, die Polaroids durchzusehen. Plötzlich hält er inne. Er sieht:

29. INNEN: DAS POLAROIDFOTO VON MARTHAS SESSEL (GROSS)

Blutbefleckt und unheimlich wie ein alter elektrischer Stuhl, aber leer. MIKES Hände suchen das nächste Foto des Sessels heraus. Auf diesem ist der Sessel *ebenfalls* leer.

30. INNEN: MIKE (GROSS)

Überrascht und verwirrt. Er erinnert sich.

31. INNEN: MARTHAS WOHNZIMMER, MIT MIKE (*RÜCKBLENDE*)

Er hat soeben die Vorhänge vor das zerbrochene Fenster gezogen und sie mit dem Tisch festgeklemmt. Er dreht sich wieder zu MARTHAS Sessel um, hebt die Polaroid-Kamera und drückt auf den Auslöser.

32. INNEN: DER STOCK MIT DEM WOLFSKOPF (GROSS – *RÜCKBLENDE*)

Er starrt uns mit seinen blutigen Zähnen und Augen an wie ein Geisterwolf bei einem Blitzschlag, dann verblaßt er.

33. INNEN: WIEDER DAS CONSTABLE'S OFFICE, MIT MIKE

Er hat die beiden Fotos von MARTHAS Sessel nebeneinandergelegt.

MIKE

Er ist weg.

JACK

Wer ist weg?

MIKE antwortet nicht. Er sucht ein drittes Foto aus dem Stapel hervor – das mit der Botschaft, die mit MARTHAS Blut geschrieben ist, und der primitiven Zeichnung des Stocks. MIKE blickt langsam auf und sieht LINOGE an.

34. INNEN: LINOGE

Er legt den Kopf schief und den Zeigefinger unters Kinn, wie ein kokettes Mädchen. Er lächelt ein bißchen.

35. INNEN: WIEDER DAS CONSTABLE'S OFFICE

MIKE geht zur Zelle hinüber. Unterwegs schnappt er sich einen Stuhl, auf den er sich setzen kann, aber seine Augen weichen keine Sekunde von LINOGES Gesicht. Er hat immer noch die Fotos in der Hand.

JACK

(nervös)

Dachte, Sie hätten gesagt, wir sollten uns von ihm fernhalten.

MIKE

Warum erschießen Sie ihn nicht, wenn er mich angreift? Die Waffe liegt dort auf dem Schreibtisch.

JACK wirft einen Blick in die angegebene Richtung, macht aber keinerlei Anstalten, sich die Pistole zu holen. Der arme Kerl wirkt nervöser denn je.

36. AUSSEN: DER HAFEN DER INSEL – NACHT

Die Hafenanlagen sind von der Sturmflut fast vollständig vernichtet worden.

37. AUSSEN: DER LEUCHTTURM AUF DER LANDZUNGE – NACHT

Er steht aufrecht und weiß in dem dichten Schneetreiben; sein großes Leuchtfeuer dreht sich immer im Kreis. Um ihn herum schlagen die Wellen hoch gegen den Fels.

38. INNEN: KONTROLLRAUM DES LEUCHTTURMS – NACHT

Er ist vollautomatisiert und leer. Lämpchen blinken und blitzen. Das Heulen des Windes draußen ist sehr laut, und das Anemometer schwankt zwischen 80 und 100 km/h. Wir hören es überall knarren und ächzen. Gischt spritzt an die Fenster und hinterläßt Tropfen auf dem Glas.

39. AUSSEN: DER LEUCHTTURM – NACHT

Eine große Welle – ein wahres Ungeheuer wie diejenige, die PETER GODSOES Lagerhaus zerstört hat – trifft die Landzunge und setzt den Leuchtturm fast unter Wasser.

40. INNEN: KONTROLLRAUM DES LEUCHTTURMS – NACHT

Etliche Fenster gehen in die Brüche, und Wasser spritzt über die Instrumente. Die Welle weicht zurück, und alles funktioniert weiter ... jedenfalls vorläufig.

41. AUSSEN: DIE SEITENFRONT DER FEUERWACHE – NACHT

ROBBIE BEALS und HENRY BRIGHT kommen heraus, die Schultern zum Schutz vor dem Sturm hochgezogen. Sie sind nicht mehr die Männer, die sie waren, als sie hineingegangen sind ... ROBBIE ist besonders erschüttert. Er holt einen riesigen Schlüsselbund heraus (ROBBIE hat Schlüssel zu fast allem auf der Insel, ein Vorrecht des Bürgermeisters) und sucht nach dem passenden Schlüssel für die Tür, weil er sie abschließen will. HENRY legt ihm zögernd eine Hand auf den Arm. Erneut schreien beide Männer, um sich bei dem Geheul des Sturms zu verständigen.

HENRY

Sollten wir nicht wenigstens mal oben nachsehen? Vielleicht ist da noch jemand –

ROBBIE

Das ist Aufgabe des Constables.

Er sieht den Blick, den HENRY ihm zuwirft, einen Blick, der besagt: »Eben hast du noch ganz anders geredet«, aber er gibt nicht nach; angesichts dessen, was sie gerade gesehen haben, müßte schon jemand anderer kommen als HENRY BRIGHT, um ROBBIE dazu zu bringen, ins Obergeschoß der Feuerwache hinaufzugehen. ROBBIE findet den richtigen Schlüssel, dreht ihn im Schloß und schließt die Feuerwache ab.

ROBBIE

Wir haben uns vergewissert, daß das Opfer tot ist, und wir haben den Tatort gesichert. Das reicht. Kommen Sie. Ich will zurück ins –

HENRY

(pedantisch, pingelig)

Wir haben uns nicht davon überzeugt, daß er tot ist, wissen Sie ... haben ihm weder den Puls gefühlt noch sonst was getan ...

ROBBIE

Sein Gehirn war über das ganze Trittbrett des zweiten Wagens verspritzt. Wozu in Gottes Namen hätten wir ihm den Puls fühlen sollen?

HENRY

Aber es könnte noch jemand oben sein. Jake Civiello ... oder vielleicht Duane Pulsifer ...

ROBBIE

Die einzigen beiden Namen auf dem Dienstplan waren Ferd Andrews und Lloyd Wishman. Wenn da noch jemand drin sein sollte, dann wahrscheinlich ein Freund von diesem Linoge, und ich möchte keinem von dessen Freunden begegnen, wenn es Ihnen nichts ausmacht. Jetzt kommen Sie!

Er packt HENRY an der Jacke und schleift ihn praktisch zum Snowcat zurück. ROBBIE startet den Motor, läßt ihn ungeduldig aufheulen, während er darauf wartet, daß HENRY einsteigt, wendet dann und fährt zur Straße zurück.

Im gleichen Moment kommt der »ISLAND SERVICES«-Geländewagen schwerfällig aus dem Sturm. ROBBIE korrigiert seinen Kurs, um an ihm vorbeizufahren, aber HATCH sieht, was er vorhat, und schneidet ihm geschickt den Weg ab.

42. AUSSEN: DAS SNOWCAT UND DER »ISLAND SERVICES«-WAGEN – NACHT

HATCH steigt mit der Taschenlampe in der Hand aus dem »ISLAND SERVICES«-Wagen. ROBBIE öffnet die mit Segeltuch verkleidete Tür des Snowcats und beugt sich heraus. Er hat HATCH erkannt und seine frühere herrische Autorität wiedererlangt. Erneut schreien alle, um sich beim Heulen des Windes verständlich zu machen.

ROBBIE

Machen Sie den Weg frei, Hatcher! Wenn Sie mit mir reden wollen, fahren Sie hinter uns her zum Rathaus!

HATCH

Mike schickt mich! Er möchte, daß Sie ins Constable's Office kommen! Henry, Sie auch!

ROBBIE

Tut mir leid, das geht nicht. Im Rathaus warten unsere Frauen und Kinder auf uns. Wenn Mike Anderson will, daß einer von uns später Wache schiebt, in Ordnung. Aber im Moment –

HENRY

Lloyd Wishman ist tot … und da ist etwas an den Feuerwehrwagen geschrieben. Wenn das die Abschiedsbotschaft eines Selbstmörders sein soll, dann ist es die merkwürdigste, von der ich je gehört habe.

KIRK kommt vorn um den »ISLAND SERVICES«-Wagen herum, wobei er seinen Hut mit beiden Händen auf dem Kopf festhält.

KIRK

Los, fahren wir. Das ist nicht der richtige Ort für eine Diskussion!

ROBBIE

(verärgert)

Ganz meiner Meinung. Wir können im Rathaus weiterdiskutieren, da ist es warm.

Er will die Tür des Snowcats schließen. HATCH hält sie fest.

HATCH

Peter Godsoe ist auch tot. Hat sich aufgehängt.

(Pause)

Hat auch einen merkwürdigen Abschiedsbrief hinterlassen.

ROBBIE und HENRY sind sprachlos.

HATCH

Mike hat mich gebeten, Sie zu holen, Robbie Beals, und das tue ich. Sie kommen jetzt mit zum Laden. Ende der Diskussion.

HENRY

(zu ROBBIE)

Wir kommen besser mit.

KIRK

'türlich kommt ihr mit! Los jetzt!

HENRY

Peter Godsoe … Gott im Himmel, warum?

ROBBIE wird zu etwas gezwungen, was er nicht will, und das behagt ihm ganz und gar nicht. Er grinst HATCH, der pummelig und entschlossen hinter seiner Taschenlampe steht, humorlos an.

ROBBIE

Sie sind doch derjenige, der immer diese Puppe auf die Veranda des Ladens stellt. Glauben Sie, das wüßte ich nicht?

HATCH

Wir können später darüber reden, wenn Sie wollen. Momentan zählt nur eins, nämlich daß wir heute abend böse Probleme haben … und damit meine ich nicht nur den Sturm. Ich kann Sie nicht zwingen, mit anzupacken und zu helfen, wenn Sie nicht wollen, aber wenn das hier vorbei ist, kann ich dafür sorgen, daß die Leute erfahren, daß Sie darum gebeten worden sind … und nein gesagt haben.

HENRY

Ich komme mit, Hatch.

KIRK

Braver Junge!

HENRY öffnet die Tür auf seiner Seite, um zu HATCH und KIRK in den »ISLAND SERVICES«-Wagen umzusteigen. ROBBIE packt ihn an der Jacke und zerrt ihn wieder in die Kabine des Snowcats zurück.

ROBBIE

In Ordnung ... aber das werde ich mir merken.

HATCH

Tun Sie das. Haben Sie die Wache abgeschlossen?

ROBBIE

(verächtlich)

Natürlich. Glauben Sie, ich bin blöd?

HATCH verzichtet wohlweislich darauf, ihm auf diese Frage eine Antwort zu geben ... obwohl er es tun könnte, wenn er nicht bemüht wäre, so diplomatisch wie möglich zu sein. Er nickt nur und stapft wieder zum »ISLAND SERVICES«-Wagen zurück, wobei seine Taschenlampe Lichtbögen ins Schneegestöber schneidet. HENRY öffnet erneut seine Tür und ruft ihm nach:

HENRY

Können Sie das Rathaus über CB rufen? Und Carla und Sandy sagen, daß es uns gutgeht?

HATCH zeigt ihm den hochgereckten Daumen und steigt wieder in den »ISLAND SERVICES«-Wagen. Er bringt den Motor auf Touren, wendet dann langsam und fährt zurück zum Laden. Alle vier Räder surren und wirbeln Schnee auf. Das Snowcat mit ROBBIE am Steuer folgt ihnen.

43. INNEN: DIE FAHRERKABINE DES »ISLAND SERVICES«-WAGENS, MIT HATCH

HATCH

(am Funkgerät)

Ursula? Sind Sie da, Ursula? Bitte kommen!

44. INNEN: GEMEINDEVERWALTUNG

Eine ziemlich große und sehr nervöse Menschenmenge hat sich um URSULA versammelt, darunter FERD ANDREWS, der inzwischen seine Jacke ausgezogen hat und mit einer Decke um die Schultern an einem heißes Getränk nippt. Außerdem fallen uns MOLLY und CARLA ins Auge, ebenso wie SANDY, die jetzt DON bei sich hat – als seelischen Beistand.

HATCH

(Stimme aus dem Funkgerät, knisternd und rauschend)

...sula? ... te komm ...

URSULA ignoriert die Stimme einen Moment lang, drückt das Mikro an ihre Schulter und schaut nervös zu den Leuten auf, die sich jetzt noch dichter um sie scharen, versessen darauf, die neuesten Nachrichten zu hören. Sicher, dies sind ihre Nachbarn, aber ...

MOLLY registriert die einsetzende klaustrophobische Reaktion und wendet sich an die anderen.

MOLLY

Kommt schon, Leute, macht Ursula ein bißchen Platz. Tretet zurück ... wenn wir was hören, werdet ihr's schon erfahren.

TESS MARCHANT

(stimmt mit ein)

Tretet zurück! Tretet zurück! Wenn ihr nichts anderes zu tun habt, dann geht doch runter und schaut euch den Sturm im Wetterkanal an!

UPTON BELL

Geht nicht! Das Kabel ist kaputt!

Aber sie treten zurück, so daß URSULA mehr Platz hat. Sie wirft MOLLY und TESS einen dankbaren Blick zu, dann hebt sie das Mikrophon und drückt auf die Sendetaste.

URSULA

Ich höre Sie, Hatch, wenn auch nur schwach. Sprechen Sie langsam und laut. Over.

45. INNEN: DER »ISLAND SERVICES«-WAGEN, MIT HATCH

HATCH

Robbie und Henry geht es gut. Dachte, ihr wüßtet das gern. Over.

46. INNEN: DAS RATHAUS, MIT URSULA

Die Erleichterung ist SANDRA BEALS und CARLA BRIGHT deutlich anzusehen. DON, der nie lange tatenlos bleiben kann, wenn es Spielsachen kaputtzumachen und Gleichaltrige zu demütigen gibt, reißt sich von seiner Mutter los und flitzt wieder nach unten.

DON BEALS

Meinem Dad geht's gut! Er ist der Bürgermeister! Seine Football-Pässe sind fünfzehn Kilometer lang! Letztes Jahr hat er Versicherungen für eine Milliarde Milliarden Dollar verkauft! Wer hat Lust, Affe zu spielen?

URSULA

Ist Lloyd Wishman wirklich tot, Hatch?

47. INNEN: DER »ISLAND SERVICES«-WAGEN, MIT HATCH

HATCH zögert und wechselt einen Blick mit KIRK FREEMAN. Der ist auch keine Hilfe. HATCH weiß, daß er vorsichtig sein muß;

eigentlich ist es MIKES Sache zu entscheiden, welche Informationen weitergegeben werden können und welche zurückgehalten werden sollen. Er schaut in den Rückspiegel, um sich zu vergewissern, daß das Snowcat noch hinter ihm ist. Es ist noch da.

HATCH

Äh… ich kenne noch nicht alle Details, Urse. Sagen Sie Sandy und Carla nur, ihre Jungs werden noch ein Weilchen weg sein. Mike möchte, daß sie erst noch zum Laden kommen.

URSULA

(mit lautem Knistern und Rauschen)

Woz…s denn? Ist irgendwas ni…nung? Molly will… wissen…

HATCH

Ich höre Sie nicht sehr gut, Urse – die Verbindung bricht immer wieder ab. Ich versuch's bald noch mal. Hier ist Island Services, over and out.

Er hängt das Mikro mit einem Ausdruck schuldbewußter Erleichterung ein, sieht, daß KIRK ihn anschaut, und reagiert mit einem kleinen Achselzucken.

HATCH

Verdammt, *ich* weiß doch nicht, was ich denen erzählen soll! Das kann Mike übernehmen – dafür wird er ja bezahlt.

KIRK

Ja – besseres Taschengeld, plus ein paar Dollar für die Lotterie.

48. INNEN: MIKE UND LINOGE, IM CONSTABLE'S OFFICE – NACHT

MIKE sitzt auf dem Stuhl, den er sich herübergezogen hat. LINOGE sitzt mit gespreizten Knien auf seiner Pritsche, den Rücken an der Wand. Sie sehen einander durchs Gitter hindurch an. Im Hintergrund steht JACK CARVER beim Schreibtisch und beobachtet sie.

MIKE

Wo ist Ihr Stock?

(keine Antwort von LINOGE)

Sie hatten einen Stock dabei, das weiß ich. Wo ist er?

(keine Antwort von LINOGE)

Wie sind Sie nach Little Tall Island gekommen, Sir?

(keine Antwort)

MIKE hält das Foto hoch, das die Botschaft über dem Durchgang zu MARTHAS Wohnzimmer zeigt.

MIKE

»Gebt mir, was ich will, und ich verschwinde.« Haben Sie das geschrieben? Das waren Sie, nicht wahr?

(keine Antwort)

Was wollen Sie denn nun, Sir?

Keine Antwort … aber die Augen des Gefangenen glitzern. Auf seinem Gesicht liegt dieses unheimliche leise Lächeln, und man sieht die Spitzen seiner Zähne. MIKE läßt ihm Zeit, aber es kommt nichts.

MIKE

Andre Linoge. Ich nehme an, Sie sind Franzose. Es gibt eine Menge Leute französischer Abstammung auf der Insel. Wir haben die St. Pierres … die Robichaux' … die Bissonettes …

(keine Antwort)

Was ist mit Peter Godsoe passiert? Hatten Sie etwas damit zu tun?

(keine Antwort)

Woher wußten Sie, daß er in seinem Lagerhaus Marihuana aufbewahrt und damit gehandelt hat? Immer vorausgesetzt, es stimmt?

LINOGE

Ich weiß eine Menge, Constable. Ich weiß zum Beispiel, daß Sie auf der Universität von Maine bei der Prüfung am Ende des ersten Studienhalbjahres geschummelt haben, als Sie Gefahr liefen, wegen einer Vier in Chemie Ihr Stipendium zu verlieren. Das weiß nicht mal Ihre Frau, stimmt's?

MIKE ist schockiert. Er will nicht, daß LINOGE es sieht, aber er kann es nicht verhindern.

MIKE

Ich weiß nicht, woher Sie Ihre Informationen haben, aber in dem Punkt irren Sie sich. Ich wollte schummeln – ich hatte einen Spickzettel, Mr. Linoge, und auch durchaus die Absicht, ihn zu benutzen, aber dann habe ich ihn im letzten Moment weggeworfen.

LINOGE

Ich bin sicher, Sie haben sich über die Jahre hinweg eingeredet, das sei die Wahrheit... aber wir beide wissen es doch besser. Sie sollten es Ralphie irgendwann mal erzählen. Es würde eine hübsche Gutenachtgeschichte abgeben, glaube ich. »Wie Daddy das College geschafft hat.«

(wendet seine Aufmerksamkeit JACK zu)

Du hast nie bei einer Collegeprüfung geschummelt, nicht? Bist gar nicht erst aufs College gegangen, und kein Mensch macht dir Vorwürfe, weil du auf der High-School nur Vieren gehabt hast.

JACK starrt ihn mit großen Augen an.

LINOGE

Trotzdem stecken Sie dich wegen Körperverletzung in den Knast... wenn sie dich kriegen. Letztes Jahr habt ihr noch mal Glück gehabt, was? Du und Lucien Fournier und Alex Haber. Drei kleine Glückspilze.

JACK

Halt's Maul!

LINOGE

Ihr habt einfach allergisch auf den Kerl reagiert, stimmt's? Mit seinem komischen Lispeln... und den mädchenhaften blonden Locken … ganz zu schweigen von seinem Gang … trotzdem, drei gegen einen … und Billardstöcke … tja … nicht gerade sportlich …

LINOGE macht ts, ts. JACK tritt näher an den Schreibtisch heran und ballt die Fäuste.

JACK

Ich warne Sie, Mister!

LINOGE

(lächelnd)

Der Junge hat ein Auge verloren – was sagst du dazu, hm? Fahr hin, dann kannst du's selber sehen. Er wohnt in Lewiston. Er trägt eine Paisley-Augenklappe, die seine Schwester ihm gemacht hat. Mit dem Auge kann er nicht mehr weinen – der Tränenkanal ist hinüber. Er liegt nachts im Bett und lauscht den Autos auf der Lisbon Steet und den Live-Bands in den Bottle-Clubs, die spielen können, was sie wollen, Hauptsache, es ist »Louie Louie« oder »Hang on Sloopy«, und er betet zum heiligen Andreas, daß er ihm das linke Augenlicht wiedergibt. Er kann nicht mehr autofahren, weil er nicht mehr räumlich zu sehen vermag. Das ist so, wenn man ein Auge verliert. Er kann nicht mal lange lesen, weil er dann Kopfschmerzen bekommt. Aber klar, er hatte diesen tuntigen Gang … und dieses Lispeln … und es hat euch irgendwie gefallen, wie seine Haare aussahen, wenn sie ihm so ums Gesicht hingen, obwohl ihr das untereinander nie zugeben würdet, was? Hat euch irgendwie angemacht. Ihr habt euch gefragt, wie's wohl wäre, mit den Händen durchzufahren –

JACK ergreift die Pistole auf dem Schreibtisch und richtet sie auf die Zelle.

JACK

Halt's Maul, oder ich stopf's dir! Ich schwör's!

MIKE

Jack, leg das hin!

LINOGE rührt sich nicht, aber sein Gesicht hat einen dunklen Glanz angenommen. Keine Sklerallinsen oder Trickeffekte hier; es ist alles in seiner Miene – sie ist aufreizend … haßerfüllt … machtvoll.

LINOGE

Noch so eine Gutenachtgeschichte für einen stürmischen Abend. Ich sehe dich schon im Bett liegen, den Arm um die Schultern deines kleinen Jungen. »Buster, Daddy möchte dir erzählen, wie er der miesen Schwuchtel mit der Spitze eines Billard-Queues das Auge ausgeschlagen hat, weil –«

JACK zieht den Abzug der Pistole durch. MIKE fällt von dem Stuhl, auf dem er gesessen hat. Er stößt einen Schmerzensschrei aus. LINOGE sitzt reglos auf seinem Platz auf der Pritsche, aber MIKE liegt jetzt mit dem Gesicht nach unten am Boden.

ABBLENDE

ENDE DES 1. AKTS

2. Akt

49. AUSSEN: DER MARKET – NACHT

Der Sturm heult, der Schnee fällt so dicht und schnell, daß der Laden geisterhaft aussieht.

Ein reißendes, splitterndes Krachen ertönt. Unmittelbar links neben dem Laden fällt ein Baum um. Er verfehlt GODSOES Lieferwagen, zertrümmert jedoch einen Teil des Verandadaches und pulverisiert ein Ende des Verandageländers.

JACK
(off)
Mike! Mike, alles in Ordnung?

50. INNEN: DAS CONSTABLE'S OFFICE

MIKE kommt auf die Knie hoch. Seine rechte Hand ist um den linken Bizeps geklammert, und ein bißchen Blut rinnt zwischen den Fingern hindurch. JACK ist überwältigt von Reue und Entsetzen über das, was er getan hat ... oder beinahe getan hat. Er wirft die Pistole auf den Schreibtisch und stürzt herbei. MIKE kommt inzwischen wieder auf die Beine.

JACK
(brabbelt)
Mike, tut mir leid ... ich wollte nicht ... ist alles in Or-

MIKE stößt ihn heftig zurück.

MIKE
Sie sollen sicheren Abstand von ihm halten – hab ich Ihnen das nicht schon mal gesagt?

Aber deshalb hat MIKE ihn nicht gestoßen; er hat ihn gestoßen, weil JACK sich wie ein Arschloch benommen hat, und JACK weiß das. Er steht zwischen der Zelle und dem Schreibtisch; seine

Lippen zittern, und seine Augen sind feucht. MIKE nimmt die Hand vom Arm, um den Schaden zu inspizieren. Sein Hemd ist zerrissen, und Blut sickert aus dem Riß.

Wir hören Motorengeräusche. Der Geländewagen und das Snowcat nähern sich.

MIKE

Hat kaum die Haut geritzt. Zum Glück.
(Erleichterung bei JACK)
Aber fünfzehn Zentimeter weiter links, dann wäre ich tot, und er würde lachen.

MIKE dreht sich um und schaut zur Zelle. Einer der Gitterstäbe hat eine frische Narbe aus schimmerndem Metall. MIKE streckt die Hand aus und berührt sie mit der Fingerspitze. Seine Miene ist fragend.

MIKE

Wo –

LINOGE

Hier.

Er streckt eine zur Faust geballte Hand aus. Wie im Traum steckt MIKE den Arm durchs Gitter, die Hand offen, die Handfläche nach oben.

JACK

Mike, nein!

MIKE beachtet ihn nicht. LINOGES geballte Faust schwebt über seinem Handteller und öffnet sich dann. Etwas Kleines und Schwarzes fällt herunter. MIKE zieht die Hand zurück. JACK tritt ein oder zwei Schritte vor. MIKE dreht den kleinen Gegenstand zwischen den Fingern hin und her und hält ihn hoch, so daß sie ihn beide sehen können. Es ist die Kugel aus der Patrone, die JACK abgefeuert hat.

Das Motorengeräusch ist lauter.

MIKE

(ZU LINOGE)

Sie haben sie gefangen, nicht wahr?

LINOGE sieht ihn nur lächelnd an, sagt aber kein Wort.

51. AUSSEN: DER MARKET – NACHT

Der »ISLAND SERVICES«-Geländewagen biegt auf den Parkstreifen ein, das Snowcat hält neben ihm. Die vier Männer steigen aus und blicken zu dem umgestürzten Baum hinüber, der die Veranda zertrümmert hat.

HATCH

Kommt seine Versicherung dafür auf, Robbie?

ROBBIE

(laß mich mit solchen Banalitäten in Ruhe)

Los. Gehen wir endlich rein.

Sie steigen die Verandatreppe hinauf.

52. INNEN: DAS CONSTABLE'S OFFICE

MIKES Hemdsärmel ist hochgerollt, und man sieht eine klaffende, aber nicht tiefe Wunde, die quer über seinen Bizeps verläuft. Neben der Waffe auf dem Schreibtisch steht ein offener Erste-Hilfe-Kasten. JACK legt ein zusammengefaltetes Gazepolster auf die Wunde und befestigt es dann mit einem Verband.

JACK

Tut mir ehrlich leid, Mike.

MIKE holt tief Luft, hält sie an, stößt sie aus und vergißt seine Wut. Es kostet ihn einige Anstrengung, aber er schafft es.

Die Eingangstür zum Laden geht auf. Die Glocke über ihr bimmelt; man hört das dumpfe Poltern von Stiefeln und das Murmeln näher kommender Stimmen.

MIKE

Das ist Hatch!

JACK

Wegen dem, was der Kerl gesagt hat …

JACK wirft LINOGE einen haßerfüllten, verwirrten Blick zu, den dieser gelassen erwidert. MIKE hebt die Hand, um JACK zum Schweigen zu bringen. Die Tür geht auf. HATCH kommt herein, gefolgt von HENRY BRIGHT und KIRK FREEMAN. Der letzte ist ROBBIE BEALS, der gleichzeitig trotzig und ängstlich dreinschaut. Keine gute Kombination.

ROBBIE

Was ist denn hier los?

MIKE

Ich wünschte, ich wüßte es, Robbie.

53. AUSSEN: DIE KREUZUNG VON MAIN STREET UND ATLANTIC STREET – NACHT

Der Sturm heult. Die Schneewehen sind jetzt höher denn je.

54. AUSSEN: DAS SCHAUFENSTER DES INSELDRUGSTORE – NACHT

Vor einem großen, wandgemäldeartigen Bild mit winterlichen Szenen – Menschen beim Schlittenfahren, Skifahren und Eislaufen – hängen Vitaminflaschen an Fäden. STÄRKEN SIE IHRE ABWEHRKRÄFTE IM WINTER MIT DAYGLOW-VITAMINEN! lautet die Überschrift auf dem Bild. An der linken Wand steht eine Pendeluhr, auf der es zwanzig Uhr dreißig ist.

Ein weiteres reißendes, splitterndes Krachen ertönt. Ein riesiger Ast kracht ins Fenster des Ladens, zertrümmert es und reißt das Bild nieder. Schnee fliegt in den Drugstore.

55. AUSSEN: DAS RATHAUS – NACHT

Wir können es in dem dichten Schneetreiben kaum sehen.

56. INNEN: EINE ECKE IM KELLER DES RATHAUSES

Dies ist das Kinderland. PIPPA HATCHER, HARRY ROBICHAUX, HEIDI ST. PIERRE und FRANK BRIGHT sind bereits eingeschlafen. MOLLY sitzt auf dem Rand von RALPHIES Bett. RALPHIE ist ziemlich schläfrig.

Draußen sind laute Windböen zu hören. Das Gebäude knarrt, obwohl es aus Stein gebaut ist. MOLLY blickt auf.

RALPHIE

Wir werden doch nicht weggeweht, oder? Wie das Haus aus Stroh und das Haus aus Zweigen?

MOLLY

Nein. Das Rathaus ist aus Stein, genau wie das Haus des dritten kleinen Schweinchens. Der Sturm kann die ganze Nacht lang brausen und toben, wir sind trotzdem in Sicherheit.

RALPHIE

(schläfrig)

Ist Daddy in Sicherheit?

MOLLY

Ja. So sicher wie das Amen in der Kirche.

Sie küßt das Feensattel-Muttermal auf seinem Nasenrücken.

RALPHIE

Er läßt nicht zu, daß der böse Mann rauskommt und uns was tut, oder?

MOLLY

Nein. Ich versprech's dir.

DON BEALS

(zornige, laute Stimme)

Laß mich runter! Hör auf! Laß mich!

MOLLY dreht sich um zur

57. INNEN: KELLERTREPPE – NACHT

SANDRA BEALS kommt mit einem um sich tretenden, schreienden DON in den Armen die Stufen heruntergestapft. Ihrer Miene ist zu entnehmen, daß sie solche Wutanfälle gewöhnt ist... vielleicht *zu sehr* gewöhnt.

Als sie den Fuß der Treppe erreicht, eilt MOLLY herbei, um ihr zu helfen, und DON gelingt es endlich, sich dem Griff seiner Mutter zu entwinden. Er ist müde und wütend und stellt jenes Benehmen zur Schau, das bei Jungverheirateten den Entschluß reifen läßt, niemals Kinder zu bekommen.

MOLLY

Brauchen Sie Hilfe?

SANDRA BEALS

(mit einem müden Lächeln)

Nein... er ist nur ein bißchen kratzbürstig...

DON BEALS

Mein *Daddy* bringt mich ins Bett, nicht du!

SANDRA

Donnie, mein Schatz...

Er tritt sie. Es ist ein Kindertritt mit einem Turnschuh, aber er tut trotzdem weh.

DON

(zischt)

Mein *Daddy!* Nicht du!

Einen Moment lang sehen wir unverhohlenen Abscheu vor diesem Kind in MOLLYS Gesicht. Sie streckt die Hand aus – DON weicht ein bißchen von ihr zurück, seine Augen werden schmal –

SANDRA

Molly, nicht!

– aber MOLLY dreht ihn nur um und gibt ihm einen Klaps aufs Hinterteil.

MOLLY

(zuckersüß)

Geh rauf. Warte auf deinen Daddy.

DON BEALS, charmant bis zum Ende, bedenkt MOLLY mit einem Furzgeräusch und besprüht sie dabei mit Speicheltröpfchen. Dann verschwindet er blitzschnell wieder nach oben. Die beiden Frauen schauen ihm nach. SANDRA ist peinlich berührt vom Benehmen ihres Sohnes, und MOLLY reißt sich wieder zusammen. Gute Mutter und Kindergärtnerin hin oder her – wir sollten sehen, daß sie zumindest kurz versucht war, dem kleinen Rotzlöffel eine Ohrfeige zu verpassen, statt ihm nur einen leichten Klaps auf den Hintern zu geben.

SANDRA

Tut mir leid, Moll. Ich dachte, er wäre soweit. Er … er ist es gewohnt, daß sein Dad ihn abends zu Bett bringt.

MOLLY

Er bleibt besser noch ein bißchen auf – ich glaube, Buster läuft da oben auch noch irgendwo rum. Sie werden eine Weile Fangen spielen und dann irgendwo in einer Ecke einschlafen.

Währenddessen gehen sie in den Kinderbereich zurück und senken dabei die Stimmen.

SANDRA

Hoffentlich hat er niemand gestört …

MOLLY

Nein, die schlafen alle tief und fest.

Und das gilt auch für RALPHIE. MOLLY zieht ihm die Decke bis unters Kinn hoch und gibt ihm einen Kuß auf den Mundwinkel. SANDRA schaut neidvoll zu.

SANDRA

Manchmal mache ich mir Sorgen um Donnie. Ich liebe ihn, aber ich mache mir manchmal auch Sorgen um ihn.

MOLLY

Sie haben ihre Phasen, Sandy. Don hat jetzt vielleicht seine… seine unerfreulichen Momente, aber er wird sich schon wieder berappeln.

Doch sie bezweifelt es; sie hofft, daß es stimmt, glaubt es aber eigentlich nicht. Draußen brüllt der Wind. Die beiden Frauen blicken beklommen nach oben… und SANDRA gibt einem plötzlichen Drang nach, sich MOLLY anzuvertrauen.

SANDRA

Ich werde Robbie im Frühjahr verlassen. Ich gehe mit Donnie zu meiner Familie auf Deer Isle zurück. Ich dachte, ich hätte mich noch nicht endgültig entschieden, aber… ich glaube, ich hab's getan.

MOLLY sieht sie mit einer Mischung aus Sympathie und Verwirrung an. Sie weiß nicht, was sie darauf erwidern soll.

58. INNEN: DIE KÜCHE DES RATHAUSES – NACHT

Sie ist ziemlich gut ausgestattet – ein Haufen Festessen und Ferienmahlzeiten sind hier zubereitet worden. Jetzt sind eine Anzahl Frauen eifrig damit beschäftigt, alles für das morgige Frühstück im Sturmzentrum vorzubereiten. Eine von ihnen ist MRS. KINGSBURY; eine andere ist JOANNA STANHOPE. JOANNAS Schwiegermutter sitzt wie eine Königin an der Tür und beaufsichtigt das Ganze. CAT WITHERS kommt herein; sie ist warm angezogen, um nach draußen zu gehen.

MRS. KINGSBURY

Gehst du Billy helfen?

CAT

Ja, Ma'am.

MRS. KINGSBURY

Sieh mal nach, ob ganz hinten im Regal noch Weizenmehl ist. Und sag Billy, er soll an den Saft denken.

CORA

Oh, ich könnte mir vorstellen, daß es ihm an Saft nicht mangelt. Hab ich nicht recht, Katrina?

CORA, die keine Ahnung hat, was passiert ist, als LINOGE durch den Laden gebracht wurde, und folglich nicht weiß, welche Spannungen gerade zwischen CAT und BILLY herrschen, gibt ein häßliches Altweiberglucksen von sich. CAT findet das nicht lustig. Sie geht zur Hintertür. Ihr Gesicht – soweit wir es zwischen ihrem hochgezogenen Schal und der tief in die Stirn gezogenen Mütze sehen können – ist von Sorgen gezeichnet und unglücklich. Dennoch ist sie entschlossen, mit BILLY zu sprechen und die Beziehung zu retten, wenn sie kann.

59. AUSSEN: HINTER DEM RATHAUS – NACHT

Hier führt ein schneebedeckter, zugewehter Gehweg zu einem kleinen Nebengebäude aus Backstein – dem Vorratsschuppen. Die Tür steht offen, und das schwache Licht einer Coleman-Laterne fällt in den wirbelnden Schnee hinaus und zeigt uns eine breite, flache Spur, die bereits von Schnee verweht wird.

Die Kamera fährt in den Schuppen hinein, und wir sehen, wie der gleichfalls dick vermummte BILLY SOAMES Vorräte auf den Schlitten packt, den er hierhergezogen hat. In erster Linie sind es die Konzentrate, von denen URSULA gesprochen hat –

Wasser aufs Pulver schütten und dann runterwürgen –, aber auch Kartons mit Müsli, ein Korb Äpfel und mehrere Säcke Kartoffeln.

CAT
(off)

Billy?

Er dreht sich um.

60. INNEN: DER VORRATSSCHUPPEN – NACHT

CAT steht in der Tür. BILLY schaut sich zu ihr um. Der Atem der beiden dampft im unsteten Licht der Gaslaterne. Zwischen ihnen klafft jetzt ein gewaltiger Abgrund an Mißtrauen.

CAT

Kann ich mit dir reden?

BILLY

Glaub schon. Warum nicht?

CAT

Billy, ich –

BILLY

Stimmt es, was er gesagt hat? Reden wir darüber. Bist du nach Derry gefahren und hast eine Abtreibung machen lassen?

Sie sagt nichts. Das ist Antwort genug.

BILLY

Ich glaube, mehr gibt es nicht zu bereden, oder? Das sagt doch wohl alles.

Er wendet sich bewußt von ihr ab und fängt wieder an, in den Regalen herumzustöbern. CAT reagiert darauf mit frustrierter Wut. Sie betritt den Schuppen und steigt über den halb beladenen Schlitten hinweg, um zu ihm zu gelangen.

CAT

Willst du nicht wissen, warum?

BILLY

Nicht unbedingt. Es war unseres – das nehme ich wenigstens an –, und es ist tot. Ich glaube, das ist alles, was ich wissen muß.

CAT ist wütender denn je. Sie vergißt, daß sie hergekommen ist, um das Dorf zu retten, nicht, um es zu zerstören. In Anbetracht seiner Haltung ist das vielleicht auch nicht überraschend.

CAT

Du hast mir eine Frage gestellt, dann will ich dir auch eine stellen. Was ist mit Jenna Freeman?

Ihre Stimme hat einen herausfordernden Ton. BILLYS Hände erstarren an den Dosen, die er sortiert. Es sind Apfelsaftdosen im Kantinenformat. Auf jedem Etikett steht »MCCALL'S BRAND« über einem Bild von einem reifen Apfel. Unter dem Apfel stehen die Worte GÜTEKLASSE A. BILLY dreht sich zu CAT um, das Kinn streitsüchtig vorgereckt.

BILLY

Warum fragst du, wenn du's schon weißt?

CAT

Vielleicht, um diesen päpstlichen Ausdruck aus deinem Gesicht zu kriegen. Ja, ich weiß es. Das größte Flittchen an der ganzen Küste, und du warst hinter ihr her, als würde sie brennen und du wolltest sie löschen.

BILLY

So war das nicht.

CAT

Wie war es denn? Erzähl's mir.

Keine Antwort von BILLY. Er steht jetzt mit dem Rücken zu den Regalen und hat ihr das Gesicht zugewandt, meidet jedoch ihren Blick.

CAT

Ich versteh's nicht – ich hab doch nie nein gesagt. Kein einziges Mal. Und *trotzdem* … Billy, wie oft am Tag juckt's dich eigentlich?

BILLY

Was hat das mit unserem Baby zu tun? Von dem ich aus dem Mund eines Fremden erfahren mußte, und zwar vor der halben Stadt?

CAT

Ich wußte, mit wem du rumgezogen bist, kapierst du das nicht? Wie hätte ich darauf vertrauen können, daß du das Richtige tun würdest? *Wie hätte ich dir überhaupt vertrauen können?*

BILLY antwortet nicht. Er hat die Zähne zusammengebissen. Wenn an ihren Worten etwas Wahres ist, dann sieht er es nicht. *Will* es wahrscheinlich nicht sehen.

CAT

Weißt du, wie das ist, wenn du in der einen Woche rausfindest, daß du schwanger bist, und in der nächsten, daß dein Freund seine Nachmittage mit der Stadtnutte verbringt?

Sie steht jetzt unmittelbar vor ihm und schreit ihn an.

BILLY

(schreit zurück)

Das Baby war zur Hälfte meins! Du bist nach Derry gefahren und hast es ermordet, und dabei war's zur Hälfte meins!

CAT

(höhnisch)

Ja, klar. Jetzt, wo es weg ist, ist es zur Hälfte deins.

61. INNEN: DAS CONSTABLE'S OFFICE, MIT LINOGE – NACHT

Die fünf Männer – MIKE, HATCH, KIRK, JACK und ROBBIE – sind um den Schreibtisch versammelt, während MIKE die State Police in Machias über Funk zu erreichen versucht. HATCH beobachtet MIKE, aber die anderen können den Blick nicht von LINOGE wenden.

Auf einmal setzt sich der Gefangene aufrecht hin. Seine Augen werden groß. JACK stößt MIKE mit dem Ellbogen an, um ihn darauf aufmerksam zu machen. MIKE dreht sich um und schaut hinüber. Im selben Moment streckt LINOGE eine Hand aus, und sein gesenkter Zeigefinger beschreibt einen Kreis in der Luft.

62. INNEN: VORRATSSCHUPPEN, MIT CAT UND BILLY – NACHT

BILLY dreht sich wieder zum Regal um, so daß er ihr den Rücken zukehrt. Diese Bewegung imitiert exakt die Drehbewegung, die LINOGE mit dem Finger gemacht hat.

BILLY

Was soll das heißen?

CAT

Daß ich nicht blöd bin. Ich weiß genau, was du gedacht hättest, wenn ich zu dir gekommen wäre, als du noch hinter Jenna her warst – »Das kleine Miststück hat sich schwängern lassen, um dafür zu sorgen, daß ich nicht abhauen kann.«

BILLY

Du hast dir ja ausführlich meinen Kopf zerbrochen.

CAT

Du solltest mir dankbar sein! Selbst hast du's jedenfalls so gut wie nie getan!

BILLY

Und was ist mit dem Baby? Das du ermordet hast? Wie oft hast du dir darüber den Kopf zerbrochen?

(keine Antwort von CAT)

Verschwinde. Ich kann's nicht ertragen, dir zuzuhören.

CAT

Lieber Gott. Du bist untreu, und das ist schlimm, aber du bist auch ein Feigling, und das ist noch schlimmer – zu feige, um zu deinem Anteil an dieser Sache zu stehen. Ich hab gedacht, ich könnte unsere Beziehung vielleicht noch retten, aber da gibt's nichts zu retten. Du bist einfach nur ein dummer kleiner Junge.

Sie wendet sich zum Gehen. BILLYS Gesicht verzerrt sich vor Wut, und jetzt sieht er:

63. INNEN: DIE APFELSAFTDOSEN, BILLYS PERSPEKTIVE

Die Überschrift MCCALL'S BRAND ist von MCCANE'S BRAND ersetzt worden. Statt des reifen Apfels prangt ein schwarzer Stock mit silbernem Wolfskopf auf dem Etikett. Und statt GÜTEKLASSE A steht auf jeder Dose ZICKENKLASSE A.

64. INNEN: DAS CONSTABLE'S OFFICE, MIT LINOGE

LINOGE streckt die Hand aus und tut so, als würde er nach einem Gegenstand greifen.

KIRK

Was macht er da?

MIKE schüttelt den Kopf. Er weiß es nicht.

65. INNEN: DER VORRATSSCHUPPEN, MIT BILLY UND CAT

BILLY nimmt eine der Dosen aus dem Regal und packt sie wie einen Knüppel, während CAT auf dem Weg zur Tür über den halb beladenen Schlitten hinter ihm steigt.

66. INNEN: DAS CONSTABLE'S OFFICE, MIT LINOGE

MIKE
Wie wär's, wenn Sie mir sagen würden, was los ist, Sir?

LINOGE beachtet ihn nicht. Er ist völlig versunken. Er macht wieder die Drehbewegung mit dem Zeigefinger, dann bewegt er die Finger wie die Zinken einer Schere, um eine Gehbewegung nachzuahmen.

67. INNEN: DER SCHUPPEN, MIT BILLY UND CAT

CAT ist an der Tür und kehrt BILLY den Rücken zu, als dieser sich mit der großen Apfelsaftdose umdreht. Er macht ein paar Schritte auf sie zu –

68. INNEN: DAS CONSTABLE'S OFFICE

MIKE geht zur Zelle hinüber, als LINOGE aufsteht und den Arm über den Kopf hebt. Seine Hand ist gewölbt, als hielte sie einen Gegenstand, den nur er sehen kann.

69. INNEN: DER SCHUPPEN, MIT BILLY UND CAT

Als CAT in den Sturm hinaustritt, hebt BILLY die Dose über den Kopf.

70. INNEN: DIE ZELLE, MIT LINOGE

Er hebt die andere Hand, imitiert jetzt einen beidhändigen Griff.

71. AUSSEN: VOR DEM VORRATSSCHUPPEN, MIT CAT – NACHT

CAT steht direkt vor der Tür in der schon jetzt kaum noch sichtbaren Schlittenspur. Sie wischt sich mit ihren behandschuhten

Handflächen die Tränen von den Wangen und zieht sich dann ihren Schal zurecht.

BILLY hat also jede Menge Zeit. Er erscheint hinter ihr in der Tür, die Dose in beiden Händen hoch über den Kopf erhoben, das Gesicht zu einer haßerfüllten Grimasse verzerrt.

72. INNEN: DIE ZELLE, MIT LINOGE

MIKE steht draußen vor dem Gitter und sieht seinen Gefangenen verblüfft und voller Furcht an. Die anderen Männer drängen sich hinter ihm zusammen. LINOGE ignoriert sie alle und läßt seine Hände herabsausen.

73. AUSSEN: DER VORRATSSCHUPPEN, MIT BILLY UND CAT

BILLY tut es – beinahe. Wir sehen, wie die schwere Apfelsaftdose tatsächlich den gleichen Bogen nach unten zu beschreiben beginnt wie LINOGES Hände, aber dann hält sie inne. Der blinde Zorn in BILLYS Gesicht weicht einem Ausdruck von Verwirrung und Entsetzen – mein Gott, er hätte ihr beinahe den Schädel eingeschlagen!

CAT weiß und merkt nichts von alledem. Sie setzt sich in Bewegung und stapft mit gesenktem Kopf zum Rathaus zurück. Die Enden ihres Schals flattern im stürmischen Wind.

74. INNEN: DIE ZELLE, MIT LINOGE

Er ist immer noch vornübergebeugt, und seine verschränkten Hände schwingen zwischen seinen Knien – das Bild eines Mannes, der gerade einen harten Schlag mit einem schweren Gegenstand ausgeführt hat. Aber er weiß, daß sein Vorhaben mißglückt ist. Sein Gesicht ist schweißüberströmt, und seine Augen blitzen vor Zorn.

LINOGE

Sie hat recht. Du bist wirklich ein Feigling.

MIKE

Was, zum Teufel, machen Sie –

LINOGE

(brüllt)

Sei still!

Auf dem Tisch zerspringt eine der Coleman-Gaslampen. Glas spritzt umher. Die Männer am Schreibtisch weichen zurück.

LINOGE fährt mit wildem Blick und erregter Miene herum – er ähnelt jetzt mehr denn je einem Tiger im Käfig –, dann wirft er sich mit dem Gesicht nach unten auf die Pritsche, die Arme um den Kopf geschlungen. Er murmelt leise vor sich hin. MIKE beugt sich so nah an ihn heran, wie es das Zellengitter erlaubt, und lauscht.

LINOGE

Die Hintertreppe … die Hintertreppe … an der Hintertreppe …

75. AUSSEN: DIE HINTERTREPPE DES RATHAUSES – NACHT

Wir schauen durch die halb zugeschneiten Fensterscheiben in die Küche, wo immer noch CORA sitzt und JOANNA und MRS. KINGSBURY bei ihrem geschäftigen Treiben beobachtet. Inzwischen haben sich außerdem LINDA ST. PIERRE und ROBERTA COIGN zu ihnen gesellt und räumen gerade den Geschirrspüler ein. Es sieht alles behaglich und freundlich aus, besonders angesichts des heulenden Windes und des Schneetreibens draußen.

Die Kamera schwenkt nach unten. Neben der schneebedeckten Treppe steht ein Kasten für Milchflaschen. Daran lehnt, zur

Hälfte in einer Schneewehe begraben, LINOGES Stock mit dem Wolfskopf.

CATS behandschuhte Hand kommt herunter und berührt den silbernen Wolfskopf. Ein Finger streicht über die Schnauze mit den gefletschten Zähnen.

76. AUSSEN: CAT (GROSS) – NACHT

Mit großen Augen. Fasziniert.

77. INNEN: DIE ZELLE, MIT LINOGE – NACHT

Er liegt noch immer mit dem Gesicht nach unten auf seiner Pritsche, die Arme um den Kopf geschlungen, und murmelt rasch vor sich hin. Er intoniert etwas. MIKE weiß nicht, was hier vor sich geht, aber er weiß, daß es etwas Schlimmes ist.

MIKE

Hören Sie auf, Linoge!

LINOGE beachtet ihn nicht. Wenn überhaupt, wird das schnelle Gemurmel eher noch schneller.

78. AUSSEN: DIE HINTERTREPPE DES RATHAUSES – NACHT

CAT ist nicht mehr da, aber wir sehen ihre Fußspuren – wo sie kehrtgemacht hat und wieder zum Vorratsschuppen zurückgegangen ist.

Der Stock ist ebenfalls nicht mehr da. Vom Wind herbeigewehter Schnee rundet die scharfen Kanten des Lochs, das sein Schaft in der Schneewehe hinterlassen hat.

79. INNEN: DER VORRATSSCHUPPEN, MIT BILLY – NACHT

BILLY hockt neben dem nunmehr vollständig beladenen Schlitten. Er breitet eine Plane über die Waren und beginnt dann, sie mit ein paar elastischen Schnüren festzuzurren.

Wir können die Tür aus diesem Blickwinkel nicht sehen, wohl aber den schattenhaften Umriß, der auf ihn fällt … und wir sehen auch den Schatten des Stocks, als dieser sich von der menschlichen Gestalt löst und in die Höhe zu steigen beginnt. Die Bewegung erregt auch BILLYS Aufmerksamkeit. Er verändert seine Position … blickt auf …

80. INNEN: CAT WITHERS, BILLYS PERSPEKTIVE – NACHT

Sie hat sich in eine rachsüchtige Harpyie verwandelt. Ihre Lippen sind von den gefletschten Zähnen zurückgezogen. Sie hat den Stock am unteren Ende gepackt, so daß der Wolfskopf nach vorn ragt.

Sie stößt einen Schrei aus und läßt den Stock niedersausen.

81. INNEN: LINOGE, MIT DEM GESICHT NACH UNTEN AUF DER PRITSCHE DER ZELLE

Er schreit triumphierend ins Kissen, die Arme nach wie vor um den Kopf geschlungen.

82. INNEN: DAS CONSTABLE'S OFFICE, GRÖSSERER BILDAUSSCHNITT

MIKE weicht entnervt von der Zellentür zurück. Die anderen vier Männer drängen sich zusammen wie Schafe bei einem Hagelschauer. Alle haben entsetzliche Angst. LINOGE schreit weiter.

83. AUSSEN: BLICK AUF DEN VORRATSSCHUPPEN – NACHT

Vor hier draußen können wir nicht sehen, was geschieht, und das ist wahrscheinlich auch gut so. Wir können jedoch CATS Schatten sehen ... und den Schatten des Stocks, der auf und nieder fährt, auf und nieder.

ABBLENDE

ENDE DES 2. AKTS

3. Akt

84. AUSSEN: DER LEUCHTTURM – NACHT

Die inzwischen wieder sinkende Flut läßt schaumiges Wasser aufstieben, aber das Leuchtfeuer dreht sich weiterhin im Kreis. Im obersten Geschoß sind einige Fenster zerbrochen, aber der Leuchtturm hat den Kampf mit dem Sturm gewonnen. Fürs erste jedenfalls.

85. AUSSEN: DAS SCHAUFENSTER DES INSELDRUGSTORE – NACHT

Die Gänge des Drugstore füllen sich mit Schnee, und auch auf dem Glas über dem Zifferblatt der Pendeluhr liegen die ersten Flocken, aber wir können die Uhrzeit noch erkennen: Es ist zwanzig Uhr siebenundvierzig.

86. INNEN: EINE ECKE DES KELLERS IM RATHAUS, MIT MOLLY

MOLLY sitzt in einer Ecke in einem Ohrensessel und hat den Kopfhörer eines Walkmans auf. Er sitzt schief und rutscht langsam immer weiter herunter. Wir hören den leisen Klang klassischer Musik. MOLLY schläft tief und fest.

Hände langen ins Bild und nehmen ihr den Kopfhörer ab. Als das geschieht, schlägt MOLLY die Augen auf. Ein ungefähr siebzehnjähriges Mädchen steht neben ihr. ANNIE lächelt ein bißchen verlegen und hält ihr den Kopfhörer hin.

ANNIE HUSTON

Wollen Sie ihn wiederhaben? Er ist Ihnen runtergerutscht.

MOLLY

Nein danke, Annie. Mit diesem Ding schlafe ich immer ein, und dann höre ich Schubert aus meinen Füllungen.

Sie steht auf, streckt sich und legt den Walkman auf die Sitzfläche des Sessels. Jener Teil des Kellers, der als Aufenthaltsbereich dient, ist mit Vorhängen vom Schlafbereich abgeteilt, den wir durch die Lücke zwischen den behelfsmäßigen Vorhängen sehen. Die Kinder schlafen jetzt alle, und ein paar Erwachsene sind ebenfalls schon zu Bett gegangen.

An einer Wand des Aufenthaltsbereichs steht ein Fernseher. Ungefähr vierzig Leute sind um ihn versammelt; einige sitzen auf dem Boden, andere auf hölzernen Bingo-Klappstühlen, manche stehen weiter hinten. Das verschwommene Fernsehbild zeigt den Wetterfrosch von WVII, einem ABC-Sender in Bangor. Ein gutaussehender Mann von ungefähr dreißig Jahren in einem Norweger steht neben dem Fernsehgerät und dreht an der Kaninchenohren-Antenne, um ein besseres Bild hereinzubekommen (leider ziemlich erfolglos). Das ist LUCIEN FOURNIER, ein Mitglied von JACK CARVERS Schwulenaufmischerclique.

WETTERFROSCH

Zum gegenwärtigen Zeitpunkt nimmt der Sturm immer noch an Stärke zu; die größten Schneekonzentrationen gibt es im Küstenbereich und in einigen Gebieten im Landesinnern. Wir hier bei Channel Seven finden die Zahlen beinahe unglaublich, aber Machias meldet schon wieder einen neuen halben Meter … und das ohne den Verwehungsfaktor, müssen Sie bedenken, und bei einer Sicht gleich Null. Kein Verkehr auf den Straßen.

(lacht)

Hey, auf welchen Straßen, hab ich recht? In Bangor ist das Wetter beinahe genauso schlecht, und überall werden Stromausfälle gemeldet. Brewer ist völlig dunkel, und wie verlautet, ist in Southwest Harbor ein Kirchturm umgeweht worden. Es sieht schlimm aus da draußen, und der Sturm hat seinen Höhepunkt noch nicht erreicht. Davon werden Sie noch Ihren Enkelkindern erzählen können … und die werden Ihnen wahrscheinlich nicht glauben. Ab und zu muß ich selber aus dem Fenster des Nachrichtenstudios schauen, damit ich es glaube.

Im Hintergrund der Menge steht URSULA GODSOE und versucht, zwischen den Umstehenden hindurch einen Blick auf den Bildschirm zu erhaschen. MOLLY tippt ihr auf die Schulter, und URSULA dreht sich zu ihr um, ohne zu lächeln.

MOLLY

(nickt zum Fernseher)

Was sagen sie?

URSULA

Windstöße und Böen, anschließend Böen und Windstöße. Auch noch morgen den ganzen Tag hindurch bis in die Nacht hinein, dann soll es allmählich ein bißchen abflauen. Von Kittery bis Millinocket ist der Strom ausgefallen. Die Küstengemeinden sind abgeschnitten. Und wir auf den Inseln … vergessen Sie's.

Sie macht wirklich einen furchtbaren Eindruck. MOLLY sieht es; sie reagiert mit Sympathie und auch mit einer gewissen Neugier.

MOLLY

Was ist los?

URSULA

Ich weiß nicht. Ich hab nur so ein Gefühl. Ein richtig schlimmes Gefühl.

MOLLY

Tja, wer hätte das nicht? Der Mord an Martha Clarendon … Lloyd Wishmans Selbstmord … der Sturm des Jahrhunderts direkt über uns … wem sollte es da anders gehen?

URSULA

Ich glaube, es ist mehr als das.

87. AUSSEN: BLICK AUF DEN VORRATSSCHUPPEN – NACHT

Für kurze Zeit ist der Eingang leer, dann tritt CAT langsam in die Tür und bleibt stehen. Ihre Augen sind groß, ihr Blick ist leer.

Auf dem Streifen sichtbarer Haut zwischen dem oberen Rand ihres Schals und dem unteren Rand ihrer Mütze sehen wir kleine Blutspritzer auf ihren Wangen. Sie sehen fast wie Sommersprossen aus. In einer Hand hält sie immer noch den Stock. Der Wolfskopf ist wieder einmal mit Blut verkrustet.

Die Kamera setzt sich auf CAT zu in Bewegung, als ein Flackern in ihren Augen verrät, daß ihr allmählich aufgeht, was sie getan hat. Sie blickt auf den Stock hinunter und läßt ihn fallen.

88. AUSSEN: DER STOCK, CATS PERSPEKTIVE

Er liegt draußen vor der Tür im Schnee und grinst spöttisch zu ihr hinauf. Die Augen des silbernen Wolfes sind voller Blut.

89. AUSSEN: WIEDER CAT, IM EINGANG DES VORRATSSCHUPPENS – NACHT

Sie hebt die behandschuhten Hände an die Wangen. Dann nimmt sie sie weg, vielleicht, weil sie etwas spürt, und betrachtet sie. Ihre Miene ist immer noch ausdruckslos, als wäre sie betäubt ... sie steht unter Schock.

90. INNEN: DER KELLER, MIT MOLLY UND URSULA

URSULA schaut sich um, ob jemand mithört. Das ist zwar nicht der Fall, aber sie führt MOLLY dennoch zur Sicherheit in eine relativ leere Ecke am Fuß der Treppe. MOLLY sieht sie besorgt und beunruhigt an. Draußen veranstaltet der Wind ein großes Geheul. Die Frauen dagegen sind sehr klein.

URSULA

Wenn ich solche Gefühle habe, vertraue ich ihnen. Ich habe mit den Jahren *gelernt*, ihnen zu vertrauen. Ich ... Molly, ich glaube, Peter ist etwas zugestoßen.

MOLLY

(sofort besorgt)

Wieso? Ist schon jemand aus dem Laden zurück? Hat Mike –

URSULA

Aus diesem Teil der Stadt ist schon seit acht Uhr niemand mehr gekommen, aber mit Mike ist alles in Ordnung.

Sie sieht, daß MOLLY nicht überzeugt ist, und lächelt ein bißchen bitter.

URSULA

Daran ist nichts Übernatürliches – ich habe ein paar verstümmelte Funksprüche aufgefangen. Einmal war es Hatch, einmal mit ziemlicher Sicherheit Mike.

MOLLY

Was haben sie gesagt? Mit wem haben sie gesprochen?

URSULA

Da die Antennen runtergeweht worden sind, läßt sich das unmöglich sagen, von einem Basisgerät zum anderen; es sind nur Stimmen. Ich glaube, sie versuchen immer noch, die Staties in Machias zu erreichen.

MOLLY

Sie haben also nichts von Peter gehört, und Sie können nicht wissen –

URSULA

Nein … aber irgendwie weiß ich's trotzdem. Wenn ich Lucien Fournier dazu bewegen kann, mit dem Rumgefummel am Fernseher aufzuhören und mich auf seinem Schneemobil zum Constable's Office zu bringen, können Sie dann hier nach dem Rechten sehen? Sofern nicht gerade das Dach einstürzt, müssen Sie nur immer wieder erklären, daß alles in bester Ordnung ist, daß es um sieben Frühstück gibt und daß wir nach wie vor Leute fürs Service-Team und später zum Saubermachen brauchen. Für heute abend ist die

Arbeit Gott sei Dank größtenteils erledigt. Die ersten sind schon schlafen gegangen.

MOLLY

Ich komme mit. Tavia kann das hier übernehmen. Ich will Mike sehen.

URSULA

Nein. Nicht, wo Ralphie hier ist und drüben ein möglicherweise gefährlicher Gefangener sitzt.

MOLLY

Sie haben auch ein Kind, an das Sie denken müssen. Sally ist hier.

URSULA

Ich mache mir Sorgen um *Sallys* Dad, nicht um den von Ralphie. Was Tavia Godsoe betrifft … ich würde ihr das nie ins Gesicht sagen, weil ich sie sehr gern habe, aber sie hat die Alte-Jungfern-Krankheit – sie verehrt ihren Bruder. Wenn sie auf die Idee kommt, daß Peter irgendwas zugestoßen sein könnte …

MOLLY

In Ordnung. Aber sagen Sie Mike, er soll einen Wachdienst organisieren – egal, wie viele Männer er braucht, heute nacht macht sowieso keiner was anderes – und hierher zurückkommen. Sagen Sie ihm, seine Frau will ihn sehen.

URSULA

Werd ich ihm ausrichten.

Sie läßt MOLLY stehen und drängt sich durch die Menge um den Fernseher herum zu LUCIEN durch.

91. AUSSEN: BLICK AUF DEN VORRATSSCHUPPEN – NACHT

CAT blickt immer noch auf ihre Hände, aber in ihren Augen dämmert jetzt so etwas wie Begreifen auf. Sie schaut von dem blutigen Stock zu ihren blutigen Handschuhen ... wieder zurück zum Stock ... und zu den Handschuhen ... in den Sturm hinauf. Dann öffnet sie den Mund so weit, wie es nur geht, und stößt einen gellenden Schrei aus.

92. INNEN: DIE KÜCHE DES RATHAUSES – NACHT

JOANNA, die im Spülbecken Töpfe abwäscht und zufällig der Hintertür am nächsten ist, blickt stirnrunzelnd auf. Die anderen fahren mit ihrer Arbeit fort.

JOANNA

Habt ihr was gehört?

CORA

War bloß der Wind.

JOANNA

Klang wie ein Schrei.

CORA

(übertriebene Geduld)

So *klingt* der Wind heute abend nun mal, meine Liebe.

JOANNA, die von ihrer Schwiegermutter so ziemlich die Nase voll hat, sieht MRS. KINGSBURY an.

JOANNA

Ist das Mädchen aus dem Laden schon wieder reingekommen? Nein, oder?

MRS. KINGSBURY

Nein, nicht auf diesem Weg –

CORA

Ich könnte mir denken, daß sie einiges zu besprechen hatten, Joanna.

Ein verschlagener Blick, begleitet von der wahrscheinlich schmutzigsten Geste, die man uns im Network-Fernsehen noch durchgehen läßt (oder vielleicht ist sie auch schon zu schmutzig): Die alte Dame macht eine lockere Faust und tippt dann mit dem Zeigefinger der anderen Hand lächelnd auf den Rand des Lochs.

JOANNA sieht es voller Abscheu, dann schnappt sie sich einen Parka von der Stehgarderobe in der Ecke. Er ist zu groß, aber sie zieht trotzdem den Reißverschluß zu.

CORA

Meine Mutter hat immer gesagt: »Guck nie durch ein Schlüsselloch, wenn du keinen Ärger kriegen willst.«

JOANNA

Es klang wie ein *Schrei*.

CORA

Ich finde das lächerlich.

JOANNA

Halt den Mund. *Mutter*.

CORA ist sprachlos. MRS. KINGSBURY ist überrascht, aber auch erfreut – sie unterdrückt eindeutig den Impuls, »Nur weiter so, Mädchen!« zu rufen. JOANNA, die es merkt, wenn sie einen guten Abgang vorbereitet hat, klappt die pelzbesetzte Kapuze des Parkas hoch und schlüpft durch die Hintertür in die heulende Dunkelheit hinaus.

93. INNEN: WIEDER DER KELLER DES RATHAUSES, MIT MOLLY

Sie beobachtet, wie URSULA mit LUCIEN spricht. Dieser nimmt die Finger von der Antenne und hört aufmerksam zu. Das verschneite Fernsehbild zeigt eine größtenteils rot gefärbte Karte von Maine mit den Worten SCHNEE-NOTSTAND in großen weißen Lettern. Außerdem steht dort EIN BIS ANDERTHALB !!!METER!!! + SCHNEEVERWEHUNGEN, SCHNEETREIBEN. Währenddessen:

WETTERFROSCH

Wenn Sie in einem abgelegenen Gebiet wohnen, sollten Sie bleiben, wo Sie sind, selbst wenn der Strom ausgefallen ist und Sie nicht heizen können. Heute nacht geht es vorrangig darum, daß Sie ein festes Dach über dem Kopf haben. Wenn Sie an einem sicheren Ort sind, verlassen Sie ihn nicht. Halten Sie sich warm, ziehen Sie mehrere Kleidungsstücke übereinander an, geben Sie anderen von Ihren Nahrungsmitteln ab und nutzen Sie Ihre Kräfte gemeinsam. Wenn es jemals eine Nacht für gute Nachbarn gegeben hat, dann diese. Für heute nacht ist der Schnee-Notstand im Landesinneren und an der Küste von Maine ausgerufen worden – ich wiederhole, an der Küste und im Landesinneren des Staates ist der Schnee-Notstand ausgerufen worden.

JOHNNY HARRIMAN und JONAS STANHOPE kommen mit großen Tabletts voller Kuchen und Keksen die Treppe herunter, gefolgt von ANNIE HUSTON, die die Arme um den glänzenden Stahlbauch einer riesigen Kaffeekanne geschlungen hat. MOLLY, die immer noch sehr beunruhigt ist, tritt beiseite, um sie durchzulassen. Sie beobachtet URSULAS Unterhaltung mit LUCIEN aufmerksam.

JOHNNY

Alles in Ordnung, Molly Anderson?

MOLLY

Ja. Alles bestens.

JONAS STANHOPE

Das wird ein Sturm, von dem wir später mal unseren Enkelkindern erzählen können.

MOLLY

Es ist jetzt schon einer.

94. AUSSEN: ZWISCHEN DER RÜCKSEITE DES RATHAUSES UND DEM SCHUPPEN – NACHT

Da kommt JOANNA. Sie kämpft sich mühsam voran. Der Parka, den sie von der Garderobe genommen hat, flattert wie ein Segel um sie herum, und die Kapuze fliegt ihr immer wieder vom Kopf. Endlich gelangt sie jedoch zum Vorratsschuppen. Die Tür ist noch offen, aber CAT steht nicht mehr im Eingang.

Trotzdem hält JOANNA knapp zwei Meter vor der Tür inne. Irgend etwas stimmt hier nicht, und das spürt sie, genauso wie URSULA.

JOANNA

Katrina? Cat?

Nichts. Sie tritt zwei Schritte vor, in den harten, flackernden Lichtschein hinein, der von der Gaslampe geworfen wird. Sie senkt den Blick.

95. AUSSEN: DER SCHNEE VOR DER TÜR, JOANNAS PERSPEKTIVE – NACHT

Die meisten Indizien für das, was hier geschehen ist, sind von dem schrill pfeifenden Wind entweder weggeweht oder zugedeckt worden, aber dort, wo CAT LINOGES Stock fallen gelassen hat, ist noch ein rosafarbener Fleck, obwohl der Stock selbst nicht mehr da ist. Und dahinter ist ein leuchtenderer Fleck auf der Türschwelle des Schuppens, wo CAT gestanden hat.

96. AUSSEN: WIEDER JOANNA – NACHT

JOANNA

Cat …?

Sie würde jetzt gern wieder umkehren – sie fürchtet sich hier draußen im Schneesturm –, aber sie ist schon zu weit gegangen.

Ganz langsam macht sie ein paar Schritte zur Tür des Schuppens und hält die Kapuze des Parkas dabei am Hals so fest zu wie eine alte Frau ihr Kopftuch.

97. INNEN: DER EINGANG DES SCHUPPENS, BLICK NACH DRAUSSEN – NACHT

JOANNA kommt auf den Eingang zu und bleibt stehen. Ihre Augen weiten sich langsam vor Entsetzen.

98. INNEN: DER VORRATSSCHUPPEN, JOANNAS PERSPEKTIVE – NACHT

Überall ist Blut – auf den großen Kisten mit Müsli und Milchpulver, den Reis–, Mehl- und Zuckersäcken, den großen Plastikflaschen mit den Aufschriften COLA, ORANGEGETRÄNK und FRUCHTPUNSCH auf dem Etikett. An der Lampe brutzelt Blut, der Wandkalender hat blutige Flecken, und die rohen Bretter und Balken (die Einrichtung des Schuppens ist ziemlich nüchtern) tragen blutige Abdrücke von Handschuhen. Auch auf den Sachen, die BILLY auf den Schlitten geladen hat, ist Blut. Wir können sie sehen, weil die Plane fort ist.

99. INNEN: WIEDER JOANNA, IM EINGANG DES SCHUPPENS

Ihr Blick fällt auf:

100. INNEN: EINE ECKE DES VORRATSSCHUPPENS, JOANNAS PERSPEKTIVE

Hier ist die Plane. Sie ist dazu benutzt worden, BILLYS Leiche zuzudecken, aber seine Füße ragen heraus.

Die Kamera schwenkt über die Rückwand des Schuppens. Dort, in der anderen Ecke, kauert CAT WITHERS in Fötushaltung, die Knie an die Brust gezogen, die Finger einer Hand in den

Mund gestopft. Sie schaut mit großen Augen zu JOANNA – zur Kamera – auf. Ihr Blick hat nicht mehr viel Ähnlichkeit mit dem eines normalen Menschen.

101. INNEN: WIEDER JOANNA, IM EINGANG DES SCHUPPENS

JOANNA

Cat … was ist passiert?

102. INNEN: WIEDER CAT, IN DER ECKE ZUSAMMENGEKAUERT

CAT

Ich hab ihn zugedeckt. Er würde nicht wollen, daß die Leute ihn so sehen, deshalb hab ich ihn zugedeckt.

(Pause)

Ich hab ihn zugedeckt, weil ich ihn geliebt habe.

103. INNEN: WIEDER JOANNA, IM EINGANG DES SCHUPPENS

Totales Entsetzen.

104. INNEN: WIEDER CAT, IN DER ECKE ZUSAMMENGEKAUERT

CAT

Ich glaube, es war der Stock mit dem Wolfskopf, der mich dazu gebracht hat. An Ihrer Stelle würde ich den nicht anfassen.

(schaut sich um)

So viel Blut. Ich hab ihn geliebt, und jetzt schauen Sie sich das an. Ich hab ihn umgebracht.

Langsam steckt sie sich wieder die Finger in den Mund.

105. INNEN: WIEDER JOANNA, IM EINGANG DES SCHUPPENS

JOANNA

Oh, Cat. O mein Gott.

Sie dreht sich um und stolpert in die Dunkelheit hinein, zurück in Richtung Rathaus.

106. INNEN: WIEDER CAT, IN DER ECKE ZUSAMMENGEKAUERT

Sie drückt sich noch tiefer in die Ecke und schaut sich mit großen Augen um. Dann beginnt sie mit einer fröhlichen Kleinmädchenstimme zu singen. Die Worte werden von ihren Fingern gedämpft, aber wir können sie verstehen:

CAT

(singt)

»Bin ein kleines Teekännchen, dick und bunt… Mein Henkel ist eckig, mein Schnabel ist rund… Heb mich hoch und leer mich bis auf den Grund… bin ein kleines Teekännchen, dick und bunt.«

107. AUSSEN: JOANNA – NACHT

Sie stapft mühsam zum Rathaus zurück. Der Wind hat ihr erneut die Kapuze des Parkas vom Kopf geweht, aber diesmal unternimmt sie keinen Versuch, sie wieder aufzusetzen. Auf einmal bleibt sie stehen; vor ihren Augen liegt

108. AUSSEN: DER PARKPLATZ DES RATHAUSES, JOANNAS PERSPEKTIVE – NACHT

Zwei Gestalten kämpfen sich durch den Schnee zu einer Reihe von Schneemobilen an der Seitenfront des Gebäudes.

109. AUSSEN: WIEDER JOANNA – NACHT

JOANNA

Hey! Hilfe! Hilfe!

110. AUSSEN: WIEDER PARKPLATZ – NACHT

Die beiden Gestalten gehen weiter. Sie haben JOANNA in dem heulenden Wind nicht gehört.

111. AUSSEN: WIEDER JOANNA – NACHT

Sie lenkt ihre Schritte zum Parkplatz statt zur Küchentür und versucht zu laufen. Dabei wirft sie einen angstvollen Blick zur offenen Tür des Vorratsschuppens zurück.

112. AUSSEN: DER PARKPLATZ, MIT URSULA UND LUCIEN

Sie erreichen eins der Schneemobile. LUCIEN steigt vorne auf.

URSULA

(schreit, damit man sie hört)

Wehe, Sie lassen mich in eine Schneewehe fliegen, Lucien Fournier!

LUCIEN

Nein, Ma'am.

URSULA mustert ihn einen Moment, als wollte sie sich vergewissern, daß er die Wahrheit sagt, dann steigt sie auf das Schneemobil. LUCIEN dreht den Zündschlüssel. Der Scheinwerfer und die spärlichen Lichter am Armaturenbrett leuchten auf. Er drückt auf den Starter. Der Motor heult auf, springt aber nicht gleich an.

URSULA

Was ist los?

LUCIEN

Nichts. Es ist einfach bockig.

Er zieht den Choke und streckt die Hand wieder zum Starter aus.

JOANNA

(leise Stimme)

Hey! Hilfe! HILFE!

URSULA legt ihre Hand auf die von LUCIEN, bevor er auf den Starter drücken kann, und jetzt hören sie es beide. Sie drehen sich um zu

113. AUSSEN: JOANNA, URSULAS UND LUCIENS PERSPEKTIVE – NACHT

JOANNA quält sich mühsam durch die Schneewehen, erreicht den Parkplatz, winkt mit einer Hand wie eine Ertrinkende. Sie ist von Kopf bis Fuß mit Schnee bedeckt (vermutlich ist sie mindestens einmal hingefallen) und ringt keuchend nach Atem.

114. AUSSEN: BLICK AUF DEN PARKPLATZ – NACHT

LUCIEN steigt vom Schneemobil und geht auf JOANNA zu. Er ist gerade noch rechtzeitig bei ihr, um sie festzuhalten, bevor sie erneut hinfallen kann. Er stützt sie auf dem Rückweg zum Schneemobil, und URSULA kommt ihnen sehr besorgt entgegen.

URSULA

Was ist denn los, Jo?

JOANNA

Billy ... tot ... da hinten!

(zeigt hin)

Katrina Withers hat ihn umgebracht.

URSULA

Cat?

JOANNA

Sie sitzt in der Ecke … ich glaube, sie wollte mir erzählen, daß sie ihn mit einem Stock geschlagen hat … aber da ist so viel Blut … Als ich weggegangen bin, hat sie *gesungen*, glaube ich …

Schock und Bestürzung bei URSULA und LUCIEN. URSULA erholt sich ein bißchen schneller.

URSULA

Cat Withers hat Billy Soames umgebracht? Ist das dein Ernst?

(JOANNA nickt heftig)

Bist du sicher? Joanna, bist du sicher, daß er tot ist?

JOANNA

(nickt)

Sie hat ihn mit einer Plane zugedeckt, aber ich bin sicher … so viel Blut …

LUCIEN

Besser, wir gehen hin und sehen nach.

JOANNA

(entsetzt)

Ich geh da nicht noch mal hin! Nicht mal in die Nähe! Sie hockt in der Ecke … wenn ihr sie gesehen hättet … den Ausdruck auf ihrem Gesicht …

URSULA

Lucien, kann ich dieses Ding fahren?

LUCIEN

Sicher, wenn Sie es langsam angehen lassen. Ich glaube schon. Aber –

URSULA

Ich werde es langsam angehen lassen, glauben Sie mir. Joanna und ich fahren die Straße runter und sprechen mit Mike Anderson. Einverstanden, Joanie?

JOANNA nickt mit kläglichem Eifer und steigt auf den Rücksitz von LUCIENS Schneemobil. Sie würde überall mit hinfahren, Hauptsache, sie muß nicht wieder zum Vorratsschuppen zurück.

URSULA

(ZU LUCIEN)

Holen Sie sich ein paar Männer, gehen Sie zum Vorratsschuppen und sehen Sie nach, was los ist, okay? Aber posaunen Sie's nicht herum … und gehen Sie klug vor.

LUCIEN

Was ist hier los, Ursula?

Sie geht zum Schneemobil, steigt vorne auf und drückt auf den Startknopf. Da der Choke bereits gezogen ist, springt der Motor mühelos an. Sie gibt Gas und packt die Handgriffe dann mit den behandschuhten Händen.

URSULA

Ich hab keinen blassen Schimmer.

Sie legt den Gang ein und fährt davon. Schnee spritzt hinter ihr auf. JOANNA klammert sich an ihr fest. LUCIEN steht da und schaut ihnen nach, die Bestürzung in Person.

115. AUSSEN: DER MARKET – NACHT

Der Laden ist jetzt nicht viel mehr als ein in Schneewehen begrabenes Gebilde im Blizzard. Die wenigen Lichter wirken schwach und verloren.

116. AUSSEN: DIE LADERAMPE MIT DEM LADEN – NACHT

Das Schneemobil, mit dem JACK CARVER und KIRK FREEMAN gekommen sind, ist fast schon im Schnee verschwunden. Auf der Laderampe selbst sehen wir eine Gestalt liegen – PETER GODSOE. Er ist in eine Decke gewickelt und dann mit einem Seil verschnürt worden. Er sieht wie ein Leichnam aus, den man für eine Seebestattung vorbereitet hat.

117. INNEN: LINOGE (NAH)

Sein Gesicht ist wölfisch und konzentriert. Die Augen funkeln interessiert.

Die Kamera fährt langsam zwischen den Gitterstäben hindurch zurück. Als unser Bildausschnitt mit LINOGE darin größer wird, sehen wir, daß er wieder seine Lieblingshaltung eingenommen hat – den Rücken an der Wand, die Fersen auf dem Rand der Pritsche – und zwischen den leicht gespreizten Knien hindurchschaut.

118. INNEN: DAS CONSTABLE'S OFFICE, BLICK AUF DEN SCHREIBTISCH

Hier sind MIKE, HATCH, ROBBIE, HENRY BRIGITT, KIRK FREEMAN und JACK CARVER. Die letzteren fünf sehen LINOGE mit einer Mischung aus Argwohn und Furcht an. MIKES Miene ist eher verblüfft.

KIRK

So einen Wutanfall hab ich noch bei niemandem erlebt.

HENRY

(ZU MIKE)

Kein Ausweis? Überhaupt nichts?

MIKE

Kein Ausweis, keine Brieftasche, kein Geld, keine Schlüssel. Auch keine Etiketten in der Kleidung, nicht mal in seinen Bluejeans. Er ist einfach ... hier. Und das ist noch nicht alles.

(ZU ROBBIE)

Hat er Ihnen irgendwas erzählt? Als Sie in Marthas Haus gegangen sind, Robbie, hat er Ihnen da etwas erzählt, was er eigentlich gar nicht wissen konnte?

ROBBIE wird sofort nervös. Er will sich nicht daran erinnern. Aber:

LINOGE
(off)

Du warst bei einer Hure in Boston, als deine Mutter in Machias gestorben ist.

MIKE

Robbie?

119. INNEN: MARTHA CLARENDONS WOHNZIMMER (*RÜCKBLENDE*)

LINOGE lugt spitzbübisch um eine Backe von MARTHAS Sessel. Sein Gesicht ist mit MARTHAS Blut beschmiert.

LINOGE

Sie wartet in der Hölle auf dich. Und sie ist zur Kannibalin geworden. Die Hölle ist ein Ort, wo sich alles unaufhörlich wiederholt, Robbie. Nicht wahr? Kind der Sünde, komm herein … FANG!

DAVEY HOPEWELLS blutbefleckter Basketball fliegt auf die Kamera zu.

120. INNEN: WIEDER DAS CONSTABLE'S OFFICE – NACHT

ROBBIE zuckt zusammen, als flöge der Basketball auf seinen Kopf zu; so stark ist die Erinnerung.

MIKE

Das hat er, nicht wahr?

ROBBIE

Er … hat etwas über meine Mutter gesagt. Mehr brauchen Sie nicht zu wissen.

Sein Blick wandert mißtrauisch zu LINOGE, der dasitzt und sie beobachtet. LINOGE sollte eigentlich nicht hören können, was sie sagen – ihre Stimmen sind leise, und sie befinden sich fast auf der gegenüberliegenden Seite des Raumes –, aber ROBBIE glaubt (und *weiß* beinahe), daß er es kann. Er weiß auch noch etwas anderes. LINOGE könnte den anderen erzählen, was er ROBBIE erzählt hat: daß sich ROBBIE mit einer Prostituierten im Bett gewälzt hat, als seine Mutter gestorben ist.

HATCH

Ich glaube nicht, daß er ein Mensch ist.

Er sieht MIKE beinahe flehend an, als wollte er ihn bitten, ihm zu widersprechen. Aber MIKE tut es nicht.

MIKE

Ich auch nicht. Keine Ahnung, was er ist.

JACK

Gott sei uns allen gnädig.

121. INNEN: LINOGE (GROSS)

Er beobachtet sie aufmerksam und mit großen Augen, während draußen der Sturm heult.

ABBLENDE

ENDE DES 3. AKTS

4. Akt

122. AUSSEN: ANDERSON'S MARKET – NACHT

Wir schauen die Main Street entlang in Richtung Stadtzentrum. Ein Scheinwerferlicht taucht auf, und wir hören das Wespensummen eines näher kommenden Schneemobils. Es ist URSULA; JOANNA klammert sich krampfhaft an ihr fest.

123. INNEN: DER EINGANG DES VORRATSSCHUPPENS – NACHT

CAT
(off)
»Bin ein kleines Teekännchen, dick und bunt ... Mein Henkel ist eckig, mein Schnabel ist rund ...«

LUCIEN FOURNIER steht im Eingang. Hinter ihm stehen UPTON BELL, JOHNNY HARRIMAN, der alte GEORGE KIRBY und SONNY BRAUTIGAN. In den Gesichtern aller Männer spiegelt sich das gleiche schockierte Entsetzen.

124. INNEN: CAT, IN DER ECKE DES VORRATSSCHUPPENS – NACHT

Sie schaukelt hin und her, die Finger im Mund, das blutbespritzte Gesicht ausdruckslos.

CAT
»Heb mich hoch und leer mich bis auf den Grund ... Bin ein kleines Teekännchen, dick und bunt.«

125. INNEN: WIEDER DIE MÄNNER IM EINGANG

LUCIEN
(mühsam)
Kommt. Helft mir, sie reinzubringen.

126. INNEN: DAS CONSTABLE'S OFFICE, MIT MIKE UND DEN ANDEREN

KIRK

Dieser Wutanfall ... was hatte der zu bedeuten?

MIKE schüttelt den Kopf. Er weiß es nicht. Er wendet sich an ROBBIE.

MIKE

Hatte er einen Stock bei sich, als Sie ihn gesehen haben?

ROBBIE

Und ob. Mit einem großen, silbernen Wolfskopf oben drauf. Der war blutig. Ich dachte mir sofort, daß er damit ... damit ...

Wir hören das Schneemobil. Licht flackert über das vergitterte Fenster hoch oben in der Zelle. URSULA fährt durch die Gasse zur Rückseite des Ladens. MIKE wendet seine Aufmerksamkeit wieder LINOGE zu. Wie immer spricht er ihn mit der ruhigen Gelassenheit eines Polizisten an, aber wir merken, daß es ihm immer schwerer fällt, sie beizubehalten.

MIKE

Wo ist Ihr Stock, Sir? Wo ist er jetzt?
(keine Antwort)
Was wollen Sie?

LINOGE rückt immer noch nicht damit heraus. JACK CARVER und KIRK FREEMAN gehen zur Hintertür, um festzustellen, wer da kommt. HATCH hat es auf bewundernswerte Weise geschafft, sich am Riemen zu reißen, aber seine Furcht wächst mit jeder Minute, und das sehen wir auch. Nun wendet er sich an MIKE.

HATCH

Wir haben ihn bei Martha nicht geschnappt ... oder? Er hat sich schnappen *lassen*. Vielleicht *wollte* er geschnappt werden.

ROBBIE

Wir sollten ihn töten.

HATCH ist schockiert; er macht große Augen. MIKE wirkt nicht so überrascht.

ROBBIE

Niemand bräuchte es zu erfahren. Was auf den Inseln vorgeht, geht nur die Inseln was an, so war's schon immer und so wird's auch immer sein. Wie bei Dolores Claiborne und dem, was sie bei der Sonnenfinsternis mit ihrem Mann gemacht hat. Oder wie bei Peter und seinem Marihuana.

MIKE

Wir wüßten es.

ROBBIE

Ich meine ja nur, daß wir's tun könnten... und vielleicht tun sollten. Erzählen Sie mir nicht, daß Sie noch nicht daran gedacht hätten, Michael Anderson.

127. AUSSEN: HINTER DEM LADEN – NACHT

LUCIENS Schneemobil hält neben dem halb begrabenen Gefährt, mit dem JACK und KIRK gekommen sind. URSULA steigt ab und hilft JOANNA herunter. Die Tür zwischen dem Constable's Office und der Laderampe über ihnen ist offen. JACK CARVER steht im Licht.

JACK

Wer ist da?

URSULA

Ursula Godsoe und Joanna Stanhope. Wir müssen mit Mike sprechen. Im Vorratsschuppen hinter dem Rathaus ist etwas...

Sie steigt die Treppe zur Laderampe hinauf, und jetzt sieht sie die eingewickelte Gestalt, die hier draußen in der Kälte abgelegt worden ist. JACK und KIRK wechseln einen bestürzten »Ach du Scheiße«-Blick. JACK streckt die Hand aus und versucht, URSULAS Arm zu nehmen und ihr ins Büro zu helfen, bevor sie zu genau hinschauen kann.

JACK

Ursula, ich würde da nicht hinschauen, wenn ich Sie wäre ...

Sie reißt sich los und sinkt neben dem eingewickelten Leichnam ihres Mannes auf die Knie.

KIRK

(über die Schulter nach hinten)

Mike! Kommen Sie lieber her!

URSULA beachtet ihn nicht. PETERS grüne Gummistiefel ragen noch hervor, Stiefel, die sie gut kennt und vielleicht eigenhändig geflickt hat. Sie berührt einen davon und beginnt lautlos zu weinen. JOANNA steht hinter ihr im stürmischen, wirbelnden Schnee und weiß nicht, was sie tun soll.

MIKE erscheint in der Tür. HATCH ist hinter ihm. MIKE erfaßt die Situation sofort. Seine Stimme ist sehr sanft.

MIKE

Ursula. Es tut mir leid.

Sie nimmt keine Notiz davon, kniet nur mit der Hand an dem geflickten Stiefel im Schnee und weint. MIKE bückt sich, legt ihr den Arm um die Schultern und hilft ihr auf.

MIKE

Kommen Sie rein, Urse. Kommen Sie rein, da drin ist es hell und warm.

Er führt sie an JACK und KIRK vorbei hinein. JOANNA folgt ihnen mit einem raschen, scheuen Blick auf das Bündel, aus dem die Stiefel ragen. JACK und KIRK kommen als letzte herein, und KIRK schließt die Tür hinter ihnen gegen die Nacht und den Sturm.

128. AUSSEN: DAS RATHAUS – NACHT

Es ist in dicke Wolken aus wirbelndem Schnee gehüllt.

129. INNEN: DIE KÜCHE DES RATHAUSES, MIT CAT WITHERS

Sie sitzt auf einem Hocker, in eine Decke gehüllt, und starrt mit leerem Blick geradeaus. MELINDA HATCHER beugt sich ins Bild und beginnt, mit einem feuchten Tuch die Blutspritzer auf CATS Gesicht abzuwischen. Das tut sie sanft und freundlich.

SONNY BRAUTIGAN

Ich weiß nicht, ob Sie das tun sollten, Mrs. Hatcher. Ist doch 'n Beweismittel oder so.

Unterdessen fährt die Kamera zurück, und wir sehen eine Schar von Gaffern, die sich an den Küchenwänden reihen und durch die Tür hereindrängen. Neben SONNY – einem »Ekel Alfred«-Verschnitt mit dickem Bauch und griesgrämigem Naturell – steht sein Freund UPTON BELL. Vielleicht sehen wir auch LUCIEN FOURNIER und die anderen aus dem Schuppen, außerdem JONAS STANHOPE und die junge ANNIE HUSTON. MELINDA sieht SONNY einen Moment lang voller wortloser Verachtung an und fährt dann fort, das Gesicht von CAT zu säubern, deren Schweigen etwas Unheimliches hat.

MRS. KINGSBURY steht am Herd und füllt mit einer Kelle Brühe in einen Kaffeebecher. Jetzt geht sie damit zu CAT hinüber.

MRS. KINGSBURY

Hier, Katrina, trink einen Schluck Brühe. Das wärmt dich auf.

UPTON BELL

Sie sollten ein bißchen Rattengift reintun, Missus Kingsbury … *das* würde sie richtig aufwärmen.

Leises, zustimmendes Geraune … und SONNY lacht laut über den intelligenten Scherz seines Freundes UPTON. MELINDA wirft den beiden einen finsteren Blick zu.

MRS. KINGSBURY

Halten Sie Ihren dummen Mund, Upton Bell!

SONNY

(verteidigt seinen Kumpel)

Ihr behandelt sie, als hätte sie ihm das Leben gerettet, verdammt noch mal, statt sich von hinten anzuschleichen und ihm den Schädel einzuschlagen!

Wieder zustimmendes Gemurmel. MOLLY ANDERSON drängt sich durch die Menge. Sie sieht SONNY mit einer vernichtenden Verachtung an, der er nicht standhalten kann, und bedenkt UPTON und die anderen dann mit demselben Blick.

MOLLY

Raus hier, ihr alle! Das ist keine Theatervorstellung!

Es entsteht eine leichte Bewegung, aber niemand macht Anstalten, die Küche zu verlassen.

MOLLY

(ein bißchen vernünftiger)

Kommt schon – ihr kennt dieses Mädchen euer Leben lang. Was immer sie getan hat, gebt ihr die Chance, ein bißchen zu Atem zu kommen.

JONAS STANHOPE

Na los, Leute. Gehen wir. Wir werden nicht mehr gebraucht.

JONAS ist ein Akademiker-Typ – ein Anwalt vielleicht – und hat genug moralisches Gewicht, um die Leute dazu zu bringen, seinen Worten Folge zu leisten. SONNY und UPTON stemmen sich einen Moment lang gegen die Strömung.

JONAS STANHOPE

Na los, Sonny … Upton. Ihr habt hier nichts mehr verloren.

SONNY

Wir könnten die kleine Mörderin zum Constable's Office bringen und in die Zelle stecken!

UPTON BELL
(tolle Idee)
Ja!

JONAS STANHOPE
Ich glaube, da sitzt schon jemand drin ... und sie sieht nicht gerade so aus, als ob sie die Flucht ergreifen würde, nicht wahr?

Er macht eine Handbewegung zu dem Mädchen, das wie gelähmt dasitzt. Sie hat dem ganzen Geschehen nicht die geringste Beachtung geschenkt, hat es vielleicht nicht einmal wahrgenommen. SONNY versteht, was STANHOPE meint, und schlurft hinaus. UPTON folgt ihm.

MOLLY
Danke, Mr. Stanhope.

MRS. KINGSBURY stellt unterdessen den Becher Brühe beiseite – es hat keinen Zweck – und sieht CAT müde und ratlos an.

JONAS STANHOPE
(ZU MOLLY)
Kein Problem. Wo ist meine Mutter? Haben Sie sie gesehen?

MOLLY
Ich glaube, sie macht sich gerade zum Schlafengehen fertig.

JONAS STANHOPE
Gut. Gut.

Er lehnt sich an die Wand. »Guter Gott, was für ein Tag«, drücken seine Miene und seine Körpersprache aus.

130. INNEN: DIE VERSAMMLUNGSHALLE IM RATHAUS – NACHT

Die Bänke und das Sprecherpodium sind leer, aber im Seitengang gehen ein paar Leute in ihrem Nachtzeug zu den Waschräumen oder kommen von dort zurück. Die einzige Frau unter ihnen ist die alte CORA STANHOPE, die selbsternannte Königin von Little Tall. Sie hat eine Reisetasche in der Hand.

Ein älterer Herr namens ORVILLE BOUCHER kommt ihr entgegen. Er trägt einen Bademantel, Pantoffeln und weiße Socken. In einer Hand hat er das Plastiketui mit seiner Zahnbürste.

ORVILLE

Oh, hallo, Cora! Ist wie im Ferienlager, stimmt's? Jemand sollte ein Bettlaken an die Wand hängen und Zeichentrickfilme zeigen!

CORA rümpft die Nase, hebt sie ein wenig höher und geht wortlos an ihm vorbei... obwohl sie unwillkürlich einen entsetzten Blick auf ORVS weiße, haarige Altherrenschienbeine werfen muß – zwischen dem oberen Rand seiner Socken und dem Saum seines Bademantels ist ein ordentliches Stück von ihnen zu sehen.

131. AUSSEN: HINTER DEM RATHAUS – NACHT

Im Vordergrund steht ein kleiner Ziegelbau, den das Dröhnen des Motors als Generatorschuppen identifiziert. Auf einmal stockt das Geräusch; der Motor hustet.

132. INNEN: WIEDER DER SEITENEINGANG DER VERSAMMLUNGSHALLE, MIT ORV UND CORA

Die Beleuchtung flackert; das Licht geht ein paarmal an und aus, und in den hellen Phasen sehen wir, wie die beiden alten Leute (und auch andere, die aus den Waschräumen des Rathauses kommen) nach oben schauen.

ORV

Keine Angst, Cora, der Generator hat sich nur mal kurz geräuspert.

133. AUSSEN: DER GENERATORSCHUPPEN – NACHT

Man hört wieder ein stetiges Dröhnen.

134. INNEN: WIEDER DER SEITENGANG IN DER VERSAMMLUNGSHALLE, MIT ORV UND CORA

ORV

Sehen Sie? So hell, wie man sich's nur wünschen kann.

Er will einfach nur freundlich sein, aber sie benimmt sich, als wollte er sie auf eine dieser harten New-England-Bänke locken und dort den schmutzigen Boogie mit ihr tanzen. Sie eilt wortlos weiter, die Nase höher erhoben denn je. Am Ende des Ganges sind zwei Türen mit den Symbolen für Herren und Damen. CORA stößt die Tür mit dem Damensymbol auf und geht hinein. ORV schaut ihr eher nachdenklich als beleidigt nach.

ORV

(nur zu sich selbst)

Cora, freundlich wie immer. Tja.

Er geht zur Treppe zurück, die in den Keller hinunterführt.

135. INNEN: DAS CONSTABLE'S OFFICE – NACHT

HATCH kommt aus dem Laden herein. Vorsichtig trägt er ein Tablett vor sich her, auf dem neun Styorporbecher Kaffee stehen. Er stellt es auf MIKES Schreibtisch ab und wirft URSULA, die mit zurückgeklappter Kapuze und offener Jacke auf MIKES Stuhl sitzt, einen nervösen Blick zu. Sie wirkt immer noch wie betäubt. Als MIKE ihr einen Becher hinhält, scheint sie es zunächst gar nicht zu bemerken.

MIKE

Na los, Urse. Der wird Sie aufwärmen.

URSULA

Ich glaube, mir wird nie wieder warm.

Aber sie nimmt zwei Becher und gibt einen an JOANNA weiter, die hinter ihr steht. MIKE nimmt sich ebenfalls einen. ROBBIE gibt JACK und KIRK ihre Becher; HATCH reicht einen an HENRY weiter. Als alle Becher verteilt sind, ist noch ein Kaffee übrig. HATCH schaut zu LINOGE hinüber.

HATCH

Ach, zum Teufel. Wollen Sie auch?

Keine Antwort von LINOGE, der in seiner üblichen Haltung dasitzt und sie beobachtet.

ROBBIE

(mit einer gewissen Schärfe)

Trinkt man auf Ihrem Planeten keinen Kaffee, Mister?

MIKE

(zu JOANNA)

Erzählen Sie's mir noch mal.

JOANNA

Ich hab's Ihnen doch schon ein halbes Dutzend mal erzählt.

MIKE

Das ist das letzte Mal. Ehrenwort.

JOANNA

Sie hat gesagt: »Ich glaube, es war der Stock mit dem Wolfskopf, der mich dazu gebracht hat. An Ihrer Stelle würde ich den nicht anfassen.«

MIKE

Aber Sie haben keinen Stock gesehen. Weder einen mit Wolfskopf noch ohne.

JOANNA

Nein. Was machen wir nun, Mike?

MIKE

Abwarten, bis der Sturm vorüber ist. Mehr können wir nicht tun.

URSULA

Molly will Sie sehen. Das soll ich Ihnen von ihr ausrichten. Sie sollen einen Wachdienst organisieren und dann zurückkommen. Sie sagt, Sie könnten so viele Männer haben, wie Sie bräuchten; heute nacht würde sowieso keiner von ihnen viel tun.

MIKE

Garantiert nicht.

(Pause)

Komm mal mit raus, Hatch. Ich will kurz mit dir sprechen.

Sie gehen zu der Tür, die zum Laden führt. MIKE zögert und schaut sich zu URSULA um.

MIKE

Können wir noch was für Sie tun?

URSULA

Nein.

MIKE und HATCH gehen hinaus. URSULA merkt, daß LINOGE sie ansieht.

URSULA

Was schauen Sie so?

LINOGE sieht sie weiterhin an. Und lächelt leise. Dann:

LINOGE

(singt)

»Bin ein kleines Teekännchen, dick und bunt …

136. INNEN: DER DAMENWASCHRAUM IM RATHAUS – NACHT

ANGELA CARVER steht in einem weichen, hübschen Nachthemd an einem der Waschbecken und putzt sich die Zähne. In einer der geschlossenen Kabinen hinter ihr hören wir das Rascheln von Stoff und das Schnalzen dicker Gummizüge, als CORA sich ihr Nachtzeug anzieht.

CORA

(singt in der Kabine)

»... mein Henkel ist eckig, mein Schnabel ist rund!«

ANGELA schaut in diese Richtung. Anfangs ist ihre Miene ein bißchen verwirrt, dann beschließt sie zu lächeln. Sie spült ihre Zähne ein letztes Mal, nimmt ihre Reisetasche und geht hinaus. Währenddessen kommt CORA aus der Kabine, in der sie sich umgezogen hat, bis zu den Zehenspitzen in wolliges Pink gehüllt ... und mit einer Nachthaube auf dem Kopf. Jawohl! Sie stellt ihre Reisetasche auf eins der Waschbecken, zieht den Reißverschluß auf und holt eine Cremetube heraus.

CORA

»Heb mich hoch und leer mich bis auf den Grund ...«

137. INNEN: DAS CONSTABLE'S OFFICE

Die vier Männer und zwei Frauen beobachten LINOGE überrascht und bestürzt. Er tut so, als würde er sich das Gesicht eincremen.

LINOGE

(singt)

»Bin ein kleines Teekännchen, dick und bunt!«

HENRY BRIGHT

Er ist total verrückt. Jede Wette.

138. INNEN: AN DER FLEISCHTHEKE DES LADENS, MIT MIKE UND HATCH

Hier ist es schattig und unheimlich; das einzige Licht kommt von den Neonlampen in der Fleischtheke.

MIKE

Ich muß für eine Weile weg. Du vertrittst mich hier solange.

HATCH

Oh, Mike, ich wünschte, du würdest das nicht tun …

MIKE

Dauert nicht lange. Ich will die Frauen mit dem Geländewagen ins Rathaus zurückbringen, solange man damit noch fahren kann. Außerdem will ich mich vergewissern, daß es Molly gutgeht – und ihr zeigen, daß mit mir alles in Ordnung ist. Und Ralphie einen Kuß geben. Dann packe ich jeden Mann, der halbwegs brauchbar aussieht, in den Wagen und komme wieder her. Wir werden ihn jeweils zu dritt oder zu viert bewachen, bis der Sturm vorbei ist. Zu *fünft*, wenn es sein muß, falls uns dann wohler ist.

HATCH

Mir wird erst wieder wohler sein, wenn er im Bezirksgefängnis in Derry ist.

MIKE

Ich weiß, was du meinst.

HATCH

Cat Withers … ich kann's nicht glauben, Mike. Cat würde Billy nie was zuleide tun.

MIKE

Das weiß ich auch.

HATCH

Wer hält hier eigentlich wen gefangen? Kannst du das mit Sicherheit sagen?

MIKE denkt sehr, sehr sorgfältig über diese Frage nach, dann schüttelt er den Kopf.

HATCH

Was für ein Riesenschlamassel.

MIKE

Ja. Wirst du mit Robbie klarkommen?

HATCH

Muß ich wohl... oder? Grüß Melinda von mir, wenn sie noch auf ist. Sag ihr, es geht mir gut. Und gib Pippa einen kleinen Kuß.

MIKE

Mach ich.

HATCH

Was meinst du, wie lange du weg sein wirst?

MIKE

Eine Dreiviertelstunde, höchstens eine Stunde. Und ich komme mit einer Wagenladung Kraftpakete zurück. Bis dahin hast du Jack, Henry, Robbie, Kirk Freeman...

HATCH

Glaubst du wirklich, daß einer von uns irgendwas dagegen ausrichten kann, wenn dieser Kerl Randale macht?

MIKE

Glaubst *du* wirklich, daß es im Rathaus sicherer ist? Oder irgendwo sonst auf der Insel?

HATCH

Wenn ich an Cat und Billy denke... nein.

MIKE geht wieder ins Constable's Office zurück. HATCH folgt ihm.

139. INNEN: LINOGE (GROSS)

Er reibt sich die Wangen mit unsichtbarer Creme ein und summt dabei »Bin ein kleines Teekännchen«.

140. INNEN: CORA, IM WASCHRAUM DES RATHAUSES

CORA reibt sich die Wangen mit echter Creme ein – sie trägt eine Gesichtsmaske auf – und summt dabei »Bin ein kleines Teekännchen«. Zum ersten Mal, seit ihr Sohn und ihre Schwiegertochter sie durch den Schnee zum Rathaus geschleppt haben, scheint sie wirklich glücklich zu sein. Im Spiegel sieht man den nunmehr leeren Damen-Waschraum.

Auf einmal erlischt das Licht, als der Generator wieder ins Stottern kommt.

CORA
(Stimme im Dunkeln)

Oh, *verflixt*!

Das Licht flammt wieder auf. CORA wirkt erleichtert und fährt fort, sich das Gesicht einzucremen. Mit einemmal hört sie auf. LINOGES Stock lehnt an der gekachelten Wand unter dem Händetrockner. Er war vorher nicht da, aber jetzt steht er dort, und man kann ihn im Spiegel sehen. Es ist kein Blut daran. Der silberne Kopf glänzt verführerisch.

CORA sieht ihn an, dreht sich dann um und geht zu ihm hin.

141. INNEN: LINOGE (GROSS)

LINOGE

Wie der von Dad!

142. INNEN: DAS CONSTABLE'S OFFICE

Die Männer haben sich bei MIKES Schreibtisch versammelt. URSULA sitzt; JOANNA steht neben ihr. Keiner im Büro nimmt Notiz von MIKES und HATCHS Rückkehr. Sie sind fasziniert von LINOGES neuer pantomimischer Einlage.

JOANNA

Was macht er da?

URSULA schüttelt den Kopf. Die Männer sind genauso verdutzt.

143. INNEN: DER DAMEN-WASCHRAUM IM RATHAUS, MIT CORA

CORA

(hebt den Stock auf)

Wie der von Dad!

144. INNEN: WIEDER DAS CONSTABLE'S OFFICE

MIKE und die anderen beobachten LINOGE. Er ignoriert sie und konzentriert sich auf seine Arbeit mit CORA. Er legt die Hände um zwei unsichtbare Gegenstände, jede Hand um einen, und dreht sie. Er drückt etwas anderes mit dem Daumen herunter, wie man einen kleinen Stöpsel niederdrücken würde. Dann tut er so, als würde er in etwas herumkramen und einen kleinen Gegenstand finden, den er mit dem Daumen und den ersten beiden Fingern der linken Hand hochhebt.

145. INNEN: WIEDER DER DAMEN-WASCHRAUM IM RATHAUS, MIT CORA

Sie hat »Dads Stock« quer über zwei Waschbecken gelegt und ist wieder zu ihrem Becken zurückgekehrt. Sie legt beide Hände um die Griffe des Wasserhahns und dreht sie, so daß das Wasser zu fließen beginnt. Sie drückt den Stöpsel mit dem Daumen herunter, und das Becken füllt sich. Während das Wasser einläuft, kramt sie in ihrer Reisetasche und findet einen Lippenstift. Sie hebt ihn mit dem Daumen und den ersten beiden Fingern der linken Hand hoch.

146. INNEN: WIEDER DAS CONSTABLE'S OFFICE

LINOGE lehnt sich mit dem Gehabe eines Mannes, der eine schwierige und ermüdende Aufgabe bewältigt hat, an die Wand hinter der Pritsche zurück. Er schaut zu dem Oktett auf der anderen Seite des Raumes hinüber und lächelt ihnen ein wenig zu.

LINOGE

Nur zu, Mike, gehen Sie ruhig – wir kommen schon klar. Geben Sie Ihrem kleinen Jungen einen dicken Schmatz von mir. Richten Sie ihm einen schönen Gruß von seinem Kumpel aus dem Laden aus.

MIKES Gesicht verkrampft sich. Er würde LINOGE gern eins auf die Nase geben.

HATCH

Woher wissen Sie so viel? Was, zum Teufel, wollen Sie?

LINOGE legt schweigend die Unterarme auf die Knie.

MIKE

Hatch, warum bleiben nicht zwei von euch hier drin bei ihm, bis ich zurück bin – die anderen können sich im Laden aufhalten. Der Spiegel draußen läßt sich so einstellen, daß man hier hereinschauen kann.

HATCH

Du willst nicht, daß er gleichzeitig an uns alle herankommt. Stimmt's?

MIKE

Tja … es ist einen Versuch wert.

Er wendet sich an die Frauen, bevor HATCH etwas erwidern kann.

MIKE

Meine Damen? Fahren wir zum Rathaus zurück.

URSULA gibt ihm einen Schlüssel an einem Schlüsselring.

URSULA

Der ist für Lucien Fourniers Schneemobil im Hinterhof. Dachte, Sie würden es vielleicht brauchen. Mike?

MIKE gibt HATCH den Schlüssel, dann dreht er sich wieder zu ihr um.

URSULA

Peter ist dort draußen doch gut aufgehoben, oder?

MIKE

Ja. Und wenn das vorbei ist, werden wir uns richtig um ihn kümmern ... so wie wir's immer tun. Kommen Sie.

URSULA steht auf und zieht ihre Jacke zu.

147. INNEN: GANG IN DER VERSAMMLUNGSHALLE DES RATHAUSES – NACHT

JILL ROBICHAUX geht in ihrem Morgenrock den Gang entlang. Sie hat ihre Reisetasche dabei. Draußen heult der Wind.

148. INNEN: DER DAMEN-WASCHRAUM, BLICK AUF DIE TÜR – NACHT

Die Tür geht auf, und JILL kommt herein. Einen Moment lang bleibt ihr Gesicht ruhig, das Gesicht einer Frau bei ihrem alltäglichen Ritual der Vorbereitung zum Schlafengehen. Dann verwandelt sich ihre Miene in einen Ausdruck des Entsetzens. Sie läßt ihre kleine Tasche fallen und schlägt die Hände vor den Mund, um einen Schrei zu ersticken. Sie bleibt noch einen Moment wie festgewurzelt stehen; was auch immer sie sieht, der Anblick hat sie erstarren lassen. Dann wirbelt sie herum und läuft davon.

149. INNEN: DER SCHLAFBEREICH IM KELLER DES RATHAUSES – NACHT

Das Licht ist gedämpft worden. Im Kinderland schläft MOLLYS gesamter Kindergarten tief und fest; selbst der abscheuliche DON BEALS hat aufgegeben. Etwa die Hälfte der für Erwachsene vorgesehenen Betten sind belegt, meistens von älteren Einwohnern.

MOLLY ANDERSON hält einen der provisorischen Vorhänge auf (vielleicht sind es nur Decken, die man zu diesem Zweck über Wäscheleinen gehängt hat), damit ANDY ROBICHAUX durchgehen kann. ANDY hat CAT auf den Armen. Er trägt sie zu einem der Betten. MOLLY und MRS. KINGSBURY folgen ANDY.

Als sie zu einem Bett ziemlich tief im Innern des Raumes und abseits der meisten anderen Schlafenden gelangen, schlägt MOLLY die Decke und das obere Laken zurück. ANDY legt CAT ins Bett, und MOLLY deckt sie zu. Sie sprechen leise, um die anderen Schlafenden nicht zu stören.

ANDY ROBICHAUX

Puh! Sie ist wirklich weggetreten!

MOLLY wirft MRS. KINGSBURY einen fragenden Blick zu.

MRS. KINGSBURY

Ganz leichte Schlaftabletten... wenn sie noch leichter wären, hat Doc Grissom gesagt, könnte ich sie rezeptfrei bekommen. Ich glaube, es ist bloß ein Schock. Was immer sie getan hat oder was man ihr angetan hat, es ist jetzt weit weg. Und das ist wahrscheinlich auch gut so.

MRS. KINGSBURY bückt sich und gibt dem schlafenden Mädchen – vielleicht zu ihrer eigenen Überraschung – einen Kuß auf die Wange.

MRS. KINGSBURY

Schlaf gut, mein Schatz.

ANDY

Meinen Sie, daß jemand bei ihr bleiben sollte? Sozusagen als Wache?

MOLLY und MRS. KINGSBURY wechseln einen verwunderten Blick, der zum Ausdruck bringt, in welchem Maße alles außer Kontrolle geraten ist. Eine Wache bei der harmlosen kleinen CAT WITHERS aufstellen? Das ist verrückt.

MOLLY

Sie braucht nicht bewacht zu werden, Andy.

ANDY

Aber …

MOLLY

Kommen Sie.

Sie wendet sich zum Gehen. MRS. KINGSBURY schließt sich ihr an. ANDY bleibt noch einen Moment am Bett stehen; er ist nicht so sicher. Dann folgt er den beiden.

150. INNEN: DER AUFENTHALTSBEREICH IM KELLER DES RATHAUSES

MOLLY, ANDY und MRS. KINGSBURY kommen durch die Vorhänge heraus. Links von ihnen starren vierzig oder fünfzig Personen, die meisten jetzt im Pyjama oder im Nachthemd, auf das unscharfe Fernsehbild. Rechts von ihnen ist die Treppe. Dort kommen gerade SANDRA BEALS, MELINDA HATCHER und JILL ROBICHAUX herunter. SANDRA ist zu Tode erschrocken; MELINDA ist ängstlich und grimmig; JILL ist am Rande der Hysterie, hält sie aber noch im Zaum … zumindest bis sie ihren Mann erblickt. Sie wirft sich schluchzend in seine Arme.

ANDY

Jill? Schatz? Was ist denn?

Ein paar Fernsehzuschauer wenden die Köpfe, um zu sehen, was los ist. Beim Anblick von MELINDAS blassem Gesicht wird MOLLY klar, daß schon wieder etwas passiert ist… aber dies ist nicht der richtige Moment, um die anderen in Unruhe zu versetzen, die endlich im Begriff sind, sich schlafen zu legen.

MOLLY

Kommt. Gehen wir nach oben. Was immer es ist, wir werden dort darüber reden.

Sie gehen hinauf. ANDY hat seiner Frau den Arm um die Taille gelegt.

151. AUSSEN: DIE KREUZUNG VON MAIN STREET UND ATLANTIC STREET – NACHT

Der »ISLAND SERVICES«-Wagen taucht auf. Mühsam quält er sich durch den Schnee. Er kommt zwar voran, durchstößt dabei aber auch Schneewehen, die fast so hoch sind wie die Kühlerhaube. In *diesem* Schneesturm ist das seine letzte Fahrt.

152. INNEN: DER »ISLAND SERVICES«-WAGEN, MIT MIKE, URSULA UND JOANNA

JOANNA

Ich hab solche Angst.

MIKE

Ich auch.

153. INNEN: VOR DEM DAMEN-WASCHRAUM IM RATHAUS

ANDY und JILL ROBICHAUX stehen ein Stück von der Tür entfernt; sie haben die Arme umeinander gelegt. MELINDA HATCHER und MOLLY sind am dichtesten beim Waschraum. SANDRA BEALS steht zwischen den beiden Paaren.

SANDRA

Tut mir leid... ich kann das nicht. Das geht einfach über meine Kräfte.

Sie drängt sich an JILL und ANDY vorbei und eilt durch den Gang davon.

154. INNEN: GEMEINDEVERWALTUNG – NACHT

SANDRA, die jetzt weint, kommt mit schnellen Schritten in diesen Bereich und will nach unten gehen. Bevor sie jedoch die Treppe erreicht, öffnet sich die Rathaustür, und MIKE kommt herein. Er ist mit Schnee bedeckt und stampft sich weiteren Schnee von den Stiefeln. URSULA und JOANNA folgen ihm. SANDRA bleibt stehen und wirft den Neuankömmlingen einen wilden, erschrockenen Blick zu.

MIKE

Sandra, was ist? Was ist los?

155. INNEN: DER DAMEN-WASCHRAUM, BLICK AUF DIE TÜR

Die Tür öffnet sich langsam... geradezu widerwillig. MOLLY und MELINDA kommen zusammen herein, Schulter an Schulter, um einander Mut zu machen. Hinter ihnen sehen wir ANDY und JILL ROBICHAUX. MOLLY und MELINDA schauen in den Waschraum. Ein Ausdruck des Entsetzens und Erstaunens tritt in ihre Gesichter.

MELINDA

O mein Gott.

156. INNEN: DIE WASCHBECKEN, MOLLYS UND MELINDAS PERSPEKTIVE

Vor einem der Waschbecken kniet CORA STANHOPE. Es ist voller Wasser, und CORAS weiße Haare treiben an der Oberfläche. Sie hat sich in dem Becken ertränkt. An der Reihe der Spiegel über den Waschbecken steht, mit Lippenstift geschrieben, derselbe Satz wie immer: »GEBT MIR WAS ICH WILL UND ICH VERSCHWINDE.« Links und rechts neben den Text hat CORA blutige Lippenstiftstöcke gemalt. Von dem echten Stock, dem mit dem Wolfskopf, ist nichts zu sehen.

ABBLENDE

ENDE DES 4. AKTS

5. Akt

157. AUSSEN: DER LEUCHTTURM – NACHT

Die Wellen branden noch immer so heftig gegen den Felsen der Landzunge, daß der Leuchtturm mit Gischt bespritzt wird, aber die Flut geht jetzt zurück, und die Lage ist besser als zuvor. Jedenfalls vorläufig, denn:

158. INNEN: KONTROLLRAUM DES LEUCHTTURMS – NACHT

Die Lichter blinken und blitzen nach wie vor, aber einige von ihnen sind nun von mittlerweile vereisten Gischttröpfchen gesprenkelt, und in den Ecken des Raumes haben sich kleine Schneewehen gebildet. Der Wind pfeift, und das Anemometer zeigt immer noch mehr als hundert Stundenkilometer an.

Wir hören das schrille Piepsen eines Computers. Die Kamera fährt auf einen Computerbildschirm zu, der sich rot gefärbt hat. Weiße Buchstaben erscheinen auf dem Bildschirm: »STURMFLUTWARNUNG DES NATIONALEN WETTERDIENSTES FÜR ALLE ÄUSSEREN INSELN, EINSCHLIESSLICH CRANBERRY, JERROD BLUFF, KANKAMONGUS, BIG TALL UND LITTLE TALL. BEI HÖCHSTEM FLUTWASSERSTAND SIEBEN UHR NEUN MORGEN FRÜH SIND AUSGEDEHNTE ÜBERSCHWEMMUNGEN UND ERHEBLICHE SCHÄDEN IM FLACHLAND MÖGLICH. BEWOHNERN DER ÄUSSEREN INSELN WIRD DRINGEND GERATEN, SICH LANDEINWÄRTS AUF HOCHGELEGENES GELÄNDE ZU BEGEBEN.«

Wie zur Unterstreichung spritzt eine besonders starke Welle durch die zerbrochenen Fenster herein und besprüht diesen Computerbildschirm mit Gischt.

159. INNEN: LOWER ATLANTIC STREET – NACHT

Godsoe Fish & Lobster ist bis auf den zersplitterten Unterbau des Gebäudes vollständig verschwunden. Der Kai der Stadt ebenfalls. Die Wellen klatschen gegen den Fels, wo früher der Kai war. Teile von Hummerfallen werden hin und her geschwemmt … und ein einzelner, mit Wasser vollgesogener Marihuanaballen tanzt in der Strömung.

160. INNEN: GEMEINDEVERWALTUNG – NACHT

URSULA tröstet SANDRA. MIKE ist auf dem Weg zu dem Trakt des Gebäudes, in dem sich die Versammlungshalle befindet, als JOANNA Hals über Kopf an ihm vorbeiläuft. Er packt sie am Arm.

MIKE

Langsam, Mrs. Stanhope – immer mit der Ruhe.

Die Tür zwischen der Versammlungshalle und der Gemeindeverwaltung öffnet sich. MOLLY und MELINDA HATCHER kommen heraus. MOLLYS Kummer verwandelt sich in Freude, als sie MIKE sieht, und sie wirft sich geradezu in seine Arme. Er drückt sie fest an sich. JOANNA schert sich währenddessen einen feuchten Kehricht um MIKES »Immer mit der Ruhe«. Sie weicht MELINDA aus und läuft durch den Gang, der zu den Waschräumen führt. URSULA und SANDRA kommen auf MIKE und MOLLY zu, die sich ein wenig voneinander lösen.

161. INNEN: VERSAMMLUNGSHALLE DES RATHAUSES – NACHT

ANDY und JILL sitzen etwa auf halbem Wege auf einer Bank. ANDY hat den Arm um seine Frau gelegt und spendet ihr Trost, so gut er kann, während JOANNA an ihnen vorbei zum Damen-Waschraum läuft.

ANDY

Joanna, ich würde da nicht –

Sie beachtet ihn nicht, sondern läuft weiter den Gang entlang.

162. INNEN: DAMEN-WASCHRAUM, BLICK AUF DIE TÜR

Die Tür geht auf. JOANNA steht da. Ihre Augen werden groß, das Kinn fällt ihr herunter. Gleich darauf ist MIKE bei ihr. Er wirft einen Blick in den Raum und schiebt JOANNA dann beiseite. Während die Waschraumtür an ihrer pneumatischen Schließvorrichtung langsam zufällt:

MIKE

Moll. Hilf mir.

163. INNEN: DAS RATHAUS

MIKE reicht JOANNA, die wie betäubt ist, sanft an seine Frau weiter. MOLLY führt sie durch den Gang bis zu ANDY und JILL. Dort stolpert JOANNA und stößt einen kleinen Schrei der Bestürzung und des Kummers aus.

JILL

Ich mach das schon.

JILL setzt JOANNA auf die Bank und legt einen Arm um sie. JOANNA beginnt zu weinen.

MOLLY geht wieder zum Damen-Waschraum. MIKE kommt heraus; seine Arme sind bis zu den Ellbogen naß. MOLLY sieht ihn fragend an. MIKE schüttelt den Kopf und legt ihr den Arm um die Schultern. Als er sie an den Dreien auf der Bank vorbeiführt:

MIKE

Andy? Haben Sie eine Minute Zeit für mich?

ANDY sieht JILL fragend an. Diese nickt. Sie ist damit beschäftigt, JOANNA zu trösten.

164. INNEN: WIEDER DIE GEMEINDEVERWALTUNG

MIKE, MOLLY und ANDY kommen herein. URSULA und SANDRA stehen in der Nähe. In ihren Mienen ist die erwartete Frage an MIKE zu lesen.

MIKE

Ja, sie ist tot. Sandra, können Sie mir ein paar Decken holen, in die ich sie einwickeln kann?

SANDRA

(mit großer Mühe)

Ja. Kann ich machen. Bin sofort wieder da.

MIKE bemüht sich nach Kräften, ruhig zu bleiben und das Richtige zu tun. Es kommt ihm so vor, als würde er sich das, was zu tun ist, in dem Moment ausdenken, in dem er es tut, aber warum auch nicht? Welche festgelegten Prozeduren gibt es schon für eine solche Situation?

SONNY BRAUTIGAN und UPTON BELL kommen die Treppe herauf, neugierig, was jetzt wohl wieder los ist. MIKE erspäht sie.

MIKE

Billy Soames – seid ihr sicher, daß er tot ist?

SONNY

Ja. Und was ist jetzt?

MIKE

Die alte Mrs. Stanhope ist auch tot. Im Damen-Waschraum.

UPTON BELL

Herrgott im Himmel! Hat sie 'nen Herzinfarkt gehabt? Oder 'nen Schlaganfall?

MOLLY

Selbstmord.

MIKE

Ist Billy noch draußen im Vorratsschuppen?

SONNY

Ja. Da schien er am besten aufgehoben zu sein. Wir haben ihn zugedeckt. Was zum *Teufel* –

SANDRA kommt mit einem Armvoll Decken die Treppe herauf. Jetzt muß jemand anders zugedeckt werden.

MIKE

Andy, Sie und Sonny kümmern sich um Mrs. Stanhope. Bringt sie zu Billy raus. Nehmt den Hintereingang der Versammlungshalle. Ich will nach Möglichkeit verhindern, daß die Leute mitkriegen, wie eine Leiche weggeschafft wird.

SONNY

Was ist mit Jonas? Ihrem Sohn? Ich hab ihn unten gesehen. Er wollte sich gerade hinle-

MIKE

Hoffentlich tut er's. Seine Frau kann es ihm morgen früh erzählen. Upton Bell?

UPTON

Ja, Sir.

MIKE

Gehen Sie runter und suchen Sie sich unter denen, die noch auf sind, fünf oder sechs Männer aus. Burschen, die ein paar hundert Meter durch Tiefschnee laufen können, ohne einen Herzanfall zu kriegen, falls es nötig sein sollte. Sagen Sie ihnen nichts weiter, als daß ich sie sehen will. Okay?

UPTON

Okay!

Äußerst aufgeregt geht UPTON wieder nach unten.

165. INNEN: DER MARKET – NACHT

HATCH, JACK CARVER und KIRK FREEMAN sitzen an einem Spieltisch, den sie im Gang mit den Konservendosen aufgestellt haben, und spielen Gin Rommé. HATCH schaut nach oben.

166. INNEN: DER SICHERHEITSSPIEGEL, HATCHS PERSPEKTIVE

Der Spiegel ist jetzt so gedreht, daß HATCH ins Constable's Office hineinschauen kann. HENRY hat sich auf dem Stuhl hinter MIKES Schreibtisch zurückgelehnt, das Kinn auf der Brust, die Arme verschränkt, und döst vor sich hin. ROBBIE sitzt ein bißchen abseits und beobachtet LINOGE, der wieder in seiner üblichen Haltung dahockt – die Fersen auf der Pritsche, die Knie gespreizt, den Kopf gesenkt.

167. INNEN: WIEDER DIE KARTENSPIELER

Befriedigt zieht HATCH eine Karte, lächelt und legt sein Blatt offen hin.

HATCH

Gin!

KIRK

Oh, Kacke am Christbaum!

168. INNEN: DER KONVEXE ANTIDIEBSTAHLSSPIEGEL (GROSS)

ROBBIE blickt in den Spiegel hinauf, um festzustellen, ob er beobachtet wird. Er kommt zu dem Schluß, daß dem nicht so ist. Nun streckt er die Hand zur Ecke des Schreibtischs aus, ergreift die Pistole, die noch immer dort liegt, und steht auf.

169. INNEN: DAS CONSTABLE'S OFFICE

HENRY döst. Die Männer im Laden spielen Karten. ROBBIE geht mit der Waffe in der Hand zur Zelle hinüber. LINOGE sitzt da und beobachtet ihn, während er näher kommt. Als LINOGE spricht, tut er es mit der Stimme einer alten Frau – der von ROBBIES Mutter.

LINOGE

Wo ist Robbie? Ich will meinen Robbie sehen, bevor ich sterbe. Er hat gesagt, er würde dasein. Wo bist du, Robbie? Ich will nicht sterben, ohne daß jemand meine Hand hält.

HENRY bewegt sich ein bißchen im Schlaf und rutscht dann noch ein Stück tiefer. ROBBIE reagiert mit Überraschung, Entsetzen und Scham ... und dann verhärtet sich sein Gesicht.

ROBBIE

Ich glaube, diese Stadt hat endgültig genug von dir.

Er hebt die Waffe und zielt damit zwischen den Gitterstäben hindurch.

170. AUSSEN: DAS RATHAUS – NACHT

Eine Seitentür öffnet sich, und mehrere Männer kommen heraus, bereit, die Wachmannschaft im Laden zu verstärken. Wie versprochen, sind sie echte Kraftpakete: UPTON, SONNY, JOHNNY HARRIMAN, ALEX HABER und STAN HOPEWELL, DAVEYS Vater. STAN ist ein Hummerfischer, den wir wahrscheinlich im ersten Teil schon einmal kurz gesehen haben, als er sein Boot an dem jetzt nicht mehr vorhandenen Kai der Stadt sturmfest gemacht hat. Mühsam stapfen sie durch den Schnee zum »ISLAND SERVICES«-Wagen. Zwei weitere Gestalten verweilen noch einen Moment in der Tür: MIKE und MOLLY. MOLLY trägt ein Umhängetuch, das sie zum Schutz vor der Kälte enger um sich zieht.

MOLLY

Es ist dieser Mann? Der Ralphie im Laden gepackt hat? Er ist es, stimmt's?

MIKE antwortet nicht.

MOLLY

(fährt fort)

Dir wird doch nichts passieren, oder?

MIKE

Nein.

MOLLY

Dieser Mann... falls er überhaupt ein Mensch ist... wird niemals einen Gerichtssaal von innen sehen, Michael. Das weiß ich. Und du weißt es auch.

(Pause)

Vielleicht solltet ihr ihn loswerden. Dafür sorgen, daß er einen Unfall hat.

MIKE

Geh schon rein, bevor du dir den Hintern abfrierst.

Sie küßt ihn erneut, diesmal ein wenig inniger.

MOLLY

Komm zu uns zurück.

MIKE

Mach ich.

Sie schließt die Tür. MIKE macht sich auf den Weg zum »ISLAND SERVICES«-Wagen; er tritt in die Fußspuren der anderen und beugt sich nach vorn in den erbarmungslosen Wind.

171. INNEN: EIN SONNENHELLES SCHLAFZIMMER – TAG

Dies ist ein schöner, lichterfüllter Raum. Das Fenster ist offen, und die Vorhänge bauschen sich in einer sommerlichen Brise träge zum Bett. HENRY BRIGHT kommt aus dem Badezimmer, nur mit einer Pyjamahose bekleidet; um den Hals hat er ein Handtuch geschlungen. Als er zum Fenster hinübergeht, streckt FRANK BRIGHT, sein Sohn, den Kopf um den Türpfosten herum.

FRANK

Mom sagt, du sollst runterkommen zum Frühstück, Daddy!

Über FRANKS Kopfs taucht jetzt der von CARLA auf.

CARLA

Nein – Mom sagt, du sollst runterkommen zum Frühstück, du *Schlafmütze*!

FRANK legt die Hände vor den Mund und kichert. HENRY lächelt.

HENRY

Bin gleich da.

Er geht zum Fenster.

172. AUSSEN: LITTLE TALL ISLAND, HENRYS PERSPEKTIVE – TAG

So schön kann es nur auf einer Insel in Maine mitten im Hochsommer sein – blauer Himmel über ausgedehnten grünen Wiesen, die zu blauem Wasser mit weißen Schaumkronen abfallen. Wir sehen ein paar Fischerboote dort draußen. Hoch oben kreisen kreischend einige Möwen.

173. INNEN: WIEDER DAS SCHLAFZIMMER, MIT HENRY – TAG

Er holt tief Luft, hält sie an und stößt sie dann aus.

HENRY

Gott sei Dank ist das hier die Wirklichkeit. Ich hatte einen Traum, in dem war es Winter ... es gab einen Sturm ... und dieser Mann kam in die Stadt ...

LINOGE
(off)
Dieser *furchteinflößende* Mann …

HENRY dreht sich überrascht um.

174. INNEN: LINOGE, HENRYS PERSPEKTIVE

Obwohl es in HENRYS Traum Sommer ist, trägt LINOGE dieselbe Kleidung, die er vor MARTHA CLARENDONS Haus auf der Atlantic Street getragen hat, als wir ihn zum ersten Mal gesehen haben: Seemannsjacke, Strickmütze, leuchtend gelbe Handschuhe. Er schneidet der Kamera eine Fratze und entblößt dabei einen Mund voller Reißzähne. Seine Augen werden schwarz. Er reckt HENRY den silbernen Knauf seines Stocks entgegen, und der Wolfskopf erwacht schnappend und knurrend zum Leben.

175. INNEN: DAS SOMMERLICHE SCHLAFZIMMER, MIT HENRY

HENRY tritt einen Schritt zurück, um dem Wolf auszuweichen. Er stößt mit den Kniekehlen gegen die Unterkante des Fensters und fällt schreiend hinaus.

176. AUSSEN: HENRY, FALLEND

Allerdings fällt er nicht aus seinem Haus und stürzt dem Erdboden von Little Tall Island entgegen, so hart dieser auch sein mag. Er stürzt in eine brodelnde, rot-schwarze Feuergrube hinunter. Es ist ein Höllenloch, und das brodelnde Rot und Schwarz darin haben wir bereits hin und wieder in LINOGES Augen gesehen.

HENRY stürzt schreiend von der Kamera fort.

177. INNEN: DAS CONSTABLE'S OFFICE, MIT HENRY

Er zuckt auf dem Schreibtischstuhl zusammen, fällt herunter und landet mit einem erstickten Schrei auf dem Boden. Er schlägt die Augen auf und sieht sich benommen um.

178. INNEN: DER MARKET, MIT DEN KARTENSPIELERN

Sie blicken bei HENRYS Schrei auf und sehen, daß ROBBIE vor der Zelle steht. Und –

KIRK

Hatch, Robbie hat eine Waffe. Ich glaube, er will den Kerl erschießen!

HATCH springt auf und stößt dabei den Kartentisch um.

HATCH

Robbie! Gehen Sie weg von ihm! Legen Sie das hin!

179. INNEN: DAS CONSTABLE'S OFFICE, MIT HENRY

HENRY

Robbie? Was –

HENRY rappelt sich auf. Er ist noch nicht ganz da, sondern immer noch halb in seinen Traum verstrickt.

180. INNEN: DIE ZELLE, MIT ROBBIE UND ROBBIES FALSCHER MUTTER

Die FALSCHE MUTTER sitzt auf der Pritsche, wo LINOGE gesessen hat (natürlich *ist* sie LINOGE). Sie ist sehr alt, um die achtzig, und sehr dünn. Sie trägt einen weißen Krankenhauskittel, ihr Haar ist wirr, ihre Miene vorwurfsvoll. ROBBIE starrt sie wie hypnotisiert an.

FALSCHE MUTTER

Warum bist du nicht gekommen, Robbie? Nach allem, was ich für dich getan habe, worauf ich für dich verzichtet habe –

HATCH

(off)

Nicht, Robbie!

FALSCHE MUTTER

Warum hast du mich inmitten von lauter Fremden sterben lassen? Warum hast du mich allein sterben lassen?

Sie streckt ihm ihre dünnen, zitternden Hände entgegen.

181. INNEN: DER MARKET

HATCH, JACK und KIRK laufen zur offenen Tür des Constable's Office.

182. INNEN: DAS CONSTABLE'S OFFICE

HENRY, der immer noch kaum erfaßt, was hier geschieht, geht auf die Zelle zu. LINOGE sitzt auf der Pritsche und streckt ROBBIE die Hände entgegen … und aus HENRYS Perspektive ist es wirklich LINOGE.

LINOGE schaut zu der Tür, die zum Laden führt. Sie schlägt HATCH vor der Nase zu.

183. INNEN: IM LADEN VOR DER TÜR, MIT HATCH, JACK, KIRK

HATCH knallt tatsächlich gegen die Tür und prallt von ihr ab. Er probiert den Türknauf, aber der läßt sich nicht bewegen. Er wirft sich mit der Schulter gegen die Tür und dreht sich dann zu den anderen beiden um.

HATCH

Steht da nicht so rum! Helft mir!

184. INNEN: WIEDER DAS CONSTABLE'S OFFICE

Wir hören dumpfe Schläge, als die Männer die Tür einzuschlagen versuchen. Die FALSCHE MUTTER sitzt in ihrem Kittel auf der Pritsche und sieht ihren ungeratenen Sohn an.

FALSCHE MUTTER

Ich hab auf dich gewartet, Robbie, und ich warte immer noch auf dich. Ich warte in der Hölle auf dich.

ROBBIE

Hör auf. Oder ich erschieß dich.

FALSCHE MUTTER

Damit?

Sie schaut verächtlich auf die Schußwaffe. ROBBIE folgt ihrem Blick.

185. INNEN: ROBBIES HAND, ROBBIES PERSPEKTIVE (GROSS)

Die Waffe ist nicht mehr da. Er hält eine sich windende Schlange in der Hand. ROBBIE schreit auf und öffnet die Hand.

186. INNEN: DAS CONSTABLE'S OFFICE

Wir sehen das weitere Geschehen aus HENRYS Perspektive; das heißt, wir sehen alles weitgehend so, wie es ist. ROBBIE läßt die Pistole fallen, keine Schlange, und in der Zelle steht LINOGE nun von der Pritsche auf und kommt aufs Gitter zu.

LINOGE

Ich warte in der Hölle auf dich, Robbie, und wenn du dorthin kommst, habe ich einen Löffel. Mit dem mache ich mich über deine Augen her. Den brauche ich für deine Augen. Ich werde deine Augen essen, Robbie, immer wieder, denn die Hölle ist ein Ort, wo sich alles unaufhörlich wiederholt. Kind der Sünde, komm herein.

HENRY bückt sich nach der Waffe. LINOGE schaut sie an, und sie schlittert über den Fußboden davon. LINOGES Blick kehrt zu ROBBIE zurück, er sieht ihn scharf an, und ROBBIE fliegt mit einemmal nach hinten. Er kracht gegen die Wand, prallt ab und fällt auf die Knie.

HENRY

(entsetztes Flüstern)

Was bist du?

LINOGE

Euer Schicksal.

Er dreht sich um und hebt die Matratze auf der Pritsche hoch. Darunter liegt der Stock. Er nimmt ihn und hält ihn in die Höhe. Im selben Moment beginnt ein strahlendes blaues Licht von dem Stock auszugehen.

HENRY weicht zurück und hebt einen Arm, um seine Augen zu schützen. ROBBIE, der mittlerweile wieder auf die Beine gekommen ist, schützt ebenfalls seine Augen. Der Lichtschein wird hell, heller, am hellsten. Das Constable's Office kreischt vor Licht.

187. INNEN: IM LADEN, VOR DER TÜR

Licht strömt durch das Schlüsselloch, um die Scharniere herum und durch den Schlitz am Fuß der Tür. Die drei Männer weichen ängstlich zurück.

JACK

Was ist das? Was geht da drin vor?

HATCH

Ich weiß es nicht.

188. INNEN: DAS CONSTABLE'S OFFICE

HENRY und ROBBIE stehen an einer Seite des Raumes und ducken sich unter der gleißenden Lichtflut zusammen. In diesem Licht sehen wir LINOGE zum ersten Mal so, wie er wirklich ist: ein uralter Zauberer, dessen erhobener Stock sein wichtigstes Zauberinstrument ist – eine böse Version von Aarons Stab. Von ihm geht dieses gleißende Licht in Wellen aus.

Zettel lösen sich vom schwarzen Brett und steigen in die Luft. MIKES Tintenlöscher hebt vom Schreibtisch ab und beginnt ebenfalls zu schweben. Die Schreibtischschubladen öffnen sich langsam, eine nach der anderen, und ihr Inhalt – Schreibstifte und Büroklammern, Handschellen und ein vergessenes halbes Schinkensandwich – steigt auf und fängt an, um den Schreibtisch zu kreisen. Die Eingangs- und Ausgangskörbe tanzen zusammen mit HATCHS Powerbook in der Luft.

An der gegenüberliegenden Wand steigt die Pistole vom Boden empor, mit der ROBBIE auf LINOGE schießen wollte (was für eine törichte Idee das jetzt zu sein scheint), dreht sich mit der Mündung zur Wand und feuert sechs Schüsse hinein.

189. INNEN: IM LADEN, VOR DER TÜR

HATCH, KIRK und JACK reagieren auf die Schüsse. HATCH schaut sich um, sieht eine Eisenwarenauslage und greift sich ein Beil. Er dreht sich um und beginnt, auf die Umgebung des Türknaufs einzuhacken. JACK versucht, ihn festzuhalten.

JACK

Hatch! Vielleicht solltest du das lieber nicht –

HATCH stößt ihn zurück und hackt weiter. Vielleicht sollte er es nicht, aber er wird seine Pflicht tun, wenn er kann.

190. INNEN: DAS CONSTABLE'S OFFICE

Die selbst zusammengeschweißten Stangen der Zellentür fallen eine nach der anderen heraus, fast wie welke Blätter. ROBBIE und HENRY sehen zu, gelähmt vor Entsetzen. Die Stangen fallen immer schneller, bis ein Loch in Form eines Menschen entsteht. Als es fertig ist, geht LINOGE einfach hindurch. Er sieht die beiden zusammengekauerten Männer an, dreht sich dann um und reckt seinen Stock zu der Tür, die zum Laden führt.

191. INNEN: IM LADEN, VOR DER TÜR

HATCH holt mit dem Beil gerade zu einem weiteren Schlag aus, als die Tür sich auf einmal von selbst öffnet. Grelles, silbernbläuliches Licht strömt heraus.

LINOGE
(off)
Hatch.

HATCH tritt in die Lichtflut hinein. JACK packt ihn.

JACK
Nicht, Hatch!

HATCH ignoriert ihn. Er geht ins Licht. Das Beil rutscht ihm aus der Hand.

192. AUSSEN: DER MARKET – NACHT

Der »ISLAND SERVICES«-Geländewagen biegt auf den Parkstreifen vor dem Laden ein. Die Sturmschutz-Rolläden vor den Schaufenstern des Ladens sind heruntergelassen, aber wir sehen strahlendes blaues Licht durch die Tür fallen.

193. INNEN: DER »ISLAND SERVICES«-WAGEN

Er ist bis auf den letzten Platz mit kräftigen Burschen gefüllt. MIKE sitzt hinter dem Lenkrad.

JOHNNY
(ehrfürchtig)
Verdammt noch mal, was ist das denn?

MIKE macht sich nicht die Mühe, ihm zu antworten; er ist schon draußen, fast bevor der Wagen noch richtig steht. Die anderen folgen ihm, aber MIKE ist als erster oben auf der Veranda.

194. INNEN: DAS CONSTABLE'S OFFICE

HATCH tritt wie ein Schlafwandler in dieses strahlende Licht, ohne auf die in der Luft schwebenden und kreisenden Gegenstände zu achten. Das Powerbook knallt ihm gegen den Kopf. HATCH schlägt es weg, und es trudelt davon, als wäre es unter Wasser. Er erreicht LINOGE, der geradezu blendend hell ist.

LINOGE ist in Wirklichkeit ein alter Mann, wie wir sehen, mit struppigen weißen Haaren, die ihm fast bis auf die Schultern fallen. Seine Wangen und seine Stirn sind runzlig, seine Lippen sind eingesunken, aber es ist trotzdem ein starkes Gesicht ... und es wird von den Augen beherrscht, in denen es schwarz und rot brodelt. Seine übliche Kleidung ist verschwunden; er trägt ein dunkles Gewand mit schimmernden silbernen Mustern darauf, die sich fortwährend verändern. Er hält den Stock weiterhin mit einer Hand hoch (an einem Ende ist immer noch ein silberner Wolfskopf, aber jetzt sehen wir, daß magische Runen und Symbole in den Schaft geschnitzt sind) und packt HATCH mit der anderen Hand an der Schulter ... nur daß es in Wirklichkeit keine Hand ist, sondern eine krallenbewehrte Klaue.

LINOGE

Gebt mir, was ich will, und ich verschwinde. Sag ihnen das. *Gebt mir, was ich will ... und ich verschwinde.*

Er dreht sich um – der Saum seines Gewands bauscht sich – und schreitet zu der Tür, die zur Laderampe führt.

195. INNEN: DER MARKET, MIT BLICK AUF DIE EINGANGSTÜR – NACHT

Die Tür springt auf, und MIKE kommt hereingelaufen, gefolgt von seinem Trupp. Er läuft durch den Mittelgang, springt über den umgestürzten Spieltisch und packt KIRK FREEMAN.

MIKE

Was ist passiert? Wo ist Hatch?

KIRK zeigt wie betäubt zum Constable's Office. Er findet keine Worte mehr. MIKE stürzt durch die Tür ... und bleibt dann stehen.

196. INNEN: DAS CONSTABLE'S OFFICE, MIKES PERSPEKTIVE

Es sieht aus, als hätte dort ein Zyklon gewütet. Papiere und Büroartikel sind überall verstreut und flattern im Luftzug, der durch die offene Tür zur Laderampe hereinkommt. HATCHS Powerbook liegt kaputt auf dem Fußboden. Die Gefängniszelle ist leer. Vor der nach wie vor verschlossenen, aber dennoch klaffend weit offenen Tür liegen etliche Stangen. Das Loch hat in etwa die Umrisse eines Menschen.

ROBBIE und HENRY stehen an der Wand und klammern sich aneinander fest wie kleine Kinder, die sich im Dunkeln verirrt haben. HATCH steht mit gesenktem Kopf in der Mitte des Raumes; er kehrt MIKE den Rücken zu.

MIKE geht vorsichtig auf ihn zu. Die anderen Männer drängen sich in der Tür zum Laden und schauen mit großen Augen und ernsten Mienen herein.

MIKE

Hatch? Was ist passiert?

HATCH antwortet nicht, bis MIKE ihm die Hand auf die Schulter legt.

MIKE

Was ist passiert?

HATCH dreht sich um. Sein Gesicht hat sich durch den unmittelbaren Zusammenstoß mit LINOGE fundamental verändert – es ist von einem Entsetzen gezeichnet, das er vielleicht nie mehr überwinden wird, selbst wenn er den Sturm des Jahrhunderts überlebt.

MIKE

(reagiert)

Hatch … mein Gott … was …?

HATCH

Wir müssen ihm geben, was er will. Wenn wir das tun, verschwindet er. Dann läßt er uns in Ruhe. Wenn nicht …

HATCH schaut zur offenen Lieferantentür hinüber, durch die Schnee hereinwirbelt. ROBBIE gesellt sich zu ihnen. Seine Schritte sind langsam, wie die eines alten Mannes.

ROBBIE

Wo ist er hin?

HATCH

Da hinaus. In den Sturm.

Jetzt blicken sie alle zur Tür.

197. AUSSEN: DAS STADTZENTRUM, MIT BLICK AUFS MEER – NACHT

Es schneit wie aus Kübeln. Die Schneewehen werden immer noch höher, und das Meer schlägt weiterhin brausend an die Küste, so daß die Gischt hoch aufspritzt. LINOGE ist irgendwo dort draußen, ein weiterer Bestandteil des Sturms.

ABBLENDE

ENDE DES 5. AKTS

6. Akt

198. AUSSEN: DIE KREUZUNG VON MAIN STREET UND ATLANTIC STREET

Die Schneewehen sind höher denn je, und mehrere Schaufenster sind eingedrückt worden. Die Straßen sind jetzt selbst für Geländewagen unpassierbar; die Laternenpfähle stecken bis halb zu ihren Lichtkugeln hinauf im Schnee.

Die Kamera fährt wieder auf den Drugstore zu, und wir sehen, daß die Gänge zu einer kältestarrenden Tundra geworden sind. Eis glitzert auf den Buchstaben des Wortes ARZNEIMITTEL im hinteren Teil des Ladens. Weiter vorn ist ein Schild mit der Aufschrift BESIEGEN SIE DEN ALTEN MANN NAMENS WINTER MIT EINEM GENIE-HEIZGERÄT! Aber der alte Mann namens Winter lacht diesmal zuletzt; die Heizgeräte sind fast schon im Schnee begraben.

Die Pendeluhr ist so zugeschneit, daß man sie nicht mehr ablesen kann, aber sie funktioniert noch. Sie beginnt, die Stunde zu schlagen. Eins ... zwei ... drei ... vier ...

199. INNEN: MARTHA CLARENDONS DIELE – NACHT

Wir sehen MARTHAS mit dem Tischtuch bedeckten Leichnam. Und hören eine andere Uhr schlagen. Fünf ... sechs ... sieben ... acht ...

200. INNEN: DER »KLEINE LEUTE«-KINDERGARTEN – NACHT

Ein Kuckuck, den MOLLYS Kinder bestimmt heiß und innig lieben, schnellt immer wieder aus der Uhr an der Wand, unverschämt wie eine Zunge. Neun ... zehn ... elf ... zwölf. Damit verschwindet der Vogel wieder in seinem Versteck. Der Kindergarten selbst ist makellos sauber, aber unheimlich – die kleinen Tische und Stühle, die Bilder an den Wänden, die Tafel, auf der

WIR SAGEN BITTE und WIR SAGEN DANKE geschrieben steht. Zu viele Schatten, zuviel Stille.

201. AUSSEN: DIE LADERAMPE HINTER DEM LADEN – NACHT

Wir sehen PETER GODSOES eingewickelten Leichnam, der jetzt nur noch eine gefrorene Erhebung unter der Plane ist ... aber die Stiefel ragen immer noch heraus.

202. INNEN: DAS CONSTABLE'S OFFICE

Der Boden ist nach wie vor mit Papier und Büroartikeln übersät, und die herausgefallenen Stangen liegen noch dort, wo sie hingefallen sind, aber der Raum ist leer. Die Kamera fährt durch die Tür in den Laden. Er ist ebenfalls leer. Der umgestürzte Tisch und die verstreuten Karten im Gang mit den Konserven zeugen davon, daß es hier ganz plötzlich ein Problem gegeben hat, aber das Problem ist nun verschwunden. Auf der großen Batterieuhr über den Kassen ist es eine Minute nach Mitternacht.

203. INNEN: DER VORRATSSCHUPPEN HINTER DEM RATHAUS – NACHT

Hier liegen zwei zugedeckte Leichen – die von BILLY SOAMES und die von CORA STANHOPE.

204. DIE KÜCHE DES RATHAUSES – NACHT

Sie ist wie aus dem Ei gepellt – die Arbeitsplatten sauber, der Fußboden gewischt, die gespülten Töpfe in den Abtropfkörben gestapelt. Eine kleine Armee zeitlich nicht ausgelasteter Frauen aus der Stadt hat – zweifellos unter MRS. KINGSBURYS Oberbefehl – Ordnung geschaffen, und nun ist alles bereit fürs Frühstück – Pfannkuchen für rund zweihundert Personen. Auf der Uhr an der Wand ist es nach Mitternacht. Wie der »Kleine Leute«-Kindergarten wirkt auch dieser Raum unheimlich – die vom Generator gelieferte Beleuchtung ist minimal, und draußen heult schrill der Wind.

JACK CARVER und KIRK FREEMAN sitzen auf Hockern an der Tür. Sie haben Jagdgewehre auf dem Schoß. Beide sind kurz davor, einzunicken.

KIRK

Wie sollen wir da draußen irgendwas sehen?

JACK schüttelt den Kopf. Er weiß es nicht.

205. INNEN: GEMEINDEVERWALTUNG – NACHT

Das CB-Funkgerät knistert leise, aber das hat nichts zu bedeuten. Aus dem Lautsprecher kommt nur atmosphärisches Rauschen. HATCH und ALEX HABER, beide ebenfalls mit Jagdgewehren bewaffnet, halten an der Tür Wache. Das heißt ... HATCH hält Wache. ALEX döst vor sich hin. HATCH blickt ihn an, und wir sehen, daß er mit sich kämpft, ob er ALEX mit dem Ellbogen anstoßen und aufwecken soll. Er beschließt, Gnade walten zu lassen.

Die Kamera gleitet zu URSULAS Schreibtisch, WO TESS MARCHANT schläft; sie hat den Kopf auf die Arme gebettet. Die Kamera verweilt einen Moment auf ihr, dann wendet sie sich ab und schwebt die Treppe hinunter. Währenddessen hören wir durch atmosphärisches Rauschen hindurch eine leise Stimme:

PREDIGER

(off)

Ihr wißt, Freunde, es ist schwer, rechtschaffen zu sein, aber leicht, sich von sogenannten Freunden einreden zu lassen, daß es in Ordnung ist, zu sündigen und eure Pflichten zu vernachlässigen, daß kein Gott euch zusieht und daß ihr auch weiterhin alles tun könnt, womit ihr glaubt davonkommen zu können. Sprecht mir nach: »Halleluja!«

GEMURMELTE ANTWORT

Halleluja.

Es sind noch ungefähr zehn Leute im Fernsehbereich. Sie haben sich auf die wenigen bequemen Sessel und ein paar alte Flohmarktsofas verteilt. Alle außer MIKE schlafen. Auf dem Bildschirm, kaum sichtbar hinter den Störungen, ist der PREDIGER mit den geschniegelten Haaren zu sehen, der einen so vertrauenswürdigen Eindruck macht wie Jimmy Swaggart im Hof eines Stundenhotels.

MIKE

(redet mit dem Fernseher)

Halleluja, Bruder. Sprich weiter.

Er sitzt in einem aufgepolsterten Sessel ein bißchen abseits von den anderen. Er sieht sehr müde aus und wird wahrscheinlich nicht mehr lange wach sein. Ein paarmal ist er schon eingenickt. Sein Revolver steckt in einem Holster an seiner Hüfte.

PREDIGER

(fährt fort)

Brüder, heute nacht möchte ich vor allem über die Sünde der Verschwiegenheit zu euch sprechen. Heute nacht möchte ich euch daran erinnern – sagt Halleluja –, daß die Sünde auf den Lippen süß, auf der Zunge jedoch bitter schmeckt und den Rechtschaffenen Bauchgrimmen verursacht. Gott segne euch, und nun sprecht mir nach: »Amen.«

MIKE spricht ihm allerdings nicht nach. Das Kinn ist ihm auf die Brust gesunken, und ihm sind die Augen zugefallen.

PREDIGER

(fährt fort)

O ja, die Sünde der Verschwiegenheit! Das selbstsüchtige Herz, das sagt: »Ich brauche mich nicht zu öffnen; ich kann alles für mich behalten, und niemand wird es je erfahren.« Denkt daran, Brüder! Es ist leicht, zu sagen: »Oh, ich kann dieses schmutzige kleine Geheimnis bewahren, es geht niemanden etwas an, und mir tut es nicht weh«, und dann die

Augen vor dem Krebsgeschwür der Verderbtheit zu verschließen, das drum herum zu wachsen beginnt ... vor dieser Krankheit der Seele, die sich drum herum auszubreiten beginnt ...

Währenddessen schwenkt die Kamera über einige schlafende Gesichter – wir sehen unter anderem SONNY BRAUTIGAN und UPTON BELL mit aneinandergelegten Köpfen auf einem Sofa schnarchen, auf dem anderen sehen wir JONAS und JOANNA STANHOPE, die sich in den Armen halten. Dann schweben wir wieder davon, zu den provisorischen Vorhängen hinüber. Hinter uns verklingt die Stimme des PREDIGERS. Er spricht weiter über Geheimnisse, Sünde und Selbstsucht.

Wir schweben durch die Vorhänge hindurch. Hier im Schlafbereich hören wir Geräusche, die man in jedem Raum hört, in dem viele Menschen schlafen: Husten, pfeifendes Atmen, leises Schnarchen.

Wir kommen an DAVEY HOPEWELL vorbei, der mit gerunzelter Stirn auf dem Rücken schläft. ROBBIE BEALS liegt auf der Seite; seine Hand ist zu SANDRA ausgestreckt, die sie im Schlaf festhält. URSULA GODSOE, ihre Tochter SALLY und ihre Schwägerin TAVIA schlafen nach PETERS Tod so nah beieinander, wie es nur geht.

MELINDA HATCHER und PIPPA haben ihre Betten zusammengeschoben und schlafen Stirn an Stirn. RALPHIE liegt in den Armen seiner schlafenden Mutter.

Wir schweben zu dem Bereich hinüber, in dem die ersten Kinder zu Bett gebracht worden sind, und eine ganze Menge von ihnen sind nach wie vor dort – BUSTER CARVER, HARRY ROBICHAUX, HEIDI ST. PIERRE und DON BEALS.

Die Einwohner von Little Tall schlafen. Ihr Schlaf ist unruhig, aber sie schlafen.

206. INNEN: ROBBIE BEALS (GROSS)

Er murmelt etwas Unzusammenhängendes. Seine Augäpfel bewegen sich schnell hinter den geschlossenen Lidern. Er träumt.

207. AUSSEN: MAIN STREET, LITTLE TALL ISLAND – TAG

Auf der Straße – oder vielmehr darüber, da die Main Street unter mindestens einem Meter Schnee begraben ist – steht ein FERNSEHREPORTER. Er ist jung und sieht auf konventionelle Weise gut aus; er trägt einen leuchtend purpurroten Therma-Pak-Skianzug mit den dazu passenden purpurroten Handschuhen und hat Skier unter den Füßen … vermutlich die einzige Möglichkeit, dorthin zu gelangen, wo er jetzt steht.

Auf den Straßen liegt über ein Meter Schnee, aber das ist nur der Anfang. Die Geschäfte sind geradezu begraben unter gewaltigen Schneewehen. Heruntergerissene Stromleitungen verschwinden wie abgerissene Spinnwebfäden im Schnee.

FERNSEHREPORTER

New England hat den sogenannten Sturm des Jahrhunderts nun hinter sich – von New Bedford bis New Hope graben sich die Leute durch Schneemengen ans Tageslicht, die die Bücher der Rekorde nicht nur um neue Einträge, sondern um neue *Seiten* bereichert haben.

Der REPORTER setzt sich auf seinen Skiern in Bewegung und fährt langsam die Main Street entlang, am Drugstore, dem Eisenwarenladen, dem Handy Bob Restaurant, der Tie-up Lounge und dem Kosmetiksalon vorbei.

FERNSEHREPORTER

Das heißt, sie graben sich überall durch, nur hier auf Little Tall Island nicht – einem winzigen Flecken Land vor der Küste von Maine, auf dem der letzten Volkszählung zufolge fast vierhundert Seelen beheimatet sind. Ungefähr die Hälfte der Bevölkerung hat auf dem Festland Schutz gesucht, als sich herausstellte, daß dieser Sturm die Insel wirklich treffen würde, und zwar hart. Dazu gehören die meisten Kinder der Insel, vom Kindergartenalter bis zur Abschlußklasse der High-School. Aber fast alle anderen... zweihundert Männer und Frauen und kleine Kinder... sind verschwunden. Es gibt Ausnahmen, aber die sind noch rätselhafter und beunruhigender.

208. AUSSEN: DIE ÜBERRESTE DES KAIS DER STADT – TAG

Teams von grimmig dreinschauenden Notfallsanitätern tragen vier Bahren zum Polizeiboot hinunter, das am Stumpf des Kais festgemacht hat. Auf jeder Bahre liegt ein Leichensack mit geschlossenem Reißverschluß.

FERNSEHREPORTER
(off)
Bisher hat man auf Little Tall Island vier Leichen gefunden. In zwei Fällen handelt es sich möglicherweise um Selbstmord, wie aus Polizeikreisen verlautet, aber die anderen beiden sind fast mit Sicherheit Mordopfer, die wahrscheinlich mit demselben stumpfen Gegenstand erschlagen wurden.

209. AUSSEN: WIEDER MAIN STREET, MIT DEM REPORTER

Oh-oh. Er trägt immer noch den purpurroten Skianzug, ist immer noch sauber und wirkt so munter wie ein Fisch im Wasser, aber statt der purpurroten Handschuhe hat er jetzt leuchtend gelbe an. Wenn wir LINOGE bis jetzt noch nicht erkannt haben – was hoffentlich der Fall ist –, dann erkennen wir ihn jetzt.

FERNSEHREPORTER
(LINOGE)
Die Identität der Toten wird nicht bekanntgegeben, ehe man nicht die nächsten Verwandten benachrichtigt hat, aber wie es heißt, sind sie alle langjährige Bewohner der Insel. Und die verblüfften Polizisten stellen sich immer wieder eine Frage: *Wo sind die anderen Bewohner von Little Tall*

Island? Wo ist Robert Beals, der Bürgermeister? Wo ist Michael Anderson, der Besitzer des Insel-Supermarkts, der auch als Polizist von Little Tall fungierte? Wo ist der vierzehnjährige Davey Hopewell, der zu Hause war und sich von einem Anfall des Pfeifferschen Drüsenfiebers erholte, als der Sturm zuschlug? Wo sind die Ladenbesitzer, die Fischer, die Ratsherrn? Niemand weiß es. In der gesamten amerikanischen Geschichte hat es bisher nur einen einzigen solchen Fall gegeben.

210. INNEN: MOLLY ANDERSON, SCHLAFEND (GROSS) – NACHT

Ihre Augen bewegen sich unter den geschlossenen Lidern rasch hin und her.

211. INSERT: ZEICHNUNG EINES DORFES AUS DEM 18. JAHRHUNDERT

FERNSEHREPORTERIN
(off)
So sah das Dorf Roanoke, Virginia, im Jahre 1587 aus, bevor die gesamte Einwohnerschaft verschwand – jeder Mann, jede Frau, jedes Kind. Man hat nie herausgefunden, was mit ihnen geschehen ist. Man fand nur einen einzigen möglichen Hinweis, nämlich ein Wort, das in einen Baum geschnitzt war …

212. INSERT: EIN HOLZSCHNITT VON EINER ULME

In die Rinde ist das Wort »CROATOAN« geschnitzt.

FERNSEHREPORTERIN
(off)
… und zwar dieses Wort. »Croatoan«. Der Name eines Ortes? Ein Schreibfehler? Ein Wort einer Sprache, die im Lauf der Jahrhunderte verlorengegangen ist? Auch das weiß niemand.

213. AUSSEN: WIEDER DIE MAIN STREET, MIT DER FERNSEHREPORTERIN

Die REPORTERIN sieht sehr hübsch aus in ihrem purpurroten Therma-Pak-Skianzug; er paßt gut zu ihren langen blonden Haaren, den geröteten Wangen ... und ihren leuchtend gelben Handschuhen. Ja, es ist wieder LINOGE, der jetzt mit der Stimme einer Frau spricht und sehr hübsch ist. Das ist keine Transvestitennummer, die den Zuschauer zum Lachen bringen soll; wir haben es mit einem Kerl zu tun, der wirklich wie eine junge Frau aussieht und mit der Stimme einer Frau spricht. Die Sache ist todernst.

Diese REPORTERIN macht genau dort weiter, wo der REPORTER in ROBBIES Version aufgehört hat: Sie geht (oder besser, fährt auf Skiern) die Main Street hinauf in Richtung Rathaus und spricht dabei in die Kamera.

FERNSEHREPORTERIN
(LINOGE)
Die Polizei versichert den Journalisten weiterhin, daß man die Lösung finden wird, aber auch sie kann eine wichtige Tatsache nicht leugnen: Für die vermißten Einwohner von Little Tall Island besteht nur noch wenig Hoffnung.

Sie fährt auf Skiern weiter zum Rathaus, das ebenfalls unter Schneewehen begraben ist.

FERNSEHREPORTERIN
(LINOGE)
Indizien deuten darauf hin, daß die meisten oder alle Inselbewohner die erste und schlimmste Nacht des Sturms hier im Keller des Rathauses von Little Tall Island verbracht haben. Danach ... kein Mensch weiß es. Man fragt sich, ob sie etwas hätten tun können, um ihr seltsames Schicksal abzuwenden.

Sie fährt weiter auf eine Fläche, die im Sommer der Rathausrasen gewesen wäre, und gelangt zu der kleinen Kuppel mit der Glocke darin. Die Kamera bleibt jetzt stehen und blickt ihr nach.

214. INNEN: DAVEY HOPEWELL (GROSS)

Er schläft unruhig. Seine Augäpfel bewegen sich. Er träumt, während draußen der Wind heult.

215. AUSSEN: VOR DEM RATHAUS – TAG

Die Figur in dem purpurroten Skianzug erreicht die Kuppel, und obwohl sie uns den Rücken zukehrt, erkennen wir, daß sie in DAVEYS Version ein Mann ist. Der REPORTER dreht sich um. Er hat schütteres Haar und trägt eine Brille und einen Schnurrbart ... aber es ist wieder LINOGE.

FERNSEHREPORTER

(LINOGE)

Man fragt sich, ob sie sich in ihrer bornierten Selbstsucht und ihrem Yankee-Stolz geweigert haben, etwas herzugeben ... etwas ganz Simples ... was für sie alles geändert hätte. In meinen Augen ist das mehr als möglich; es ist *plausibel*. Ob sie es jetzt wohl bereuen?

(Pause)

Ist überhaupt noch jemand von ihnen *am Leben*, der es bereuen kann? Was ist 1587 in Roanoke wirklich geschehen? Und was ist hier geschehen, auf Little Tall Island, im Jahre 1989? Vielleicht erfahren wir es nie. Aber eines weiß ich, Davey – du bist verdammt noch mal viel zu klein, um Basketball zu spielen ... und außerdem würdest du nicht mal das Meer treffen.

DAVEYS Version des REPORTERS macht eine halbe Drehung und langt in die schattige Kuppel. Dort ist die Gedenkglocke, aber in DAVEYS Traum ist es keine Glocke. Was der REPORTER hervorholt, ist ein blutbefleckter Basketball, und er wirft ihn direkt in die Kamera. Dabei teilen sich seine Lippen in einem Grinsen und geben den Blick auf Zähne frei, die in Wirklichkeit Reißzähne sind.

FERNSEHREPORTER

Fang!

216. INNEN: WIEDER DAVEY, IM KELLER DES RATHAUSES – NACHT

Immer noch stöhnend, dreht er sich in die andere Richtung. Seine Hände zucken für einen Moment in die Luft, als wollte er einen Basketball abwehren.

DAVEY

Nein ... nein ...

217. INNEN: DER FERNSEHBEREICH IM KELLER, MIT MIKE – NACHT

MIKES Kopf ist auf die Brust gesunken, aber seine Augäpfel bewegen sich hinter den geschlossenen Lidern, und er träumt, wie die anderen auch.

PREDIGER

(off)

Vergeßt nicht, eure Sünden werden auf euch zurückfallen, und eure Geheimnisse werden ans Licht kommen. Alle Geheimnisse werden ans Licht kommen ...

218. INNEN: PREDIGER AUF VERSCHNEITEM BILDSCHIRM (GROSS)

Ja, jetzt sehen wir es; der FERNSEHPREDIGER ist ebenfalls LINOGE.

PREDIGER

(fährt fort)

... sprecht mir nach: »Halleluja.« Oh, Brüder, sprecht mir nach: »Amen.« Denn nun zeige ich euch, wie die Sünde gesühnt und die Verirrung bestraft wird. Seht das gerechte Ende derjenigen, die dem umherziehenden Fremden, der zu ihnen kommt und nur so wenig erbittet, die Tür versperren.

Die Kamera fährt auf den verschneiten Bildschirm zu. Der PREDIGER verschmilzt mit der Dunkelheit ... aber einer *verschneiten* Dunkelheit, denn der Wind hat die Satellitenschüssel des Rathauses heruntergeweht, und der Empfang ist nicht gut. Doch nun formt sich trotzdem ein Bild. Der Schnee ist jetzt richtiger Schnee, jener Schnee, der zum Sturm des Jahrhunderts gehört, und darin bewegen sich Menschen – eine dunkle Schlangenlinie von Menschen, die langsam und mühselig die Atlantic Street bergab stapfen.

219. INNEN: ATLANTIC STREET (NÄHER) – NACHT

PREDIGER
(off)
Denn der Lohn der Lust ist Staub, und der Lohn der Sünde ist Tod.

Eine Alptraum-Prozession von benommenen, hypnotisierten Inselbewohnern im Nachtzeug zieht an uns vorbei, ohne den heulenden Wind und den dicht fallenden Schnee wahrzunehmen. Wir sehen ANGELA mit dem kleinen BUSTER auf den Armen, gefolgt von MOLLY in ihrem Nachthemd, die RALPHIE trägt, dann kommen GEORGE KIRBY ... FERD ANDREWS ... ROBERTA COIGN ... und so weiter. Sie sind alle da. Und auf jede Stirn ist dieses seltsame und ominöse Wort tätowiert: CROATOAN.

PREDIGER
(off)
Denn wenn der Bittsteller abgewiesen und dem Suchenden keine Rast gewährt wird, sollen dann die Hartherzigen nicht fortgeschickt werden?

220. INNEN: MIKE (GROSS)

MIKE
(schlafend)
Halleluja. Amen.

221. INNEN: DER STUMPF DES KAIS

Sie marschieren wie die Lemminge auf die Kamera zu – und auf ihren Tod im eiskalten Meer. Wir glauben es nicht … und glauben es doch, nicht wahr? Nach Jonestown und Heaven's Gate glauben wir es.

ROBBIE

(an der Spitze der Schlange)

Tut mir leid, daß wir dir nicht gegeben haben, was du wolltest.

Er springt vom gesplitterten Ende des Kais ins Meer.

ORV BOUCHER

(zweiter in der Reihe)

Tut mir leid, daß wir's Ihnen nicht gegeben haben, Mr. Linoge.

Er folgt ROBBIE ins Meer. Als nächste kommen ANGIE und BUSTER.

ANGIE CARVER

Tut mir leid. Uns beiden tut's leid, nicht wahr, Buster?

Mit dem Kind in den Armen macht ANGELA einen Schritt über den Rand des Kais hinaus. Nun kommt MOLLY mit RALPHIE an die Reihe.

222. INNEN: WIEDER MIKE, IM FERNSEHBEREICH

Er wird immer unruhiger … wer würde das nicht werden, wenn er einen solch schrecklichen Traum hätte?

MIKE

Nein … nicht, Molly …

PREDIGER

(off)

Denn um so wenig wurdet ihr gebeten – sprecht mir nach: Halleluja … und dennoch, wenn ihr eure Herzen verhärtet und eure Ohren verschließt, dann sollt ihr bezahlen. Ihr sollt als Undankbare gebrandmarkt und fortgeschickt werden.

223. AUSSEN: MOLLY, AUF DEM KAI – NACHT

Sie ist genauso hypnotisiert wie die anderen, aber RALPHIE ist wach und hat Angst.

MOLLY

Wir haben unsere Herzen verhärtet. Wir haben unsere Ohren verschlossen. Und jetzt bezahlen wir dafür. Es tut mir leid, Mr. Linoge –

RALPHIE

Daddy! *Daddy, Hilfe!*

MOLLY

– wir hätten Ihnen geben sollen, was Sie wollten.

Sie spring mit dem schreienden RALPHIE auf den Armen über den Rand ins schwarze Wasser.

224. INNEN: DER FERNSEHBEREICH, MIT MIKE – NACHT

MIKE wacht abrupt auf und schnappt nach Luft. Sieht den Fernseher an.

225. INNEN: FERNSEHER, MIKES PERSPEKTIVE

Nichts als Schnee. Der Sender hat entweder den Sendeturm an den Sturm verloren oder den Sendebetrieb für die Nacht eingestellt.

226. INNEN: WIEDER MIKE

Er setzt sich aufrecht hin und versucht, wieder zu Atem zu kommen.

SONNY BRAUTIGAN

Mike?

SONNY kommt mit schweren Schritten herüber. Er sieht völlig zerknittert aus, und sein Gesicht ist verschwollen vom Schlaf; die Haare in seinem Nacken stehen hoch.

SONNY

Mann, ich hatte gerade einen absolut schrecklichen Traum … dieser Reporter …

Jetzt gesellt sich UPTON BELL zu ihnen.

UPTON

Auf der Main Street … hat erzählt, alle seien verschwunden …

Er hält inne. SONNY und er sehen einander in wechselseitigem Erstaunen an.

SONNY

Wie in dieser kleinen Stadt in Virginia, vor langer Zeit.

MELINDA

(off)

Niemand wußte, wohin sie verschwunden waren … und in dem Traum wußte niemand, wohin *wir* verschwunden waren.

Sie blicken zu den Vorhängen hinüber. MELINDA steht dort in ihrem Nachthemd.

MELINDA

Sie träumen es alle. Versteht ihr? *Sie träumen alle, was wir geträumt haben!*

Sie schaut nach hinten. Vor ihren Augen liegt:

227. INNEN: DER SCHLAFBEREICH – NACHT

Die Schlafenden bewegen sich langsam in ihren Betten. Sie winden sich, stöhnen und protestieren, wachen aber nicht auf.

228. INNEN: WIEDER DER FERNSEHBEREICH

MELINDA

Aber wohin könnten zweihundert Menschen verschwinden?

SONNY und UPTON schütteln den Kopf. TESS kommt halb die Treppe herunter. Ihr Haar ist zerwühlt; sie sieht völlig schlaftrunken aus.

TESS MARCHANT

Besonders auf einer kleinen Insel, die durch einen starken Sturm völlig abgeschnitten ist …

MIKE steht auf und schaltet den Fernseher aus.

MIKE

Ins Meer.

MELINDA

(schockiert)

Was?

MIKE

Ins Meer. Massenselbstmord. Wenn wir ihm nicht geben, was er will.

SONNY

Wie könnte er –

MIKE

Keine Ahnung … aber ich glaube, er kann.

MOLLY kommt durch die Vorhänge. Sie trägt RALPHIE auf den Armen. RALPHIE schläft tief und fest, aber sie bringt es nicht fertig, ihn loszulassen.

MOLLY

Aber was will er denn? Mike, was will er?

MIKE

Ich bin sicher, wir werden es erfahren. Wenn er soweit ist.

229. AUSSEN: DER LEUCHTTURM – NACHT

Das Leuchtfeuer dreht sich stetig im Kreis und schneidet bei jeder Runde kurz durch das Schneetreiben. In einem der zerbrochenen Fenster im obersten Geschoß steht eine Gestalt.

Die Kamera fährt auf LINOGE zu, der dort steht, die Hände hinter dem Rücken verschränkt, und auf die Stadt hinabschaut. Er hat etwas von einem Herrscher, der den Blick über sein Königreich schweifen läßt. Schließlich wendet er sich ab.

230. INNEN: KONTROLLRAUM DES LEUCHTTURMS – NACHT

LINOGE, kaum mehr als ein Schatten im roten Licht der Lämpchen an den Kontrolltafeln, durchquert den kreisrunden Raum und öffnet die Tür zur Treppe. Die Kamera fährt auf den Computerbildschirm zu, den wir bereits gesehen haben. Die Sturmflutwarnung für den nächsten Morgen ist durch eine Botschaft ersetzt worden, die sich in vielfacher Wiederholung über den ganzen Bildschirm zieht: »GEBT MIR WAS ICH WILL.«

231. INNEN: DER TREPPENSCHACHT DES LEUCHTTURMS – NACHT

Wir schauen in dieser schwindelerregenden Spirale auf LINOGE hinunter, der schnell hinabsteigt.

232. AUSSEN: DER LEUCHTTURM – NACHT

LINOGE kommt heraus, den Stock mit dem Wolfskopf in der Hand, und geht in den Schnee hinein. Nur Gott weiß, wohin er unterwegs ist und welches Unheil er wieder anrichten will. Wir bleiben auf dem Leuchtturm, dann

BLENDEN WIR AB

ENDE DES 6. AKTS

7. Akt

233. AUSSEN: DAS STADTZENTRUM – MORGEN

Der Schnee fällt so schnell und so dicht wie zuvor. Die Gebäude sind halb begraben. Stromleitungen verschwinden im Schnee. Es sieht genauso aus wie in der Nachrichtensendung in den Träumen, nur daß der Sturm nicht im mindesten nachgelassen hat.

234. AUSSEN: DAS RATHAUS – MORGEN

Die Kuppel mit der Gedenkglocke ist fast schon im Schnee verschwunden, und der Ziegelbau des Rathauses selbst sieht gespenstisch aus. Der Wind heult ungemildert weiter.

235. INNEN: DIE VERSAMMLUNGSHALLE – MORGEN

Ungefähr die Hälfte der Leute, die im Rathaus Zuflucht gesucht haben, sitzen mit Tellern im Schoß auf den harten Holzbänken, essen Pfannkuchen und trinken Saft. Im hinteren Teil der Halle ist eine Art Buffet aufgebaut, und MRS. KINGSBURY (die eine leuchtend rote Jägermütze trägt, deren Schirm im Gangster-Stil nach hinten gedreht ist) und TESS MARCHANT organisieren das Ganze. Es gibt Saft, Kaffee und außer den Pfannkuchen noch Müsli mit kalter Milch.

Die Frühstückenden sind sehr still … nicht griesgrämig, aber in sich gekehrt und ein bißchen furchtsam. Sämtliche Familien mit kleinen Kindern sind auf den Beinen – kein Wunder, kleine Leute wollen früh raus aus den Federn –, und unter ihnen sehen wir die HATCHERS und die ANDERSONS in einer schläfrigen sechsköpfigen Frühstücksrunde. MIKE füttert RALPHIE mit Pfannkuchenstückchen, HATCH macht so ziemlich dasselbe bei PIPPA. Die Frauen trinken Kaffee und unterhalten sich leise.

Die Seitentür geht auf und läßt das Heulen des Windes, wirbende Schneeflocken und einen aufgeregten JOHNNY HARRIMAN ein.

JOHNNY

Mike! Hey, Mikey! So eine Sturmflut hab ich im Leben noch nicht gesehen! Ich glaube, der Leuchtturm verabschiedet sich! Ehrlich!

Eine Bewegung geht durch die Inselbewohner, und leises Gemurmel ertönt. MIKE setzt RALPHIE seiner Frau auf den Schoß und steht auf. HATCH ebenfalls, und die meisten anderen auch.

MIKE

Wenn ihr rausgeht, Leute, dann bleibt in der Nähe des Gebäudes! Denkt dran, da draußen herrscht dichtes Schneetreiben!

236. AUSSEN: BLICK AUF DIE LANDZUNGE UND DEN LEUCHTTURM – MORGEN

Die Flut ist hoch, und riesige Wellen schlagen gegen die Felsen und setzen die Landzunge beinahe unter Wasser. Jede neue Woge überschwemmt den Fuß des Leuchtturms. Er hat die Sturmflut der letzten Nacht überstanden; diese wird er wahrscheinlich nicht überstehen.

237. AUSSEN: DIE SEITENFRONT DES RATHAUSES – MORGEN

Inselbewohner strömen schwatzend aus dem Gebäude; einige knöpfen sich die Mäntel zu, andere schlingen sich Schals um den Hals, wieder andere setzen Kapuzen auf und ziehen sich Skimasken über.

238. INNEN: DIE VERSAMMLUNGSHALLE – MORGEN

Die letzten, die hinausgehen, schlüpfen gerade durch das nachlassende Gedränge an der Seitentür. Nun sind nur noch ein paar

Leute in der Halle, die ihr Frühstück nicht abbrechen wollen, sowie sieben Mütter und ein Vater (JACK CARVER), die sich mit kleinen Kindern herumschlagen müssen, denen es ganz und gar nicht paßt, daß sie nichts von dem spannenden Geschehen mitkriegen sollen.

RALPHIE

Mommy, bitte, kann ich nicht auch raus?

MOLLY wechselt einen Blick mit MELINDA – er ist gleichzeitig genervt und belustigt, ein Blick, den nur die Eltern von Kindern im Vorschulalter kennen.

PIPPA

(schlägt sofort in die gleiche Kerbe)

Bitte, Mommy, bitte, darf ich?

DON BEALS wiederum versucht es bei SANDRA auf eine etwas despotischere Tour.

DON

Zieh mir die Jacke an! Ich will raus! Mach schon, du Transuse!

MOLLY

(zu RALPHIE)

Oh ... na gut.

(zu MELINDA)

Hey, ich will das auch sehen.

(zu RALPHIE)

Komm, Ralphie, gehen wir deine Jacke holen.

Die meisten anderen Eltern – LINDA ST. PIERRE, CARLA BRIGHT, JACK CARVER, JILL ROBICHAUX – tun das gleiche. URSULA GODSOE jedoch widersteht SALLYS inständigen Bitten.

URSULA

Mommy kann nicht, Schatz – sie ist zu müde. Tut mir leid.

SALLY

Daddy nimmt mich mit ... wo ist Daddy?

URSULA weiß nicht, was sie darauf sagen soll; sie ist kurz davor, in Tränen auszubrechen. Die anderen Frauen, die zugehört haben, zerfließen vor Mitgefühl. SALLY weiß noch nicht, daß ihr Vater tot ist.

JENNA FREEMAN

Ich nehm dich mit raus, Schatz. Wenn deine Mom einverstanden ist.

URSULA nickt dankbar.

239. AUSSEN: DIE RASENFLÄCHE SEITLICH AM RATHAUS – MORGEN

Ungefähr siebzig Inselbewohner stehen in einer lockeren Reihe beisammen. Sie wenden uns alle den Rücken zu und schauen zum Meer. Die Eltern, die zur Seitentür herauskommen, tragen ihre kleinen, dick eingepackten Kinder entweder auf den Armen oder führen sie an der Hand. Ab und zu versinken sie bis zur Taille im Neuschnee und müssen einander aus den Schneewehen heraushelfen. Es gibt einiges Gelächter; die Aufregung hat dazu beigetragen, sie aus ihrer traumbedingten Insichgekehrtheit aufzurütteln.

Im Vordergrund senkt sich der schwarze Schaft eines Stocks herab und gräbt sich tief in den Schnee.

240. AUSSEN: DIE RÜCKSEITE DES RATHAUSES – MORGEN

LINOGE steht hier und beobachtet die Stadtbewohner durch den dichten Schnee. Sie sehen ihn nicht, weil sie ihm den Rücken zukehren.

241. AUSSEN: LANDZUNGE UND LEUCHTTURM, BLICK VOM RATHAUS – MORGEN

Von hier aus verschwindet der Leuchtturm beinahe im Schneegestöber … hin und wieder verschwindet er tatsächlich … aber in diesem Augenblick sehen wir sowohl ihn als auch die riesigen Wellen, die ihn umbranden.

242. AUSSEN: MIKE UND HATCH – MORGEN

HATCH

Wird er sich verabschieden, Mike?

MOLLY und MELINDA gesellen sich mit RALPH und PIPPA zu ihren Männern. MIKE bückt sich, um RALPHIE hochzuheben, ohne den Blick vom Leuchtturm zu wenden.

MIKE

Ich glaube schon.

243. AUSSEN: LANDZUNGE UND LEUCHTTURM, BLICK VOM RATHAUS

Eine riesige Welle trifft die Landzunge und umflutet den Leuchtturm. Dann heult der Wind, der Schneefall verdichtet sich, und der Leuchtturm wird zu einem kaum noch sichtbaren, schemenhaften weißen Gespenst im wirbelnden Schnee.

244. INNEN: DER KONTROLLRAUM DES LEUCHTTURMS

Wasser flutet durch die zerbrochenen Fenster herein und überschwemmt die Elektronik. Funken fliegen; es gibt einen Kurzschluß in den Computern, und sie fallen aus.

245. AUSSEN: LANDZUNGE UND LEUCHTTURM, BLICK VOM RATHAUS

Allerdings können wir jetzt nicht mehr viel sehen – nur ein paar Häuser und einige geisterhafte Bäume am Hang unterhalb des Rathauses. Der Schnee fällt dichter, und der Wind wirbelt ihn auf, so daß die ganze Welt konturlos weiß wird.

246. AUSSEN: DIE STADTBEWOHNER, SCHWENKAUFNAHME – MORGEN

Wir sehen die kleinen Familiengruppen und die beieinander stehenden Freunde (SONNY und UPTON BELL sind zusammen, KIRK und JENNA FREEMAN sind mit der kleinen SALLY GODSOE nahe bei den BEALS'), aber einige Leute stehen ein bißchen abseits von den anderen. Hinter ihnen allen bildet der Schnee einen wogenden weißen Prospekt. Das Rathaus selbst ist nur ein matter, rosafarbener Schatten.

Während des Schwenks:

KIRK

Ich seh überhaupt nichts!

FERD ANDREWS

Verdammtes Schneegestöber!

DON BEALS

Daddy, wo ist der Leuchtturm?

ROBBIE

(zu DON)

Warte, bis der Wind nachläßt, Schatz.

DON

Mach, daß er *jetzt* nachläßt!

DAVEY HOPEWELL

(zu MRS. KINGSBURY)

Schauen Sie! Da ist das Licht, es kommt gerade rum! Er ist noch da!

247. AUSSEN: BLICK INS SCHNEEGESTÖBER, PERSPEKTIVE DER INSELBEWOHNER – MORGEN

Im wirbelnden Schnee schimmert das Leuchtfeuer unruhig auf, wird heller und dreht sich dann wieder außer Sicht. Währenddessen gibt der Schnee den Blick auf die Landzunge allmählich wieder frei.

248. AUSSEN: WEITERER SCHWENK ÜBER DIE STADTBEWOHNER – MORGEN

HATCH

Es klart auf!

MRS. KINGSBURY steht links von den HOPEWELLS. Ihre rote Jägermütze ist jetzt umgedreht, so daß der Schirm nach vorn zeigt. Leuchtend gelbe Handschuhe (LINOGE muß irgendwo noch ein Paar gehabt haben) kommen aus dem Schnee. Einer legt sich fest auf MRS. KINGSBURYS Mund, der andere packt sie am Hals. Sie wird nach hinten ins Schneegestöber gezerrt. Die HOPEWELLS sind ganz in der Nähe, aber keiner von ihnen sieht es; sie spähen angestrengt in den Schnee.

249. AUSSEN: LANDZUNGE UND LEUCHTTURM, BLICK VOM RATHAUS

Eine gigantische Welle kracht gegen die Landzunge, türmt sich auf und erfaßt den Leuchtturm. Und jetzt sehen wir, daß er sich zu neigen beginnt.

250. AUSSEN: SONNY BRAUTIGAN UND UPTON BELL

SONNY

Er kippt! Herr im Himmel, er stürzt mit Sicherheit!

Neben ihnen steht ein männlicher Einwohner in einem fleckigen Parka, auf dessen linker Brustseite ISLAND E-Z PUMP steht. Eine Gestalt – LINOGE – zeichnet sich schattenhaft hinter ihm ab. Sie hält ein oder zwei Sekunden inne, dann senkt sich der Stock – an beiden Enden von leuchtend gelben Handschuhen umfaßt – über MR. E-Z PUMPS Kehle herab. MR. E-Z PUMP wird rücklings ins Schneegestöber gezerrt. Weder SONNY noch UPTON bemerken es;

sie sind fasziniert von der Zerstörung, die unten auf der Landzunge stattfindet.

251. AUSSEN: DAS SCHNEEGESTÖBER, BLICK AUFS RATHAUS

Wir sehen zwei schwarze Umrisse – die Sohlen von MR. E-Z PUMPS Stiefeln. Sie schweben kurz in all dem Weiß, dann verschwinden sie.

252. AUSSEN: DER LEUCHTTURM – MORGEN

Eine weitere Riesenwelle begräbt die untere Hälfte des Leuchtturms. Wir hören das dumpfe Brausen des Wassers und das Ächzen der zerbröckelnden Ziegelsteine. Die Neigung des Leuchtturms verstärkt sich.

253. INNEN: DER KONTROLLRAUM DES LEUCHTTURMS – MORGEN

Er neigt sich ... neigt sich weiter ... Wasser strömt herein ... die Schräglage wird stärker, als sich Geräte aus ihrer Verankerung lösen und über den immer steiler geneigten Fußboden rutschen ...

254. AUSSEN: DIE INSELBEWOHNER AM RATHAUS – MORGEN

Die Kamera ist hinter ihnen und schwenkt von links nach rechts. Zwischen ihnen hindurch oder über ihre Schultern hinweg sehen wir den schwankenden Leuchtturm.

255. AUSSEN: JACK, ANGIE UND BUSTER CARVER – MORGEN

JACK ist ungeheuer aufgeregt. Er nimmt BUSTER mit einer schwungvollen Bewegung auf die Arme und macht ein paar schnelle Schritte durch den Schnee nach vorn.

JACK

Schau, Buster! Der Leuchtturm fällt um!

BUSTER

Fällt um! Leuchtturm fällt um!

ANGELA ist ungefähr vier Schritte hinter ihnen. Weder JACK noch BUSTER sehen die gelben Handschuhe, die aus dem Schnee kommen, sie packen und rückwärts in den weißen Vorhang hineinzerren.

256. AUSSEN: WIEDER DER LEUCHTTURM – MORGEN

Die Flutwelle weicht zurück. Einen Moment lang scheint es, als würde der Leuchtturm vielleicht noch ein bißchen länger standhalten ... und dann bricht er krachend zusammen. Das Leuchtfeuer über dem zertrümmerten Kontrollraum dreht sich tapfer weiter. Während der Leuchtturm umstürzt, rollt eine weitere Welle heran und überschwemmt die Ruinen.

257. AUSSEN: DIE INSELBEWOHNER, SCHWENK

Sie sind verstummt, ihre kurze Erregung ist verflogen. Jetzt, wo es wirklich passiert ist, wünschen sie, es wäre nicht geschehen. Wir landen bei JACK und BUSTER.

BUSTER

Wo ist der Leuchtturm, Daddy? Ist er in die Heia gegangen?

JACK

(traurig)

Ja, Schatz, ich glaube schon. Der Leuchtturm ist in die Heia gegangen.

(dreht sich um)

Hast du das gesehen, Angie? Hast du ...

Aber dort, wo sie gestanden hat, ist niemand mehr.

JACK

Angie? Angela?

Verwirrt, aber noch nicht besorgt oder ängstlich läßt er den Blick über die Reihe der Inselbewohner wandern. Er sieht ANGELA nicht.

JACK

Hey, Ange …

BUSTER

Hey, Mommiieee …

JACK sieht ORV BOUCHER an, der in der Nähe steht.

JACK

Haben Sie meine Frau gesehen?

ORV

Herrje, Jack, ich hab nicht drauf geachtet. Vielleicht ist ihr kalt geworden, und sie ist wieder reingegangen.

258. AUSSEN: DIE HOPEWELLS: STAN, MARY UND DAVEY – MORGEN

DAVEYS Eltern blicken immer noch zu der Stelle hinunter, wo der Leuchtturm gestanden hat (als rechneten sie mit einer sofortigen Wiederholung), aber DAVEY schaut sich stirnrunzelnd um.

DAVEY

Mrs. Kingsbury?

MARY HOPEWELL

(hört ihn)

Davey?

DAVEY

Gerade eben war sie noch da.

JACK kommt angestapft. Er hält BUSTER jetzt an der Hand.

JACK

Angie …?

(ZU BUSTER)

Ich glaube, Orv hat recht – ihr ist bestimmt kalt geworden, und sie ist wieder reingegangen.

In der Nähe sind ALEX HABER und CAL FREESE.

CAL

(schaut sich um)

Hey, wo ist denn der alte George Kirby?

259. AUSSEN: DIE ANDERSONS UND DIE HATCHERS – MORGEN

In der unregelmäßigen Reihe der Inselbewohner, die herausgekommen sind, um den Leuchtturm einstürzen zu sehen, rufen CAL und ALEX nach GEORGE KIRBY, JACK und BUSTER nach ANGELA, DAVEY HOPEWELL nach MRS. KINGSBURY und ein paar andere Leute nach BILL – vermutlich der richtige Name von MR. E-Z PUMP.

Auf MIKES Gesicht beginnt sich so etwas wie eine furchtbare Erkenntnis abzuzeichnen. Er schaut HATCH an und sieht dort weitgehend denselben Ausdruck. MIKE setzt RALPHIE ab und dreht sich zu den anderen Inselbewohnern um.

MIKE

Alle rein! Alle wieder rein!

MOLLY

Was ist los, Mike?

MIKE beachtet sie nicht. Er beginnt, mit besorgter Miene an der Reihe der Inselbewohner entlangzulaufen.

MIKE

Rein! Alle! Sofort! Und bleibt zusammen!

Seine Angst überträgt sich auf die Inselbewohner, die sich umdrehen und wieder hineingehen. ROBBIE kommt zu MIKE herüber.

ROBBIE

Was ist denn los, verdammt?

MIKE

Vielleicht nichts. Gehen Sie jetzt erst mal rein. Nehmen Sie Ihre Frau und Ihren Jungen und gehen Sie rein.

Während er ROBBIE ZU SANDRA und DON zurückschickt, kommt JACK CARVER mit BUSTER an der Hand durch den Schnee gestapft.

JACK

(bekommt allmählich Angst)

Michael, haben Sie Angela gesehen? Sie war gerade eben noch hier.

ROBBIE versteht allmählich. Er geht zu SANDRA und BUSTER hinüber; plötzlich will er sie nicht mehr aus den Augen lassen.

MIKE

Gehen Sie mit Ihrem Jungen rein, Jack.

JACK

Aber –

MIKE

Gehen Sie schon. Na los.

260. AUSSEN: HATCH, AUF DER VERSCHNEITEN FLÄCHE NEBEN DEM RATHAUS

Um ihn herum eilen die Leute zur Seitentür zurück, die meisten mit ängstlichen Mienen. HATCH ignoriert sie und versucht, überallhin zugleich zu schauen … bei dem dichten Schneetreiben ein unmögliches Unterfangen.

HATCH

Mrs. Kingsbury?... George?... George Kirby?... Bill Timmons, wo seid ihr?

Er sieht einen knallroten Fleck und geht dorthin. Er hebt Mrs. Kingsburys Mütze auf, klopft mit der behandschuhten Hand den Schnee ab und betrachtet sie mit ernster Miene, als Mike zu ihm kommt und die Leute dabei ins Rathaus scheucht. MIKES Blick geht ebenfalls in alle Richtungen. Sie sind Schäfer, die eine schrumpfende Herde zu bewachen versuchen.

MIKE nimmt HATCH die Mütze ab und sieht sie einen Moment lang an.

MIKE

Rein! Geht sofort rein! Bleibt zusammen!

261. INNEN: DIE VERSAMMLUNGSHALLE, MIT JACK UND BUSTER

BUSTER

Wo ist Mommy? Wir haben Mommy draußen gelassen! Daddy, wir haben Mommy draußen gelassen!

JACK

(beginnt zu weinen)

Komm, mein Großer. Mommy geht's gut.

Er schleift BUSTER beinahe durch den Gang und zu der Tür, die zur Gemeindeverwaltung und zur Treppe führt.

262. INNEN: MONTAGE VON INSELBEWOHNERN – MORGEN

Sie schlurfen schwerfällig den Gang entlang – MOLLY und RALPHIE, die STANHOPES, JOHNNY HARRIMAN, TAVIA GODSOE, KIRK und JENNA FREEMAN, all unsere neuen Bekannten –, und jedes Gesicht ist von Furcht gezeichnet.

ÜBERBLENDUNG ZU:

263. AUSSEN: DAS RATHAUS – NACHMITTAG

UNTERTITEL: 14.00 UHR

Der Schnee fällt immer noch in wirbelnden Wolken, und der Wind heult. Neben der Seitentür steht das größte Snowcat auf der Insel; der Motor tuckert im Leerlauf.

264. AUSSEN: DIE SEITENTÜR DES RATHAUSES (NÄHER) – NACHMITTAG

In der Tür drängen sich MIKE, SONNY, HENRY BRIGHT und KIRK FREEMAN. MOLLY, HATCH und TESS MARCHANT, die zum Schutz vor der Kälte die Arme um ihre pulloverbewehrten Oberkörper schlingen, sind ebenfalls da, um sie zu verabschieden. Wieder einmal schreien alle, um sich bei dem Sturm verständlich zu machen.

MOLLY

Bist du sicher, daß das nötig ist?

MIKE

Nein – aber wir kriegen neuerdings keine Wettermeldungen mehr, und es wäre gut, wenn wir Bescheid wüßten. Außerdem gibt es Sachen im Laden, die einfach schlecht werden, wenn wir sie nicht aufbrauchen.

MOLLY

Es lohnt sich doch nicht, wegen frischem Orangensaft das Risiko einzugehen, auf diesen Psychopathen zu treffen!

MIKE

Er wird sich nicht mit vieren von uns zugleich anlegen.

MOLLY

Versprich mir, daß ihr vorsichtig seid.

MIKE

Ich versprech's.

(wendet sich HATCH zu)

Immer zu zweit, okay? Niemand bleibt allein.

HATCH

Geht klar. Seid vorsichtig, Jungs.

SONNY

Da kannst du einen drauf lassen.

Als sie sich zum Snowcat umdrehen:

MOLLY

Mike ... das Haus liegt doch direkt auf eurem Weg ...

Sie hält inne, weil sie sich ein bißchen schämt, die Bitte zu äußern, die ihr gerade eingefallen ist, aber seine Augen sind freundlich und ermutigen sie.

MOLLY

Also, die Kinder sind so brav, wie sie können, aber wenn du dir vielleicht eine Handvoll Spiele und zwei oder drei Schachteln Rechenschieber oder so schnappen könntest, wäre das wirklich die Rettung.

MIKE

(gibt ihr einen Kuß auf die Wange)

Schon so gut wie erledigt.

Er geht zum Snowcat, schlüpft hinters Steuer und läßt den Motor aufheulen. Sie winken alle, und das Snowcat brummt in den Sturm davon.

TAVIA

Wird ihnen auch nichts passieren?

HATCH

Unkraut vergeht nicht.

Seine Miene ist jedoch besorgt. Sie gehen wieder hinein und schließen die Tür gegen den Sturm.

265. AUSSEN: DAS HAUS DER ANDERSONS AUF DER LOWER MAIN STREET – NACHMITTAG

Das Snowcat hält vor dem Haus. Der Palisadenzaun ist vollständig im Schnee begraben. Das »KLEINE LEUTE«-KINDERGARTEN-Schild liegt auf einer drei Meter hohen Schneewehe.

266. INNEN: DAS SNOWCAT – NACHMITTAG

MIKE
(zu den anderen)
Dauert nur eine Minute.

Er öffnet die Tür an seiner Seite und steigt aus.

267. AUSSEN: VOR DEM HAUS DER ANDERSONS, MIT MIKE – NACHMITTAG

MIKE beugt sich gegen den Schnee und den Wind nach vorn, stapft um das Vorderteil des Snowcats herum und läuft fast direkt in KIRK FREEMAN hinein. Wieder einmal schreien sie, um sich bei dem Wind verständlich zu machen.

MIKE
Gehen Sie wieder rein, da ist es warm. Ich komme schon klar!

KIRK
Immer zu zweit, wissen Sie noch?

Er zeigt ins Snowcat, auf HENRY und SONNY.

KIRK

Wir gehen zu zweit da rein, die bleiben zu zweit hier draußen, und in den Laden gehen wir alle zusammen.

MIKE

Okay ... kommen Sie.

Sie stapfen mühsam durch den Schnee, wo vorher ein Weg zu einer Veranda führte, die sich unter den Schneewehen wälzt wie ein langsam sinkendes Boot.

268. INNEN: CAT WITHERS (GROSS)

CAT sitzt mit leerem Gesichtsausdruck auf einem Klappstuhl. In einer Hand hält sie einen Becher mit irgendwas darin, und sie hat einen Pullover übergezogen. Sie ist immer noch weggetreten vom Schock und den Beruhigungsmitteln.

Im Hintergrund singen Kinder:

KINDER UND SANDRA BEALS

»Bin ein kleines Teekännchen, dick und bunt ...«

CAT reagiert darauf, aber nicht übermäßig – vielleicht erinnert sie sich nicht an das Lied. Die Kamera fährt zurück und zeigt uns die Kinder aus dem Kindergarten. Sie werden von ROBBIE und SANDRA BEALS beaufsichtigt – immer zu zweit. SANDRA ist die Vorsängerin; sie versucht, einen fröhlichen Eindruck zu machen. ROBBIE sitzt auf einem weiteren Holzstuhl und wirkt fast genauso verloren wie CAT.

Die Kinder spielen, daß sie Teekännchen sind – während sie singen, formen sie mit ihren Armen Henkel und zupfen sich an der Nase, um zu zeigen, daß sie wissen, wo ihre Schnäbel sind. An diesem Ende des Gemeinschaftsraums, zwischen der Treppe und der Wand, sind sie von einem Wust behelfsmäßiger Vergnügungen umgeben: Bücher, Knetgummi, Zeitschriften mit etlichen ausgeschnittenen Bildern und Papierschnipseln, ein paar Spielsachen.

Hinter ihnen ist eine verschlossene Tür mit einem Schild, auf dem BESENKAMMER steht.

KINDER UND SANDRA

»Mein Henkel ist eckig, mein Schnabel ist rund.«

FERD ANDREWS kommt die Treppe herunter und bleibt neben ROBBIE stehen.

ROBBIE

Ich hasse dieses Lied.

FERD

Warum?

ROBBIE

Ich hasse es eben. Wie geht's Jack Carver?

FERD

Hat sich wieder ein bißchen beruhigt. Bloß gut, daß die Frauen ihm den Kleinen weggenommen haben, bevor er zusammengeklappt ist.

(nickt zu BUSTER hinüber)

Wir sollten einen Suchtrupp aufstellen, der nach Angela und den anderen sucht. Wenn Alton Hatcher ihn nicht anführen will, könnten Sie's tun.

ROBBIE

Und wenn der Suchtrupp nicht zurückkommt, was dann? Schicken wir dann einen zweiten raus?

FERD

Na ja ... wir können doch nicht einfach so rumsitzen ...

ROBBIE

Klar können wir. Und genau das werden wir auch tun. Wir bleiben hier und warten, bis der Sturm vorbei ist. Entschuldige mich, Ferd. Ich brauche einen Kaffee.

ROBBIE wirft FERD einen geringschätzigen Blick zu, steht auf und geht nach oben. FERD läuft ihm nach.

FERD

Ich dachte bloß, wir sollten irgendwas unternehmen, Robbie …

Die Kamera kehrt zu CAT zurück. Ihre Augen flackern. Sie sieht:

269. INSERT: LINOGES STOCK

Er schwingt auf die Kamera zu; der silberne Wolfskopf scheint zu knurren.

270. INNEN: WIEDER DER SPIELBEREICH DER KINDER – NACHMITTAG

CAT stellt ihren Becher ab, schlägt die Hände vors Gesicht und bricht in Tränen aus. Die Kinder hören auf zu singen und drehen sich zu ihr um. PIPPA und HEIDI fangen an, mitfühlend zu schniefen.

FRANK BRIGHT

Was ist mit Katrina Withers los?

SANDRA

Nichts, Frankie … sie ist bloß müde … Räumt ein bißchen auf, Kinder, ja? Mr. Anderson bringt ein paar neue Spielsachen mit, glaube ich, also macht einfach …

DON

Ich räume nicht auf! Mein Dad gibt mir einen Doughnut!

Er rennt zur Treppe.

SANDRA

Don! Don Beals! Du kommst wieder her und hilfst den anderen …

RALPHIE

Wir brauchen ihn nicht. Affen können nicht aufräumen.

Die anderen kichern. Das war »ein ziemlich Guter«. Und als RALPHIE anfängt, die herumliegenden Sachen einzusammeln, machen die anderen mit. SANDRA geht hinüber und beginnt, CAT zu trösten.

271. INNEN: RALPHIE ALLEIN

Er sammelt Zeitschriften ein und entfernt sich dabei ein wenig von den anderen. Er bewegt sich auf die Tür mit der Aufschrift BESENKAMMER zu, und als diese aufgeht, blickt er hoch.

LINOGE

(off)

Ralphie! Hey, mein Großer!

Die anderen hören es nicht, aber RALPHIE schon.

272. INNEN: »KLEINE LEUTE«-KINDERGARTEN, MIT MIKE UND KIRK

KIRK hat einen Armvoll Spiele und Kinderpuzzles (die mit den großen Teilen). MIKE hat die Rechenschieber und ein paar andere einfache Geräte.

KIRK

Wär's das?

MIKE

Ja, das müßte reichen. Laß uns …

Etwas fällt ihm ins Auge. Es ist ein Sammelsurium von Buchstabenklötzchen auf einem niedrigen Arbeitstisch. MIKE kniet sich daneben hin, mustert die Klötzchen nachdenklich und legt dann ein paar davon nebeneinander.

KIRK

(kommt herüber, um zuzusehen)

Was machen Sie da?

MIKE hat mit sechs Klötzchen das Wort LINOGE geformt. Er sieht sie an und tauscht dann welche aus, so daß NILOGE daraus wird. Nein, das ist Unsinn. Als nächstes kommt GONILE.

KIRK

Go Nile – auf zum Nil. Klingt wie Werbung für einen Urlaub in Ägypten.

273. INNEN: DER SPIELBEREICH DER KINDER

SANDRA ist mit CAT beschäftigt, und die anderen Kinder haben sich um ein paar Körbe in der Ecke versammelt, in denen sie die Spielsachen, Bücher und Zeitschriften deponieren. Sie amüsieren sich prächtig. Niemand bemerkt, daß RALPHIE aufsteht und zögernd zur halb offenen Tür der Besenkammer geht.

LINOGE

(off)

Ich hab was für dich, mein Großer – ein Geschenk!

RALPHIE streckt die Hand zur Tür aus … und zögert dann.

LINOGE

(spöttisch aus dem Off)

Du hast doch nicht etwa Angst, oder?

RALPHIE greift wieder nach der Tür, diesmal entschlossener.

274. INNEN: »KLEINE LEUTE«-KINDERGARTEN, MIT MIKE UND KIRK

KIRK hat Feuer gefangen. Er schiebt die Klötzchen selber hin und her und macht aus LINOGE LONIEG. Und auf einmal sieht es MIKE. Seine Augen weiten sich vor Entsetzen.

MIKE

Jesus und seine Jünger im Land der Gerasener. Das Buch Markus. O mein Gott.

KIRK

Hä?

MIKE

Sie trafen einen Menschen mit einem unsaubern Geist, so steht es in der Heiligen Schrift. Einen Mann, der von Dämonen besessen war. Er wohnte in den Grabhöhlen, und niemand konnte ihn mehr binden, auch nicht mit Ketten. Jesus ließ die Dämonen in eine Herde Säue fahren, die sich ins Meer stürzten und sich ertränkten. Aber bevor er die Dämonen austrieb, fragte Jesus sie nach ihren Namen. Und das Ding in dem Mann sagte …

KIRK sieht mit wachsender Furcht zu, wie MIKE die Klötzchen verschiebt.

MIKE

»*Legion* heiße ich; denn wir sind viele.«

Jetzt bilden die Klötzchen, die vorher das Wort LINOGE gebildet haben, das Wort LEGION. MIKE und KIRK starren einander mit großen Augen an.

275. INNEN: VOR DER BESENKAMMER

RALPHIE öffnet die Tür und blickt zu ANDRE LINOGE auf. In einer Hand hält dieser den Stock mit dem Wolfskopf. Die andere ist hinter seinem Rücken versteckt. LINOGE lächelt.

LINOGE

Es ist ein Geschenk für den Jungen mit dem Feensattel. Komm her und schau's dir an.

RALPHIE betritt die Besenkammer. Die Tür schlägt zu.

ENDE DES 2. TEILS

Dritter Teil
Die Abrechnung

1. Akt

1. AUSSEN: ANDERSON'S MARKET – NACHMITTAG

Es schneit stärker denn je. Die Veranda ist vom Boden bis zum überkragenden Dach nahezu vollständig unter einer riesigen, dünenartigen Schneewehe begraben. Davor steht das große Snowcat, mit dem MIKE und die anderen zu ihrer Verproviantierungsexpedition aufgebrochen sind. Von seiner Seitentür bis zur Tür des Ladens ist eine fast tunnelartige Schlucht gegraben worden. Die vier Männer – MIKE ANDERSON, SONNY BRAUTIGAN, HENRY BRIGHT und KIRK FREEMAN – betreten gerade den Laden.

2. INNEN: DER MARKET, AN DEN REGISTRIERKASSEN – NACHMITTAG

Die Männer kommen schwer atmend herein und klopfen sich den Schnee von der Kleidung. SONNY und HENRY haben Schaufeln dabei. Wir sehen ihren Atem in der Luft; es ist ziemlich düster im Laden.

SONNY

Generator ist aus.

(MIKE nickt)

Wie lange schon, was meinen Sie?

MIKE

Schwer zu sagen. Bestimmt schon seit heute morgen, wie es sich anfühlt. Der Schnee hat sich wahrscheinlich aufgehäuft und den Auspuff blockiert.

Er geht zu den Registrierkassen, bückt sich unter eine davon und beginnt, große Pappkartons hervorzuholen.

MIKE

Sonny, Henry. Ihr seid die Fleischpatrouille. Holt die großen Rindfleischstücke, außerdem die Truthähne und die Hähnchen. Das beste Zeug ist noch hinten im Gefrierschrank.

HENRY

Meinen Sie, es ist noch gut?

MIKE

Na klar. Es wird noch nicht mal aufgetaut sein. Kommt, gehen wir. Es wird früh dunkel.

SONNY und HENRY machen sich auf den Weg zum Kühlraum und dem dahinterliegenden Gefrierschrank. KIRK kommt zum Kassentresen und schnappt sich einen der Kartons.

MIKE

Jetzt bringen wir erst mal nur die Konservendosen raus. Dann kommen wir alle wieder rein und holen Brot, Kartoffeln und Gemüse. Und Milch. Kleine Kinder brauchen unbedingt Milch.

KIRK

Werden Sie ihnen erzählen, wie der Name des Burschen lautet, wenn man die Buchstaben vertauscht?

MIKE

Was würde das nützen?

KIRK

Keine Ahnung. Herrgott, Mike, mir ist es eiskalt den Rücken runtergelaufen.

MIKE

Mir auch. Und vielleicht sollten wir … die eiskalten Schauer vorläufig lieber für uns behalten. Wir müssen noch mindestens eine Nacht durchstehen.

KIRK

Aber –

MIKE

Kommen Sie. Konservendosen einpacken.

Er geht in den Gang mit dem umgestürzten Spieltisch, und KIRK folgt ihm nach kurzer Überlegung.

3. AUSSEN: DAS RATHAUS – NACHMITTAG

Wie können es in all dem Schnee kaum sehen, aber in regelmäßigen Abständen hören wir ein lautes Hupen.

4. AUSSEN: DER PARKPLATZ – NACHMITTAG

Der »ISLAND SERVICES«-Wagen steht hier, nicht allzuweit von der Seitentür des Rathauses entfernt. Der Motor tuckert im Leerlauf. Der Wagen wird nirgendwohin fahren – nicht mal ein Geländewagen kann sich durch eine anderthalb Meter hohe Schneedecke arbeiten –, aber die Scheinwerfer brennen, und wir sehen einen Mann draußen stehen und einen im Wagen sitzen. Der Mann hinter dem Lenkrad ist HATCH. Draußen steht FERD ANDREWS in seinem Parka von der freiwilligen Feuerwehr und späht nervös in den Schnee. Das Fenster zwischen ihnen ist offen. Schnee wirbelt in die Fahrerkabine des »ISLAND SERVICES«-Wagens, aber das ist den beiden Männern im Moment völlig egal.

FERD legt die gewölbten Hände an den Mund und schreit, so laut er kann, in den schrill heulenden Wind.

FERD

Angie Carver! Billy Timmons!

HATCH

Irgendeine Spur? Siehst du jemand?

FERD

Nein! Das würde ich dir doch wohl sagen, oder? Hup weiter!

HATCH fährt fort, in bedächtigem Rhythmus lange Huptöne zu erzeugen. FERD späht nervös in den Schnee, dreht sich dann um und reißt die Tür auf.

FERD

Du hältst Ausschau, und ich hupe – deine Augen sind besser.

Sie tauschen die Plätze.

HATCH

(späht mit zusammengekniffenen Augen in den Schnee)
George Kirby! Janie Kingsbury! Wo seid ihr?

FERD läßt weiterhin lange, bedächtige Hupsignale ertönen.

5. INNEN: DER BEHELFSMÄSSIGE KINDERGARTENBEREICH IM RATHAUS – NACHMITTAG

Man hört das gedämpfte Hupen von draußen.

Die Kinder sind mit dem Aufräumen fertig und wissen nun nicht so recht, was sie mit sich anfangen sollen. Niemand hat bemerkt, daß RALPHIE ANDERSON nicht mehr unter ihnen ist. SANDRA hat CAT beruhigt und macht jetzt selbst einen unruhigen Eindruck. CAT sieht es, schenkt SANDRA ein mattes Lächeln und tätschelt ihr den Arm.

CAT

Mir geht's gut. Gehen Sie ruhig rauf. Schauen Sie nach Ihrem Mann und Ihrem Jungen.

SANDRA

Aber … die Kinder …

CAT erhebt sich und geht zu ihnen hinüber. SANDRA beobachtet sie ängstlich. Das ist die junge Frau, die vor nicht allzu langer Zeit ihren Freund erschlagen hat.

CAT

Wer hat Lust, »Riesenschritte« zu spielen?

HEIDI

Ja!

SALLY GODSOE

Ich! Ja, ich auch!

Die Kinder stellen sich vor CAT auf. Nur BUSTER CARVER trödelt.

BUSTER

Wo ist meine Mommy?

SANDRA

Ich sehe mal nach, ob sie oben ist, ja? Oder dein Daddy?

BUSTER

Ja, bitte, Missus Beals.

PIPPA

Und schicken Sie Don runter! Er vergißt immer, »darf ich« zu sagen!

Die anderen lachen schadenfroh, auch BUSTER.

FRANK

(packt BUSTER am Arm)

Komm, stell dich neben mich – wir beide zusammen.

BUSTER

(setzt sich in Bewegung, hält dann inne)

Wo ist Ralphie?

Eine kurze Nervosität kommt auf, als alle sich umschauen und feststellen, daß RALPHIE nicht da ist. CAT dreht sich zu SANDRA um, eine Augenbraue fragend hochgezogen.

SANDRA

Wahrscheinlich ist er Donnie nachgelaufen, um zu sehen, ob er auch einen Doughnut kriegt. Ich schicke die beiden runter.

Sie geht nach oben. Die anderen Kinder sind mit dieser Erklärung zufrieden, außer PIPPA, die sich stirnrunzelnd umschaut.

PIPPA

Er ist nicht mit Donnie Beals raufgegangen ... *glaub* ich jedenfalls nicht ...

UPTON BELL kommt herüber; er grinst wie der liebenswürdige Tölpel, der er auch ist.

SALLY GODSOE

Wer hupt da, Mr. Bell?

UPTON

Da versucht wohl jemand, die Schneevögel zu rufen.

FRANK

Was sind Schneevögel?

UPTON

Habt ihr noch nie was von den Schneevögeln gehört?

KINDER

Nein ... nein ... was ist das ... erzählen Sie's uns!
(usw.)

UPTON

Oh, die sind so groß wie Kühlschränke und weiß wie Schnee, und sie schmecken teuflisch gut ... aber sie fliegen nur bei einem richtigen Schneesturm. Sonst haben sie nicht genug Wind für den Auftrieb. Für die klingt eine Hupe genau wie ein Vogelruf, aber sie sind trotzdem verdammt schwer zu fangen. Darf ich auch mitspielen?

KINDER

Ja! Ja klar!

(usw.)

PIPPA hat sich nach RALPHIE umgesehen, aber jetzt schreit sie genauso wie die anderen. Ihre Begeisterung darüber, daß ein Erwachsener bereit ist, bei diesem Spiel mitzumachen, lenkt sie von ihrer Besorgnis ab.

CAT

Schön hinten anstellen, Upton Bell. Aber keine neunmalklugen Sprüche, und nicht vergessen, »darf ich« zu sagen. Also – los geht's. Frank Bright, mach zwei Hubschrauberschritte.

FRANK tritt zwei Schritte vor, wobei er sich um sich selbst dreht, mit den Armen rudert und Hubschraubergeräusche macht.

KINDER

Du hast vergessen, »darf ich« zu sagen!

Mit beschämtem Grinsen tritt FRANK wieder zurück. Die Kamera entfernt sich vom Spiel und fährt zu der geschlossenen Tür, auf der BESENKAMMER steht.

6. INNEN: DIE VERSAMMLUNGSHALLE – NACHMITTAG

Auch hier hört man das gedämpfte Hupen von draußen.

Im Vordergrund sehen wir MOLLY ANDERSON, die auf einer der harten Bänke neben JACK CARVER sitzt und ihn zu beruhigen versucht. Im Hintergrund, am rückwärtigen Ende des langen Raumes, steht das Buffet; dort herrscht ein ständiges Kommen und Gehen. Manche der Leute, die sich Kaffee und Snacks holen, schauen besorgt und mitfühlend zu MOLLY und JACK herüber, aber ROBBIE BEALS und sein Sohn DON gehören nicht zu ihnen. Sie essen mit bemerkenswerter Gleichgültigkeit Doughnuts. ROBBIE trinkt Kaffee; Don schlürft eine Cola.

JACK

Ich muß sie suchen!

Er macht Anstalten aufzustehen, aber MOLLY legt ihm eine Hand auf den Arm, so daß er fürs erste bleibt, wo er ist.

MOLLY

Sie wissen doch, wie es draußen aussieht.

JACK

Sie könnte da draußen herumirren und fünfzig Meter vom Haus entfernt im Schneegestöber erfrieren!

MOLLY

Und wenn Sie rausgehen, verirren Sie sich auch. Wenn jemand dort ist, wird er zu der Hupe kommen. Genauso wie im Nebel auf See. Das wissen Sie.

JACK

Ich gehe raus und löse Ferd ab.

MOLLY

Hatch hat gesagt –

JACK

Alton Hatcher hat mir gar nichts zu sagen – das ist meine Frau da draußen!

Da sie ihn diesmal nicht aufhalten kann, erhebt sie sich zusammen mit ihm. Hinter ihnen kommt SANDRA aus dem Verwaltungstrakt, blickt sich um und erspäht ihren Mann und ihren Sohn.

MOLLY

Dann gehen Sie zum Geländewagen, aber *nur* dorthin. Laufen Sie nicht alleine draußen rum!

Aber das kann JACK ihr nicht versprechen. Er ist völlig außer sich vor Sorge. MOLLY blickt ihm traurig nach, als er den Gang entlanggeht, dann folgt sie ihm. Inzwischen schaut SANDRA sich um. Sie sieht MOLLY noch nicht.

SANDRA
(zu DON)
Wo ist Ralphie?

DON
(kaut seinen Doughnut)
Weiß ich nicht.

SANDRA
Ist er denn nicht mit dir zusammen raufgekommen?

MOLLY kommt gerade rechtzeitig hinzu, um das zu hören, und ist natürlich sofort beunruhigt.

DON
Nee, er hat mit den anderen aufgeräumt. Krieg ich noch einen Doughnut, Dad?

MOLLY
(zu SANDRA)
Er ist nicht unten? Soll das heißen, daß er nicht bei den anderen ist?

SANDRA
(durcheinander)
Ich hab ihn nicht gesehen… Cat hat angefangen zu weinen… sie hat ihren Becher fallen lassen, und er ist zerbrochen…

MOLLY
Sie sollten auf die Kinder aufpassen!

SANDRA zuckt zusammen. Nach zehn Jahren Ehe mit ROBBIE ist sie es gewohnt, die Schuld zu bekommen, wenn etwas schiefgeht.

ROBBIE

(aufgeblasen wie immer)

Ich glaube kaum, daß dieser Ton –

MOLLY

(beachtet ihn nicht)

Sie sollten auf sie aufpassen!

(sie läuft zur Treppe)

Ralphie! Ralphie!

7. AUSSEN: ANDERSON'S MARKET – NACHMITTAG

Die Männer sind am Snowcat versammelt und reichen MIKE volle Kartons. MIKE verstaut sie im hinteren Teil des Fahrzeugs. Als er beim letzten Karton angelangt ist, ruft er laut, um sich bei dem Sturm verständlich zu machen:

MIKE

Noch ein Gang! Sonny, Sie und Henry holen das Brot und die Brötchen! Alles in den Regalen! Kirk, Sie die Kartoffeln! Ich hole die Milch! Na los – ich will so schnell wie möglich zurück!

Sie begeben sich der Reihe nach in die Schlucht, die durch die Schneewehe führt, zuerst SONNY und HENRY, dann MIKE und KIRK. SONNY und HENRY betreten den Laden. MIKE will ihnen gerade folgen, als er so plötzlich stehenbleibt, daß KIRK fast in ihn hineinläuft.

KIRK

Verdammt, was ist denn?

MIKE ist bei der Puppe auf der Veranda stehengeblieben – HATCHS Scherz auf ROBBIES Kosten. Sie ist jetzt beinahe vollständig begraben, und obwohl der Wind ihr Gesicht mit Schnee zugeweht hat und sie immer noch die Hummerfischer-Regenjacke trägt, sehen wir, daß es nicht mehr dieselbe ist.

MIKE wischt gefrorenen Schnee von dem Gesicht. Es ist MRS. KINGSBURY. Sie ist steif gefroren. KIRK sieht bestürzt und mit großen Augen zu, wie MIKE im Schnee um ihren Hals herum gräbt und ein neues Ulkschild herauszieht ... aber jetzt geht der Scherz auf ihre Kosten. »GEBT MIR WAS ICH WILL UND ICH VERSCHWINDE«, steht darauf.

Die beiden Männer starren einander entsetzt an.

8. AUSSEN: DAS RATHAUS – NACHMITTAG

Das Hupen geht weiter – gleichmäßige, regelmäßige Töne.

MOLLY
(off)

Ralphie! *Ralphie!*

9 INNEN: DER KINDERGARTENBEREICH IM KELLER – NACHMITTAG

Gedämpftes Hupen.

MOLLY ist verzweifelt. Sie sucht überall nach RALPHIE, aber der ist nirgends zu sehen. CAT und UPTON BELL haben erschrocken zueinandergefunden. ROBBIE, DON, TESS MARCHANT und TAVIA GODSOE sind auf der Treppe. SALLY GODSOE erblickt ihre Tante und läuft zu ihr. Die anderen Kinder drängen sich bestürzt zusammen.

PIPPA

Ich hab doch gesagt, daß er nicht mit Don gegangen ist –

Nun kommen auch alle anderen Erwachsenen hinzu – manche von den Sitzplätzen um den nicht mehr funktionierenden Fernseher herum, einige von oben, andere aus dem Schlafbereich. Unter ihnen ist auch URSULA GODSOE. Sie wirkt ganz krank vor Kummer.

URSULA

O Gott, was ist nun schon wieder?

MOLLY ignoriert sie. Sie geht zu PIPPA, kniet vor ihr nieder und faßt sie sanft an den Armen. Sie schaut in PIPPAS ängstliches Gesicht.

MOLLY

Wo war Ralphie, als du ihn zum letztenmal gesehen hast, Pippa?

PIPPA überlegt und zeigt dann auf den Bereich zwischen der Treppe und der Wand. MOLLY schaut in diese Richtung und sieht die Tür mit der Aufschrift BESENKAMMER. Es wird völlig still – nur das gedämpfte, regelmäßige Hupen ist noch zu hören –, als MOLLY voller Furcht vor dem, was sie finden könnte, auf diese Tür zugeht. Sie streckt die Hand nach dem Türknauf aus, kann sich jedoch nicht dazu durchringen, ihn zu berühren, geschweige denn ihn zu drehen.

MOLLY

Ralphie? Ralphie, bist du –

RALPHIE

(off)

Mommy? Mom?

Mannomann, was für eine Erleichterung. Es ist, als hätte jemand plötzlich aus jedem im Raum einschließlich der Kinder die Luft herausgelassen. MOLLYS Kraftreserven sind aufgebraucht. Sie beginnt zu weinen, während sie die Tür aufreißt.

RALPHIE steht fröhlich, aufgeregt und unverletzt in der Besenkammer und hat keine Ahnung, daß er so einen Wirbel ausgelöst hat. Verwirrung zeichnet sich in seiner Miene ab, als seine Mutter ihn in die Arme zieht. Ob wir es nun in der allgemeinen Aufregung bemerken oder nicht: RALPHIE trägt einen kleinen Lederbeutel mit einer Kordel zum Zuziehen in einer Hand.

RALPHIE

Hey, Mom – was ist denn?

MOLLY

Was machst du da drin? Du hast mir eine Heidenangst eingejagt!

RALPHIE

Der Mann war da drin. Er wollte mit mir sprechen.

MOLLY

Der Mann –?

RALPHIE

Der, den Daddy verhaftet hat. Aber ich glaube nicht, daß er ein böser Mann ist, Mom, weil –

MOLLY setzt RALPHIE ab und schiebt ihn so schnell und heftig hinter sich, daß er beinahe hinfällt. UPTON packt das Kind und reicht es an JONAS STANHOPE und ANDY ROBICHAUX weiter, die sich durch den Halbkreis erwachsener Zuschauer nach vorn gedrängt haben. MOLLY macht zwei Schritte zur Tür der Besenkammer und schaut hinein.

10. INNEN: DIE BESENKAMMER, MOLLYS PERSPEKTIVE

Auf den Borden steht alles mögliche Reinigungsmaterial, dazu der übliche komplette Satz Besen, Mops und Ersatz-Neonröhren, und es gibt keinen anderen Ausgang … aber es ist niemand drin.

11. INNEN: WIEDER MOLLY

Sie will sich gerade wieder zu RALPHIE umdrehen, als ihr etwas ins Auge fällt. Sie hält inne und tritt statt dessen in die Kammer.

12. INNEN: DIE BESENKAMMER, MIT MOLLY

Hinten in der Ecke liegt ein grünes Blatt Papier. Es ist ein Werbezettel von MIKES Laden, der die Sonderangebote dieser Woche anpreist. Sie hebt ihn auf und dreht ihn um. Auf der Rückseite steht in roten Druckbuchstaben »GEBT MIR WAS ICH WILL UND ICH VERSCHWINDE«.

ANDY ROBICHAUX ist in die Kammer gekommen. Sie gibt ihm den Zettel.

MOLLY

Aber was will er?

ANDY kann nur den Kopf schütteln. MOLLY verläßt die Kammer.

13. INNEN: DER KINDERGARTENBEREICH IM KELLER

MOLLY geht zu RALPHIE, der bei den anderen Kindern steht. Sie weichen von ihm zurück, weil sie glauben, daß ihm Ärger blüht. RALPHIE blickt zu seiner Mom auf, umklammert den kleinen Beutel mit der Kordel und hofft inständig, daß ihm *kein* Ärger blüht.

MOLLY

Wo ist er hingegangen, Ralphie? Wo ist der Mann hingegangen?

RALPHIE schaut an ihr vorbei in die Kammer.

RALPHIE

Ich weiß nicht. Er muß verschwunden sein, als ich mich umgedreht habe.

DON

(von der Treppe aus)

Da ist keine Tür drin, durch die jemand verschwinden kann, du Dummkopf.

MOLLY

Halt die Klappe, Don Beals.

DON, der solche scharfen Töne von MOLLY nicht gewohnt ist, weicht zu seinem Dad zurück. ROBBIE macht den Mund auf, um

MOLLY zurechtzuweisen, kommt dann aber zu dem Schluß, daß dies vielleicht nicht gerade der beste Zeitpunkt dafür ist.

MOLLY kniet sich vor ihren Sohn, wie sie sich vor PIPPA gekniet hat, und sieht zum ersten Mal, was er in der Hand hat – einen gut gearbeiteten kleinen Beutel aus Gamsleder.

MOLLY

Was ist das, Ralphie?

RALPHIE

Ein Geschenk. Er hat mir ein Geschenk gegeben. Deshalb glaub ich nicht, daß er ein böser Mann ist, wie die im Fernsehen, weil böse Männer Kindern keine Geschenke geben.

MOLLY sieht den Beutel an, als könnte es sich um eine Bombe handeln, aber sie bleibt ruhig und besänftigend. Das muß sie auch. RALPHIE weiß nicht, worum es hier geht, aber er sieht die Gesichter um sich herum und spürt die Atmosphäre im Raum. Das arme Kind ist kurz davor, in Tränen auszubrechen.

MOLLY

(nimmt den Beutel an sich)

Was ist das? Laß Mommy mal se-

JOANNA STANHOPE

(am Rande der Hysterie)

Nicht aufmachen! Nicht aufmachen, das ist vielleicht eine Bombe! Sie könnte explodieren!

JONAS

Sei still, Joanie!

Zu spät. Ein paar Kinder – HEIDI und SALLY vielleicht – beginnen zu schniefen. Die Erwachsenen treten alle einen Schritt zurück. Wie sehen die ersten Anzeichen einer häßlichen, wachsenden Hysterie. Aber wer kann es diesen Leuten in Anbetracht der bisherigen Geschehnisse verdenken, daß sie ein bißchen hysterisch sind?

CAT

Tu's nicht, Molly – nicht.

MOLLY sieht den Beutel an. Er verdickt sich tränenförmig nach unten hin, beschwert von seinem Inhalt. Vielleicht berührt sie seine unterste Rundung.

RALPHIE

Ist schon in Ordnung, Mom – hab keine Angst.

MOLLY

Weißt du, was das ist, Ralphie? Hast du reingeschaut?

RALPHIE

Klar! Wir haben sogar ein Spiel gemacht, Mr. Linoge und ich. Er sagt, die sind was ganz Besonderes, die gibt es nicht noch mal auf der Welt. Und er hat gesagt, ich soll sie verteilen, weil sie nicht nur für mich sind, sondern für alle. Für jeden auf der Insel!

MOLLY nimmt den Beutel. Als sie dabei ist, die Kordel zu lösen, tritt der Mann mit dem schwarzen Hemd und dem roten Sportsakko vor und legt ihr eine Hand auf die Schulter. BOB RIGGINS, der Methodistenpfarrer.

REV. RIGGINS

Ich glaube, ich würde ihn nicht aufmachen, Mrs. Anderson. Angesichts der Träume, die wir alle letzte Nacht hatten, und der möglichen Natur dieses … dieses *Menschen* …

MOLLY

Nein, das würden Sie wohl nicht tun, Reverend Riggins. Aber da er seine schmutzigen Finger schon *zweimal* an meinem Sohn gehabt hat …

Sie macht den Beutel auf und schaut hinein. Die anderen sehen atemlos zu. MOLLY entdeckt eine Kindermütze in der Nähe und kippt den Inhalt des Beutels hinein.

FRANK BRIGHT

(kommt näher, um einen Blick hineinzuwerfen)

Hey, stark!

Seine Reaktion ist keine Überraschung; dieses Geschenk würde jedem kleinen Kind gefallen. Die Kamera fährt heran, um es sich näher anzusehen. In der Mütze liegen fast zehn Murmeln. Alle außer einer sind weiß. Die aus dem Rahmen fallende Murmel ist schwarz mit roten Einschüssen und sollte uns an LINOGES Augen erinnern.

MOLLY blickt zu MELINDA HATCHER auf; ihre Blicke treffen sich. Sie wissen beide nicht, was RALPHIES »Geschenk« zu bedeuten hat, aber MELINDA zieht PIPPA enger an sich, um aus der Nähe ihrer Tochter Trost zu schöpfen.

14. AUSSEN: DIE KREUZUNG VON MAIN STREET UND ATLANTIC STREET – NACHMITTAG

Das Snowcat, das sich mühsam durch den Sturm vorwärtskämpft, kommt auf dem Rückweg vom Laden zum Rathaus langsam auf uns zu.

15. INNEN: DAS SNOWCAT – NACHMITTAG

Die vier Männer – MIKE, SONNY, HENRY und KIRK – sitzen eng zusammengepfercht in der Kabine. Die Lebensmittel sind im Laderaum hinter ihnen. Die Männer schauen grimmig drein; sie sind erschüttert von dem, was sie gesehen haben. Eine Zeitlang holpern sie schweigend durch die Schneewehen. Dann schließlich:

SONNY

Bloß die alte Mrs. K. Niemand von den anderen. Was meint ihr, wo sie sind? George, Angie und Bill Timmons?

(niemand antwortet)

Wie hat er Mrs. K. da hingekriegt?

(niemand antwortet)

Wo ist die Puppe? Hat sie einer von euch im Laden gesehen?

(keine Antwort)

Wie hat er sie in dem Sturm bloß da hingekriegt?

HENRY

Hör schon auf, Sonny.

SONNY verstummt für einen Moment. Dann wendet er sich an MIKE.

SONNY

Warum passiert das? Sie sind doch Laienprediger bei Reverend Riggins in der Methodistenkirche und haben immer ein Bibelzitat parat – Sie müssen doch irgendeine Vorstellung haben, warum das hier passiert.

MIKE denkt darüber nach, während er das Snowcat durch die verlassene weiße Landschaft aus Schneewehen steuert, die einmal die Main Street gewesen ist.

MIKE

Kennt ihr die Geschichte von Hiob? In der Bibel?

(SONNY und die anderen nicken)

Also, das ist der Teil, der nie schriftlich festgehalten worden ist. Als der Kampf um Hiobs Seele vorbei ist und Gott gewonnen hat, sinkt Hiob auf die Knie und sagt: »Warum hast Du mir das angetan, Herr? Mein ganzes Leben lang habe ich zu Dir gebetet, aber Du hast mein Vieh vernichtet, meine Ernte verdorben, meine Frau und meine Kinder getötet und mich mit hundert schrecklichen Krankheiten geschlagen … alles nur, weil Du eine Wette mit dem Teufel laufen hattest? Tja, okay … aber was ich wissen will, Herr – alles, was Dein demütiger Diener wissen will, ist: *Warum ausgerechnet ich?*« Und er wartet, und als er allmählich zu der Überzeugung gelangt, daß Gott ihm nicht antworten wird, bildet sich eine Gewitterwolke am Himmel, Blitze zucken, und diese Stimme ruft herab: »*Hiob! Ich glaube, du hast einfach irgendwas an dir, was mir echt auf den Sack geht.*«

SONNY, HENRY und KIRK sehen MIKE an. Sie wissen nicht, was sie davon halten sollen. SONNY sieht aus, als hätte es ihm wahrhaftig die Sprache verschlagen.

MIKE

Hilft euch das weiter?

(keine Antwort von den anderen)

Mir auch nicht.

Leise hört man das rhythmische Hupen.

KIRK

Sie suchen sie immer noch.

SONNY

(denkt an Mrs. K.)

Viel Glück.

16. AUSSEN: MAIN STREET, MIT DEM SNOWCAT – NACHMITTAG

Sie kommen langsam, aber sicher voran. Noch sind sie nicht beim Rathaus, aber allmählich scheint es so, als würden sie es schaffen.

Wieder hört man das Hupsignal.

17. AUSSEN: NEBEN DEM RATHAUS, MIT DEM »ISLAND SERVICES«-WAGEN – NACHMITTAG

FERD sitzt jetzt auf dem Beifahrersitz, während HATCH die langen Hupsignale ertönen läßt. JACK CARVER zieht verzweifelt seine Kreise um den »ISLAND SERVICES«-Wagen, stürzt in Schneewehen, rappelt sich wieder auf, späht in den heulenden Blizzard.

JACK

Angie! Angie, hier drüben!

Er hat sich bereits heiser geschrien, aber er kann nicht aufgeben. Endlich stolpert er zusammengekrümmt und nach Luft ringend zum offenen Fenster auf der Fahrerseite des »ISLAND SERVICES«-Wagens zurück. Sein Gesicht ist rot und verschwitzt, und von den Mundwinkeln bis zum Kinn ist der Schweiß bereits zu einer schrecklichen Glasur gefroren.

HATCH

Steig ein, Jack – wärm dich auf.

JACK

Nein! Sie ist irgendwo hier draußen. Drück weiter auf die Hupe!

18. INNEN: BLICK AUF FERD, AUF DEM BEIFAHRERSITZ

Er setzt sich auf, und seine Augen werden groß, während das Gespräch zu seiner Linken weitergeht. Er kann nicht glauben, was er sieht.

HATCH

Setz dich lieber hin, bevor du umfällst.

JACK

(knurrt)

Meine Frau ist hier draußen, und sie ist am Leben – das spüre ich. Also hup jetzt gefälligst weiter!

HATCH

Jack, ich glaube wirklich nicht –

FERD hebt eine vor Erregung zitternde Hand. Sein Gesicht ist ungläubig.

FERD

Hatch ... Jack! Schaut!

19. AUSSEN: DAS SCHNEEFELD, BLICK VOM »ISLAND SERVICES«-WAGEN

Kreischendes, konturloses Weiß … aber in dem dichten Schneegestöber taumelt und stolpert eine Gestalt herum. Es könnte eine Frau sein.

20. AUSSEN: WIEDER DER »ISLAND SERVICES«-WAGEN, MIT JACK, HATCH UND FERD

HATCH

Du lieber Gott. O mein Gott, ist das einer von ihnen?

FERD

Kann ich nicht erkennen.

JACK

(von Hoffnung beflügelt)

ANGIE!!!

Er beginnt, auf die undeutliche, verschwommene Gestalt zuzustolpern. Er fällt hin, rollt durch den Schnee und springt wieder auf. Hinter ihm steigt HATCH aus dem Wagen. Im Hintergrund steigt FERD auf seiner Seite ebenfalls aus.

HATCH

Jack! Warte! Vielleicht ist das nicht –

Aber es hat keinen Zweck. JACK verschmilzt bereits selbst mit dem Schnee, während er sich der schwankenden, taumelnden Gestalt nähert. HATCH läuft ihm nach, Ferd ebenfalls.

21. AUSSEN: JACK CARVER – NACHMITTAG

Irgendwie schafft er es, sich auf den Beinen zu halten und weiterzulaufen, wobei er immer wieder den Namen seiner Frau ruft. HATCH kommt nicht so schnell mit, und FERD ist der weit abgeschlagene Dritte. Aber jetzt sehen wir, daß die Gestalt tatsächlich eine Frau ist. Als JACK näher kommt, fällt die Frau selbst hin und landet mit dem Gesicht im Schnee.

JACK

Angie! Schatz!

Die Frau rappelt sich wieder auf. Sie bewegt sich mit der mechanischen Entschlossenheit einer Aufziehpuppe. Und als sie schließlich auf die Beine kommt, sehen wir, daß es tatsächlich ANGIE CARVER ist... aber wie sie sich verändert hat! BUSTERS hübsche Mutter gehört der Vergangenheit an. Diese taumelnde Kreatur mit dem leeren Gesicht sieht aus, als wäre sie siebzig statt achtundzwanzig, und ihre im Wind flatternden Haare sind grau geworden. Ihre Augen starren geradeaus in den Schnee, und sie nimmt ihren Mann überhaupt nicht zur Kenntnis. Ihr schneebedecktes Gesicht ist blaß und zerfurcht.

JACK

(umarmt sie)

Angie! Schatz! Oh, Angie, wir haben dich gesucht! Buster macht sich solche Sorgen, Schatz!

Er bedeckt ihr Gesicht mit Küssen, während er spricht, streichelt und tätschelt sie hier und dort, wie ein Vater ein Kind, das gerade noch einmal mit dem Leben davongekommen ist. Zuerst merkt JACK in seiner Erleichterung gar nicht, daß sie nicht reagiert. Dann dringt es jedoch zu ihm durch.

JACK

Angie? Schatz?

Er tritt zurück und nimmt sie zum ersten Mal richtig wahr – sieht ihren glasigen, leeren Blick und die grauen Haare, die früher einmal schwarz gewesen sind. Er reagiert mit Entsetzen und Erstaunen.

HATCH kommt völlig außer Atem angestolpert. FERD bildet die Nachhut. Und nun hören wir das Brummen des Snowcats, das von der Expedition zum Market zurückkehrt.

JACK

Angie, was ist mit dir passiert? Was ist los?

Er sieht HATCH an, aber der kann ihm nicht helfen. HATCH ist selbst schockiert von ihrer Veränderung; FERD ebenfalls. JACK dreht sich wieder zu seiner Frau um und faßt sie an den Schultern.

JACK

Was ist passiert, Ange? Was hat er mit dir gemacht? Wohin hat er dich gebracht? Wo sind die anderen, weißt du das?

Ein großes gelbes Auge taucht im Schnee auf – das Scheinwerferlicht des Snowcats. Angie sieht es, und als MIKE anhält, scheint sie aus der tiefen Benommenheit zu erwachen, in der sie gefangen war. Ihr Blick wandert zu ihrem Mann und füllt sich dann allmählich mit furchtbarer Angst.

ANGIE

Wir müssen ihm geben, was er will.

JACK

Was, Schatz? Ich hab dich nicht verstanden.

HATCH

(hat sie sehr gut verstanden)

Linoge?

Die Tür des Snowcats öffnet sich. MIKE und die anderen steigen aus und kommen mühsam zu HATCH, FERD und den CARVERS herübergestapft. ANGIE beachtet sie nicht. Sie starrt nur JACK an, und als sie spricht, wird ihre Stimme immer hysterischer.

ANGIE

Linoge, ja, der. Wir müssen ihm geben, was er will, er hat mich zurückgeschickt, damit ich es euch sage. Das ist der einzige Grund, warum er mich nicht hat fallen lassen – damit ich es euch sage. Wir müssen ihm geben, was er will! Verstehst du? *Wir müssen ihm geben, was er will!*

MIKE packt sie an der Schulter und dreht sie zu sich um.

MIKE

Was will er denn, Angela? Hat er Ihnen das gesagt?

Zuerst antwortet sie nicht. Sie scharen sich um sie und warten nervös.

ANGIE

Er hat gesagt, er wird es uns heute abend sagen. Er sagte, wir müßten eine außerordentliche Wählerversammlung abhalten, und dann würde er es uns sagen. Und wenn irgendwelche Leute nicht mitziehen wollen … nicht tun wollen, was für die Stadt am besten ist … dann sollen wir sie an die Träume erinnern, die wir letzte Nacht hatten. Wir sollen sie daran erinnern, was in Roanoke geschehen ist. Sie sollen sich an Croatoan erinnern, was immer das ist.

MIKE

(vielleicht zu sich selbst)

Sein Name vielleicht. Sein *richtiger* Name.

ANGIE

(wendet sich wieder an JACK)

Bring mich rein. Mir ist eiskalt. Und ich will zu Buster.

JACK

Natürlich.

Er legt ihr einen Arm um die Schultern und führt sie langsam zum Rathaus zurück. MIKE geht zu HATCH.

MIKE

Irgendeine Spur von Bill Timmons oder George Kirby?

HATCH

Nein. Von Janie Kingsbury auch nicht.

MIKE

Jane Kingsbury ist tot.

(zu Sonny)

Fahren Sie das Ding rüber, ja?

SONNY klettert in die Kabine des Snowcats und läßt den Motor aufheulen. MIKE und HATCH gehen zu Fuß zum Rathaus zurück, und Mike erzählt HATCH, was mit MRS. K. passiert ist.

22. AUSSEN: DIE SEITENFRONT DES RATHAUSES, BLICK VON HOCH OBEN – NACHMITTAG

Von hier aus können wir die Reihe der Inselbewohner kaum sehen; sie stapfen langsam durch die Schneewehen zum Rathaus zurück und sehen dabei aus wie Ameisen auf einer Safari durch eine Zuckerwüste. Das von SONNY BRAUTIGAN gesteuerte Snowcat fährt langsam an ihnen vorbei zum Gebäude. Wir bleiben auf diesem Bild, dann

BLENDEN WIR AB

ENDE DES 1. AKTS

2. Akt

23. AUSSEN: DER KAI – SPÄTER NACHMITTAG

Das heißt, die Stelle, wo einmal der Kai *gewesen* ist. Die Flut steigt wieder, und gewaltige Wellen schlagen ans Ufer. Wir sehen gekenterte Boote, zerschlagene Hummerfallen, abgebrochene Stücke des Pfahlwerks, Stränge zerrissener Netze.

24. AUSSEN: DIE LANDZUNGE – SPÄTER NACHMITTAG

Das Meer flutet über den umgestürzten Leuchtturm und weicht wieder zurück. Eine Welle rollt heran und hinterläßt etwas neben dem zertrümmerten runden Fenster des Kontrollraums.

25. AUSSEN: VOR DEM KONTROLLRAUM – SPÄTER NACHMITTAG

Es ist die wassergetränkte Leiche des alten GEORGE KIRBY. Ein immer lauter werdenden Brausen ertönt, als die nächste Welle kommt und den Leichnam wieder mitnimmt.

26. AUSSEN: DAS GESCHÄFTSVIERTEL DER STADT – SPÄTER NACHMITTAG

Der Sturm heult immer noch vor sich hin, und die Geschäftsgebäude stecken nun fast bis zum oberen Rand der Schaufenster im Schnee.

27. INNEN: DER DRUGSTORE – SPÄTER NACHMITTAG

Die Schaufenster sind allesamt zertrümmert, und die Löcher haben sich mit Schneelawinen gefüllt, die sich bis tief in die Gänge erstrecken.

28. INNEN: DER EISENWARENLADEN – SPÄTER NACHMITTAG

Wie im Drugstore sind die Gänge auch hier voller Schnee. Die ausgestellten Rasenmäher bei den Registrierkassen sind bis zu den Tankdeckeln im Schnee begraben. Das Schild davor ist kaum noch lesbar: RASENMÄHER-AKTION! RÜSTEN SIE SICH SCHON JETZT FÜR DEN SOMMER!

29. INNEN: DER KOSMETIKSALON

Auch hier ist alles voller Schnee. Die Trockenhauben stehen da wie zu Eis erstarrte Marsianer. Auf dem Spiegel steht »GEBT MIR WAS ICH WILL UND ICH VERSCHWINDE.«

30. AUSSEN: DAS RATHAUS – SPÄTER NACHMITTAG

Wir können es kaum sehen, zum Teil wegen des brüllenden Schneesturms, aber hauptsächlich, weil allmählich die Dunkelheit hereinbricht.

31. INNEN: DER KINDERGARTENBEREICH IM KELLER – SPÄTER NACHMITTAG

Die Kinder sitzen im Kreis. In der Mitte hockt CAT WITHERS und liest aus einem Buch mit dem Titel *Michaels kleiner Hund* vor (einstmals ein Lieblingsbuch von DANNY TORRANCE).

CAT

Und da sagte der kleine Hund: »Ich weiß, wo mein Ball sein muß. Dieser böse kleine Junge hat ihn in die Tasche gesteckt und mitgenommen. Aber ich kann ihn finden, weil meine Nase –«

SALLY GODSOE

(singt)

»Bin ein kleines Teekännchen ...«

CAT

Sally, mein Schatz, du sollst jetzt nicht singen. Jetzt ist Vorlesezeit.

CAT ist ein wenig verstört, obwohl sie sich nicht recht erinnern kann, warum dieses alberne kleine Lied sie derart unangenehm berührt. SALLY hört sowieso nicht auf sie und singt einfach weiter. RALPHIE greift das Lied auf. HEIDI singt ebenfalls mit, und dann stimmen auch BUSTER und PIPPA mit ein. FRANK BRIGHT und HARRY ROBICHAUX schließen sich an. Bald singen alle Kinder, sogar DON BEALS.

KINDER

»... dick und bunt ...«

Sie stehen auf und zeigen jeweils ihre Henkel und Schnäbel vor, wenn der Text es verlangt. CAT sieht ihnen mit wachsendem Unbehagen zu. JOANNA STANHOPE, MOLLY und MELINDA HATCHER gesellen sich zu ihr.

MELINDA

Was ist denn hier los?

CAT

Ich weiß nicht ... ich glaube, sie möchten singen.

KINDER

»... mein Henkel ist eckig, mein Schnabel ist rund. Heb mich auf und leer mich bis auf den Grund ... Bin ein kleines Teekännchen, dick und bunt.«

MOLLY gefällt das nicht. Rechts von ihr ist ein kleines Bord mit ein paar Büchern darauf. Dort liegt auch der Gamslederbeutel mit den Murmeln. MOLLY wirft einen Blick darauf und geht dann leise nach oben.

32. INNEN: DIE VERSAMMLUNGSHALLE – NACHMITTAG

ANGIE CARVER sitzt auf einer der vorderen Bänke. Sie ist in einen warmen, wattierten Hausmantel gesteckt worden und hat ein

Handtuch über den nassen Haaren. JACK sitzt besorgt neben ihr und hilft ihr, eine Tasse dampfender Brühe zu trinken. Offenbar kann sie es nicht allein, weil ihre Hände so zittern.

MIKE ANDERSON sitzt ihr gegenüber auf dem Rand der Bühne. Auf den anderen Bänken hinter ihnen (und vor Spannung sozusagen auf deren vorderster Kante) sitzen die meisten Sturmflüchtlinge von Little Tall. HATCH schlängelt sich zwischen ihnen hindurch nach vorn und setzt sich neben MIKE. HATCH sieht ziemlich erledigt aus.

HATCH
(mustert die Zuschauer)
Soll ich sie rausschicken?

MIKE
Meinst du, das schaffst du?

Er hat recht, und HATCH weiß es. MOLLY kommt herein, schlüpft durch die Menge, geht zu MIKE, setzt sich neben ihn auf die Bühne und versucht, in Gegenwart dieser vielen Menschen für einen Moment unter vier Augen mit ihm zu sprechen.

MOLLY
(leise)
Die Kinder benehmen sich komisch.

MIKE
(ebenfalls leise)
Inwiefern?

MOLLY
Sie singen. Cat wollte ihnen eine Geschichte vorlesen, und sie sind einfach aufgestanden und haben angefangen zu singen.
(sieht MIKES Verwirrung)
Ich weiß, das hört sich nicht weiter dramatisch an …

MIKE
Wenn du sagst, es ist komisch, dann ist es komisch. Ich komme runter und schau's mir an, sobald ich hier fertig bin.

Er wirft einen kurzen, vielsagenden Blick in ANGIES Richtung. ANGIE spricht ... aber nicht mit MIKE oder JACK oder jemand Bestimmtem.

ANGIE

Jetzt weiß ich, wie leicht man ... aus der Welt gerissen werden kann. Ich wünschte, ich wüßte es nicht, aber es ist so.

JACK hält ihr wieder die Tasse mit der Brühe hin, doch als ANGIE sie in die Hände nimmt, zittert sie so heftig, daß die Brühe überschwappt; ANGIE schreit auf, als die Flüssigkeit sie verbrüht. MOLLY zieht ein Taschentuch aus der Tasche, setzt sich neben sie und wischt ihr die heiße Brühe von den Fingern. ANGIE sieht sie dankbar an, ergreift MOLLYS Hand und hält sie fest. Sie braucht Trost, keine Säuberung.

ANGIE

Ich hab einfach dagestanden und zum Leuchtturm geschaut. Und dann ... hatte er mich.

MOLLY

Schsch. Es ist vorbei.

ANGIE

Ich glaube, mir wird nie wieder warm. Ich hab mir die Finger verbrannt ... da, ganz rot ... aber sie sind immer noch kalt. Ich hab das Gefühl, daß er mich in Schnee verwandelt hat.

MOLLY

Mike muß Ihnen ein paar Fragen stellen, aber es muß nicht hier sein – möchten Sie woanders hingehen, wo ihr mehr unter euch seid? Das läßt sich machen, wenn Sie wollen.

Sie sieht MIKE Bestätigung heischend an, und MIKE nickt. ANGIE sammelt sich währenddessen mit einiger Anstrengung.

ANGIE

Nein ... das betrifft alle. Jeder sollte es hören.

Fasziniert und furchtsam zugleich rücken die Inselbewohner näher.

REV. BOB RIGGINS

Was ist mit Ihnen passiert, Angie Carver?

Im folgenden fährt die Kamera langsam immer weiter auf ANGIE zu, bis wir sie groß im Bild haben. Dazwischen sollten so viele Gesichter von Inselbewohnern wie möglich geschnitten werden. Auf jedem sehen wir das Entsetzen, den Schrecken und den wachsenden Glauben an das, was sie sagt, so seltsam es klingt. In den Schützengräben gibt es angeblich keine Atheisten, und vielleicht gibt es auch keine Ungläubigen, wenn draußen der Sturm des Jahrhunderts tobt und das Haus niederzureißen droht. Dies ist eine quasi-religiöse Erfahrung, und am Ende sehen wir einen festen Entschluß in den Gesichtern, der wirklich nicht verbal artikuliert zu werden braucht: Wenn LINOGE auftaucht, werden sie es ihm geben. Was immer er haben möchte, sie werden es ihm geben. »Ayuh, klaah«, wie die Inselbewohner selbst vielleicht sagen würden.

ANGIE

Wir haben den Leuchtturm umkippen sehen, und dann bin ich rücklings in den Schnee geflogen. Zuerst dachte ich, da wollte sich jemand einen Scherz erlauben, aber dann hab ich mich umgedreht, und was mich da gepackt gehalten hat … das war kein Mensch. Es war gekleidet wie ein Mensch und hatte das Gesicht eines Menschen, aber wo die Augen hätten sein sollen, war nur Schwärze – Schwärze und kleine, rote, sich windende Dinger, wie Schlangen aus Feuer. Und als es mich angelächelt hat und ich seine Zähne gesehen habe … bin ich in Ohnmacht gefallen. Zum ersten Mal in meinem Leben. Ich bin bewußtlos geworden.

Sie trinkt einen Schluck aus der Tasse. In dem Raum ist es absolut still. MOLLY und JACK sitzen neben ANGIE und haben die Arme um sie gelegt. ANGIE umklammert immer noch MOLLYS Hand.

ANGIE

Als ich wieder zu mir gekommen bin, bin ich geflogen. Ich weiß, das klingt verrückt, aber es ist wahr. Ich und George Kirby, wir sind beide geflogen. Es war wie in *Peter Pan*, ich war Wendy und der alte George war John. Dieses … dieses *Ding* hat uns festgehalten, einen unter jedem Arm. Und direkt vor uns war ein Stock. Es war, als ob er uns führen oder in der Luft halten würde. Ein schwarzer Stock mit einem silbernen Wolfskopf. So schnell wir auch geflogen sind, dieser Stock ist immer vor uns geblieben.

MIKES und HATCHS Blicke bohren sich ineinander.

ANGIE

(fährt fort)

Wir haben die Insel gesehen. Der Sturm war vorbei, und die Sonne schien, aber überall waren Cops auf Schneemobilen. Cops vom Festland, Staatspolizei, sogar Wildhüter. Auch Journalisten von den Lokalsendern und den Networks. Die haben alle nach uns gesucht. Aber wir waren weg … an einem Ort, wo uns niemand jemals wiederfinden konnte …

ORV BOUCHER

Wie in den Träumen …

ANGIE

Ja, genauso. Dann ist es wieder dunkel geworden. Zuerst dachte ich, es wäre Nacht, aber das stimmte nicht. Es waren die Sturmwolken. Sie waren wieder da, und der Sonnenschein war weg. Ziemlich bald hat's wieder angefangen zu schneien, und da hab ich verstanden, was los war. Ich sag: »Du hast uns die Zukunft gezeigt, nicht wahr? Wie der letzte Geist in der ›Weihnachtsgeschichte‹ Mr. Scrooge die Zukunft gezeigt hat.« Und er sagt: »Jawohl, sehr klug! Jetzt haltet ihr euch am besten gut fest.« Wir sind höher gestiegen, der Schnee ist dichter geworden, und der alte George hat angefangen zu weinen und zu jammern, er könnte es wegen seiner Arthritis nicht aushalten, er müßte runter …

obwohl es kein bißchen kalt war, jedenfalls kam's mir nicht so vor. Und dann hat der Mann gelacht und gesagt, von ihm aus könnte George sofort runter, wenn er wollte, und zwar auf schnellstem Wege… er bräuchte nämlich eigentlich nur einen von uns, der zurückkommen und die Geschichte erzählen sollte. Da sind wir gerade in die Wolken geflogen…

JONAS STANHOPE

Das war ein Traum, Angie. Es muß einer gewesen sein.

ANGIE

Ich sage euch, es war keiner. Ich konnte die Wolken *fühlen*, nicht kalt, wie man meinen sollte, daß Schneewolken wären, sondern feucht, wie nasse Baumwolle. Und George hat begriffen, was das Ding vorhatte, und hat geschrien, aber es hat den rechten Arm geöffnet… mich hatte es unter dem linken… und…

33. AUSSEN: DER ALTE GEORGE KIRBY – NACHT

Er fällt schreiend und mit den Armen rudernd von der Kamera fort. Er verschwindet in der Dunkelheit und im Schnee.

34. INNEN: WIEDER ANGIE UND DIE VERSAMMELTEN INSELBEWOHNER – SPÄTER NACHMITTAG

JACK

Was ist dann passiert?

ANGIE

Er hat mir erklärt, er würde mich zurückbringen. Zurück durch die Zeit und durch den Sturm. Er würde mich leben lassen, damit ich es euch erzähle – damit ich es allen erzähle –, daß wir ihm geben müssen, was er will, wenn er heute abend kommt.

ROBBIE

Wenn wir irgendwas haben, was dieser Linoge will, warum nimmt er es sich dann nicht einfach?

ANGIE

Ich glaube, das kann er nicht. Ich glaube, wir müssen es ihm geben.

(Pause)

Er hat gesagt, ich soll euch ausrichten, daß er nur einmal fragen wird. Er wollte von mir wissen, ob ich mich an Roanoke erinnern würde, und an Croatoan, und daran, daß er nur einmal fragen wird. Und ich hab ja gesagt. Ich wußte nämlich, wenn ich nein gesagt hätte oder ihn auch nur gebeten hätte, irgendwas zu erklären, hätte er mich fallenlassen, wie er George hat fallenlassen. Er mußte es mir nicht sagen. Ich wußte es einfach. Dann sind wir nicht mehr weiter hinaufgeflogen. Wir haben da oben einen Looping gemacht, und mir ist es hochgekommen, als ob wir auf einem Jahrmarktskarussell und nicht hoch oben in der Luft wären … und dann bin ich wieder ohnmächtig geworden, glaube ich. Oder vielleicht hat er was mit mir angestellt. Ich weiß es nicht. Als nächstes hab ich gemerkt, daß ich im Schnee rumgestolpert bin … in dem dichten Schneegestöber … und ich hab ein Tuten gehört … ich dachte, dann ist der Leuchtturm also doch nicht umgestürzt, wenn ich das Nebelhorn höre … Ich hab versucht, dorthin zu gehen … und dann hab ich jemand aus dem Schnee kommen sehen … und gedacht, er wäre es … er wäre zurückgekommen und wollte mich wieder mit in die Luft nehmen … nur diesmal würde er mich fallenlassen … und ich wollte weglaufen … aber das warst du, Jack. Das warst du.

Sie legt ihm die Hand an die Schulter, erschöpft von der Anstrengung, die der Bericht gekostet hat. Einen Moment lang herrscht Schweigen. Dann:

JILL ROBICHAUX

(schrill)

Warum wir? *Warum ausgerechnet wir?*

Längeres Schweigen. Dann:

TAVIA GODSOE

Vielleicht, weil er weiß, daß wir ein Geheimnis bewahren können.

35. INNEN: DER KINDERGARTENBEREICH IM KELLER – SPÄTER NACHMITTAG

KINDER

(singen)

»Bin ein kleines Teekännchen, dick und bunt –«

CAT WITHERS steht noch immer in der Mitte des Kreises und hat den Finger an der Stelle in *Michaels kleiner Hund*, die sie gerade vorgelesen hat. Wir sehen, daß ihr unheimlich zumute ist, daß sie es jedoch vor den Kindern zu verbergen sucht. MELINDA und JOANNA stehen immer noch auf der Treppe. Nun gesellt sich KIRK FREEMAN zu ihnen. Er trägt noch seine Schneekleidung und hat einen Stapel Spielsachen und Puzzles dabei, die er und MIKE aus dem »Kleine Leute« Kindergarten geholt haben.

CAT

Wenn ihr singen wollt, Kinder, wie wär's dann zur Abwechslung vielleicht mal mit was anderem? »Zeigt her eure Füßchen« oder »Es geht ein Bi-ba-butzemann«, oder …

Sie gibt auf. Die Kinder hören nicht zu. Sie scheinen gar nicht richtig anwesend zu sein. Die eben noch normalen, fröhlichen Vorschulkinder sind nun auf gespenstische Weise entrückt.

KINDER

(singen)

»– mein Henkel ist eckig, mein Schnabel ist rund. Heb mich hoch –«

Bei dem Wort *hoch* verstummen sie abrupt, und zwar alle im selben Moment, so präzise, wie die Schere eines Friseurs eine Haarlocke abschneidet. Jetzt stehen sie einfach nur im Kreis um CAT herum.

KIRK

Ich hab diese Spiele hier mitgebracht, und – Was ist? Was ist los?

36. INNEN: CAT UND DIE KINDER, NÄHER – SPÄTER NACHMITTAG

Oh, ist das unheimlich. CAT schaut von einem zum anderen, aber die normale Lebhaftigkeit kleiner Kinder ist aus allen Gesichtern gewichen; sie sind völlig weggetreten. Augen wie große Nullen. Sie stehen einfach nur da.

CAT

Buster?

(keine Antwort)

Heidi?

(keine Antwort)

Pippa?

(keine Antwort)

Ralphie? Was ist mit euch?

(keine Antwort)

MELINDA HATCHER eilt in den Kreis, wobei sie SALLY GODSOE und HARRY ROBICHAUX beinahe umstößt. Sie kniet bei PIPPA nieder und packt sie an den Armen.

MELINDA

Pippa! Was ist denn los, Schatz?

CAT verläßt den Kreis mit ein paar schnellen Schritten. Sie hat genug.

37. INNEN: AUF DER TREPPE, MIT CAT, JOANNA und KIRK FREEMAN

KIRK

Was ist? Was haben sie?

CAT

(fängt an zu weinen)

Ich weiß nicht ... aber ihre Augen ... o Gott, da ist nichts mehr.

38. MELINDA UND PIPPA (GROSS)

CAT hat recht – PIPPAS Augen sind furchterregend in ihrer Leere, und obwohl MELINDA die Kleine immer heftiger schüttelt – Panik hat sie gepackt, nicht Zorn –, ändert sich nichts.

MELINDA

Pippa, wach auf! Wach auf!

Sie rubbelt PIPPAS Hände. Nichts. Sie schaut sich verzweifelt um.

MELINDA

Wacht alle auf!

39. INNEN: RALPHIE (GROSS)

Sein Kopf dreht sich ein bißchen, und in seine Augen kehrt das Leben zurück. Er lächelt. Es ist fast so, als hätte er sie gehört und würde auf sie reagieren ... nur daß er nicht einmal in MELINDAS Richtung blickt.

RALPHIE

Schaut!

Er zeigt auf das Bord, auf dem der Beutel mit den Murmeln liegt.

40. INNEN: DER KINDERGARTENBEREICH IM KELLER – SPÄTER NACHMITTAG

Alle schauen hin. Die Gesichter der anderen Kinder leuchten ebenso auf wie das von RALPHIE. Welcher Anblick löst diese

Begeisterung aus? Die Murmeln? Nein, offenbar nicht. Ihr Blick ist auf eine Stelle ein Stück tiefer gerichtet … aber da ist nichts.

HEIDI

(entzückt)

Mit einem Hundekopf oben drauf! Einem silbernen Hundekopf! Echt *cool*!

CAT versteht auf einmal. Sie bekommt einen furchtbaren Schreck.

CAT

(ZU KIRK)

Gehen Sie Mike holen.

JOANNA STANHOPE

Ich verstehe nicht – was –

CAT

Sofort!

KIRK dreht sich um und tut, was sie sagt. Die Spiele und Puzzles legt er achtlos auf die Treppe.

41. INNEN: DON BEALS (GROSS)

DON

Ein Hundekopf! Ja!

42. INNEN: DAS BORD, DONS PERSPEKTIVE

Von dem Bord hängt LINOGES Stock herab. Der silberne, zähnefletschende Wolfskopf ist jetzt ein freundlicher, grinsender Bernhardiner.

43. INNEN: WIEDER DER KREIS DER KINDER

MELINDA kniet immer noch vor PIPPA, aber PIPPA schaut über ihren Kopf hinweg, wie die anderen auch.

PIPPA

Ein Hundie! Ein Hundie!

Verwirrt und ängstlich dreht MELINDA sich um. Da ist nichts.

44. INNEN: DIE VERSAMMLUNGSHALLE – SPÄTER NACHMITTAG

MIKE steht gerade vom Rand der Bühne auf. ANGELAS Befragung ist beendet.

MIKE

(ZU JACK)

Warum sorgen Sie nicht dafür, daß sie sich ein bißchen hinlegt?

JACK

Das ist eine gute –

KIRK drängt sich durch die versammelten Inselbewohner nach vorn.

KIRK

Mike! Mike, irgendwas ist mit den Kindern!

Erschrockenes Geraune unter den Inselbewohnern ... aber einige lassen es nicht bei Geraune bewenden: JILL und ANDY, MIKE und MOLLY, ROBBIE und SANDY, die BRIGHTS, HATCH, URSULA ... die Eltern stürzen zur Treppe.

ANGIE

(als würde sie aufwachen)

Buster? Ist irgendwas mit Buster? Buster! *Buster!*

Sie ist mit einem Satz auf den Beinen und stößt JACK dabei die Tasse Brühe aus der Hand.

JACK

Warte, Schatz –

ANGIE

(beachtet ihn nicht)

Buster!

45. INNEN: BUSTER (GROSS)

Er löst sich aus dem Kreis und läuft zu dem Bord, wo der Stock an seinem gekrümmten Griff hängt. Er berührt ihn … und bricht wie von einer Kugel getroffen zusammen.

46. INNEN: DER KINDERGARTENBEREICH, GRÖSSERER BILDAUSSCHNITT – SPÄTER NACHMITTAG

Die anderen Kinder folgen BUSTERS Beispiel. Sie lachen aufgeregt, wie Kinder, die gerade kostenlose Ganztagskarten für Disneyland bekommen haben. Sie recken die Hände in die Luft … oder greifen nach etwas, was nur sie sehen können … und brechen eins nach dem anderen auf dem Boden zusammen, wo bereits BUSTER liegt.

CAT

Nein! Laßt sie das nicht –

Eine Schar ängstlicher Eltern, angeführt von JILL und ANDY, taucht am Kopfende der Treppe auf.

ROBBIE

Aus dem Weg!

Er stößt JILL beiseite – hätte sie geradewegs die Treppe hinuntergestoßen, wenn ANDY sie nicht in letzter Sekunde festgehalten hätte – und springt die Kellertreppe hinunter.

CAT schenkt all dem keine Beachtung. Sie läuft durch den Raum. HARRY ROBICHAUX reckt die Hand in die Luft und fällt zu den anderen. Jetzt sind nur noch RALPHIE ANDERSON und PIPPA übrig. PIPPA ist dort, wo der Kreis war. Sie zappelt im Griff ihrer Mutter. CAT packt RALPHIE und zieht ihn zurück, als er die Hand ausstreckt, um … nun, um das zu berühren, was er dort sieht.

PIPPA

Laß mich los! Ich will zu dem Hundie! Ich will zu dem *HUNDIE!!*

47. INNEN: CAT UND RALPHIE (GROSS)

CAT sieht den Stock nicht, der an dem Bord hängt, aber wir sehen ihn in dieser Szene … und RALPHIE sieht ihn auch. Er greift danach … berührt ihn beinahe … und CAT zieht ihn zurück, außer Reichweite.

CAT

Was siehst du da, Ralphie?

RALPHIE

(wehrt sich heftig)

Laß mich los! Laß mich los!

Er streckt erneut die Hand aus … Cat zieht ihn wieder zurück … und dann läuft ROBBIE in sie hinein. Er will nur zu DON, der mit geschlossenen Augen und Doughnut-Bröseln am Mund in dem Haufen ineinander verhedderter Gliedmaßen liegt. CAT kann RALPHIE nicht mehr festhalten; sie stürzt zu Boden.

ROBBIE

(auf den Knien)

Donnie!

RALPHIE ist frei. Er macht einen Satz nach vorn und berührt den Stock. Einen Moment lang sehen wir eine tiefe, absolute Glückseligkeit in seinem Gesicht.

RALPHIE

Stark!

Seine Augäpfel drehen sich nach oben, und er bricht bei den anderen zusammen.

48. INNEN: PIPPA UND MELINDA (GROSS)

PIPPA ist jetzt als einziges Kind noch übrig. Sie kämpft wie von Sinnen mit ihrer Mutter und zerreißt ihr bei dem Versuch, sich zu befreien, die Bluse. Ihr Blick wandert immer wieder zu der Stelle über dem Haufen bewußtloser Kinder.

MELINDA

Pippa ... Pippa, nein ...

PIPPA

Laß mich los!

HATCH kommt die Treppe heruntergestürzt und läuft zu seiner Frau und seiner Tochter.

HATCH

Pippa! Was ist lo–

MELINDA wendet einen Teil ihrer Aufmerksamkeit ihrem Mann zu. Ein böser Fehler. PIPPAS süßes kleines Gesicht verzerrt sich zu einer Grimasse des Zorns, und sie kratzt ihrer Mutter über die Wange, so daß dort drei blutige Striche entstehen.

PIPPA

Laß mich los, du MISTSTÜCK!

Geschockt von dem Schmerz und dem Wort, das ihre Tochter benutzt hat, lockert MELINDA ihren Griff. Nur ein bißchen, und nur für einen Moment, aber das genügt. PIPPA reißt sich los und rennt durch den Raum.

HATCH

Nicht, Schatz!

Er läuft ihr nach.

49. INNEN: PIPPA (GROSS)

HATCH verliert das Wettrennen. Einen Sekundenbruchteil, bevor er PIPPA um die Taille fassen kann, berührt sie den Stock. Wir sehen den gleichen glückseligen Ausdruck in ihrem Gesicht, dann fällt sie wie die anderen in Ohnmacht.

HATCH

Nein! *Nein!* *NEIN!*

Er nimmt sie auf die Arme, schaut dorthin, wo sie hingelangt hat, und sieht nichts. Ungläubig dreht er sich mit ihr um.

50. INNEN: DER KELLER DES RATHAUSES – SPÄTER NACHMITTAG

Ein totales Chaos bricht los – choreographiert von unserem furchtlosen Regisseur –, als weitere Inselbewohner die Treppe herunterkommen und in den provisorischen Kindergartenbereich drängen. Die Atmosphäre ist von Verwirrung und Entsetzen geprägt.

ROBBIE schüttelt DONNIE und versucht, ihn aufzuwecken. HATCH steht mit PIPPA in den Armen da und fängt an zu weinen. MIKE bahnt sich einen Weg durch die Menge am Fuß der Treppe und blickt ungläubig auf das Durcheinander kleiner Körper.

DELLA BISSONETTE

Sie sind tot! Er hat sie umgebracht!

URSULA

Nein! O Gott, bitte nicht! Nicht Sally! Nicht meine Sally!

Sie drängt sich zwischen den Menschen hindurch, die ihr im Wege stehen, und stößt ein paar von ihnen tatsächlich um. Sie ist außer sich vor Sorge und Entsetzen … man bedenke, diese Frau hat erst einen Tag zuvor ihren Mann verloren.

ANDY ROBICHAUX kommt die Treppe herabgestampft – fast herab*gewalzt* – und zieht JILL an der Hand hinter sich her. Er stößt den alten BURT SOAMES die Treppe hinunter. Ein dumpfes Knacken ertönt, als BURTS Arm bricht. Der alte Mann schreit vor Schmerz auf.

BETTY SOAMES
(kreischt)
Ihr trampelt ihn ja tot! Halt! Ihr bringt ihn um!

ANDY und JILL beachten sie nicht. Ihre Sorge gilt nicht BURT SOAMES; ihre Sorge gilt HARRY, der bei den anderen liegt.

Inzwischen ist DELLAS hysterischer Aufschrei von den anderen aufgegriffen worden und breitet sich aus wie ein virulenter Grippevirus: Sie sind tot, die Kinder sind tot, LINOGE hat die Kinder irgendwie umgebracht.

51. INNEN: MIKE, MOLLY, RALPHIE

Als MOLLY, vor Entsetzen weinend, zu ihnen kommt, richtet MIKE RALPHIE gerade sanft in eine sitzende Haltung auf und legt ein Ohr an das Gesicht und die Brust des Jungen.

MOLLY
Ist er –

MIKE nimmt ihre Hand und hält sie vor RALPHIES Nase und Mund. Sie fühlt, wie er ein- und ausatmet. Unendliche Erleichterung zeichnet sich in ihrem Gesicht ab. Ihre Schultern sacken herunter.

MOLLY
Gott sei Dank. Schläft er, oder –

MIKE
Ich weiß es nicht.

Er nimmt RALPHIE auf die Arme und steht auf.

52. INNEN: DER KINDERGARTENBEREICH IM KELLER, BLICK AUF DIE TREPPE

ROBBIE hat DONNIE jetzt auf den Armen. Er läuft zur Treppe, und seine bestürzte, erschrockene Frau stolpert hinter ihm her. Die SOAMES' versperren ihm den Weg; BETTY hilft BURT gerade auf die Beine. In der Nähe stehen JOHNNY HARRIMAN, SONNY BRAUTIGAN und UPTON BELL. Aber die SOAMES', die unglücklichen Eltern des verstorbenen BILLY, sind ROBBIES erstes Hindernis.

ROBBIE

(kein großer Diplomat, der Mann)

Aus dem Weg!

Er stößt BURT beiseite, dessen gebrochener Arm gegen die Seite der Treppe knallt. BURT schreit wieder auf, und BETTY packt ihn erneut. JOHNNY verstellt ROBBIE empört den Weg.

JOHNNY HARRIMAN

Hey, hey, nun mal langsam! Das ist ein alter Mann, den Sie da rumschubsen! Wo wollen Sie überhaupt hin?

ROBBIE

Laß mich vorbei! Ich muß ihn zu einem Arzt bringen!

SONNY

Na, dann viel Glück, Robbie Beals – der nächste ist jenseits der Meerenge in Machias, und da draußen tobt ein Orkan.

ROBBIE sieht ihn mit weit aufgerissenen Augen an, in denen ein Hauch von Vernunft aufdämmert. SONNY hat natürlich recht. SANDRA kommt zu ROBBIE und streicht DONNIE sanft das Haar aus der Stirn. BETTY SOAMES, die ihren weinenden Mann umarmt, funkelt die drei böse an.

53. INNEN: DER KINDERGARTENBEREICH IM KELLER, BLICK AUF DIE ANDERSONS

MIKE registriert die Panik der Eltern, die schlimm ist, aber auch die Panik der Inselbewohner generell, die vielleicht sogar noch schlimmer ist. Er holt tief Luft und schreit, so laut er nur kann:

MIKE

Jetzt seid endlich mal ... alle ... STILL!!!

Einige Leute in ihrer unmittelbaren Umgebung verstummen ... und diese Stille breitet sich nach außen aus. Nur ROBBIE BEALS dreht sich nicht zu dem Constable um, was uns mittlerweile nicht mehr sonderlich überraschen sollte.

ROBBIE

Wo ist Ferd? Der hat wenigstens eine Ausbildung zum Notfallsanitäter ... Ferd Andrews, wo steckst du, zum Teufel?

FERD

(ganz hinten in der Menge)

Hier –

Wir sehen, wie er sich nach vorne durchzukämpfen versucht.

ROBBIE

Beweg deinen Arsch hier rüber! Laßt ihn durch, Leute! Mein Sohn –

HATCH

Jetzt reicht's. Halten Sie den Mund.

ROBBIE

Sag du mir nicht, daß ich den Mund halten soll, Fettsack. Ich hab endgültig die Schnauze voll von dir.

Die beiden Männer stehen einander gegenüber, jeder mit einem bewußtlosen Kind auf den Armen, aber trotzdem bereit, sich zu prügeln.

MIKE

Hört auf, alle beide. Ich glaube nicht, daß Don in unmittelbarer Gefahr ist, Robbie. Ebensowenig wie Pippa oder Ralphie oder die anderen.

URSULA hat klagend über SALLY gekniet. Nun flüstert MOLLY ihr etwas ins Ohr, und URSULA steht auf.

MARY HOPEWELL

Dann ... sind sie nicht tot?

Die Inselbewohner sind jetzt alle verstummt; sie schauen hoffnungsvoll zu. ANDY hat seinen Sohn HARRY auf den Armen. JILL steht neben ihnen. JACK trägt BUSTER, während seine Frau – die verhärmte, neuerdings grauhaarige ANGIE – die Wangen des Jungen mit Küssen bedeckt und ihm leise ins Ohr spricht.

ANDY

Ich glaube ... er schläft.

URSULA

Das ist kein Schlaf. Wenn sie schlafen würden, könnten wir sie aufwecken.

FERD

(ist endlich vorne angekommen)

Was ist es dann?

MIKE

Ich weiß es nicht.

Er blickt in RALPHIES ruhig-heiteres Gesicht hinab, als wollte er sehen, was hinter den geschlossenen Augen des Jungen vorgeht. Die Kamera folgt seinem Blick, fährt immer näher an RALPHIES Gesicht heran, von der Halbnahen zur Großaufnahme und weiter zur extremen Großaufnahme. Währenddessen

ÜBERBLENDEN WIR LANGSAM ZU:

54. AUSSEN: BLAUER HIMMEL, WEISSE WOLKEN – TAG

Der Himmel über uns hat jenes tiefe, durchdringende Blau, das man nur vom Flugzeug aus sieht. Wir befinden uns 6700 Meter über der Erdoberfläche. Unter uns, in einer Höhe von etwa 6400 Meter, erstreckt sich eine ausladende Wolkendecke – eine riesige Tanzfläche am Himmel. Wir sehen Wolkenfäden, die sich von der Oberseite dieser Wolkendecke lösen und wie Rauchfahnen ins Blau steigen. Hier oben, wo wir sind, ist alles sonnenhell und heiter. Unten wütet immer noch der Sturm des Jahrhunderts.

Eine V-Form wird durch die Wolken sichtbar, hebt sich gräulich gegen das Weiß ab. Es ist, als sähe man ein U-Boot, das dicht unter der Oberfläche fährt, oder ein Flugzeug, das gleich aus den Wolken brechen wird. Gemessen an unserem Standort sollte man meinen, es ist ein Flugzeug, aber das ist es nicht.

Die V-Form steigt aus den Wolken. An der Spitze des Vs fliegt LINOGE mit seiner Strickmütze, der Seemannsjacke, den Bluejeans und den gelben Handschuhen. Vor ihm schwebt der Stock, der ihnen wie ein Leitstern den Weg weist. LINOGE hat die Arme ein wenig abgespreizt und streckt zu beiden Seiten die Hände aus. An einer hält sich PIPPA HATCHER fest, an der anderen RALPHIE ANDERSON. An deren Händen wiederum halten sich HEIDI und BUSTER fest; dann kommen SALLY und DON, und ganz außen und hinten schließlich HARRY und der kleine FRANK BRIGHT. Ihre Haare werden ihnen aus der Stirn geweht. Ihre Kleider flattern. Sie sind völlig hin und weg vor Wonne.

LINOGE

(ruft nach hinten)

Gefällt's euch, Kinder?

KINDER

Ja … ja … cool … es ist toll!

(etc.)

55. AUSSEN: LINOGE (GROSS)

Seine Augen sind schwarz, durchzogen von sich windenden roten Adern. Als er lächelt, entblößt er erneut die spitzen Reißzähne. Der Schatten des Stocks liegt wie eine Narbe auf seinem Gesicht. Die Kinder glauben, daß sie mit einem fabelhaften Freund durch die Luft fliegen. Wir kennen die Wahrheit: Sie sind in der Gewalt eines Monsters.

ABBLENDE

ENDE DES 2. AKTS

3. Akt

56. AUSSEN: DAS RATHAUS – NACHT

Es geht noch immer beinahe im Schneesturm unter. Die wenigen Lichter brennen tapfer.

57. AUSSEN: DER GENERATORSCHUPPEN HINTER DEM RATHAUS – NACHT

Er ist kaum noch zu sehen, weil er fast vollständig unter Schneewehen begraben ist, aber das Brüllen des Motors ist unverwechselbar. Dann hustet die Maschine … und stottert …

58. AUSSEN: DAS RATHAUS – NACHT

Die Lichter flackern …

59. INNEN: DIE KÜCHE DES RATHAUSES – NACHT

TESS MARCHANT, TAVIA GODSOE und JENNA FREEMAN holen Kerzenschachteln aus dem Vorratsschrank neben der Speisekammer und stapeln sie auf der Arbeitsplatte. Die Deckenlampe flackert weiter. TAVIA und JENNA schauen nervös nach oben.

TAVIA GODSOE

(nervös, zu TESS)

Was meinen Sie, wird der Generator den Geist aufgeben?

TESS

Ayuh. Ist ein Wunder, daß er überhaupt so lange durchgehalten hat, obwohl niemand verhindern konnte, daß er im Schnee versunken ist. Der Wind muß das Auspuffrohr freigehalten haben, aber jetzt hat er gedreht. Ist auch eine gute Nachricht, in gewissem Sinn. Heißt, daß der Sturm fast vorbei ist.

Sie reicht JENNA mehrere aufeinandergestapelte Kerzenschachteln, gibt TAVIA auch welche und nimmt selbst einen dritten Stapel.

JENNA

In die Versammlungshalle?

TESS

Ja, genau – Mike möchte, daß die zuerst fertig ist. Da drin gibt es zwar eine Notbeleuchtung, aber die reicht ihm nicht. Sehen wir zu, daß wir so viel wie möglich erledigen, solange wir noch was sehen können.

60. INNEN: EIN KORRIDOR, DER ZUR VORDERSEITE DES RATHAUSES FÜHRT

Weiter vorn sind die Kellertreppe und URSULA GODSOES verglastes Büro. Die Versammlungshalle liegt hinter den Korridorfenstern auf der rechten Seite. Durch diese sehen wir vielleicht einhundertzwanzig Inselbewohner. Einige grasen das Buffet ab (das mittlerweile nur noch wenig zu bieten hat), die meisten sitzen auf Bänken, unterhalten sich und trinken Kaffee.

An den Korridorwänden stehen Stühle; diese werden in weniger katastrophalen Zeiten von Leuten benutzt, die darauf warten, irgendwelche offiziellen Dinge erledigen zu können – einen Wagen, einen Hund, ein Boot anzumelden; Vermögenssteuer zu bezahlen; einen Blick in die Wählerlisten zu werfen; vielleicht eine Fischfang- oder Muschelfischergenehmigung zu erneuern. Auf diesen Stühlen sitzen nun weitere zwei Dutzend Inselbewohner. Manche unterhalten sich leise, andere dösen vor sich hin. Jetzt warten sie auf das Ende des Sturms.

TESS, TAVIA und JENNA kommen mit ihrem Kerzenvorrat den Korridor entlang. Weiter vorn kommt HATCH aus URSULAS Büro.

HATCH

Ich hab gerade ein paar Brocken der letzten Wettermeldung auf Kurzwelle aufgeschnappt. Sie sagen, daß wir heute nacht vielleicht den Mond zu sehen kriegen.

TAVIA GODSOE

Das ist ja wunderbar.

Die Leute, die wie Patienten im Wartezimmer eines Arztes auf dem Korridor sitzen, finden das auch – viele applaudieren und wecken damit die Schlafenden, die sich umschauen und fragen, was los ist.

TAVIA

Wo ist Ursula, wissen Sie das?

HATCH

Unten, bei Sally und den anderen. Als ich sie das letzte Mal gesehen habe, hat sie geschlafen.

(Pause)

Aber nicht so wie die Kinder. Wissen Sie?

TAVIA

Ja … aber ich bin sicher, daß ihnen nichts passiert. Sie werden gesund und munter aufwachen.

HATCH

Ich hoffe, Sie haben recht, Tavia Godsoe. Ich *bete*, daß Sie recht haben.

Er geht nach unten. Die drei Frauen schauen ihm voller Mitgefühl nach, dann gehen sie weiter. Als sie an der Treppe rechts abbiegen, um die Versammlungshalle zu betreten, kommt JOANNA STANHOPE gerade aus dem Keller herauf.

JOANNA STANHOPE

Kann ich helfen?

TAVIA

Gehen Sie in die Küche und holen Sie den Rest der Kerzen, wenn Sie wollen. Ich fürchte, der Generator gibt bald den Geist auf.

TAVIA, TESS und JENNA betreten die Versammlungshalle. JOANNA (die den Schock über den Tod ihrer unangenehmen Schwiegermutter in Rekordzeit überwunden hat) geht zur Küche.

Die Lampen flackern, erlöschen und leuchten dann wieder auf. Die Inselbewohner, die auf den Stühlen an den Korridorwänden sitzen, schauen nach oben und unterhalten sich leise.

61. INNEN: DER SCHLAFBEREICH DER KINDER IM KELLER – NACHT

... der jetzt allerdings wie die Intensivstation im Kinderkrankenhaus aussieht; dies könnten die Auswirkungen einer grauenhaften Tragödie wie des Blutbads an all diesen Kindern in Schottland sein.

URSULA hat sich ein Bett neben das von SALLY herangezogen, hält beide Hände ihrer Tochter in den ihren und schläft. MIKE und MOLLY sind bei RALPHIE, und MELINDA ist bei PIPPA und streicht dem Kind die Haare aus der Stirn. Die ROBICHAUXS sind bei HARRY, die CARVERS bei BUSTER, die BRIGHTS bei FRANK, LINDA ST. PIERRE bei HEIDI. Neben ihr sitzt – ebenfalls allein – SANDRA BEALS. Sie wischt DON mit einem Waschlappen sanft und liebevoll die Doughnut-Brösel vom Mund. Jetzt, wo die Kinder tief und fest schlafen, könnte man sie für die kleinsten Engel im Himmel halten. Sogar DON.

In der Ecke sitzt REV. BOB RIGGINS mit gefalteten Händen und betet unauffällig.

HATCH schlüpft durch die behelfsmäßigen Vorhänge, bleibt dann stehen und schaut nach oben, als das Licht wieder flackert. Es flammt erneut auf, und er kommt zu den Kindern und ihren Eltern herüber.

HATCH
(ZU MELINDA)
Irgendeine Veränderung?
(sie schüttelt den Kopf)
Und bei den anderen?

MELINDA
(leise, verzweifelnd)
Nein.

MOLLY

Aber ihre Atmung ist normal, die Reflexe sind normal, und wenn man ein Lid hochzieht, reagieren die Pupillen aufs Licht. Das ist alles gut.

HATCH setzt sich neben MELINDA und schaut PIPPA aufmerksam ins Gesicht. Er sieht, wie ihre Augenlider zucken und sich bewegen.

HATCH

Sie träumt.

MIKE

Sie träumen alle.

MIKE und HATCH wechseln einen Blick, dann schaut HATCH zu SANDRA hinüber.

HATCH

Wo ist Robbie, Sandra?

SANDRA

Weiß ich nicht.

»Und es ist mir auch egal«, besagt ihr Ton. Sie fährt fort, DONNIE den Mund abzuwischen. Die Brösel sind jetzt alle weg; sie streichelt ihn nur, schenkt ihm all ihre Liebe.

62. INNEN: EINE BANK IN DER VERSAMMLUNGSHALLE, MIT ROBBIE BEALS – NACHT

ROBBIE sitzt ganz für sich – gewählter Funktionär hin oder her, persönlich machen sich nur wenige etwas aus ihm. Im Hintergrund unterhalten sich Leute. Einige helfen TAVIA, TESS und JENNA, Kerzen in die reich verzierten Kerzenhalter an den Wänden zu stecken. ROBBIE trägt ein Sportsakko. Er greift in die rechte Tasche und zieht die Pistole heraus, die wir im ersten Teil bei ihm gesehen haben. Er hält sie im Schoß und betrachtet sie nachdenklich.

Die Deckenlampen flackern und erlöschen. Die Notbeleuchtung an den Wänden geht mit korrespondierendem Flackern an. Leute schauen nervös nach oben. Die drei Frauen arbeiten ein wenig schneller. Weitere Leute kommen herüber, um ihnen zu helfen.

ROBBIE hat keine Lust zu helfen und reagiert nicht auf das drohende Erlöschen des elektrischen Lichts. Er ist weit weg, in seiner eigenen kleinen Welt, wo nur Rachegedanken zählen. Er sieht die kleine Waffe noch eine oder zwei Sekunden länger an und steckt sie dann wieder in die Tasche seines Sakkos, wo er sie jederzeit zur Hand hat. Anschließend sitzt er weiter da und starrt ins Leere – ein stinksaurer Bürgermeister, der darauf wartet, daß LINOGE erscheint.

63. INNEN: DIE KÜCHE DES RATHAUSES

JOANNA STANHOPE kommt herein und schaut unbehaglich nach oben, als das Licht flackert.

64. AUSSEN: DER GENERATORSCHUPPEN – NACHT

Die Maschine hustet … stottert … und fängt sich diesmal nicht mehr. Sie bekommt einen Erstickungsanfall und verstummt schließlich. Nur noch das Heulen des Windes ist zu hören.

65. INNEN: DER SCHLAFBEREICH DER KINDER – NACHT

Das Licht erlischt. Einen Augenblick lang ist es stockfinster, dann leuchtet ein schwaches Notlicht in einem ganz hinten im Raum hoch oben an der Wand angebrachten Gehäuse auf.

MIKE
(ZU HATCH)
Hilfst du mir mit den Kerzen?

HATCH
Schatz?

MELINDA

Mach nur.

Die beiden stehen auf und gehen hinaus.

66. INNEN: DER FERNSEHBEREICH IM KELLER DES RATHAUSES – NACHT

MIKE und HATCH kommen durch die behelfsmäßigen Vorhänge heraus und gehen zur Treppe.

HATCH

Im Radio sagen sie, daß der Sturm um Mitternacht weitgehend vorbei sein wird. Wenn Linoge irgendwas unternehmen will ...

MIKE

Ich glaube, da kannst du dich ziemlich fest drauf verlassen.

67. INNEN: DIE KÜCHE DES RATHAUSES, MIT JOANNA STANHOPE – NACHT

Die Beleuchtung in der Küche ist sehr schummrig; von den beiden batteriebetriebenen Notlichtern funktioniert eins überhaupt nicht, und das andere gibt nur ein mattes gelbes Glimmen von sich. Als JOANNA den Raum durchquert, erlischt es ganz.

JOANNA, jetzt nur ein Schatten unter anderen Schatten, geht am Tisch in der Mitte des Raumes vorbei zur Arbeitsplatte. Sie stößt sich die Hüfte und schreit leise auf – eher aus Ungeduld denn vor Schmerz. Sie erreicht die Arbeitsplatte und nimmt eine der Kerzen aus ihrer Schachtel. Neben einer Ansammlung von Kerzenständern liegen auch ein paar Stapel Streichholzschachteln, und sie zündet ihre Kerze mit einem Streichholz an. Als die Flamme hoch genug ist, nimmt sie einen Kerzenständer und steckt den Fuß der Kerze auf den Dorn.

Sie nimmt die übrigen Kerzen, stapelt die Schachteln sorgfältig in einer Armbeuge und dreht sich um. Auf dem Tisch, der für die Nacht sauber aufgeräumt worden war und völlig leer gewesen ist, als sie hereinkam, liegt LINOGES Stock mit dem Wolfskopf.

JOANNA schnappt nach Luft, dreht sich um … und da steht LINOGE. Ihre Kerze bescheint von unten her sein lächelndes Gesicht. Es sieht wie das Antlitz eines Kobolds aus. Sie schnappt nach Luft, saugt einen Schrei ein, und alle Kerzen – die brennende ebenso wie die Schachteln mit den anderen darin – fallen ihr aus den Händen. Die brennende Kerze geht aus, so daß JOANNA erneut in schattenhafter Dunkelheit steht – und wir mit ihr.

LINOGE

Hallo, Joanna Stanhope. Du bist froh, daß die alte Hexe tot ist, nicht wahr? Da habe ich dir einen Gefallen getan, o ja. Du hast keine Miene verzogen, aber innerlich hast du einen Freudentanz aufgeführt. Ich weiß es; ich kann es an dir riechen wie Moschus.

JOANNA beginnt zu schreien – diesmal richtig herum, indem sie die Luft ausstößt. Dann schlägt sie beide Hände vor den Mund, bevor der Schrei aus ihr hervorbrechen kann. Die Augen über den Händen quellen vor Entsetzen aus den Höhlen, und wir wissen, daß sie nicht freiwillig aufgehört hat zu schreien.

LINOGE

(zärtlich)

Schsch … schsch …

68. INNEN: DER RATHAUSKORRIDOR, MIT MIKE UND HATCH

Der schummrige Korridor wird von zwei trüben Notlichtern an der Wand, ein paar Kerzen und Taschenlampen erleuchtet … vielleicht sogar von ein oder zwei hochgehaltenen Feuerzeugen. Durch die Fenster sehen wir, wie die Frauen in der Versammlungshalle für Licht sorgen.

STAN HOPEWELL

Was ist mit dem Generator, Mike?

ERSTER INSELBEWOHNER

Was meinen Sie, ob wir jetzt für den Rest des Sturms keinen Strom mehr haben?

ZWEITER INSELBEWOHNER

Wie steht's mit der Heizung? Der verdammte Holzofen ist ja vor drei Jahren ausgebaut worden! Ich hab denen gesagt, daß es ein Fehler ist, daß sie ihn in der Blizzard-Saison brauchen würden, entweder in diesem Jahr oder im nächsten, aber heutzutage hört ja niemand mehr auf die Alten –

MIKE

(ohne stehenzubleiben)

Keine Sorge, wir werden genug Licht und Wärme haben. Und was den Sturm betrifft, so haben wir um Mitternacht das Schlimmste überstanden. Stimmt's, Hatch?

HATCH

Stimmt.

REV. BOB RIGGINS ist MIKE und HATCH gefolgt. Auf der Treppe ist er ein bißchen zurückgefallen (RIGGINS ist eine korpulente Erscheinung), aber jetzt holt er sie wieder ein.

REV. BOB RIGGINS

Diese guten Leute machen sich keine Sorgen um Licht oder Wärme, Michael, und das wissen Sie.

MIKE hält auf seinem Weg zur Küche inne und dreht sich um. All die im Flüsterton geführten Gespräche im Korridor verebben. RIGGINS hat einen bloßliegenden Nerv getroffen; er spricht für alle, sagt, was die anderen nicht sagen können, und MIKE weiß es.

REV. BOB RIGGINS

Wenn dieser Bursche kommt, Michael, müssen wir ihm geben, was er will. Ich habe gebetet, und das ist der Rat, den der Herr uns –

MIKE

Wir werden uns anhören, was er zu sagen hat, und dann entscheiden ... okay?

Dafür erntet er mißbilligendes Gemurmel.

ORV BOUCHER

Wie können Sie das sagen, obwohl Ihr eigenes Kind –?

MIKE

Weil ich nicht an Blankoschecks glaube.

Er wendet sich zum Gehen.

REV. BOB RIGGINS

Es gibt eine Zeit für Sturheit, Michael ... aber es gibt auch eine Zeit, in der man die Zügel schießen lassen und das Gemeinwohl ins Auge fassen muß, so schwer es auch sein mag. »Wer zugrunde gehen soll, der wird zuvor stolz; und Hochmut kommt vor dem Fall.« Die Sprüche Salomons.

MIKE

»So gebet dem Kaiser, was des Kaisers ist, und Gott, was Gottes ist!« Der Evangelist Matthäus.

Es ärgert REV. BOB RIGGINS, daß MIKE versucht, ihn auf dem Feld der Bibelzitate zu schlagen. Als er Anstalten macht, ihm zu folgen und die Diskussion vielleicht fortzusetzen, schüttelt MIKE den Kopf.

MIKE

Bleiben Sie bitte hier – wir haben die Sache im Griff.

REV. BOB RIGGINS

Ich weiß, daß Sie das glauben ... aber nicht alle von uns sind davon überzeugt.

ORV BOUCHER

Denken Sie daran, daß dies immer noch eine Demokratie ist, Michael Anderson! Sturm hin oder her!

Zustimmendes Gemurmel.

MIKE

Ich bin sicher, wenn mein Gedächtnis nachläßt, werden Sie es auffrischen, Orv. Komm, Hatch.

69. INNEN: DER EINGANG ZUR KÜCHE, MIT MIKE UND HATCH – NACHT

Sie sind im Begriff, die Küche zu betreten; dann bleiben sie entsetzt und erstaunt stehen.

LINOGE

(off)

Nur herein! Nur herein!

70. INNEN: DIE KÜCHE – NACHT

Brennende Kerzen stehen auf dem Tisch und der Arbeitsplatte. Wir sehen LINOGE, der mit dem vor ihm aufgepflanzten Stock und den über dem Wolfskopf gefalteten Händen (die gelben Handschuhe sind fürs erste wieder verschwunden) sehr elegant aussieht. Außerdem sehen wir JOANNA STANHOPE. Sie schwebt an der gegenüberliegenden Wand; ihr Kopf berührt beinahe die Decke, ihre Füße baumeln in der Luft. Ihre Arme sind ausgestreckt, so daß ihre Hände auf gleicher Höhe mit ihren Hüften sind – eine Haltung, die eine Kreuzigung nicht direkt imitiert, aber an sie erinnert. In den zur Faust geballten Händen hält JOANNA jeweils eine brennende Kerze. Das schmelzende Wachs ist ihr über die Finger gelaufen. Ihre Augen sind weit aufgerissen. Sie kann sich nicht bewegen, aber sie nimmt alles wahr … und sie hat schreckliche Angst.

Auf der anderen Seite des Raumes sind MIKE und HATCH wie angewurzelt stehengeblieben.

LINOGE

Kommt rein, Jungs. Und zwar sofort und ganz leise… außer ihr wollt, daß ich dieses Miststück dazu bringe, sich das Gesicht wegzubrennen.

Er hebt den Stock ein kleines Stück. Als er das tut, hebt JOANNA eine der Kerzen auf genau die gleiche Weise zu ihrem Kopf.

LINOGE

So viele Haare! Wollen wir sehen, wie sie brennen?

MIKE

Nein.

Er betritt den Raum. HATCH folgt ihm mit einem Blick nach hinten in den Korridor. Dort spricht BOB RIGGINS gerade zu den Inselbewohnern. Man kann nicht verstehen, was er sagt, aber allem Anschein nach hat er ziemlich viele von ihnen dazu gebracht, ihm beizupflichten.

LINOGE

Ein paar kleine Probleme mit dem hiesigen Medizinmann, wie? Nun, hier ist etwas, was Sie vielleicht für später zu Protokoll nehmen sollten, Constable… natürlich immer vorausgesetzt, es *gibt* ein Später. Reverend Bobby Riggins hat zwei Nichten drüben in Castine. Elf und neun sind sie, niedliche kleine Blondchen. Er mag sie sehr. Wahrscheinlich zu sehr. Sie laufen weg und verstecken sich, wenn sie seinen Wagen in die Auffahrt einbiegen sehen. Tatsächlich –

MIKE

Lassen Sie sie runter. Joanna, ist alles in Ordnung mit Ihnen?

Sie antwortet nicht, aber sie rollt entsetzt die Augen. LINOGE runzelt die Stirn.

LINOGE

Wenn Sie nicht Mrs. Stanhope als größte Geburtstagskerze der Welt sehen wollen, rate ich Ihnen, nicht noch einmal zu sprechen, bevor Sie dazu aufgefordert werden. Hatch, mach die Tür zu.

HATCH gehorcht. LINOGE sieht zu und richtet seine Aufmerksamkeit dann wieder auf MIKE.

LINOGE

Sie legen keinen großen Wert auf Wissen, nicht wahr?

MIKE

Nicht auf Ihre Art von Wissen, nein.

LINOGE

Schade. Wirklich schade. Vielleicht glauben Sie mir nicht?

MIKE

Ich glaube Ihnen. Es ist nur so, daß Sie all das Schlechte wissen, aber nichts Gutes.

LINOGE

Das ist so inspiriert, daß mir die Tränen kommen. Aber im großen und ganzen ist das Gute eine Illusion, Constable Anderson. Kleine Märchen, die sich die Leute erzählen, damit sie ihre Tage überstehen, ohne immerzu schreien zu müssen.

MIKE

Das glaube ich nicht.

LINOGE

Ich weiß. Sie sind eben ein braver Junge durch und durch … aber ich glaube, Sie werden feststellen, daß Sie diesmal auf verlorenem Posten stehen.

Er sieht JOANNA an, hebt den Stock … und senkt ihn dann langsam. Im selben Moment rutscht sie an der Wand herunter. Als ihre Füße den Boden berühren, schürzt LINOGE die Lippen und macht leise PUFF. Ein Windhauch fährt durch den Raum. Die Flammen der Kerzen auf dem Tisch und der Arbeitsplatte flackern; die Kerzen in JOANNAS Händen erlöschen. Gleichzeitig weicht der Bann von ihr, der sie hält. Sie läßt die Kerzen fallen und läuft schluchzend zu MIKE hinüber. Als sie LINOGE auf ihrem Weg durch die Küche am nächsten kommt, scheut sie vor ihm zurück. Er lächelt ihr väterlich zu, als MIKE einen Arm um sie legt.

LINOGE

Eure Stadt ist voller Ehebrecher, Kinderschänder, Diebe, Prasser, Mörder, Schläger, Schurken und begehrlicher Schwachköpfe. Ich kenne jeden einzelnen von ihnen – Kind der Lust, Staub sollst du sein. Kind der Sünde, komm herein.

JOANNA

(schluchzend)

Er ist der Teufel! Er ist der Teufel! Lassen Sie ihn nicht noch mal in meine Nähe, ich tue alles, aber lassen Sie ihn nicht noch mal in meine Nähe!

MIKE

Was wollen Sie, Mr. Linoge?

LINOGE

Daß in einer Stunde alle auf diesen Bänken sitzen – das genügt für den Anfang. Wir werden eine kleine außerplanmäßige Wählerversammlung durchführen, und zwar um punkt neun Uhr. Danach ... nun ... wir werden sehen.

MIKE

Was werden wir sehen?

LINOGE geht zur Hintertür. Er hebt seinen Stock, und die Tür schwingt auf. Der Wind weht herein und löscht sämtliche Kerzen. LINOGES Gestalt dreht sich in der Tür um. In der Silhouette seines Kopfes sehen wir die sich windenden roten Linien, die seine Augen erhellen.

LINOGE

Ob ich mit dieser Stadt fertig bin ... oder ob ich erst anfange. Neun Uhr, Constable. Sie ... er ... sie ... Reverend Bobbie ... Bürgermeister Robbie ... *alle*.

Er geht hinaus. Die Tür schlägt hinter ihm zu.

71. INNEN: DIE KÜCHE, MIT MIKE, HATCH und JOANNA – NACHT

HATCH

Was machen wir jetzt?

MIKE

Was *können* wir schon machen? Uns anhören, was er sonst noch will. Ich denke nicht, daß wir eine andere Möglichkeit haben. Robbie Bescheid sagen.

HATCH

Was ist mit den Kindern?

JOANNA

Ich passe auf sie auf … ich will sowieso nicht da sein, wo er ist. Nie wieder.

MIKE

Nein, das geht nicht. Er will, daß alle da sind, also auch Sie, Jo.

(denkt nach)

Wir bringen die Kinder rauf. Mitsamt den Betten und allem. Stellen sie hinten in die Versammlungshalle.

HATCH

Ja. Das wird gehen.

(als MIKE wieder die Tür aufmacht)

Ich hatte in meinem ganzen Leben noch nie solche Angst.

MIKE

Ich auch nicht.

Sie gehen hinaus, um den Überlebenden des Sturms von der Versammlung zu erzählen.

72. AUSSEN: DIE VORDERSEITE DES RATHAUSES – NACHT

Die kleine Kuppel mit der Gedenkglocke darin ist fast schon von den Schneewehen verschlungen worden. Auf einer dieser

Schneewehen steht ANDRE LINOGE – ein fast so wundersamer Trick, als würde er auf dem Wasser wandeln. Den Stock hat er ordentlich zwischen die Füße gestellt. Er schaut zum Rathaus hinüber … bewacht es … wartet den richtigen Augenblick ab.

ABBLENDE

ENDE DES 3. AKTS

4. Akt

73. AUSSEN: DIE KREUZUNG VON MAIN STREET UND ATLANTIC STREET – NACHT

Der Wind weht nach wie vor, bläst dichte Schneewolken über die Main Street und türmt weiterhin Schneewehen auf, aber es hat fast aufgehört zu schneien.

74. AUSSEN: DIE ÜBERRESTE DER HAFENANLAGEN – NACHT

Die Wellen krachen noch immer gegen die Kaimauer, aber nicht mehr so heftig wie zuvor. Am unteren Ende der Atlantic Street liegt ein umgestürztes Fischerboot; sein Bug hat sich ins Schaufenster des Souvenir- und Antiquitätenladens von Little Tall gebohrt.

75. AUSSEN: DER HIMMEL – NACHT

Zuerst sehen wir nur Schwärze und Wolken, aber dann breitet sich eine silbrige Helligkeit aus. In diesem Licht sehen wir die aufgewühlten, rauchigen Umrisse der Wolken deutlicher, und dann kommt – nur für ein oder zwei Augenblicke – der Vollmond heraus. Gleich darauf verschwindet er wieder.

76. AUSSEN: DAS RATHAUS – NACHT

Hinter den wirbelnden Schneeschleiern sieht das Gebäude immer noch ein wenig wie ein Trugbild aus. Die Gedenkglocke schwingt im Schutz ihrer Kuppel hin und her; sie wird vom Wind sanft geläutet.

77. INNEN: EINE ALTMODISCHE WANDUHR (GROSS)

Sie tickt laut. Als der Minutenzeiger genau auf neun Uhr steht, beginnt sie, die Stunde zu schlagen. Im selben Augenblick fährt die Kamera zurück und schwenkt, so daß wir die Versammlungshalle von Little Tall Island sehen.

Es ist ein gespenstischer und schöner Anblick. Jedes Mitglied der Gemeinde, das wir kennengelernt haben, sitzt dort, dazu all die anderen Inselbewohner – insgesamt zweihundert Personen. Im Kerzenschein sehen sie unheimlich aus, wie Dorfbewohner aus einer früheren Zeit ... sagen wir, aus der Zeit von Salem und Roanoke.

In der ersten Reihe sitzen MIKE und MOLLY, HATCH und MELINDA, REVEREND BOB RIGGINS und CATHY, seine Frau, URSULA GODSOE und SANDRA BEALS. ROBBIE BEALS sitzt oben auf der Bühne an einem kleinen Holztisch links vom Rednerpult. Vor ihm auf dem Tisch steht ein kleines Schild mit der Aufschrift BÜRGERMEISTER.

In einer Ecke im hinteren Teil des Raumes sind acht Betten aufgestellt worden. Darin schlafen die Kinder. Auf Klappstühlen zu beiden Seiten dieser kleinen Enklave sitzen ANGIE CARVER, TAVIA GODSOE, JOANNA STANHOPE, ANDY ROBICHAUX, CAT WITHERS und LUCIEN FOURNIER. Sie versuchen, die Kinder zu bewachen, so gut es irgend geht.

Die letzten Gongschläge der Wanduhr verklingen, und man hört nur noch das Heulen des Windes draußen vor dem Gebäude. Die Leute schauen sich nervös um und halten Ausschau nach einer Spur von LINOGE. Kurz darauf erhebt sich ROBBIE von seinem kleinen Tisch und geht zum Rednerpult, wobei er hektisch am Saum seines Sportsakkos zerrt.

ROBBIE

Ladies and Gentlemen ... ich weiß genausowenig wie Sie, worauf wir warten, aber –

JOHNNY HARRIMAN

Warum setzen Sie sich dann nicht hin und warten, wie wir anderen auch, Robbie?

Nervöses Gelächter brandet auf. ROBBIE sieht JOHNNY finster an.

ROBBIE

Ich wollte nur sagen, Johnny, daß wir bestimmt einen Ausweg aus dieser ... *Situation* finden werden, wenn wir zusammenhalten, wie wir auf der Insel immer zusammengehalten haben ...

78. INNEN: DIE RATHAUSTÜR – NACHT

Sie fliegt mit einem lauten, hallenden Knall auf. Im Schnee auf der Treppe draußen sehen wir LINOGES Stiefel und den schwarzen Schaft von LINOGES Stock.

79. INNEN: ROBBIE BEALS

Er verstummt und schaut zur Tür. Der Schweiß läuft ihm nur so übers Gesicht.

80. INNEN: MONTAGE VON INSELBEWOHNERN

TAVIA ... JONAS STANHOPE ... HATCH ... MELINDA ... ORV ... REVEREND RIGGINS ... LUCIEN ... andere. Alle schauen zur Tür.

81. INNEN: DER RAUTHAUSKORRIDOR – NACHT

Die Stiefel treten auf die schwarz-weiß gemusterten Fliesen. Der Stock hält Schritt; er kommt in regelmäßigen Abständen herab. Wir bleiben auf den Stiefeln, bis sie die Eingangstür zur Versammlungshalle erreichen. Dann fährt die Kamera hoch zu der Doppeltür mit den Glasscheiben. Über ihr steht LITTLE TALL ISLAND – VERSAMMLUNGSHALLE. Und darunter: LASSET UNS GOTT UND EINANDER VERTRAUEN. Wir sehen die Inselbewohner zu dem Besucher hinausschauen. Ihre Augen sind groß und voller Furcht.

Hände in leuchtend gelben Handschuhen kommen ins Bild und packen die beiden Türknäufe. Sie öffnen die Tür zur Kamera hin ...

82. INNEN: DER EINGANG ZUR VERSAMMLUNGSHALLE, GEGENSCHUSS – NACHT

LINOGE steht dort in seiner Seemannsjacke und den gelben Handschuhen. Den Stock hat er unter den Arm geklemmt. Er lächelt. Seine Augen sehen mehr oder weniger normal aus, seine Monsterzähne sind wohlweislich verborgen. Er streift seine Handschuhe ab und stopft sie in seine Jackentaschen.

In einer geradezu ohrenbetäubenden Stille betritt LINOGE langsam den Raum. Das einzige Geräusch ist das stetige Ticken der Wanduhr.

83. INNEN: DIE VERSAMMLUNGSHALLE – NACHT

LINOGE geht langsam durch den Gang, der hinter den Bänken und vor den mit Bröseln übersäten Tischen entlangführt, wo das Buffet aufgebaut war. Alle Inselbewohner, aber besonders jene in den letzten zwei oder drei Bankreihen (mit anderen Worten, jene, die ihm am nächsten sind) drehen sich zu ihm um. Ihre Blicke sind mißtrauisch und ängstlich.

Als LINOGE sich der kleinen Ansammlung von Betten mit schlafenden Kindern nähert, rücken die selbsternannten Wächter zusammen und bilden eine Barriere zwischen LINOGE und den Kindern.

LINOGE gelangt zu der Stelle, wo ihn eine Schwenkung nach rechts durch den Mittelgang zur Bühne bringen wird. Er bleibt einen Moment lang mit gütigem Lächeln stehen und genießt offenkundig die Angst und das Mißtrauen, die in dem stillen Raum umherschwirren – als würde er sich daran laben.

Dazwischen schneiden wir Bilder von all den Inselbewohnern, die wir inzwischen kennengelernt haben. CAT ist trotzig: An diese Kinder kommst du nur über meine zerstückelte Leiche heran, sagt ihre Miene. HATCHS rundes, ehrliches Gesicht ist von Anspannung und Entschlossenheit gezeichnet, das von ME-

LINDA von Furcht und Entsetzen. Wie sehen auch andere: JACK CARVER ... FERD ANDREWS ... UPTON BELL ... alle haben sie Angst, alle sind sie eingeschüchtert von der Gegenwart des Übernatürlichen ... und er *ist* übernatürlich, das spüren sie.

Zuletzt sehen wir ROBBIE, dessen Gesicht schweißnaß ist und dessen Hand tief in der Jackentasche steckt, in der er seine Waffe verborgen hat.

LINOGE tippt mit seinem Stock zuerst gegen die Bank zu seiner Linken und dann gegen die Bank zu seiner Rechten, wie er links und rechts an Marthas Gartenpforte getippt hat. Ein Zischen ertönt; Rauch steigt von den verbrannten Stellen auf, wo der Stock das Holz berührt hat. Diejenigen, die auf diesen beiden Seiten außen am Gang sitzen, weichen zurück. Auf der rechten Seite sind es die HOPEWELLS – STAN, MARY und DAVEY. LINOGE lächelt ihnen zu; diesmal teilen sich seine Lippen so weit, daß die Spitzen seiner Reißzähne zum Vorschein kommen. Alle drei HOPEWELLS sehen es und reagieren darauf. MARY legt ihrem Sohn einen Arm um die Schultern und sieht LINOGE ängstlich an.

LINOGE

Hallo, Davey – dein schulfreier Tag würde einen tollen Aufsatz abgeben, was?

DAVEY antwortet nicht. LINOGE sieht ihn einen Moment länger an. Er lächelt immer noch.

LINOGE

Dein Vater ist ein Dieb – in den letzten sechs Jahren hat er der Schiffsausrüstungsfirma, bei der er arbeitet, mehr als vierzehntausend Dollar gestohlen. Er spielt damit.

(Und in vertraulichem Ton)

Er verliert.

DAVEY dreht sich um und wirft seinem Vater einen überraschten, ungläubigen Blick zu. Ich glaube es nicht, besagt der Blick, nicht *mein* Dad, niemals – doch für einen kurzen Moment sieht er nacktes Schuldbewußtsein und verhaltene Panik in STANS Gesicht. Nur für einen Moment, aber das genügt, um das Vertrauen des Sohnes in seinen vorher vergötterten Vater zutiefst zu erschüttern.

DAVEY

Dad –?

STAN HOPEWELL

Ich weiß nicht, wer Sie sind, Mister, aber Sie lügen.

(Pause)

Sie *lügen*.

Er macht es gut, aber nicht gut genug. Niemand glaubt ihm, nicht einmal sein Sohn oder seine Frau. LINOGE grinst.

LINOGE

Kind des Lasters, sag's zweimal … was, Davey? Mindestens zweimal.

Nachdem sein Werk an den HOPEWELLS getan und das lebenslange Vertrauen einer Familie binnen Sekunden zerstört ist, geht LINOGE langsam durch den Mittelgang zur Bühne. Jedes Auge, das ihm ins Gesicht zu schauen versucht, zaudert und wendet sich ab; jede Wange wird bleich; jedes Herz erinnert sich an seine Fehler und Täuschungen. Als er zu JOHNNY HARRIMAN gelangt, bleibt LINOGE stehen und lächelt.

LINOGE

Sieh an, Johnny Harriman! Der Bursche, der das Hobelwerk jenseits der Meerenge in Machias niedergebrannt hat!

JOHNNY HARRIMAN

Ich … Sie … das stimmt nicht!

LINOGE

(lächelnd)

Aber natürlich! Vor zwei Jahren, gleich nachdem sie dich gefeuert hatten!

(wendet sich an KIRK FREEMAN)

Und Kirk hat dir dabei geholfen … stimmt's? Natürlich hast du das getan – wozu sind Freunde denn da?

(wieder zu JOHNNY)

Siebzig Männer haben ihre Arbeit verloren, aber du hast deine Rache gehabt, und darauf kommt es doch an, nicht? Ayuh, klaah!

Die Inselbewohner starren JOHNNY an, als hätten sie ihn noch nie gesehen … und KIRK ebenfalls. JOHNNY schrumpft unter diesem Blick auf Zwergengröße zusammen.

KIRK

(zu JOHNNY)

Da hast du's, du Idiot. Schau dir an, was du uns damit eingebrockt hast!

JOHNNY

Halt den Mund!

KIRK verstummt, aber es ist zu spät. Lächelnd geht LINOGE weiter zur Bühne. Jede Person, die er ansieht, duckt sich wie ein vielfach getretener Hund. Niemand will ihm in die Augen schauen. Jeder Inselbewohner – ob Mann oder Frau – hofft, daß LINOGE nicht stehenbleibt und ihn oder sie anspricht, wie er es bei STAN und JOHNNY HARRIMAN getan hat.

LINOGE bleibt noch einmal stehen, als er JACK CARVER erreicht. Links und rechts neben JACK sitzen die beiden Männer, die LINOGE ebenfalls im Zusammenhang mit dem Angriff auf den jungen Schwulen erwähnt hat. JACK blickt rasch zu LINOGE auf und wendet den Blick dann ab. ALEX HABER und LUCIEN FOURNIER fühlen sich ebenso unwohl.

LINOGE

Ihr drei solltet wirklich mal hinfahren und diesen schwulen Jungen besuchen, den ihr zusammengeschlagen habt. Seine Augenklappe würde euch bestimmt mächtig antörnen. Diese Augenklappe mit dem Paisley-Muster.

84. INNEN: ANGIE CARVER

Sie runzelt neugierig die Stirn. Was sagt LINOGE da über ihren Mann... daß er jemanden zusammengeschlagen hat? JACK würde so etwas doch nie tun. Oder?

85. INNEN: WIEDER DER MITTELGANG DER VERSAMMLUNGSHALLE

JACK

(kaum mehr als ein Flüstern)

Halten Sie den Mund.

LINOGE

Er wohnt in einem Haus ohne Fahrstuhl in der Canal Street, gleich hinter der Lisbon Street. Ich könnte euch die Adresse geben. Ich weiß nicht, vielleicht hättet ihr ja Lust, ihm das Augenlicht endgültig zu rauben. Was meinst du, Lucien, wollt ihr ihm das andere Auge nicht auch noch ausschlagen? Die Sache zu Ende bringen?

(LUCIEN senkt den Blick, schweigt)

Alex?

(ALEX bleibt ebenfalls stumm)

Kind der Sünde, komm herein.

LINOGE läßt sie sitzen und geht weiter zum vorderen Ende des Saales.

86. INNEN: ROBBIE BEALS

Er steht zwischen seinem kleinen Bürgermeistertisch und dem Rednerpult. Sein Gesicht ist immer noch schweißüberströmt, sein Hemdkragen jetzt ebenfalls durchtränkt. Er sieht:

87. INNEN: DIE VERSAMMLUNGSHALLE, ROBBIES PERSPEKTIVE

Die FALSCHE MUTTER kommt langsam durch den Gang auf die Bühne zu. Sie trägt immer noch den Krankenhauskittel, und die wirren Haare stehen ihr in alle Richtungen vom Kopf ab. Natürlich ist es trotzdem LINOGE, und er hält nach wie vor den Stock mit dem Wolfskopf in der Hand.

FALSCHE MUTTER

Robbie, warum mußte ich unter Fremden sterben? Das hast du mir immer noch nicht erklärt. Warum mußte ich noch auf dem Totenbett vergeblich nach dir rufen? Ich wollte doch nur einen Kuß –

88. INNEN: DIE VERSAMMLUNGSHALLE, BLICK AUF DIE BÜHNE

Als LINOGE (in dieser Einstellung *ist* es LINOGE) näher kommt, reißt ROBBIE die Pistole aus seiner Tasche und richtet sie auf ihn.

ROBBIE

Bleib stehen! Ich warne dich, bleib stehen!

LINOGE

Ach, leg das weg.

ROBBIES Hand öffnet sich. Wir sehen, wie er dagegen ankämpft, aber es ist, als ob eine größere Hand – eine, die wir nicht sehen können – die seine gepackt halten und die Finger einen nach dem anderen aufbiegen würde. Die Pistole fällt mit einem dumpfen Laut auf den Bühnenboden, als LINOGE gerade die Treppe in der Mitte der Bühne erklimmt.

89. INNEN: DER VORDERE RAND DER BÜHNE, ROBBIES PERSPEKTIVE

Es ist die FALSCHE MUTTER, die die Treppe heraufkommt, und der Krankenhauskittel flattert um ihren dürren Leib. Sie richtet die Spitze des Stocks auf ROBBIE; ihre wäßrigen alten Augen blitzen bösartig.

FALSCHE MUTTER

Warum sagst du diesen Leuten nicht, wo du warst und was du getan hast, als ich gestorben bin, Robbie? Ich glaube, deine Frau würde das besonders interessieren, nicht wahr?

90. INNEN: BLICK AUF ROBBIE, LINOGE UND DIE ERSTEN PAAR REIHEN UNTEN

ROBBIE

Halt bloß den Mund! Sandra, hör nicht auf ihn! Das sind alles Lügen!

SANDRA BEALS macht Anstalten, aufzustehen. Sie ist verwirrt und ängstlich. URSULA packt sie am Handgelenk und bringt sie dazu, sich wieder hinzusetzen.

Auf der Bühne streckt LINOGE seine freie Hand zu ROBBIES Gesicht aus und krallt mit den Fingerspitzen nach ihm.

LINOGE

Deine Augen …

91. INNEN: DIE FALSCHE MUTTER, ROBBIES PERSPEKTIVE

FALSCHE MUTTER

Ich reiß dir die Augen aus dem Kopf und esse sie auf …

Die knochige alte Hand, in der sich kein Stock befindet, krallt weiter nach ROBBIES Gesicht.

92. INNEN: DIE BÜHNE

ROBBIE taumelt zurück, stolpert über seine eigenen Füße und fällt hin. Er rutscht auf dem Hintern von LINOGE/MOM weg, wobei er sich mit den Füßen abstößt, und landet schließlich zusammengekauert unter seinem kleinen Bürgermeistertisch. Dort bleibt er leise vor sich hinschnatternd liegen. Seine Waffe liegt vergessen rund anderthalb Meter entfernt auf der Bühne.

Die Inselbewohner murmeln erschrocken, als LINOGE hinters Rednerpult tritt und wie ein selbstbewußter Politiker, der gleich eine Ansprache halten will, dessen Seiten umfaßt.

LINOGE

Keine Sorge, Leute – er erholt sich bestimmt wieder. Und einstweilen ist es doch ganz nett, daß er unter dem Tisch hockt, statt draufzuschlagen, findet ihr nicht auch? Irgendwie erholsam. Na los. Sagt die Wahrheit …

(er macht eine Pause; lächelt)

… und beschämt den Teufel.

Sie sehen ihn stumm und furchtsam an. Lächelnd erwidert er ihren Blick.

LINOGE

Dann kommen wir mal zur Sache, nicht wahr? Ich erkläre euch, wie die Dinge liegen, dann gehe ich in den Keller und warte auf eure Entscheidung.

93. INNEN: DIE INSELBEWOHNER

SONNY BRAUTIGAN steht auf. Er hat Angst, ist aber fest entschlossen, den Mund aufzumachen.

SONNY

Warum sind Sie hergekommen? *Warum gerade zu uns?*

94. INNEN: MIKE UND MOLLY (GROSS)

MIKE

(leise; fast zu sich selbst)

Ich glaube, wir haben einfach irgendwas an uns, was ihm echt auf den Sack geht.

MOLLY ergreift seine Hand. MIKE schließt seine Finger über den ihren, hebt ihre Hand an seine Wange und reibt sie dort, schöpft Trost aus der Berührung.

95. INNEN: BLICK AUF DIE BÜHNE UND DEN SAAL, MIT LINOGE

LINOGE

Ich bin hier, weil Leute, die auf Inseln leben, zugunsten des Gemeinwohls an einem Strang ziehen können, wenn es sein muß ... und weil sie ein Geheimnis bewahren können. So war es 1587 auf Roanoke Island, und so ist es auch 1989 auf Little Tall.

HATCH

(steht auf)

Sagen Sie's uns. Hören Sie auf, um den heißen Brei herumzureden. Sagen Sie uns, was Sie wollen.

HATCH setzt sich. LINOGE steht mit schiefgelegtem Kopf am Rednerpult, als würde er nachdenken. Die Inselbewohner warten atemlos darauf, daß er fortfährt. Draußen stöhnt der Wind. Endlich hebt der Fremde den Kopf und sieht sein Publikum an.

LINOGE

Eure Kinder sind hier bei euch ... aber auch wieder nicht. Für mich gilt das gleiche, denn ein Teil von mir ist bei ihnen.

Er zeigt nach rechts, wo die Außenwand des Raumes von Fenstern gesäumt ist. An einem schönen Tag würden sie einen Blick nach Westen auf den Hang, der zum Hafen hinunterführt, auf die Meerenge und aufs Festland gewähren. Jetzt sind die Fenster dunkel ... doch dann hebt LINOGE die andere Hand und zeigt mit dem Wolfskopf seines Stocks dorthin.

Die Fenster füllen sich mit strahlend blauem Licht. Furchtsames, erstauntes Gemurmel erhebt sich unter den Inselbewohnern. Mehrere von ihnen beschatten sogar die Augen.

LINOGE

Schaut!

Die Kamera fährt aufs mittlere Fenster zu. Wie sehen blauen Himmel ... wir sehen die Wolken unter uns ... wir sehen etwas, das eine V-Formation von Vögeln (vielleicht Enten?) sein könnte, die über die Wolken hinwegfliegen. Aber das sind keine Enten oder Gänse … das sind … sind …

96. INNEN: DIE »KINDERECKE« IN DER VERSAMMLUNGSHALLE

ANDY ROBICHAUX springt taumelnd auf, ohne den Blick von den leuchtenden Fenstern zu wenden. Seine Miene ist bestürzt.

ANDY

Harry … o mein Gott, das ist Harry!

Er sieht seinen schlafenden Sohn mit einem wilden Blick an, vergewissert sich, daß der Junge nicht verschwunden ist, und schaut dann wieder zu dem Bild im Fenster hinüber. Und jetzt steht ANGIE neben ihm auf.

ANGIE

(schreit)

Buster! Jack, das ist Buster!

97. INNEN: LINOGE (GROSS)

LINOGE

Das sind sie *alle.*

98. AUSSEN: LINOGE UND DIE KINDER, FLIEGEND – TAG

LINOGE ist wie zuvor an der Spitze, direkt hinter dem fliegenden Stock. Wie zuvor hält er PIPPA und RALPHIE an den Händen, und die anderen Kinder reihen sich zu beiden Seiten hinter ihnen auf und bilden das V. Die Kinder lachen, sind glücklich und über alle Maßen entzückt. Bis –

LINOGE

(off)

Und wenn ich sie *dort* fallen lasse –

LINOGE öffnet die Hände, läßt RALPHIE und PIPPA los. Das Glück in ihren Gesichtern verwandelt sich sofort in Entsetzen. Die acht Kinder stürzen kreischend in die Tiefe, wobei sie einander loslassen, und werden vom Wolkenboden unter ihnen verschluckt.

99. LINOGE (GROSS)

LINOGE

– sterben sie *hier*.

100. INNEN: WIEDER BÜHNE UND PUBLIKUM, MIT LINOGE

LINOGE läßt seinen Stock sinken, und das strahlend blaue Licht in den Fenstern verblaßt; sie werden schwarz. Die Inselbewohner sind zutiefst schockiert von dem, was sie gesehen haben. Am meisten schockiert sind verständlicherweise die Eltern.

LINOGE

Ihr werdet sehen, wie es geschieht. Sie werden verlöschen ...

Er dreht sich ein wenig nach links, pustet mit den Lippen, und mehrere Kerzen an der Wand (acht, genaugenommen) gehen aus.

LINOGE

(fährt lächelnd fort)

... wie Kerzen im Wind.

URSULA GODSOE kommt schwankend auf die Beine. Ihr einstmals hübsches Gesicht ist jetzt von Kummer zerfurcht und verwüstet. Sie schwankt und fällt beinahe hin. MELINDA HATCHER steht auf und stützt sie. URSULA fleht von ganzem Herzen.

URSULA

(unter Tränen)

Bitte tun Sie meiner Sally nichts, Mister. Sie ist alles, was ich noch habe, jetzt, wo Peter tot ist. Wir geben Ihnen, was Sie wollen, wenn wir es haben. Ich schwöre es. Nicht wahr?

101. INNEN: VERSAMMLUNGSHALLE (MONTAGE)

CAT WITHERS ... SONNY ... DELLA BISSONETTE ... JENNA FREEMAN ... JACK, LUCIEN und ALEX HABER, schuldbewußt zusammengedrängt ... sie alle nicken und murmeln zustimmend. Ja, sie werden LINOGE geben, was er will. Sie sind bereit, es zu tun.

102. INNEN: DIE ERSTE REIHE

HATCH

(steht neben seiner Frau auf)

Was ist es? Sagen Sie's uns.

103. INNEN: WIEDER BÜHNE UND PUBLIKUM, MIT LINOGE

LINOGE

Ich lebe schon sehr lange – jahrtausendelang –, aber ich bin kein Gott, und unsterblich bin ich auch nicht.

LINOGE faßt seinen Stock in der Mitte, hebt ihn über den Kopf und senkt ihn dann horizontal vor seinem Gesicht. Ein schwacher, vom Kerzenschein geworfener Schatten geht von der Stirn abwärts über sein Gesicht. Im selben Moment verändern sich die ausgeprägten, gutaussehenden Züge eines Mannes in mittleren Jahren ... sie altern. LINOGES Gesicht verwandelt sich in das gefurchte, schlaffe Antlitz eines Mannes, der nicht nur alt, sondern steinalt ist. Die Augen spähen aus eingesunkenen Höhlen und unter geschwollenen Lidern hervor.

Dem Publikum stockt der Atem; leises Gemurmel ertönt. Wieder einmal wird der Regisseur nach Belieben einige Gesichter dazwischenschneiden, um ihre Reaktionen zu zeigen. Wir sehen zum Beispiel ANDY ROBICHAUX, der neben seinem Sohn sitzt, die kleine Hand des Jungen hält und sie streichelt.

LINOGE

Nun seht ihr mich so, wie ich wirklich bin. Alt. Und krank. Tatsache ist: Ich sterbe.

LINOGE hebt seinen Stock erneut, und als der Schatten wieder aufwärts wandert, kehrt LINOGES Jugend zurück. Er wartet, bis das Gemurmel im Publikum verebbt.

LINOGE

Nach den Maßstäben eures Eintagsfliegendaseins habe ich noch lange zu leben – ich werde noch auf Erden wandeln, wenn ihr alle, selbst die jüngsten und kleinsten unter euch... Davey Hopewell vielleicht, oder der junge Don Beals...

Wir schneiden Aufnahmen von DAVEY mit seinen Eltern und von dem in seinem Bett schlafenden DON dazwischen.

LINOGE

(fährt fort)

... in euren Gräbern liegt. Aber nach den Maßstäben meines Lebens wird die Zeit knapp. Ihr fragt mich, was ich will?

104. INNEN: MIKE UND MOLLY ANDERSON

MIKE weiß es bereits, und in seiner Miene machen sich Entsetzen und wütender Protest breit. Als er zu sprechen anhebt und seine Stimme von einem Flüstern zu einem Schrei ansteigt, packt MOLLY ihn am Handgelenk...

MIKE

Nein, nein, nein, *nein* ...

105. INNEN: LINOGE, AM REDNERPULT

LINOGE

(ignoriert MIKE)

Ich will jemanden großziehen und lehren; jemanden, dem ich alles weitergeben kann, was ich gelernt habe und was ich weiß; ich will jemanden haben, der meine Arbeit fortsetzt, wenn ich sie nicht mehr selbst tun kann.

106. INNEN: MIKE

Er springt auf und zerrt MOLLY mit.

MIKE

Nein! Nein! Niemals!

107. INNEN: LINOGE

LINOGE

(ignoriert MIKE)

Ich will ein Kind. Eins der acht schlafenden Kinder dort hinten. Welches, ist mir egal; in meinen Augen sind sie alle gleichermaßen geeignet. Gebt mir, was ich will – gebt es mir freiwillig –, und ich verschwinde.

108. INNEN: DIE BÜHNE UND DAS PUBLIKUM, BLICK AUF MIKE UND LINOGE

MIKE

Niemals! Wir werden dir niemals eins unserer Kinder geben! Niemals!

Er reißt sich von MOLLY los und stürzt zur Treppe, die auf die Bühne führt, um LINOGE zu attackieren. Seine Wut hat alle etwa vorhandenen Zweifel daran ausgelöscht, daß er imstande sein könnte, den Sieg über LINOGES übernatürliche Kräfte davonzutragen.

LINOGE

Haltet ihn! Außer ihr wollt, daß ich die Kinder fallen lasse! Und das werde ich tun! Ich schwöre euch, ich werde es tun!

109. INNEN: DIE »KINDERECKE«

Die Kinder stöhnen und wälzen sich in ihren Betten; eine innere Furcht – oder vielleicht etwas, das weit weg und hoch oben mit ihnen geschieht – hat ihnen ihre heitere Ruhe geraubt.

JACK CARVER

(voller Entsetzen und Panik)

Schnappt ihn euch! Haltet ihn fest! Um Gottes willen, haltet ihn fest!

110. INNEN: WIEDER DER BÜHNENBEREICH

REV. BOB RIGGINS schlingt die Arme um MIKES Schultern, bevor dieser auch nur den Fuß auf die erste Treppenstufe setzen kann. HATCH kommt hinzu und packt MIKE ebenfalls, bevor es diesem gelingt, den großen, aber ein bißchen schwabbeligen RIGGINS abzuschütteln.

HATCH

Nicht, Mike – wir müssen ihn anhören – wenigstens anhören –

MIKE

(wehrt sich)

Nein, müssen wir nicht! Laß mich los, Hatch! Verdammt –

Es gelingt ihm beinahe, sich zu befreien, aber dann wird er von LUCIEN, SONNY, ALEX und JOHNNY überwältigt. Sie sind allesamt kräftige Burschen, und sie schleifen ihn zu seinem Platz in der ersten Reihe zurück. Wir sehen, daß es ihnen höchst unangenehm ist, das zu tun, aber wir sehen auch, daß sie fest dazu entschlossen sind.

JOHNNY

Sie bleiben jetzt einfach eine Weile still sitzen, Michael Anderson, und lassen ihn ausreden. Wir wollen uns anhören, was er zu sagen hat.

LUCIEN

Wir müssen es uns anhören.

MIKE

Ihr irrt euch. Ihn anzuhören ist das Schlimmste, was wir tun können.

Er sieht MOLLY hilfesuchend und beistandheischend an, aber was er dort sieht, schockiert ihn: eine Art verzweifelter Unsicherheit.

MIKE
(entsetzt)
Molly? *Molly?*

MOLLY
Ich weiß nicht, Mike. Ich glaube, wir sollten ihm lieber zuhören.

MELINDA
Es kann doch nichts schaden, wenn wir ihn anhören.

SONNY
Wir sitzen echt in der Klemme.

Sie drehen sich wieder zu LINOGE um.

111. INNEN: DIE INSELBEWOHNER

Sie alle wenden sich wieder LINOGE zu und warten darauf, daß er zu Ende spricht.

112. INNEN: WIEDER LINOGE

Während er redet, fährt die Kamera langsam auf ihn zu, bis wir ihn in Großaufnahme sehen.

LINOGE
In einer solchen Angelegenheit kann ich mir nicht einfach nehmen, was ich will... aber ich kann strafen, ich versichere euch, ich kann strafen. Gebt mir eins der Babys, die da hinten schlafen, damit ich es als mein eigenes großziehen kann, und ich lasse euch in Frieden. Das Kind wird ein langes Leben haben – es wird noch dasein, wenn alle anderen, die dort schlafen, längst tot und begraben sind – und vieles

sehen. Gebt mir, was ich will, und ich verschwinde. Gebt ihr's mir nicht, wird alles, was ihr letzte Nacht geträumt habt, wahr werden. Die Kinder werden vom Himmel fallen, ihr anderen werdet ins Wasser gehen, immer zwei zugleich, und wenn der Sturm vorbei ist, wird man diese Insel so vorfinden, wie man Ronoake Island vorgefunden hat. Leer... verlassen. Ich gebe euch eine halbe Stunde. Besprecht es... dazu ist eine Wählerversammlung schließlich da, nicht wahr? Und dann...

Er macht eine Pause. Wir sind bei einer extremen Großaufnahme angelangt.

LINOGE

Trefft eure Wahl.

ABBLENDE

ENDE DES 4. AKTS

5. Akt

113. AUSSEN: DIE VERSAMMLUNGSHALLE VON LITTLE TALL ISLAND – NACHT

Der Wind weht noch immer Schneeflocken umher, aber es schneit nicht mehr. Der Sturm des Jahrhunderts – oder jedenfalls die Version von Mutter Natur – ist vorbei.

114. AUSSEN: DER HIMMEL – NACHT

Die Wolken haben aufzureißen begonnen. Als der Vollmond diesmal wieder herauskommt, bleibt er sichtbar.

115. INNEN: DIE VERSAMMLUNGSHALLE, VOM KORRIDOR AUS

Wir schauen durch die Glastür hinein, und wie eine Einkopierung in einem Nachrichtenbeitrag läuft unten das Motto durchs Bild: LASSET UNS GOTT UND EINANDER VERTRAUEN.

Wir sehen, wie ROBBIE BEALS sich aufrappelt (seine Frisur ist immer noch durcheinander, weil er sich unter dem Tisch versteckt hat) und langsam zum Rednerpult hinübergeht.

116. GESTRICHEN

117. INNEN: DIE VERSAMMLUNGSHALLE – NACHT

[Der Regisseur wird das Folgende nach Belieben in einzelne Einstellungen auflösen, aber es sollte fast wie eine große Masterszene ablaufen, und so ist es ja auch weitgehend geschrieben.]

ROBBIE erreicht das Rednerpult und läßt den Blick über das stumme, wartende Publikum schweifen. Vorne auf der ersten Bank unter ihm bleibt MIKE zwar auf seinem Platz sitzen, vibriert aber beinahe sichtbar, wie ein Hochspannungskabel.

HATCH und MOLLY sitzen links und rechts neben ihm. MIKE hält MOLLYS Hand, und sie sieht ihn besorgt an. Direkt hinter ihm sitzen LUCIEN, SONNY, ALEX und JOHNNY – die selbsternannten Ordnungsbeamten – auf der zweiten Bank. Falls MIKE versuchen sollte, den Entscheidungsfindungsprozeß zu stören, werden sie ihn daran hindern.

Im hinteren Teil des Raumes, wo die Kinder schlafen, hat sich der Kreis der Erwachsenen vergrößert. URSULA hat sich zu TAVIA gesellt, die bei SALLY GODSOE sitzt; ANDY und JILL sind bei HARRY; JACK ist zu ANGIE gekommen, um nahe bei BUSTER zu sein… doch als er versucht, den Arm um seine Frau zu legen, krümmt sie die Schultern und schlüpft unter seiner Berührung weg. »Jackie, du bis mir 'ne Erklärung schuldig«, wie Ricky Ricardo in der TV-Sitcom *I Love Lucy* aus den fünfziger Jahren vielleicht gesagt hätte. MELINDA sitzt bei PIPPA, und neben ihr sitzt SANDRA bei DON. CARLA und HENRY BRIGHT sitzen händchenhaltend am Fußende von FRANKS Bett. LINDA ST. PIERRE ist bei HEIDI. Die Aufmerksamkeit aller Eltern ist jedoch nicht auf ihre schlafenden Kinder gerichtet, sondern auf ROBBIE, den selbsternannten Diskussionsleiter… und auf ihre Inselmitbewohner, die über das Schicksal ihrer Kinder entscheiden werden.

ROBBIE reißt sich mit einer enormen Anstrengung zusammen, schaut unter das Rednerpult und holt einen Hammer hervor – ein altes, schweres, vorsintflutliches Ding, das noch aus dem 17. Jahrhundert stammt. ROBBIE sieht ihn einen Moment lang an, als hätte er ihn noch nie gesehen, und läßt ihn dann mit einem lauten Knall niedersausen. Etliche Versammlungsteilnehmer zucken zusammen.

ROBBIE

Ich rufe die Versammlung zur Ordnung. Ich denke, wir verfahren in dieser Sache am besten genauso wie bei jeder anderen Gemeindeangelegenheit. Darum handelt es sich ja schließlich, nicht wahr? Um eine Gemeindeangelegenheit.

Stille und angespannte Gesichter. MIKE sieht aus, als würde er gern etwas darauf erwidern, aber er tut es nicht. MOLLY blickt ihren Mann weiterhin besorgt an und streichelt seine Hand, welche die ihre fest (und geradezu schmerzhaft, möchte man meinen) umklammert.

ROBBIE

Irgendwelche Einwände?

Stille. ROBBIE läßt den Hammer erneut niedersausen – *RUMMS!* –, und abermals zucken einige Leute zusammen. Aber nicht die Kinder. Die schlafen wieder tief und fest – oder liegen im Koma.

ROBBIE

Die zur Debatte stehende Frage lautet, ob wir diesem … diesem Ding, das zu uns gekommen ist … eins unserer Kinder geben oder nicht. Er sagt, er verschwindet, wenn wir ihm geben, was er will, und er bringt uns alle um – einschließlich der Kinder –, wenn wir es nicht tun. Habe ich das korrekt wiedergegeben?

Stille.

ROBBIE

In Ordnung. Also, wie lautet deine Entscheidung, Little Tall? Wünscht jemand das Wort?

Stille. Dann steht CAL FREESE langsam auf. Er schaut sich zu seinen Inselmitbewohnern um.

CAL

Wir haben doch eigentlich gar keine Wahl – sofern wir glauben, daß er seine Behauptungen wahr machen kann.

ROBERTA COIGN

Glaubst du ihm?

CAL

Das hab ich mich auch als erstes gefragt. Und … ayuh, ich glaube ihm. Was ich gesehen habe, überzeugt mich. Ich denke, entweder geben wir ihm, was er will, oder er nimmt alles, was wir haben … einschließlich unserer Kinder.

CAL setzt sich.

ROBBIE

Roberta Coign hat da aber einen wichtigen Punkt angesprochen. Wie viele von euch glauben, daß Linoge die Wahrheit sagt? Daß er alles Leben auf der Insel auslöschen kann und wird, wenn wir uns ihm widersetzen?

Stille. Sie glauben es alle, aber niemand will als erster die Hand heben.

DELLA BISSONETTE

Wir hatten alle den gleichen Traum … und das waren keine normalen Träume. Das weiß ich. Wir wissen es alle. Er hat uns fairerweise gewarnt.

Sie hebt die Hand.

BURT SOAMES

Fair ist daran überhaupt nichts, aber –

Ein Arm BURTS ruht in einer provisorischen Schlinge, aber er hebt den unverletzten Arm hoch. Andere folgen seinem Beispiel, zuerst nur einige wenige, dann mehr, dann fast alle. HATCH und MOLLY gehören zu den letzten, die die Hand heben. Nur MIKE bleibt grimmig sitzen und läßt die Hand, die MOLLY nicht festhält, im Schoß liegen.

MOLLY

(leise, zu MIKE)

Es geht nicht darum, was wir tun, Mike … noch nicht. Es geht nur darum, ob wir glauben –

MIKE

Ich weiß, worum es geht. Und wenn wir diesen Weg erst mal eingeschlagen haben, wird jeder Schritt leichter. Das weiß ich auch.

ROBBIE

(läßt die Hand sinken)

Okay, ich schätze, wir glauben ihm. Das wäre damit geklärt. Nun, wenn es Wortmeldungen zu der zentralen Frage gibt …

MIKE

(springt auf)

Ich habe etwas zu sagen.

ROBBIE

In Ordnung. Sie sind ja Steuerzahler. Nur zu.

MIKE steigt langsam die Treppe zur Bühne hinauf. MOLLY beobachtet ihn mit ängstlicher Sorge. MIKE kümmert sich nicht um das Rednerpult; er dreht sich einfach zu seinen Mitbürgern um. Wir lassen uns ein paar Augenblicke Zeit, um uns zu konzentrieren und die Spannung aufzubauen, während er darüber nachdenkt, wie er anfangen soll.

MIKE

Nein, er ist kein Mensch. Ich habe nicht mit abgestimmt, aber ich bin trotzdem derselben Meinung. Ich habe gesehen, was er mit Martha Clarendon gemacht hat, was er mit Peter Godsoe gemacht hat und mit unseren Kindern – und ich glaube nicht, daß er ein Mensch ist. Ich hatte die gleichen Träume wie ihr, und seine Drohung ist durchaus real, das ist mir genauso klar wie euch. Vielleicht sogar noch klarer als euch – ich bin euer Constable, der Mann, den ihr gewählt habt, damit er dem Gesetz Geltung verschafft. Aber … Leute … wir geben unsere Kinder keinem Verbrecher in die Hände. Versteht ihr? *Wir geben unsere Kinder nicht weg!*

Im hinteren Teil des Raumes, wo die Kinder sind, tritt ANDY ROBICHAUX vor.

ANDY

Was haben wir denn für eine Wahl? Was sollen wir tun? Was *können* wir tun?

Dafür erntet er ein tiefes, zustimmendes Gemurmel, und MIKE ist beunruhigt, das sehen wir. Die einzige Antwort, die er darauf hat, ergibt nämlich keinen Sinn. Sie hat nur den Vorzug, richtig zu sein.

MIKE

Uns gegen ihn stellen, Seite an Seite und Schulter an Schulter. Mit einer Stimme *nein* sagen. Das tun, was auf der Tür steht, durch die wir hereingekommen sind – Gott und einander vertrauen. Und dann … verschwindet er vielleicht. Wie Stürme das immer tun, wenn sie sich ausgetobt haben.

ORV BOUCHER

(steht auf)

Und wenn er anfängt, mit seinem Stock auf uns zu zeigen? Was dann? Was ist, wenn wir der Reihe nach tot umfallen, wie Fliegen auf einem Fensterbrett?

Das zustimmende Gemurmel wird lauter.

REV. BOB RIGGINS

(steht auf)

»So gebet dem Kaiser, was des Kaisers ist.« Es ist noch keine Stunde her, da haben Sie selbst das mir gegenüber zitiert, Michael. Der Evangelist Matthäus.

MIKE

»Hebe dich, Satan, von mir! denn du meinst nicht, was göttlich ist.« Der Evangelist Markus.

(schaut sich um)

Leute … wenn wir ein Kind hergeben – eins unserer eigenen Kinder –, wie sollen wir dann miteinander weiterleben, selbst wenn er uns am Leben läßt?

ROBBIE

Wie? Na, sehr gut.

MIKE dreht sich entgeistert um und sieht ihn an. Im hinteren Teil des Raumes tritt JACK CARVER zum Kopfende des Mittelgangs vor. Als er das Wort ergreift, wendet sich MIKE wieder dorthin. Er wird von allen Seiten bombardiert.

JACK

Wir *alle* müssen mit irgendwelchen Dingen leben, Mike. Aber vielleicht ist das bei Ihnen ja anders.

Das sitzt. Wir sehen, wie MIKE sich erinnert.

Er wendet sich an JACK und alle anderen.

MIKE

Nein, bei mir ist das nicht anders. Aber hier geht es nicht darum, daß man bei einer Prüfung geschummelt hat, einmal mit einer anderen Frau ins Bett gegangen ist oder betrunken und in übler Laune jemanden verletzt hat und nun versuchen muß, damit zu leben. *Hier geht es um ein Kind.* Ist Ihnen das nicht klar, Jack?

Es kann sein, daß er zu ihnen durchdringt ... doch dann ergreift ROBBIE das Wort.

ROBBIE

Angenommen, Sie haben recht und wir können ihn wegschicken – angenommen, wir fassen uns um die Schultern, bieten all unsere gemeinsame Willenskraft auf und schmettern ihm ein lautes, kollektives »NEIN!« entgegen. Angenommen, wir tun das, und er verschwindet einfach? Geht dorthin zurück, wo er hergekommen ist?

MIKE sieht ihn wachsam an und wartet auf den Haken.

ROBBIE

Ihr habt unsere Kinder gesehen. Ich weiß nicht, was er wirklich mit ihnen gemacht hat, aber ich zweifle nicht daran, daß dieser Flug hoch über dem Erdboden es auf akkurate Weise versinnbildlicht. Sie können herunterfallen. Das glaube ich. Er braucht bloß seinen Stock zu schwenken, und sie fallen herunter. Wie werden wir damit weiterleben, wenn das geschieht? Sagen wir uns dann, daß wir alle acht umgebracht haben, weil wir zu gut, zu tugendhaft waren, um eins von ihnen zu opfern?

MIKE

Es könnte sein, daß er blufft –

MELINDA

(scharf; unfreundlich)

Er blufft nicht, Michael, und das wissen Sie. Sie haben es *gesehen*.

TAVIA GODSOE tritt zögernd ans Kopfende des Mittelgangs vor, offenbar die bevorzugte Stelle, von der aus die Inselbewohner das Wort ergreifen. Sie spricht zuerst stockend, dann mit wachsender Selbstsicherheit.

TAVIA

Sie reden, als ob er das Kind töten würde, Michael … als ob es eine … eine Art Menschenopfer wäre. Für mich klingt es eher nach einer Adoption.

Sie sieht sich mit einem zaghaften Lächeln um – wenn wir's schon tun müssen, dann sollten wir das Beste daraus machen. Sehen wir es von der positiven Seite.

JONAS

Und obendrein wird es ein langes Leben haben!

(Pause)

Das heißt, wenn man ihm glaubt. Und nachdem ich ihn gesehen habe, da … glaube ich ihm tatsächlich.

Zustimmendes, sogar beifälliges Gemurmel.

MIKE

Wir reden nicht von einer Adoption, Tavia Godsoe. Wir reden von Verdammung.

Laute des Erschreckens und mißbilligendes Murren.

REV. BOB RIGGINS

Das ist doch lächerlich.

MIKE

Linoge hat Martha Clarendon mit seinem Stock totgeprügelt! Hat ihr die Augen aus dem Kopf geschlagen! Wir diskutieren hier darüber, ob wir einem Ungeheuer ein Kind geben sollen!

Schweigen. Einige Leute senken den Blick, beschämt und mit geröteten Wangen. REV. BOB RIGGINS setzt sich wieder hin. Seine Frau legt ihm eine Hand auf den Arm und sieht MIKE verärgert an.

HENRY BRIGHT

Mag sein, daß das stimmt, aber was ist mit den anderen Kindern? Wollen wir wirklich nein sagen und zusehen, wie sie vor unseren Augen sterben?

KIRK

Ja, Mike – wo bleibt dabei das Wohl der Mehrheit?

Darauf hat MIKE keine rechte Antwort.

MIKE

Möglicherweise blufft er auch, was die Kinder betrifft. Satan ist der Vater der Lügen, und dieser Kerl muß ein enger Verwandter von ihm sein.

JILL ROBICHAUX

(schrill und wütend)

Wollen Sie dieses Risiko eingehen? Meinetwegen ... aber gehen Sie es mit *Ihrem* Sohn ein, nicht mit meinem!

LINDA ST. PIERRE

Ganz meine Meinung.

HENRY BRIGHT

Wissen Sie, was das Schlimmste ist, das ich mir vorstellen kann, Michael? Angenommen, Sie haben zur Hälfte recht? Angenommen, *wir* bleiben am Leben ... und *sie* sterben.

(zeigt auf die Kinder)

Wie könnten wir einander dann noch in die Augen schauen? Wie sollten wir dann miteinander weiterleben?

JACK

Und wie sollten wir jemals mit Ihnen weiterleben?

Häßliches, zustimmendes Gemurmel. Jack, der Schwulenaufmischer, geht zu seinem schlafenden kleinen Jungen zurück und setzt sich neben ihn. MIKE hat auch darauf keine rechte Antwort. Wir sehen, daß er verzweifelt nach einer sucht, aber keine findet.

ROBBIE schaut auf die Uhr. Es ist zwanzig nach neun.

ROBBIE

Er hat gesagt, eine halbe Stunde. Wir haben also noch zehn Minuten.

MIKE

Wir dürfen das nicht tun! Begreift ihr das nicht? Ist euch das nicht klar? Wir dürfen nicht zulassen, daß er –

SONNY

(nicht unfreundlich)

Ich glaube, wir haben Ihre Meinung gehört, Michael. Warum setzen Sie sich nicht wieder hin?

MIKE sieht sie hilflos an. Er ist nicht dumm, und er merkt, woher der Wind weht.

MIKE

Ihr solltet darüber nachdenken, Leute. Ihr solltet sehr gründlich darüber nachdenken.

Er geht die Treppe wieder hinunter und nimmt neben MOLLY Platz. Er ergreift ihre Hand. Sie läßt ihn ein oder zwei Sekunden lang gewähren und zieht die Hand dann weg.

MOLLY

Ich setze mich zu Ralphie, Mike.

Sie steht auf und geht durch den Mittelgang nach hinten, wo die Kinder in ihren Betten schlafen. Sie verschwindet im Kreis der Eltern, ohne sich noch einmal umzuschauen.

ROBBIE

Wie sieht's, aus, Leute? Noch weitere Wortmeldungen?

Ein Moment Stille.

URSULA

(tritt vor)

Gott helfe uns, aber wir sollten ihm geben, was er will. Geben wir ihm, was er will, und schicken wir ihn weg. Es geht mir nicht um mein Leben, aber die Kinder … selbst wenn es Sally ist. Besser, sie lebt bei einem bösen Mann, als … daß sie stirbt …

(sie blickt sich unter Tränen um)

Mein Gott, Michael Anderson, haben Sie denn kein Herz? Es sind Kinder! Wir können doch nicht zulassen, daß er die Kinder tötet!

Sie geht zu den Kindern zurück. MIKE ist inzwischen in einem Kreis feindseliger Blicke isoliert.

ROBBIE

(schaut auf die Uhr)

Noch jemand?

MIKE macht Anstalten, sich zu erheben. HATCH legt ihm die Hand auf den Arm und drückt zu. Als MIKE ihn überrascht und fragend ansieht, schüttelt HATCH fast unmerklich den Kopf. Hör auf, besagt dieses kleine Kopfschütteln; du hast getan, was du kannst.

MIKE schüttelt ihn ab und steht erneut auf. Diesmal geht er nicht auf die Bühne, sondern spricht von seinem Platz aus zu seinen Mitbürgern.

MIKE

Tut es nicht. Bitte. Die Andersons leben seit 1735 hier auf Little Tall. Ich bitte euch als Inselbewohner und als Ralphie Andersons Vater – tut das nicht. Laßt euch nicht darauf ein.

(Pause)

Ihr würdet ein Kind der Verdammnis preisgeben.

Er sieht sich verzweifelt um. Alle weichen seinem Blick aus, selbst seine Frau. Erneut senkt sich Stille herab. Sie wird nur vom klagenden Heulen des Windes draußen und dem Ticken der Wanduhr unterbrochen.

MIKE

Okay, ich beantrage, die Anzahl der Abstimmungsberechtigten zu beschränken. Die Eltern und nur die Eltern sollen abstimmen. Sie sind allesamt Einwohner …

LINDA ST. PIERRE

Nein, das ist nicht fair.

Sie streicht ihrer schlafenden Tochter sanft und liebevoll über die Stirn.

LINDA ST. PIERRE

Ich habe sie allein großgezogen – das heißt, die Leute auf der Insel haben mich sehr dabei unterstützt, auch Sie und Ihre Frau, Mike –, aber größtenteils allein. So eine Entscheidung sollte ich nicht allein treffen müssen. Wozu ist eine Gemeinschaft denn da, wenn nicht dazu, Menschen zu helfen, wenn etwas Schreckliches geschieht? Wenn man die Wahl zwischen zwei Übeln hat?

ANDY

Hätte ich selber nicht besser ausdrücken können, Lin.

MIKE

Aber –

VIELE STIMMEN

Hinsetzen … Den Antrag zur Abstimmung stellen … Stimmen wir ab!

(etc.)

ROBBIE

Möchte jemand einen Gegenantrag zur Frage der Abstimmungsberechtigten stellen? Es entspricht wahrscheinlich nicht den parlamentarischen Regeln, aber wir müssen weitermachen. Ich würde es vorziehen, wenn sich jemand von den Eltern zu Wort melden würde.

Einen Moment lang herrscht gespannte Stille, dann:

MELINDA HATCHER

Ich beantrage, daß jeder abstimmen darf.

CARLA BRIGHT

Ich unterstütze den Antrag.

MIKE

Das ist nicht –

ANGIE

Halten Sie den Mund! Sie haben Ihre Meinung sagen können, und jetzt halten Sie einfach den Mund!

ROBBIE

Es ist der Antrag gestellt und unterstützt worden, daß jeder darüber abstimmen darf, ob wir Mr. Linoge geben sollen, was er verlangt. Wer ist dafür?

Alle heben ihre Hand, außer MIKE. Er sieht, daß MOLLY ebenfalls die Hand gehoben hat, sieht, daß sie seinen Blick meidet, und etwas in ihm stirbt ein bißchen.

ROBBIE

Gegenstimmen?

Keine einzige Hand hebt sich. MIKE sitzt nur mit gesenktem Kopf in der ersten Reihe.

ROBBIE

(klopft mit dem Hammer)

Der Antrag ist angenommen.

TESS MARCHANT

Stellen Sie die Frage, Robbie Beals. Die richtige Frage.

118. INNEN: DER KELLER, MIT LINOGE

Er hebt den Blick zur Decke. Seine Augen glänzen im Halbdunkel. Sie werden abstimmen, und er weiß es.

119. INNEN: WIEDER DIE VERSAMMLUNGSHALLE – NACHT

JOANNA

Ja, um Gottes willen – stimmen wir ab, damit wir's hinter uns haben!

MIKE

Mein Sohn ist dabei nicht mit einbezogen, damit das klar ist. Okay? Er ist nicht an dieser … Obszönität beteiligt.

MOLLY

Doch. Das ist er.

Totale Stille. MIKE steht auf und sieht seine Frau ungläubig an – eine Konfrontation quer durch die ganze Versammlungshalle hindurch.

MOLLY

Wir haben uns nie vor unserer Pflicht gedrückt, Michael, wir haben immer am Leben auf dieser Insel teilgenommen, und wir werden auch hieran teilnehmen.

MIKE

Das ist nicht dein Ernst – das kann nicht dein Ernst sein.

MOLLY

Doch.

MIKE

Es ist Wahnsinn.

MOLLY

Schon möglich – aber kein Wahnsinn, den wir zu verantworten haben. Michael –

MIKE

Ich gehe. Zum Teufel mit all dem. Zum Teufel mit euch. Ich nehme meinen Sohn und gehe.

Er kommt ungefähr drei Schritte weit, bevor die selbsternannten Ordnungsbeamten ihn packen und wieder zu seinem Platz zurückzerren. MOLLY sieht, wie MIKE kämpft, wie grob sie mit ihm umgehen – es gefällt ihnen nicht, daß er diese höchst fragwürdige Entscheidung mißbilligt –, und läuft durch den Gang auf ihn zu.

MIKE

Hatch! Hilf mir!

Doch HATCH wendet sich mit schamrotem Gesicht ab. Und als MIKE einen Satz in seine Richtung macht, schlägt LUCIEN ihm auf die Nase. Blut fließt.

MOLLY

Hört auf! Hört auf, ihm weh zu tun! Mike, ist alles in Ordnung mit dir? Bist du –

MIKE

Geh weg von mir. Und zwar bevor ich die Beherrschung verliere und dir ins Gesicht spucke.

Sie tritt einen Schritt zurück. Ihre Augen sind riesengroß, ihr Blick ist schockiert.

MOLLY

Mike, wenn du das bloß verstehen würdest … diese Entscheidung können wir nicht allein treffen. Das betrifft die ganze Stadt!

MIKE

Das weiß ich – hab ich was anderes gesagt? Geh weg von mir, Molly.

Sie weicht schmerzerfüllt und bekümmert zurück. SONNY BRAUTIGAN gibt MIKE ein Taschentuch.

MIKE

Ihr könnt mich loslassen. Ich bleibe sitzen.

Sie lassen ihn los, bleiben aber wachsam. ROBBIE sieht vom Rednerpult aus mit unverhohlener Befriedigung zu. Mag sein, daß das eine schlimme Lage ist, besagt seine Miene, aber zumindest kriegt unser selbstgerechtes Arschloch von Constable mal den Kopf gewaschen, und das ist doch auch schon was.

MOLLY weicht währenddessen von MIKE zurück, der sie nicht ansehen will. Ihr Gesicht verzerrt sich und legt sich in Falten. Weinend geht sie in den hinteren Teil des Raumes zurück. Die Leute, die am Gang sitzen, tätscheln ihr die Hände und flüstern ihr tröstende und ermutigende Worte zu – ist schon gut, meine Liebe ... er wird schon wieder vernünftig ... Sie tun das Richtige. Hinten in der Halle nehmen MELINDA, JILL und LINDA ST. PIERRE sie in die Arme.

HATCH rutscht zu MIKE hinüber. Er schämt sich bis auf die Knochen.

HATCH

Mike, ich –

MIKE

(ohne ihn anzusehen)

Halt den Mund. Laß mich in Ruhe.

HATCH

Wenn du Gelegenheit gehabt hast, darüber nachzudenken, wirst du's verstehen. Dann wirst du einsehen, daß wir recht haben. Es ist das einzige, was wir tun können. Welche Möglichkeit gibt es denn sonst? Für ein Prinzip zu sterben? Allesamt? Einschließlich derjenigen, die zu jung sind, um zu verstehen, *warum* sie sterben? Du mußt darüber nachdenken.

Endlich blickt MIKE auf.

MIKE

Und wenn Linoge am Ende Pippa nimmt?

Ein langes Schweigen, während HATCH überlegt. Dann blickt er MIKE in die Augen.

HATCH

Dann werde ich mir einreden, daß sie als Baby gestorben ist. Daß es ein plötzlicher Kindstod war, den niemand vorhersehen und gegen den niemand was ausrichten konnte. Und ich werd's glauben. Melly und ich, wir werden es beide glauben.

ROBBIE klopft ein paarmal mit dem Hammer aufs Rednerpult.

ROBBIE

Hört, hört – folgende Frage ist gestellt worden. Geben wir Mr. Linoge, was er verlangt, gemäß seinem Versprechen, uns dann in Frieden zu lassen, oder tun wir es nicht? Wie lautet deine Entscheidung, Little Tall? Wer dafür ist, möge es auf die übliche Weise zum Ausdruck bringen.

Einen Augenblick lang herrscht atemlose Stille, dann hebt ANDRY ROBICHAUX hinten im Saal die Hand.

ANDY

Ich bin Harrys Vater, und ich stimme mit Ja.

JILL ROBICHAUX

Ich bin seine Mutter, und ich stimme ebenfalls mit Ja.

HENRY

Carla und ich stimmen mit Ja.

LINDA ST. PIERRE hebt die Hand. SANDRA BEALS ebenfalls, und am Rednerpult hebt ROBBIE die seine.

MELINDA

(hebt die Hand)

Ja. Wir haben keine Wahl.

HATCH

Keine Wahl.

Er hebt die Hand.

URSULA

Ich stimme mit Ja – es ist die einzige Möglichkeit.

Sie hebt die Hand, und TAVIA schließt sich ihr an.

JACK

Es muß sein.

Seine Hand geht hoch. ANGELA wirft dem schlafenden BUSTER einen langen, liebevollen Blick zu, dann hebt auch sie die Hand.

Die Augen von allen im Raum richten sich auf MOLLY. Sie kniet sich hin, gibt RALPHIE einen Kuß auf den Feensattel auf seiner Nase und steht dann auf. Sie spricht zu ihnen allen, aber in gewissen Sinn gelten ihre Worte nur MIKE. Ihr Gesicht fleht um Verständnis.

MOLLY

Eins lebend zu verlieren ist besser, als sie alle dem Tod zu überantworten. Ich stimme mit Ja.

Sie hebt die Hand. Bald gehen andere Hände hoch. Die Kamera fährt zwischen all den Personen umher, die wir bisher kennengelernt haben, und sieht zu, wie jede Hand hochgeht … bis auf eine.

ROBBIE zieht den Moment in die Länge, blickt auf den Wald erhobener Arme und ernster Gesichter. Eins muß man diesen Leuten lassen: Sie haben eine schreckliche Entscheidung getroffen – und sie wissen es.

ROBBIE

(leise)

Gegenstimmen?

Die erhobenen Hände senken sich. MIKE, der immer noch auf den Boden schaut, reckt seine Hand hoch in die Luft.

ROBBIE

Wie ich sehe, sind alle dafür – mit einer Ausnahme. Der Antrag ist angenommen.

120. INNEN: DIE WANDUHR (GROSS)

Der Minutenzeiger erreicht 21 Uhr 30, und die Uhr läutet einmal.

121. INNEN: WIEDER DIE VERSAMMLUNGSHALLE – NACHT

Die Tür öffnet sich. LINOGE kommt herein, den Stock in der einen Hand, den kleinen Gamslederbeutel in der anderen.

LINOGE

Habt ihr eure Entscheidung getroffen, Leute?

ROBBIE

Ja ... wir haben dafür gestimmt.

LINOGE

Ausgezeichnet.

Er geht an der letzten Bankreihe entlang und bleibt dann am Mittelgang stehen. Er sieht die Eltern an.

LINOGE

Ihr habt die richtige Entscheidung getroffen.

MOLLY wendet sich ab, angeekelt vom Beifall dieses lächelnden Monsters. LINOGE sieht ihren Abscheu, und sein Lächeln wird breiter. Er geht langsam den Mittelgang entlang und hält den Beutel mit den Murmeln dabei vor sich.

Er steigt die Treppe hinauf, und ROBBIE weicht mit panischer Angst im Blick rasch vor ihm zurück. LINOGE bleibt am Rednerpult stehen und blickt mit freundlichem Lächeln auf seine Geiseln hinunter.

LINOGE

Ihr habt eine schwere Entscheidung getroffen, meine Freunde, aber unabhängig davon, was der Constable euch erzählt haben mag, es ist auch eine gute Entscheidung gewesen. Die richtige Entscheidung. In Wahrheit sogar die einzige, die liebevolle, verantwortungsbewußte Eltern unter diesen Umständen hätten treffen *können*.

Er hält den Beutel an der Kordel hoch, so daß er von seiner Hand herabhängt.

LINOGE

Das sind Weissagungssteine. Sie waren schon alt, als die Welt noch jung war, und wurden benutzt, um Fragen von großer Bedeutung zu entscheiden, lange bevor Atlantis im afrikanischen Ozean versank. Hier drin sind sieben weiße Steine … und ein schwarzer.

LINOGE hält inne … lächelt … ein Lächeln, bei dem die Spitzen seiner Reißzähne sichtbar werden.

LINOGE

Ihr könnt es kaum erwarten, daß ich verschwinde, und ich kann es euch nicht verdenken. Würde bitte ein Elternteil von jedem Kind nach vorn kommen? Wir wollen die Sache zu Ende bringen.

122. INNEN: DIE INSELBEWOHNER

Ihnen wird zum ersten Mal auf emotionaler Ebene bewußt, was sie getan haben. Und daß es zu spät ist, um noch einen Rückzieher zu machen.

123. INNEN: LINOGE (GROSS)

Er lächelt. Zeigt die Spitzen seiner Reißzähne. Und hält den Beutel hoch. Es ist Zeit, ein Kind auszuwählen.

ABBLENDE

ENDE DES 5. AKTS

6. Akt

124. AUSSEN: DIE MEERENGE – NACHT

Es hat aufgehört zu schneien, und das Mondlicht wirft nun eine goldene Spur über die Meerenge zum Festland.

125. AUSSEN: MAIN STREET – NACHT

Eine dicke Schneedecke. Stille.

126. AUSSEN: DAS RATHAUS – NACHT

Der rechte Teil ist dunkel, der linke, in dem sich die Versammlungshalle befindet, von hellem Kerzenschein erleuchtet.

127. INNEN: DIE VERSAMMLUNGSHALLE – NACHT

Langsam, ganz langsam kommen die Eltern den Mittelgang herunter: JILL, URSULA, JACK, LINDA, SANDRA, HENRY und MELINDA. MOLLY ANDERSON bildet das Schlußlicht der Gruppe. Sie sieht MIKE flehend an.

MOLLY

Mike, bitte versuch doch zu verstehen –

MIKE

Du willst, daß ich dich verstehe? Dann geh wieder nach hinten und setz dich zu ihm. Weigere dich, an dieser Obszönität teilzunehmen.

MOLLY

Ich kann nicht. Wenn du nur einsehen könntest –

MIKE schaut zwischen seinen Beinen auf den Boden hinunter. Er will sie nicht anschauen, will nichts davon zur Kenntnis nehmen. Sie sieht es und geht bekümmert weiter, die Treppe hinauf.

Die Eltern stellen sich auf der Bühne in einer Reihe auf. LINOGE mustert sie mit dem gütigen Lächeln eines Zahnarztes, der einem Kind versichert, daß es nicht weh tun wird, nicht das geringste bißchen.

LINOGE

Es ist ganz einfach. Jeder zieht einen Stein aus dem Beutel. Das Kind, dessen Vater oder Mutter den schwarzen Stein zieht, kommt mit mir. Es wird ein langes Leben haben … viele Dinge sehen … und großes Wissen erwerben. Mrs. Robichaux? Jill? Würden Sie bitte anfangen?

Er hält ihr den Beutel hin. Zuerst scheint es, als würde sie nicht hineingreifen wollen … oder können.

ANDY

Na los, Schatz – tu es.

Sie wirft ihm einen gequälten Blick zu, greift dann in den Beutel und tastet darin herum. Als ihre Hand wieder zum Vorschein kommt, ist sie fest um einen Stein geklammert. JILL sieht aus, als würde sie gleich in Ohnmacht fallen.

LINOGE

Mrs. Hatcher?

MELINDA zieht einen Stein. Als nächste kommt SANDRA an die Reihe. Sie streckt die Hand zu dem Beutel aus … und zieht sie dann wieder zurück.

SANDRA

Robbie, ich kann nicht! Mach du's!

Aber ROBBIE will nicht in LINOGES Nähe kommen.

ROBBIE

Mach schon! Zieh!

Sie tut es und tritt zurück. Ihr kleiner Mund bebt, ihre Hand ist so fest um den Stein geklammert, daß die Finger weiß sind. HENRY BRIGHT ist der nächste. Er tastet lange in dem Beutel herum, nimmt einen Stein, entscheidet sich dann ein- oder zweimal für einen anderen. Danach kommt JACK an die Reihe. Er wählt schnell, tritt dann zurück und wirft ANGIE ein wildes, hoffnungsvolles Lächeln zu. LINDA ST. PIERRE zieht ebenfalls einen Stein. Nun sind nur noch URSULA und MOLLY übrig.

LINOGE

Meine Damen?

URSULA

Sie zuerst, Molly.

MOLLY

Nein. Bitte. Sie.

URSULA steckt die Hand in den Beutel, nimmt einen der beiden verbliebenen Steine und tritt dann mit geschlossener Hand zurück. MOLLY tritt vor, sieht LINOGE an und nimmt den letzten Stein. LINOGE wirft den leeren Beutel weg. Er flattert zum Bühnenboden hinunter ... und verschwindet in einem matten, blauen Aufleuchten, bevor er die Bretter erreicht. Keine Reaktion von seiten der Inselbewohner; ihr Schweigen ist so angespannt und massiv, daß man es mit einem Messer schneiden könnte.

LINOGE

In Ordnung, Freunde; bis jetzt klappt ja alles bestens. Nun, wer hat den Mut, seinen Stein als erster vorzuzeigen? Wer legt die Angst ab und läßt sich statt dessen von süßer Erleichterung durchströmen?

Niemand antwortet. Sie stehen da, acht Väter und Mütter, die jeweils eine Hand vor dem Körper zur Faust geballt haben, und ihre Gesichter sind weiß vor panischer Angst.

LINOGE

(leutselig)

Na, na – habt ihr nie gehört, daß die Götter die Zaghaften strafen?

JACK
(ruft laut)
Buster! Ich liebe dich!

Er öffnet die Hand. Die Murmel darin ist weiß. Geraune im Publikum.

URSULA tritt vor. Sie streckt ihre geschlossene, zitternde Faust aus. Sie macht sich innerlich bereit, und ihre Hand springt auf. Diese Murmel ist ebenfalls weiß. Erneutes Getuschel im Publikum.

ROBBIE
Laß sehen, Sandra. Zeig her.

SANDRA
Ich … ich … Robbie, ich kann nicht … ich weiß, es ist Donnie … ich *weiß*, er ist es … ich hab noch nie Glück gehabt …

ROBBIE kann es nicht erwarten, Bescheid zu wissen, so oder so. Ungeduldig und voller Verachtung für seine Frau geht er zu ihr hinüber, ergreift ihre Hand und biegt die Finger auf. Wir können nicht sehen, was darin ist, und zuerst können wir nichts von seinem Gesicht ablesen. Dann nimmt er das runde Ding, das sie in der Hand hält, und hebt es mit einem wilden Grinsen hoch, so daß alle es sehen können. Er sieht aus wie Richard Nixon bei einer politischen Versammlung.

ROBBIE
Weiß!

Er versucht, seine Frau zu umarmen, aber SANDRA stößt ihn weg. In ihrer Miene liegt nicht nur Abscheu, sondern echter Ekel.

Nun ist LINDA ST. PIERRE an der Reihe. Sie tritt vor, streckt die geschlossene Hand aus, schaut auf sie hinunter und schließt dann die Augen.

LINDA ST. PIERRE

Bitte, Gott, ich flehe Dich an, nimm mir nicht meine Heidi weg.

Sie öffnet die Hand, aber nicht die Augen.

EINE ANDERE STIMME

Weiß!

Getuschel im Publikum. LINDA schlägt die Augen auf, sieht, daß der Stein tatsächlich weiß ist, und beginnt zu weinen. Sie schließt die Hand wieder und drückt den kostbaren Stein an ihre Brüste.

LINOGE

Jill? Mrs. Robichaux?

JILL ROBICHAUX

Ich kann nicht. Ich dachte, ich könnte es durchziehen, aber ich kann nicht. Es tut mir leid.

Sie geht zur Treppe, wobei sie ihre geballte Faust immer noch vor sich hält. Bevor sie die Treppe erreicht, zeigt LINOGE mit seinem Stock in ihre Richtung. Sie wird sofort zurückgetrieben. Nun senkt LINOGE den silbernen Wolfskopf auf ihre Hand. Sie versucht, die Finger geschlossen zu halten, aber vergeblich. Der Stein fällt auf die Bühne, rollt wie eine Murmel (so sehen die Steine auch aus) davon, und die Kamera folgt ihm. Schließlich bleibt er an einem Bein des Bürgermeistertischs liegen. Er ist weiß.

JILL fällt schluchzend auf die Knie. LINDA hilft ihr auf und umarmt sie. Jetzt sind nur noch HENRY, MELINDA und MOLLY übrig. Einer von ihnen hat den schwarzen Stein. Wir schneiden zwischendurch auf ihre Ehepartner. CARLA BRIGHT und HATCH starren mit leidenschaftlicher, entsetzter Faszination zur Bühne. MIKE blickt immer noch zu Boden.

LINOGE

Mr. Bright? Henry? Wären Sie so freundlich?

HENRY tritt vor und öffnet langsam die Hand. Der Stein ist weiß. HENRY schrumpft vor Erleichterung geradezu in sich zusammen. CARLA sieht ihn an. Sie lächelt unter Tränen.

Die Entscheidung fällt also zwischen MOLLY und MELINDA, zwischen RALPHIE und PIPPA. Die beiden Mütter sehen einander an; LINOGE steht lächelnd im Hintergrund. Eine von ihnen wird gleich aufhören, Mutter zu sein, und sie wissen es beide.

128. INNEN: MOLLY (GROSS)

Sie sieht ein Bild vor ihrem geistigen Auge:

129. AUSSEN: BLAUER HIMMEL – TAG

LINOGE fliegt hoch über den Wolken, aber jetzt ist das V sehr kurz. Von den acht Kindern sind nur noch RALPHIE und PIPPA übrig; LINOGE hält sie jeweils an einer Hand.

130. INNEN: WIEDER DIE BÜHNE – NACHT

LINOGE

Meine Damen?

MOLLY wirft MELINDA einen Blick zu, in dem ein Vorschlag liegt. MELINDA fängt den Blick auf und nickt leicht. Die Frauen strecken ihre geschlossenen Fäuste vor, Hand an Hand. Sie sehen einander verzweifelt an, voller Liebe, Hoffnung und Furcht.

MOLLY

(sehr leise)

Jetzt.

131. INNEN: DIE GESCHLOSSENEN HÄNDE (GROSS)

Sie öffnen sich. In einer ist eine weiße »Murmel«, in der anderen eine schwarze. Im Publikum wird getuschelt, einige schnappen nach Luft, andere schreien überrascht auf... aber *wir* wissen nicht, wer es ist. Noch nicht. Wir sehen nur die Steine auf den offenen Handflächen liegen.

132. INNEN: MOLLYS GESICHT (GROSS)

Weit aufgerissene Augen.

133. INNEN: MELINDAS GESICHT (GROSS)

Weit aufgerissene Augen.

134. INNEN: HATCHS GESICHT (GROSS)

Weit aufgerissene Augen.

135. INNEN: MIKE (EXTREM GROSS)

Sein Kopf ist gesenkt... aber er hält es nicht durch, obwohl er nicht an dieser Sache teilnehmen wollte, nicht einmal passiv. Er hebt den Kopf und schaut zur Bühne. Und wir müssen den Verlust seines Sohnes zuerst am Gesicht dieses Mannes ablesen – wie sehen Ungläubigkeit, dann das Heraufdämmern eines schrecklichen Verstehens.

MIKE
(springt auf)
NEIN!!! NEIN!!!

SONNY, LUCIEN und ALEX packen ihn, als er nach vorn stürzen will, und zerren ihn gewaltsam wieder auf seinen Platz.

136. INNEN: MOLLY UND MELINDA, AUF DER BÜHNE

Sie stehen einander weiterhin gegenüber, fast Stirn an Stirn, wie erstarrt; ihre – nunmehr offenen – Hände sind ausgestreckt. In

MELINDAS Hand liegt der siebte weiße Stein. In MOLLYS Hand liegt der schwarze.

Die Erstarrung fällt mit Verzögerung von MELINDAS Gesicht ab. Sie dreht sich von Tränen geblendet um und geht zum Rand der Bühne.

MELINDA

Pippa, mein Schatz! Es ist alles in Ordnung! Mommy kommt, Schätzchen, Mommy kommt zu dir!

HATCH dreht sich zu MIKE.

HATCH

Mike, ich –

MIKE sieht ihn nur an – und in seinem Blick liegt blanker, tödlicher Haß. Du hast das zugelassen, und es hat mich meinen Sohn gekostet, besagt dieser Blick. HATCH kann es nicht ertragen. Er folgt seiner Frau, schleicht sich beinahe davon.

MOLLY hat währenddessen wie gelähmt auf der Bühne gestanden und auf die schwarze Murmel hinabgeschaut, aber jetzt kommt ihr allmählich zu Bewußtsein, was geschehen ist.

MOLLY

Nein. O nein. Das ist nicht … das kann nicht sein …

Sie wirft den Stein weg und dreht sich zu LINOGE um.

MOLLY

Das ist ein Scherz! Oder eine Prüfung? Es ist eine Prüfung, nicht wahr? Das war nicht Ihr Ernst …

Aber es war sein Ernst, es *ist* sein Ernst, und sie sieht es.

MOLLY

Sie können ihn nicht haben!

LINOGE

Molly, dein Kummer tut mir im Herzen weh ... aber du hast dich mit den Bedingungen einverstanden erklärt. Es tut mir leid.

MOLLY

Das war ein abgekartetes Spiel! Sie wollten ihn von vornherein haben! Wegen ... wegen des Feensattels!

Stimmt das? Wir werden nie erfahren, ob wir uns das Aufblitzen in LINOGES Augen nur eingebildet oder es tatsächlich gesehen haben.

LINOGE

Ich versichere dir, daß es nicht so ist. Es war eine faire Partie, wie man bei euch so sagt. Und da ich glaube, daß ein in die Länge gezogener Abschied den Schmerz nur vergrößert ...

Er geht zur Treppe, um sich seine Beute zu holen.

MOLLY

Nein, nein, ich lasse nicht zu, daß Sie –

Sie versucht, sich auf ihn zu stürzen. LINOGE macht eine Geste mit dem Stock, und sie wird zurückgeschleudert, kracht gegen den Bürgermeistertisch und rollt darüber hinweg. Sie landet auf dem Boden, ein schluchzendes Häufchen Elend.

LINOGE tritt an den Rand der Bühne und ans Kopfende der Treppe. Strahlend und mit sardonischem Vergnügen mustert er die Inselbewohner – sie sehen wie Leute aus, die gerade aus einem gemeinsamen Alptraum erwachen, in dem sie einen schrecklichen, unwiderruflichen Fehler begangen haben.

LINOGE

Ladies and Gentlemen, Einwohner von Little Tall, ich bedanke mich herzlich für eure Aufgeschlossenheit gegenüber meinen Bedürfnissen und erkläre diese Versammlung hiermit für geschlossen. Darf ich mir noch die Bemerkung erlauben, daß ihr vermutlich um so glücklicher sein werdet, je weniger die Außenwelt von unserem ... unserem Arrangement erfährt ... obwohl derlei Dinge natürlich letzten Endes allein bei euch liegen.

Hinter seinem Rücken rappelt MOLLY sich auf und kommt nach vorn. Ihre Miene ist immer noch ungläubig, und sie sieht aus, als hätten ihr der Schock und der Kummer fast den Verstand geraubt.

LINOGE

(schlüpft in die Handschuhe und setzt die Strickmütze auf)

Damit nehme ich meinen neuen Protégé und überlasse euch euren Gedanken. Mögen sie glücklich sein.

Er geht die Treppe hinunter. Auf dem Weg zum Mittelgang kommt er ganz in MIKES Nähe vorbei. MOLLY rennt nach vorn an den Bühnenrand. Ihre Augen sind so groß, daß sie die ganze obere Hälfte ihres Gesichts auszufüllen scheinen. Sie sieht, daß MIKES Bewacher nicht mehr aufpassen; LUCIEN, SONNY und die anderen haben sich zurückgelehnt und starren LINOGE mit offenem Mund an.

MOLLY

(kreischt)

Mike! Halt ihn auf! Um Gottes willen, halt ihn auf!

MIKE weiß, was geschehen wird, wenn er auf LINOGE losgeht; eine einzige Bewegung mit dem Stock, und man kann ihn von einer der Wände abkratzen. Er blickt mit schrecklichen toten Augen zu seiner Frau hinauf – seiner Frau, von der ihn nun Welten trennen, wie man annehmen muß.

MIKE

Zu spät, Molly.

Sie reagiert zunächst bestürzt, dann mit aberwitziger Entschlossenheit. Wenn MIKE ihr nicht helfen will, den Fehler zu korrigieren, den sie gemacht haben, dann wird sie es selbst tun. Sie blickt sich um… und sieht ROBBIES kleine Pistole, die noch auf der Bühne liegt. Sie ergreift sie, wirbelt herum und läuft die Treppe hinunter in den Saal.

MOLLY

Halt! Ich warne Sie!

LINOGE gleitet weiterhin majestätisch dahin, aber unterwegs geht eine Veränderung mit ihm vor: Die Seemannsjacke verwandelt sich in ein königsblaues Gewand, das mit Sonnen, Monden und anderen kabbalistischen Symbolen verziert ist. Die Strickmütze wird zum hohen, spitzen Hut eines Zauberers oder Hexenmeisters. Und der Stock wird zu einem Zepter. Der Wolfskopf ist noch da, aber nun sitzt er auf einem leuchtenden Zauberstab, der Merlin zur Ehre gereicht hätte.

MOLLY sieht es entweder nicht, oder es ist ihr egal. Sie will ihn nur aufhalten. Sie geht zum Fußende des Mittelgangs und hebt die Pistole.

MOLLY

Halt, oder ich schieße!

Aber SONNY und ALEX HABER treten in den Gang hinaus und versperren ihr das Schußfeld. LUCIEN und JOHNNY HARRIMAN packen sie… und HATCH pflückt ihr die Waffe behutsam aus der Hand. Währenddessen sitzt MIKE nur mit gesenktem Kopf da, außerstande, das alles mitanzusehen.

LUCIEN

Tut mir leid, Missus Anderson… aber wir haben eine Abmachung getroffen.

MOLLY

Wir haben die Abmachung nicht *verstanden*! Wir haben gar nicht begriffen, was wir da getan haben! Mike hatte recht, wir haben nicht… haben nicht… Jack, halt ihn auf! Laß nicht zu, daß er Ralphie mitnimmt! *Laß nicht zu, daß er mir meinen Sohn wegnimmt!*

JACK

Das kann ich nicht, Molly.

(dann, einigermaßen verärgert)

Und du würdest auch nicht so laut schreien, wenn ich die schwarze Murmel gezogen hätte.

Sie sieht ihn ungläubig an. Er hält ihrem Blick einen Moment lang stand, dann schaut er weg. Aber ANGELA ist da und legt den Arm um ihn, und ANGIE sieht MOLLY ausgesprochen feindselig an.

ANGIE

Du kannst wohl nicht gut verlieren, wie?

MOLLY

Das ist doch kein … kein *Baseballspiel*!

137. INNEN: DIE KINDERECKE, MIT LINOGE

LINOGE ist jetzt von Kopf bis Fuß ein Zauberer; eine leuchtend blaue Aura umgibt ihn. Erneut sehen wir, wie alt er ist. Die anderen Eltern und Freunde, die sich um die schlafenden Kinder versammelt haben, weichen voller Furcht vor ihm zurück. Er schenkt ihnen nicht die geringste Beachtung. Er bückt sich, nimmt RALPHIE ANDERSON auf die Arme und sieht den Jungen verzückt an.

138. INNEN: DAS FUSSENDE DES MITTELGANGS, MIT MOLLY

In ihrer Hysterie gelingt es ihr beinahe, sich von den kräftigen Männern zu befreien, die sie festhalten. Sie wendet sich über die ganze Länge des Ganges hinweg mit hysterischem Trotz an LINOGE.

MOLLY

Sie haben uns reingelegt!

LINOGE

Vielleicht habt ihr euch selbst reingelegt.

MOLLY

Er wird Ihnen niemals gehören! Niemals!

LINOGE hebt den schlafenden Jungen wie eine Opfergabe hoch. Das blaue Leuchten um ihn herum wird stärker… und jetzt beginnt es sich auch um RALPHIE zu legen. LINOGES Alter ist nichts Freundliches, sondern etwas Grausames, etwas, wovor man sich fürchten muß. Und sein Lächeln ist grauenhaft in seinem Triumph… es wird uns bis in unsere Träume verfolgen.

LINOGE

Doch, das wird er. Irgendwann wird er mich lieben.

(Pause)

Irgendwann wird er Vater zu mir sagen.

Darin liegt eine schreckliche Wahrheit, der MOLLY nicht standhalten kann. Sie sackt in den Händen zusammen, die sie gepackt halten, und hört auf, gegen sie anzukämpfen. LINOGE hält ihren Blick noch einen Moment länger fest, dann macht er kehrt, wobei sich der Saum seines blauen Seidengewands bauscht. Er schreitet zur Tür. Alle drehen sich um und blicken ihm nach.

139. INNEN: MIKE

MIKE steht auf. Sein Gesicht ist noch immer wie tot. HATCH greift nach ihm.

HATCH

Mike, ich glaube nicht –

MIKE

(stößt seine Hand weg)

Faß mich nicht an. Faß mich nie wieder an. Das gilt für euch alle.

(sieht MOLLY an)

Für euch *alle*.

Er geht den Seitengang entlang. Niemand hält ihn auf.

140. INNEN: DER RATHAUSKORRIDOR

MIKE kommt gerade noch rechtzeitig aus der Versammlungshalle, um den Saum von LINOGES Gewand durch die Eingangstür des Rathauses in die Nacht hinaus verschwinden zu sehen. Er hält inne, dann geht er hinterher.

141. AUSSEN: DIE VORTREPPE DES RATHAUSES – NACHT

MIKE kommt heraus und bleibt stehen. Sein Atem bildet im Mondlicht silberne Wölkchen.

142. AUSSEN: LINOGE UND RALPHIE VOR DEM RATHAUS – NACHT

LINOGE leuchtet noch immer strahlend blau. Die Kamera folgt ihm, als er RALPHIE hangabwärts zur Straße trägt … zur Küste … zur Meerenge … zum Festland … und zu den endlosen Weiten der Erde dahinter. Wir sehen LINOGES Fußspuren, die zuerst ziemlich tief sind, dann immer flacher werden und schließlich kaum noch zu erkennen sind.

Als LINOGE an der Kuppel mit der Gedenkglocke vorbeikommt, beginnt er in die Luft zu steigen. Anfangs nur ein paar Zentimeter, aber der Abstand zwischen ihm und dem Erdboden wächst. Es ist fast so, als würde er eine Treppe hinaufsteigen, die wir nicht sehen können.

143. AUSSEN: MIKE, AUF DER RATHAUSTREPPE – NACHT

Er ruft seinen Sohn, legt all seinen Kummer und Verlust in dieses eine Wort, das wie ein Schrei aus ihm hervorbricht:

MIKE

Ralphie!

144. AUSSEN: LINOGE UND RALPHIE – NACHT

RALPHIE schlägt die Augen auf und schaut sich um.

RALPHIE

Wo bin ich? Wo ist mein Daddy?

MIKE

(seine Stimme wird leiser)

Ralphie …

LINOGE

Nicht so wichtig, Feensattel-Junge. Schau nach unten!

RALPHIE schaut nach unten. Sie fliegen jetzt über die Meerenge hinweg. Ihre ins Mondlicht gestanzten Schatten schießen über die Wellen dahin. RALPHIE lächelt entzückt.

RALPHIE

Wow! Stark!

(Pause)

Ist das ein Traum?

LINOGE

Nicht im Traum.

RALPHIE blickt zurück und sieht:

145. AUSSEN: LITTLE TALL ISLAND, RALPHIES PERSPEKTIVE – NACHT

Dies ist fast ein Negativbild jener Szene, in der wir die Insel kennengelernt haben – Nacht statt Tag, Entfernung statt Annäherung. Im Mondschein sieht Little Tall fast wie eine Fata Morgana aus. Und das wird die Insel für RALPHIE auch bald sein.

146. AUSSEN: WIEDER LINOGE UND RALPHIE – NACHT

RALPHIE
(sehr beeindruckt)
Wo fliegen wir hin?

LINOGE wirft sein Zepter in die Luft. Es steigt nach oben und nimmt wieder die gleiche Position ein wie in den Visionen von LINOGE und den fliegenden Kindern. Der Schatten des Stocks, der nun vom Mond statt von der Sonne geworfen wird, liegt auf LINOGES Gesicht. LINOGE beugt sich herunter und küßt den Feensattel auf RALPHIES Nase.

LINOGE
Irgendwohin. Überallhin. An all die Orte, von denen du je geträumt hast.

RALPHIE
Was ist mit meiner Mom und meinem Dad? Wann kommen sie?

LINOGE
(lächelnd)
Warum zerbrechen wir uns darüber nicht später den Kopf?

Tja, er ist der Erwachsene ... und außerdem macht der Flug Spaß.

RALPHIE
Okay.

LINOGE schwenkt ab – legt sich fast wie ein Flugzeug in die Kurve – und fliegt von uns weg.

147. AUSSEN: MIKE, AUF DER RATHAUSTREPPE – NACHT

Er weint. JOANNA STANHOPE kommt heraus und legt ihm eine Hand auf die Schulter. In ihrem Ton liegt unendliche Güte.

JOANNA
Mike. Kommen Sie rein.

Er ignoriert sie, geht die Stufen hinunter und stolpert in den frisch gefallenen Schnee hinaus. Es ist eine Strapaze, wenn man kein Zauberer ist, aber er arbeitet sich trotzdem mühsam voran, obwohl der Schnee manchmal hüfttief ist. Er folgt LINOGES Fußspuren, und die Kamera fährt mit; wir sehen mit MIKE, wie die Abdrücke immer flacher werden, immer weniger an die Erde gebunden, auf der die Sterblichen leben müssen.

Jenseits der Gedenkglocke ist noch ein schwacher Abdruck... dann nichts mehr. Nur noch meilenweise jungfräulicher Schnee. Neben diesem letzten Abdruck bricht MIKE weinend zusammen. Er reckt die Hände zum leeren Himmel und dem leuchtenden Mond empor.

MIKE
(leise)
Bring ihn zurück. Bitte. Ich tue alles, wenn du mir meinen Sohn zurückbringst. Alles, was du willst.

148. AUSSEN: DIE RATHAUSTÜREN – NACHT

Dort stehen Inselbewohner dichtgedrängt beieinander und sehen stumm zu. JOHNNY und SONNY, FERD und LUCIEN, TAVIA und DELLA, HATCH und MELINDA.

MIKE
(flehend)
Bring ihn zurück!

Die Mienen der Inselbewohner ändern sich nicht. Wir sehen vielleicht Mitgefühl, aber kein Erbarmen. Nicht hier; nicht bei diesen Leuten. Was geschehen ist, ist geschehen.

149. AUSSEN: WIEDER MIKE, IM SCHNEEFELD – NACHT

Er kauert sich im Schnee jenseits der Kuppel mit der Gedenkglocke zusammen und streckt ein letztes Mal die Arme zum

Mond und dem lichtgetränkten Wasser aus, aber ohne jede Hoffnung.

MIKE
(flüstert)
Bitte, bring ihn zurück.

Die Kamera fährt nach oben und entfernt sich. Ganz allmählich verliert MIKE seine menschliche Dimension und wird zu einem schwarzen Pünktchen in einem ungeheuren weißen Schneefeld, hinter dem die Landzunge, der umgestürzte Leuchtturm und die Wellen der Meerenge liegen.

ABBLENDE

MIKE
(off)
(ein letzte, geflüsterte Bitte)
Ich liebe ihn. Hab Erbarmen.

ENDE DES 6. AKTS

7. Akt

150. AUSSEN: DIE MEERENGE – EIN SOMMERVORMITTAG

Der Himmel ist strahlend blau, das Wasser der Meerenge ebenfalls. Fischerboote tuckern gemütlich dahin; Vergnügungsboote schießen über die Wellen, ziehen Kielwasserwogen und juchzende Wasserskiläufer hinter sich her. Am Himmel stoßen Möwen schreiend herab.

151. AUSSEN: EINE STADT AN DER MEERESKÜSTE – VORMITTAG

UNTERTITEL: MACHIAS, SOMMER 1989

152. AUSSEN: EIN KLEINES SCHINDELGEBÄUDE AUF DER MAIN STREET – VORMITTAG

Auf dem Schild draußen steht SEACOAST COUNSELING SERVICES. Und darunter: ES GIBT EINE LÖSUNG. GEMEINSAM FINDEN WIR SIE.

Die Kamera fährt auf ein Seitenfenster zu. Dort sitzt eine Frau und schaut heraus. Ihre Augen sind rot, ihre Wangen tränenüberströmt. Ihr Haar ist grau, und zuerst erkennen wir MOLLY ANDERSON nicht. Sie ist um zwanzig Jahre gealtert.

153. INNEN: DIE BERATUNGSSTELLE – VORMITTAG

MOLLY sitzt in einem Wiener Schaukelstuhl, blickt in den Sommer hinaus und weint lautlos. Ihr gegenüber sitzt ihre BERATERIN, eine Akademikerin in einem hellen, cremefarbenen sommerlichen Rock und einer sommerlichen Seidenbluse. Hübsche Frisur, hübsche Aufmachung, und sie sieht MOLLY mit jenem Mitgefühl an, das gute Psychologen an den Tag legen – es ist oftmals hilfreich, aber auch furchterregend in seiner Distanz.

Das Schweigen zieht sich in die Länge. Die BERATERIN wartet darauf, daß MOLLY es bricht, aber MOLLY sitzt nur in ihrem Schaukelstuhl und blickt mit tränennassen Augen in den Sommer hinaus.

BERATERIN

Sie und Mike haben schon ... wie lange nicht mehr miteinander geschlafen?

MOLLY

(blickt aus dem Fenster)

Fünf Monate. So ungefähr. Ich könnte es Ihnen genau sagen, wenn Sie glauben, daß es was nützt. Das letzte Mal in der Nacht vor dem großen Sturm. Dem Sturm des Jahrhunderts.

BERATERIN

Als Sie Ihren Sohn verloren.

MOLLY

Richtig. Als ich meinen Sohn verlor.

BERATERIN

Und Mike gibt Ihnen die Schuld daran.

MOLLY

Ich glaube, er wird mich verlassen.

BERATERIN

Davor haben Sie große Angst, nicht wahr?

MOLLY

Ich glaube, ihm gehen die Möglichkeiten aus, zu bleiben. Verstehen Sie, was ich damit meine?

BERATERIN

Erzählen Sie mir noch mal, was mit Ralphie passiert ist.

MOLLY

Wozu? Was soll das bringen? Um Himmels willen, was *kann* das bringen? Er ist weg!

Die BERATERIN antwortet nicht. Nach einer Weile gibt MOLLY seufzend nach.

MOLLY

Es war am zweiten Tag. Wir waren im Rathaus – wo wir Zuflucht gesucht hatten, wissen Sie. Der Sturm … Sie haben keine Ahnung, wie schlimm er war.

BERATERIN

Ich war hier. Ich habe ihn auch erlebt.

MOLLY

Ja – Sie waren *hier*, Lisa. Auf dem Festland. Auf der Insel ist das anders.

(Pause)

Auf der Insel ist alles anders.

(Pause)

Jedenfalls kam Johnny Harriman reingelaufen, als wir gerade beim Frühstück saßen, und sagte, der Leuchtturm würde umstürzen. Das wollten natürlich alle sehen … und Mike …

154. AUSSEN: DAS HAUS DER ANDERSONS – SOMMERLICHER VORMITTAG

Am Randstein steht ein kleiner weißer Wagen mit hochgeklapptem Kofferraumdeckel. Im Kofferraum liegen zwei oder drei Koffer. Die Haustür geht auf, und MIKE kommt mit zwei weiteren Koffern heraus. Er schließt die Tür, kommt die Verandatreppe herunter und den Gehweg entlang. Jede Bewegung und jede Geste, jeder Blick zurück sagt uns, daß dies ein Mann ist, der endgültig geht.

MOLLY

(off)

Mike hat gesagt, das Schneegestöber sei so stark, daß alle Konturen verschwimmen würden, und wir sollten nah am Gebäude bleiben. Ralphie wollte es sehen … Pippa und all die Kinder wollten auch raus und es sehen … also haben wir sie mitgenommen. Gott helfe uns, wir haben sie mitgenommen.

MIKE bleibt bei dem »KLEINE LEUTE«-KINDERGARTEN-Schild stehen. Es hängt noch immer an einer Kette von einem niedrigen Ast des Walnußbaums im Vorgarten, aber jetzt sieht es irgendwie verstaubt aus. Vergessen. Unwichtig. MIKE reißt es herunter, sieht es an, dreht sich dann um und wirft es in einer kurzen Aufwallung von Wut auf die Veranda.

MOLLY
(off)
Es war ein Fehler, daß wir überhaupt rausgegangen sind, besonders im Fall der Kinder. Wir haben das Unwetter unterschätzt. Etliche Leute haben sich verirrt und sind nicht wieder lebend aufgetaucht. Unter anderem auch Ralphie. Angie Carver hat als einzige von ihnen zurückgefunden.

MIKE schaut zur Veranda hinüber, wo das Schild gelandet ist, dreht sich dann wieder um und geht zu seinem Wagen. Er legt die letzten Koffer hinein und knallt dann den Kofferraum zu. Als er zur Fahrertür herumgeht und in seiner Tasche nach den Schlüsseln kramt:

HATCH
(off)
Mike?

MIKE dreht sich um. HATCH kommt auf ihn zu; er sieht seltsam aus in seinem T-Shirt und seinen Bermuda-Shorts, und er scheint sich äußerst unwohl zu fühlen. MIKE erwidert seinen Blick kühl.

MIKE
Wenn du was zu sagen hast, dann sag es. Die Fähre geht um zehn nach elf, und ich will sie nicht verpassen.

HATCH
Wo fährst du hin?

(MIKE schweigt)

Tu's nicht, Michael. Geh nicht weg.

(MIKE schweigt)

Würde es dir helfen, wenn ich dir sage, daß ich seit Februar keine einzige Nacht mehr richtig geschlafen habe?

(keine Antwort von MIKE)

Würde es helfen, wenn ich dir sage, daß ... wir vielleicht einen Fehler gemacht haben?

MIKE

Ich muß los, Hatch.

HATCH

Ich soll dir von Robbie ausrichten, daß du den Job als Constable jederzeit wiederhaben kannst, wenn du willst. Du brauchst bloß zu fragen.

MIKE

Sag ihm, wohin er sich seinen Job stecken kann. Ich bin hier fertig. Ich hab's lange genug versucht, und jetzt geht es nicht mehr.

Er geht zur Fahrertür, und als er gerade einsteigen will, berührt HATCH ihn am Arm. MIKE wirbelt bei dieser Berührung mit brennenden Augen herum, als wollte er HATCH k.o. schlagen. Aber HATCH weicht nicht zurück. Vielleicht denkt er, daß er es verdient.

HATCH

Molly braucht dich. Siehst du nicht, wie es ihr geht? Hast du sie dir überhaupt mal angeschaut?

MIKE

Schau du sie dir für mich an. Okay?

HATCH

(senkt den Blick)

Melly geht's auch nicht so gut. Sie nimmt einen Haufen Beruhigungsmittel. Kann sein, daß sie süchtig ist.

MIKE

Tja, schlimm. Aber … du hast zumindest deine Tochter. Schon möglich, daß du nicht so gut schläfst, aber du kannst jederzeit in Pippas Schlafzimmer gehen und *ihr* beim Schlafen zuschauen. Stimmt's?

HATCH

Du bist so selbstgerecht wie immer. Siehst alles nur durch deine Brille.

MIKE schwingt sich hinters Lenkrad und blickt trübe zu HATCH auf.

MIKE

Ich bin überhaupt nichts. Ich bin leer – so hohl wie ein Kürbis im November.

HATCH

Wenn du dir bloß ein bißchen Mühe geben würdest, dann wüßtest du –

MIKE

Ich weiß, daß die Fähre um zehn nach elf ablegt, und wenn ich mich jetzt nicht auf die Socken mache, verpasse ich sie. Viel Glück, Hatch. Hoffentlich kannst du deinen Schlaf bald nachholen.

Er schlägt die Wagentür zu, läßt den Motor an und fährt auf die Main Street hinaus. HATCH blickt ihm hilflos nach.

155. AUSSEN: DIE RASENFLÄCHE DES RATHAUSES – VORMITTAG

Die Kamera schaut auf die Main Street hinunter und fängt MIKES Wagen ein, der zum Hafen hinunterfährt, wo die Inselfähre mit ihrer grollenden Maschine rückwärts angelegt hat. Wir bleiben einen Moment lang auf dem Bild, dann schwenken wir nach links, zu der Kuppel und der Gedenkglocke. Eine zweite Tafel ist hinzugefügt worden, rechts von den Kriegstoten. Die Überschrift lautet: JENEN, DIE DEM STURM DES JAHRHUNDERTS IM JAHRE 1989 ZUM OPFER GEFALLEN SIND. Darunter stehen die Namen: MARTHA CLARENDON, PETER GODSOE, WILLIAM SOAMES, LLOYD WISHMAN, CORA STANHOPE, JANE KINGSBURY, WILLIAM TIMMONS, GEORGE KIRBY ... und ganz unten: RALPH ANDERSON.

Die Kamera fährt auf seinen Namen zu.

156. INNEN: DIE BERATUNGSSTELLE – VORMITTAG

MOLLY hat aufgehört zu reden und schaut nur aus dem Fenster. Neue Tränen treten ihr in die Augen und laufen ihr über die Wangen, aber sie weint weiterhin lautlos.

BERATERIN

Molly ...?

MOLLY

Er ist ins Schneegestöber hineingelaufen. Vielleicht ist er mit Bill Timmons gegangen, dem Tankwart. So stelle ich es mir gern vor; daß er am Ende mit jemandem zusammen war. Sie müssen vollständig die Orientierung verloren haben und ins Wasser gegangen sein. Die beiden sind als einzige nie gefunden worden.

BERATERIN

Bei dieser Geschichte gibt es so einiges, was Sie mir verschwiegen haben, nicht wahr?

(MOLLY schweigt)

Solange Sie Ihr Schweigen nicht brechen, solange Sie es nicht jemandem erzählen, wird es Sie weiter zerfressen.

MOLLY

Es wird mich zerfressen, ganz gleich, was ich tue. Manche Wunden können niemals gereinigt werden. Das war mir nicht klar ... vorher ... aber jetzt weiß ich es.

BERATERIN

Warum haßt Ihr Mann Sie so, Molly? Was ist wirklich mit Ralphie passiert?

Die Kamera fährt auf MOLLY zu. Sie schaut noch immer aus dem Fenster. Der Garten der Beratungsstelle ist sonnig, das Gras ist grün, und da sind Blumen … aber es schneit. Der Schnee fällt in dicken Flocken, bedeckt das Gras und die Gehwege, häuft sich auf den belaubten Zweigen der Bäume.

Wir fahren auf MOLLY zu, bis wir sie in extremer Großaufnahme in den rieselnden Schnee hinausschauen sehen.

MOLLY

Er ist weggegangen. So was kommt vor, wissen Sie. Leute verirren sich und gehen verloren. Das ist mit Ralphie passiert. Er hat sich im Schneegestöber verirrt. Er ist im Sturm verlorengegangen.

ÜBERBLENDUNG ZU:

157. AUSSEN: DIE FÄHRE – VORMITTAG

Die Fähre tuckert schwerfällig über die Meerenge nach Machias. Die Wagen sind am Achtersteven geparkt, darunter auch der von MIKE. MIKE selbst steht allein und mit erhobenem Gesicht an der Reling; die Meeresbrise weht ihm das Haar aus der Stirn. Er sieht beinahe so aus, als hätte er Frieden gefunden.

MIKE

(off)

Das war vor neun Jahren. Ich tankte einfach meinen Wagen voll und nahm die Elf-Uhr-zehn-Fähre. Ich bin nie mehr zurückgekommen.

ÜBERBLENDUNG ZU:

158. INNEN: DIE BERATUNGSSTELLE – VORMITTAG

MOLLYS Sitzung ist vorbei. Auf der Wanduhr ist es fünf vor zwölf. Sie steht am Schreibtisch der BERATERIN und schreibt einen Scheck aus. Die BERATERIN sieht sie mit sorgenvoller Miene an; sie weiß, daß sie verloren und die Insel wieder einmal gewonnen hat. Das Geheimnis – welches es auch sein mag – ist gewahrt worden.

Keine der beiden Frauen sieht MIKES kleinen weißen Wagen vorbeifahren.

MIKE
(off)
Anfangs dachte ich nicht darüber nach, wohin ich wollte – ich fuhr einfach drauflos.

159. AUSSEN: MIKE, DURCH DIE WINDSCHUTZSCHEIBE SEINES WAGENS – SONNENUNTERGANG

Er trägt eine dunkle Sonnenbrille zum Schutz vor dem hellen, orangefarbenen Schein. In beiden Gläsern spiegelt sich die untergehende Sonne.

MIKE
(off)
Ich achtete nur darauf, daß ich jeden Abend eine Sonnenbrille aufsetzen mußte, wenn die Sonne unterging. Daß mich jede Meile auf dem Tachometer eine Meile weiter von Little Tall wegbrachte.

160. AUSSEN: DIE AMERIKANISCHE WÜSTE – MITTAG

Eine zweispurige Asphaltstraße läuft mitten durchs Bild. Der weiße Wagen kommt ins Bild; er fährt schnell, und die Kamera schwenkt mit und folgt ihm.

MIKE

(off)

Die Scheidung erfolgte im gegenseitigen Einvernehmen. Moll bekam das Geld auf den Bankkonten, die Versicherung, den Laden, das Haus und ein kleines Stück Land in Vanceboro, das uns gehörte. Ich bekam den Toyota und meinen Seelenfrieden.

(Pause)

Was davon noch übrig war.

161. AUSSEN: DIE GOLDEN GATE BRIDGE – DÄMMERUNG

MIKE

(off)

Hier bin ich gelandet ... wieder am Wasser. Schon paradox, nicht wahr? Aber der Pazifik ist irgendwie anders. Er hat nicht diesen harten Glanz, wenn der Herbst allmählich in den Winter übergeht.

(Pause)

Und er birgt nicht dieselben Erinnerungen.

162. AUSSEN: EIN WOLKENKRATZER AUF DER MONTGOMERY STREET, SAN FRANCISCO – TAG

MIKE kommt heraus – ein älterer MIKE mit grauen Schläfen und Falten im Gesicht, aber einer, der so aussieht, als hätte er seinen Frieden mit der Welt gemacht. Oder wenigstens einen gewissen Frieden gefunden. Er trägt einen legeren Anzug ohne Krawatte und einen Aktenkoffer. Zusammen mit dem Mann, der bei ihm ist, geht er zu einer Limousine am Randstein. Sie reiht sich in den Verkehr ein und überholt eine Cable Car. Währenddessen spricht MIKE weiter.

MIKE

(off)

Ich drückte wieder die Schulbank, machte einen Abschluß in praktischer Polizeiarbeit und einen in Buchhaltung. Ich dachte daran, Jura zu studieren ... und überlegte es mir dann anders. Vom Ladenbesitzer auf einer Insel an der Küste von Maine zum Federal Marshal. Was sagen Sie dazu?

163. AUSSEN: MIKE, DURCH DIE WINDSCHUTZSCHEIBE – TAG

Sein Partner fährt. MIKE sitzt stumm auf dem Beifahrersitz; sein Blick geht in die Ferne. Er hat den Gesichtsausdruck eines Mannes, der sich seinen Erinnerungen hingibt.

MIKE
(off)
Manchmal ist die Insel für mich sehr weit weg; dann ist Andre Linoge nur ein böser Traum. Manchmal … wenn ich spät nachts aufwache und mich bemühe, nicht zu schreien … kommt sie mir sehr nah vor. Und, wie ich ganz zu Anfang gesagt habe, ich halte mich auf dem laufenden.

164. AUSSEN: DER FRIEDHOF VON LITTLE TALL – TAG

Trauernde gehen zwischen den Grabsteinen zu einem frisch ausgehobenen Grab. Sie tragen einen Sarg (wir sehen das aus mittlerer Entfernung). Herbstlaub fällt in wilder Farbenpracht.

MIKE
(off)
Melinda Hatcher starb im Oktober 1990. Im Lokalblatt stand, es sei ein Herzanfall gewesen; Ursula Godsoe hat mir den Zeitungsausschnitt geschickt. Ich weiß nicht, ob mehr an der Sache dran war oder nicht. Mit fünfunddreißig ist man noch ein bißchen jung dafür, daß einen die Pumpe im Stich läßt, aber es kommt vor … ayuh, klaah.

165. AUSSEN: DIE METHODISTENKIRCHE VON LITTLE TALL – TAG

Es ist später Frühling. Der Weg, der von den Kirchentüren herunterführt, ist von fröhlichen, leuchtend bunten Blumen gesäumt. Leise hören wir die triumphalen Orgelklänge des Hochzeitsmarsches. Die Türen öffnen sich. Heraus kommt MOLLY; sie lacht und strahlt in ihrem Hochzeitskleid. Ihr Gesicht ist noch von Falten gezeichnet, aber ihr graues Haar ist verhüllt. Neben ihr geht HATCH. Er trägt einen Cut und faßt sie um die Taille. Er sieht genauso glücklich aus wie sie. PIPPA, die jetzt größer ist und schöne lange Haare hat, ist hinter ihnen und trägt mit einer Hand MOLLYS Schleppe. Die Zeit, in der sie sich den Kopf zwischen Geländerpfosten eingeklemmt hat, liegt ziemlich weit hinter ihr. Weitere Leute kommen heraus und werfen Reis, unter ihnen auch REV. BOB RIGGINS, der wie ein stolzer Papa lächelt.

MIKE
(off)
Molly und Hatch haben im Mai '93 geheiratet. Ursula hat mir auch diesen Zeitungsausschnitt geschickt. Soweit ich höre, hat die Heirat ihnen beiden gutgetan... und Pippa auch. Das freut mich. Ich wünsche den dreien alles Gute, von ganzem Herzen.

166. INNEN: EINE MIESE ABSTEIGE – NACHT

MIKE
(off)
Nicht jeder auf Little Tall hatte soviel Glück.

Die Kamera fährt durch den Raum, vorbei an einem zerwühlten, ungemachten Bett, das so aussieht, als hätte es ebenfalls sein Teil an bösen Träumen gesehen. Die Badezimmertür steht einen Spaltbreit offen, und die Kamera schiebt sich hindurch.

MIKE

(off)

Jack und Angie Carver ließen sich zwei Monate nach Hatchs und Mollys Hochzeit scheiden. Jack stritt um das Sorgerecht für Buster – es war ein ziemlich erbitterter Kampf, nehme ich an – und verlor. Er verließ die Insel und ging nach Lewiston, mietete ein Zimmer und brachte sich dort eines Nachts im Spätsommer 1994 um.

Das Badezimmerfenster ist offen. Von draußen hören wir leise die Musik einer Kneipenband, die sich durch »Hang On Sloopy« prügelt. JACK CARVER liegt in einer leeren Badewanne; eine Plastiktüte ist über seinen Kopf gezogen. Die Kamera fährt erbarmungslos an ihn heran … bis wir die Paisley-Augenklappe sehen, die er über einem Auge trägt.

MIKE

(off)

Das Wenige, was er besaß, hinterließ er einem Burschen namens Harmon Brodsky, der irgendwann in den Achtzigern bei einer Kneipenschlägerei ein Auge verloren hatte.

167. AUSSEN: LITTLE TALL ISLAND, VON DER MEERENGE AUS – MORGEN

Es ist still – bis auf das langsame Läuten einer Glockenboje – und ein bißchen gespenstisch; ein Dunst liegt über der Insel und färbt sie in diversen Grautönen. Wir sehen, daß die Hafenanlagen neu erbaut worden sind, und es gibt dort auch wieder ein Lagerhaus für Fisch … allerdings hat es jetzt eine andere Farbe als das von PETER, und auf dem Schild an der Seite steht BEALS FANCY FISH statt GODSOE FISH & LOBSTER.

Als die Kamera nun zurückfährt, hören wir auch Wasser an eine Bootswand klatschen. Das Boot kommt in Sicht – ein kleines Ruderboot, das auf den Wellen tanzt. Unterdessen:

MIKE

(off)

Robbie Beals hat das alte Fischhaus am Kai wieder aufgebaut und Kirk Freeman eingestellt, der nun dort arbeitet. Kirk sagte, Robbies Frau Sandra sei im Frühjahr 1996 eines Morgens in ihrer gelben Regenjacke und roten Stiefeln zu ihm gekommen und habe erklärt, sie wolle ein bißchen rudern gehen. Kirk zwang sie, eine Rettungsweste anzulegen ... er sagte, ihr Gesichtsausdruck habe ihm nicht gefallen.

Die Kamera erreicht das Boot, fährt hoch und schaut in den Bug. Dort liegt, ordentlich zusammengefaltet, eine gelbe Regenjacke, wie sie Fischer tragen. Daneben steht ein Paar roter Überschuhe, um deren Spitzen eine aufblasbare Schwimmweste wie ein Kragen drapiert ist.

MIKE

(off)

Er sagte, sie habe ausgesehen, als würde sie mit offenen Augen träumen ... aber was konnte er tun? Es war ein milder Morgen, kein Wind, kein starker Seegang ... und sie war die Frau seines Chefs. Sie fanden das Boot, aber Sandy fanden sie nicht. Eins war merkwürdig daran ...

Die Kamera fährt an dem Boot entlang. Auf dem hinteren Sitz steht in roter Farbe oder Lippenstift ein einziges Wort: CROATOAN.

MIKE

(off)

... aber sie wußten nichts damit anzufangen. Manche Leute auf der Insel hätten ihnen da vielleicht ein bißchen helfen können ...

168. INNEN: DIE GEMEINDEVERWALTUNG, MIT URSULA – TAG

Ein paar Staatspolizisten sprechen mit URSULA (wir brauchen sie nicht zu hören; die Szene kann ohne Ton laufen). Sie stellen zweifellos Fragen, aber URSULA schüttelt höflich den Kopf. Tut mir leid, Officers … nein … kann ich mir nicht vorstellen … und so weiter.

MIKE
(off)
… aber Inselbewohner können ein Geheimnis bewahren. 1989 haben wir das jedenfalls getan, und die Leute, die dort leben, bewahren es immer noch. Was Sandra Beals betrifft, so ist sie vermutlich ertrunken, und ihre sieben Jahre sind 2003 um. Robbie wird sie sicherlich offiziell für tot erklären lassen, sobald im Kalender die Jahreszahl 2003 auftaucht. Das ist hart, ich weiß, aber …

169. AUSSEN: LITTLE TALL ISLAND, VOM MEER AUS – TAG

MIKE
(weiter aus dem Off)
… die Welt ist ein großer Supermarkt, und da muß man nun mal dafür zahlen, was man haben will. Manchmal muß man nur wenig bezahlen, aber meistens ist es eine Menge. Und hin und wieder ist es alles, was man hat. Ich dachte, das hätte ich vor neun Jahren auf Little Tall gelernt, während des Sturms des Jahrhunderts …

LANGSAME ÜBERBLENDUNG ZU:

170. AUSSEN: SAN FRANCISCO, ARCHIVAUFNAHME – TAG

MIKE
(off)
… aber ich habe mich geirrt. Das war damals nur die erste Lektion. Die letzte habe ich erst vorige Woche gelernt.

171. AUSSEN: EINE BELEBTE STRASSE IN DER INNENSTADT – TAG

Ein Haufen Leute beim Shopping. Wir fahren auf ein nobles Feinkostgeschäft ein oder zwei Ladenfronten von der Ecke entfernt zu, und MIKE kommt heraus. Es ist sein freier Tag, und er ist lässig gekleidet – leichte Jacke, Jeans, T-Shirt. Er hat ein paar Einkaufstüten in den Armen, und während er zum Bordstein und seinem Wagen geht, jongliert er mit ihnen, um seinen Schlüssel aus der Hosentasche zu holen.

In der Gegenrichtung kommen ein MANN und ein halbwüchsiger JUNGE mit dem Rücken zu uns ins Bild. Der MANN trägt einen grauen Überzieher und einen Homburg. Er hat einen Stock mit einem silbernen Wolfskopf. Der JUNGE trägt Jeans und eine Jacke der Oakland A's. MIKE kommt auf dem Weg zu seinem Wagen an ihnen vorbei, beachtet sie jedoch zuerst nicht besonders. Er hat seine Schlüssel hervorgekramt; jetzt versucht er, über eine seiner Tüten hinweg einen Blick darauf zu werfen, um denjenigen zu finden, mit dem er die Tür aufschließen kann. Dann, gerade als der MANN und der JUNGE bei MIKE angelangt sind:

LINOGE

(singt)

»Bin ein kleines Teekännchen, dick und bunt ...«

JUNGE

(fällt ein)

»... mein Henkel ist eckig, mein Schnabel ist rund ...«

Ein schrecklicher Ausdruck des Wiedererkennens tritt auf MIKES Gesicht. Die Schlüssel fallen ihm aus den Fingern, und die Einkaufstüten rutschen ihm durch die Arme, als er sich umdreht. Vor seinen Augen sind

172. AUSSEN: LINOGE UND DER JUNGE, MIKES PERSPEKTIVE (ZEITLUPE) – TAG

Sie gehen bereits an MIKE vorbei, und er kann selbst in Zeitlupe nur einen kurzen Blick auf sie erhaschen. Ja, der MANN unter dem Homburg ist LINOGE. Er sieht jetzt nicht wie ein psychotischer Fischer aus, sondern wie ein skrupelloser Geschäftsmann, und er wirkt nicht wie fünfunddreißig, sondern wie fünfundsechzig.

Der JUNGE, der bei ihm ist – er lächelt zu ihm hinauf und singt den beliebten alten Nonsense-Vers ohne jeden Mißklang mit –, ist ein gutaussehender Vierzehnjähriger. Er hat MOLLYS Haarfarbe und MIKES Augenfarbe. Und auf seiner Nase ist – wenn auch nur noch undeutlich – das Feensattel-Muttermal zu sehen.

LINOGE UND RALPHIE

(hallende, traumähnliche Stimmen)

»... heb mich hoch und leer mich bis auf den Grund ... Bin ein kleines Teekännchen, dick und bunt!«

Währenddessen verlieren wir ihre Gesichter, die wir ohnehin nur für diesen einen, herzzerreißend kurzen Moment gesehen haben, aus dem Blick. Jetzt sind sie nur noch zwei Rücken: ein gutgekleideter Mann und das Kind seiner späten mittleren Jahre, auf dem Weg zur Ecke. Und jenseits der Ecke, irgendwohin.

173. AUSSEN: WIEDER MIKE – TAG

Er bleibt abrupt und wie vom Donner gerührt stehen, während ihm die Tüten durch die Arme rutschen. Sein Mund öffnet und schließt sich lautlos ... und dann kommt endlich ein Flüstern heraus ...

MIKE

Rah ... Rah ... Ralphie ... *Ralphie*? *RALPHIE!*

174. AUSSEN: LINOGE UND RALPHIE – TAG

Sie sind bereits am Feinkostgeschäft vorbei. Beinahe an der Ecke. Sie bleiben stehen. Und schauen sich um.

175. AUSSEN: WIEDER MIKE – TAG

Er läßt die Tüten fallen – etwas darin zerbricht – und rennt los.

MIKE

RALPHIE!

176. AUSSEN: LINOGE UND RALPHIE – TAG

RALPHIES Mund öffnet sich, und der Junge zischt wie eine Schlange. Mit seinem guten Aussehen ist es im Nu vorbei, als die Reißzähne hinter seinen Lippen sichtbar werden. Seine Augen verdunkeln sich und werden schwarz, marmoriert von sich windenden roten Linien. Er hebt Hände, die zu Klauen gekrümmt sind, als wollte er MIKE das Gesicht zerfetzen.

Ohne den Blick von MIKE zu wenden, legt LINOGE RALPHIE einen Arm um die Schultern und dreht ihn um. Dann verschwinden sie gemeinsam um die Ecke.

177. AUSSEN: WIEDER MIKE – TAG

Er bleibt vor dem Feinkostgeschäft stehen. Aus seiner Miene sprechen Bestürzung und von Abscheu geprägtes Entsetzen. Fußgänger strömen um ihn herum; manche sehen ihn neugierig an, aber MIKE nimmt keine Notiz davon.

MIKE

Ralphie!

Er stürzt zur Ecke und biegt um sie herum.

178. AUSSEN: MIKE – TAG

Er bleibt stehen. Seine Augen suchen die Straße ab.

179. AUSSEN: DIE STRASSE, MIKES PERSPEKTIVE – TAG

Leute kommen auf den Bürgersteigen auf ihn zu oder entfernen sich von ihm, laufen über die Straße, rufen Taxis oder holen sich Zeitungen aus den Automaten am Bordstein. Nirgends ist ein Mann mit grauem Überzieher zu sehen. Und auch kein Junge mit einer Jacke der Oakland A's.

180. AUSSEN: WIEDER MIKE

LINOGE
(off)
Irgendwann wird er mich lieben.
(Pause)
Irgendwann wird er Vater zu mir sagen.

MIKE läßt sich an die Wand sinken und schließt die Augen. Unter einem seiner geschlossenen Lider quillt eine einzelne Träne hervor. Eine JUNGE FRAU kommt um die Ecke und sieht ihn mit vorsichtigem Mitgefühl an.

JUNGE FRAU
Ist alles in Ordnung mit Ihnen, Mister?

MIKE
(ohne die Augen zu öffnen)
Ja. Nur einen Moment.

JUNGE FRAU
Sie haben Ihre Lebensmittel fallen lassen. Ein paar Sachen sind wahrscheinlich noch heil, aber es ist auch was zerbrochen.

Jetzt schlägt MIKE die Augen auf und lächelt sie mühsam an.

MIKE
Ayuh, es ist was zerbrochen. Ich hab's gehört.

JUNGE FRAU
(lächelnd)
Was für ein Dialekt ist das?

MIKE
Den lernt man auf der anderen Seite der Welt.

JUNGE FRAU
Was ist passiert? Sind Sie gestolpert?

MIKE
Ich dachte, ich hätte jemand gesehen, den ich kannte, und da … hab ich die Tüten wohl eine Sekunde lang nicht richtig festgehalten.

Er schaut noch einmal die Straße entlang. Er war nur Sekunden, nachdem LINOGE und RALPHIE abgebogen sind, an der Ecke; sie müßten dort sein, aber sie sind es nicht … und MIKE ist eigentlich nicht überrascht.

JUNGE FRAU
Ich kann Ihnen helfen, die Sachen aufzuheben, die noch heil sind, wenn Sie wollen. Schauen Sie, ich habe das hier.

Sie langt in ihre Jackentasche und bringt ein zerknittertes Einkaufsnetz zum Vorschein. Sie hält es ihm mit einem zögernden Lächeln hin.

MIKE
Das wäre sehr nett.

Sie gehen gemeinsam um die Ecke.

181. AUSSEN: MIKE UND DIE JUNGE FRAU, BLICK VON OBEN – TAG

Als sie sich dem Wagen und den Lebensmitteln nähern, die sich über den Bürgersteig ergossen haben, sehen wir sie von oben … dann fahren wir noch höher hinauf, schwenken und verlieren sie aus dem Blick. Jetzt sehen wir den Himmel und das Wasser der San Francisco Bay, beide leuchtend blau, und die Brücke, die sich über die Bucht spannt wie ein Traum, der an den Rändern ein wenig Rost anzusetzen begonnen hat.

Möwen stürzen sich in die Tiefe ... wir folgen einer von ihnen ... und

ÜBERBLENDEN ZU:

182. AUSSEN: HINABTAUCHENDE MÖWE – TAG

Wir folgen ihr und fahren dann nach unten, bis wir Little Tall Island und das Rathaus entdecken. Am Randstein steht ein Wagen. Drei Personen gehen auf die Kuppel mit den Tafeln und der Gedenkglocke zu. Eine von ihnen – eine FRAU – geht vor den beiden anderen her.

MIKE
(off)

Ich hatte Molly schreiben und es ihr erzählen können. Ich habe darüber nachgedacht ... habe sogar deswegen gebetet. Wenn jede Entscheidung weh tut, woher soll man dann wissen, welches die richtige ist? Am Ende habe ich es für mich behalten. Manchmal, vor allem spät nachts, wenn ich nicht schlafen kann, denke ich, das war falsch. Aber bei Tag weiß ich es besser.

183. AUSSEN: DIE KUPPEL AUF DEM RATHAUSRASEN – TAG

MOLLY geht langsam auf die Kuppel zu. Sie hält einen Blumenstrauß in den Händen. Ihr Gesicht ist ruhig und traurig und sehr schön. Hinter ihr bleiben HATCH und PIPPA am Rand der Rasenfläche stehen. HATCH hat seiner Tochter den Arm um die Schultern gelegt.

MOLLY kniet vor der Gedenktafel für die Opfer des Sturms des Jahrhunderts nieder und legt ihre Blumen an den Fuß der Tafel.

Sie weint jetzt ein bißchen. Sie küßt ihre Finger und drückt sie dann auf den Namen ihres Sohnes.

Sie steht auf und geht zu HATCH und PIPPA zurück, die auf sie warten. HATCH nimmt sie in die Arme und drückt sie an sich.

184. AUSSEN: LITTLE TALL ISLAND (TOTALE) – TAG

MIKE
(off)

Bei Tag weiß ich es besser.

ABBLENDE